You
like it
darker

일러두기

모든 각주는 옮긴이 주입니다.

더 어두운 걸 좋아하십니까 하

You like it darker

스티븐 킹
단편 소설집

이은선 옮김

Stephen King

황금가지

YOU LIKE IT DARKER
by Stephen King

차례

슬라이드 인 도로 위에서

할빠의 공룡 같은 뷰익이 흙길을 시속 30킬로미터로 꾸물꾸물 달린다. 프랭크 브라운은 실눈을 뜨고 입은 새하얗게 질릴 정도로 굳게 다문 채 차를 몰고 있다. 그의 아내 코린은 무릎 위에 아이패드를 펼쳐 놓고 조수석에 앉아 있는데, 프랭크가 이 길이 맞느냐고 묻자 그녀는 모든 게 완벽하다고, 계속 가라고, 10킬로미터, 길어도 12킬로미터만 더 가면 큰길이 나올 테고, 거기서 고속도로까지는 엎어지면 코 닿을 거리라고 한다. 깜빡이며 그들의 위치를 알리던 파란 점이 5분 전에 사라졌고 지도가 그대로 먹통이 됐다는 말은 하지 않는다. 그들은 결혼 14년 차고 코린은 남편이 지금처럼 입을 꾹 다물고 있는 것이 무엇을 의미하는지 안다. 폭발 직전이라는 뜻이다.

널찍한 뒷자리에서는 빌리 브라운과 메리 브라운이 할빠의 좌우에 앉았고, 할빠는 낡고 큼지막한 검은색 구두를 불룩 튀어나온 바닥의 양옆에 두고 앉았다. 빌리는 열한 살이다. 메리는 아홉 살이다. 할빠는 일흔다섯 살이고 아들의 입장에서는 어마어마하게 성가신 위인이며 그렇게 어린 손자를 두기에는 나이가 너무 많지만 어쩌겠는가.

할빠는 살날이 얼마 남지 않은 그의 누이를 만나러 팰머스에서 데리로 출발했을 때부터 쉴 새 없이 떠들었는데, 주로 트렁크에 실은 지퍼 달린 가방 이야기였다. 그 안에는 할머니의 야구 기념품이 들어 있다. 그는 그들에게 고모할머니가 야구광이었다고 말한다. 값이 엄청 나가는(프랭크 브라운이 보기에는 과연 그럴까 싶지만) 야구 카드, 돔 디마지오의 사인이 있는 대학 소프트볼 선수 시절 글러브, 테드 윌리엄스의 사인이 있고 모든 경품 중에서 1등이었던 루이스빌 슬러거* 방망이는 그녀가 스플렌디드 스플린터**가 은퇴를 선언하기 전해에 지미 펀드 자선 경품 추첨 행사에서 받은 것이었다.

"테디 볼게임은 전투기 조종사로 한국전쟁에 참전했단다." 할빠가 아이들에게 말한다. "빨갱이 놈들을 폭탄으로 조져 놨지."

"애들 앞에서 그런 단어는 자제해 주세요." 코린은 앞자리에서 그렇게 말했지만 먹힐 거라고 생각하지는 않았다. 그녀의 시아버지는 정치적으로 올바르지 않은 시대에 태어났고 그때의 사고방식을 여태 간직하고 있다. 그녀는 반 혼수상태로 죽을 날을 기다리는 노인이 야구방망이와 글러브로 뭘 할 수 있겠느냐고 물을까 고민했지만 그 부분에 대해서도 입을 다물었다. 도널드 브라운은 누이에 대해서 좋은 쪽으로건 나쁜 쪽으로건 무슨 말을 한 적이 별로 없었지만 어떤 감정을 느끼는 것이 분명하다. 이번 여행을 고집한 걸 보면 알 수 있다. 게다가 그는 자신의 고물 뷰익을 타고 가야 된다고 했다. 넓은 데다 자

---

* 미국의 유명한 야구 배트 브랜드.
** 테드 윌리엄스의 별명.

기가 아는 지름길이 있는데 조금 험하기 때문이라고 했다. 양쪽 모두 그의 말이 맞았다.

그는 묵은 만화책도 가방에 한 더미 넣었다. "가는 길에 애들 읽게 말이다." 그는 말했다. 빌리는 묵은 만화책은 거들떠보지도 않고 휴대전화로 게임만 하지만 메리는 무릎을 꿇고 할빠의 가방 지퍼를 열어서 한 무더기를 꺼냈다. 대부분 너저분하지만 몇 권은 상태가 상당히 좋다. 그중 지금 읽고 있는 만화에서는 베티와 베로니카가 아치를 두고 서로 머리끄덩이를 잡아 가며 싸우고 있다.

"그거 아냐, 예전에는 기름이 3달러어치만 있어도 펜웨이까지 갈 수 있었단다." 할빠가 말한다. "그리고 경기 보러 가서 핫도그랑 맥주 한 캔 마시고도……."

"그러고도 5달러에서 잔돈이 남았죠." 프랭크가 운전석에서 중얼거린다.

"그렇지!" 할빠는 고함을 지른다. "아, 그렇고말고! 내가 누이랑 본 첫 경기에서 엘리스 킨더가 투수였고 후트 에번스가 중견수였어. 허, 공을 어찌나 잘 치던지! 그 친구가 오른쪽 펜스를 넘기니까 낸시가 환호성을 지르다 팝콘을 쏟았지 뭐냐!"

빌리 브라운은 야구에도 전혀 관심이 없다. "할빠, 중간에 앉는 걸 왜 좋아하세요? 다리를 쩍 벌리고 앉아야 하잖아요."

"불알에 바람이 통하니까 좋아서."

"불알이 뭐예요?" 메리는 묻고, 빌리가 킬킬대자 인상을 쓴다.

코린은 어깨 너머를 돌아본다. "할빠, 이제 그만하세요." 그녀는 말한다. "할빠께서 요청하신 대로 이 오래된 차를 타고 고모할머님을 뵈러 가는 길이니까……."

"게다가 이 차가 기름을 얼마나 먹는지 아세요?" 프랭크가 말한다.

코린은 이 말을 못 들은 체하고 목표에 집중한다. "부탁 하나 들어드린 거잖아요. 그러니까 제 부탁도 하나 들어주세요. 듣기 불편한 얘기는 하지 않기."

할빠는 알았다고, 미안하다고 하고는 틀니를 드러내며 음흉하게 웃는다. 자기 하고 싶은 대로 하겠다는 뜻이다.

"불알이 뭐냐고요." 메리가 계속 따져묻는다.

"야구공을 그렇게 불러." 빌리가 말한다. "할빠는 야구 생각뿐이잖아. 입 다물고 계속 만화책이나 읽어. 나 신경 쓰이게 하지 말고. 5레벨까지 깼단 말이야."

"너희 고모 할미가 불알을 달고 태어났으면 프로 선수로 뛸 수도 있었을 텐데." 할빠가 말한다. "고게 실력이 좋았거든."

"할빠!" 코린 브라운은 거의 소리를 지른다. "그만하세요!"

"아니, 진짜였대도." 노인은 부루퉁하게 말한다. "여성 월드시리즈에 진출한 메인대학교 소프트볼 대표팀 선수였어. 그거 출전하느라 오클라호마시티까지 갔다가 하마터면 토네이도에 휩쓸릴 뻔했지!"

프랭크는 대화에 끼지 않고 길에만 집중한다. 이 길로는 오지 말았어야 했는데, 아버지의 뜻을 꺾고 그의 볼보를 타고 왔으면 어쩔 뻔했나 싶다. 도로가 점점 좁아지고 있나? 그가 보기에는 그렇다. 점점 험해지고 있나? 분명 그렇다. 심지어 이름조차 불길하게 들린다. 아무리 이런 개떡 같은 길이라도 슬라이드 인 도로라니. 할빠는 여기가 196번 고속도로로 가는 지름길이라고 했고 코린도 자기 아이패드로 확인해 보니 맞는다고 했다. 프랭크는 지름길을 선호하지 않지만(은행원이라 거기로 가다 골치 아파지는 경우가 많다는 걸 안다) 평평하고 까만 아스팔트에 넘어가고 말았다. 하지만 이내 아스팔트가 흙길로 바뀌었고 이삼 킬로미터가 지나자 웃자란 잡초, 미역취 그리고 빽빽이 쳐다보는 듯한 해바라기로 양옆이 뒤덮인, 울퉁불퉁하고 단단한 비포 장길이 시작됐다. 빨래판처럼 파인 지점을 지나자 뷰익이 목욕을 마친 개처럼 몸을 부르르 떨었다. 다른 때 같으면 많이도 돌아다닌 데다가 기름을 먹어 대는, 이 덩치만 큰 디트로이트의 망작이 그렇게 떨다 죽거나 말거나 상관없었겠지만 여기 이 깡촌에서 고장이라도 나면 큰일이다.

이제는 맙소사, 막힌 배수로에 도로 절반이 잠겨서 왼쪽으로 바짝 붙어서 기어가야 한다. 운전석 쪽 타이어가 배수로를 아슬아슬하게 피한다. 차를 돌릴 공간이 있으면 다 때려치우고 돌아갈 텐데 그럴 만한 공간이 없다.

그 구간을 무사히 건넌다. 간신히.

"이제 얼마나 남았어?" 그가 코린에게 묻는다.

"8킬로미터쯤." 맵퀘스트 어플이 먹통이 됐으니 알 길이 없지만 그녀는 희망을 버리지 않는 성격이다. 그래서 다행이다. 그녀는 프랭크와의 결혼 생활과 빌리, 메리의 엄마 노릇이 기대했던 것과는 다르다는 사실을 오래전에 깨달았고 이제는 엎친 데 덮친 격으로 요양원에 모실 여유가 안 돼서 이 불편한 노인과 한집에서 지내고 있다. 희망이 그녀를 견디게 하는 힘이다.

그들은 암으로 죽어 가는 노파를 만나러 가는 길이지만 코린 브라운은 언젠가는 카니발 크루즈 여행을 떠나 종이우산이 꽂힌 칵테일을 마실 수 있길 바란다. 아이들이 커서 독립하면 좀 더 여유롭고 풍성한 삶을 누릴 수 있길 바란다. 몸은 근육질이고 피부는 까무잡잡하며 새하얀 이를 드러내며 눈부시게 웃는 수상 안전요원과 자고 싶은 마음도 있지만 그녀는 희망과 상상의 차이를 안다.

"할빠." 메리가 말한다. "여기 이름이 왜 슬라이드 인 도로예요? 누가 여기서 미끄러졌어요?"

"N이 2개인 인이야.*" 할빠가 말한다. "예전에 골프장까지 갖춘 근사한 호텔이 있었는데 불이 나서 싹 없어졌거든. 내가 마지막으로 지나갔을 때보다 길이 더 나빠졌네. 전에는 아기 궁둥이처럼 매끈했는데."

"그게 언제였는데요, 아버지?" 프랭크가 묻는다. "테드 윌리엄스가 레드삭스에서 뛰던 시절이요? 지금은 길이라고 볼 수도 없거든요."

엄청난 구덩이가 나온다. 뷰익이 덜커덕거린다. 프랭크는 이를 간다.

"어이쿠, 소사 소사 맙소사!" 할빠가 외치자 빌리가 그게 무슨 뜻이냐고 묻는다. 할빠는 그런 요철을 지날 때 하는 말이라고 한다. "그렇지, 프랭크? 예전에 우리가 노상 그렇게 외쳤잖니, 응?"

브라운 씨는 대답하지 않는다.

"그렇지?"

프랭크는 대답하지 않는다. 손마디가 하얘지도록 운전대만 부여잡는다.

"그렇지?"

"네, 아버지. 어이쿠, 씨발 소사 소사 맙소사."

"프랭크." 코린이 나무라는 투로 말한다.

메리는 키득거린다. 빌리는 실실 웃는다. 할빠는 다시 한번 틀니를 드러내며 음흉하게 웃는다.

신이 나서 죽겠네. 프랭크는 생각한다. *이번 여행이 한참 더 이어지면 얼마나 좋을까. 평생 끝나지 않으면 얼마나 좋을까.*

코린은 저 노인네의 문제점은 아직도 인생을 즐긴다는 거라고 생각한다. 그리고 인생을 즐기는 사람들은 금방 꼴까닥하지 않는다는

---

* Inn은 여관, 호텔 등 숙박 시설을 뜻한다.

거. 명줄을 놓지 않는다는 거.

빌리는 다시 게임을 한다. 6단계에 다다랐다. 7단계로 가려면 아직 멀었다.

"빌리." 프랭크가 부른다. "핸드폰에 안테나 뜨니?"

빌라는 게임을 멈추고 확인한다. "한 칸이요. 하지만 계속 떴다 안 떴다 해요."

"그래. 끝내주네."

다시 빨래판이 등장해 뷰익이 몸서리치자 프랭크는 속도를 25킬로미터로 낮춘다. 그는 이름을 바꾸고 가족을 버리고 호주 시골 마을의 조그만 은행에 취직할 수 있을지 고민한다. 호주식 영어를 배워서 말이다.

"얘들아, 저거 봐라!" 할빠가 소리를 지른다.

그는 몸을 앞으로 내밀고 있는데, 아들의 오른쪽 귀와 며느리의 왼쪽 귀에 과부하를 걸 수 있는 자세다. 그들은 움찔하며 반대편으로 피한다. 소리도 그렇거니와 입 냄새 때문이다. 꼭 조그만 동물이 그의 입안에서 똥을 싸며 죽은 것 같은 냄새다. 그는 거의 매일 아침 위액을 트림해서 올리고 맛있는 음료라도 되는 양 입술을 핥는 것으로 하루를 시작한다. 몸속에서 무슨 현상이 벌어지고 있는지 몰라도 좋은 것일 리 없는데도 그는 그 끔찍한 원기를 뿜어낸다. 가끔 코린은 이런 생각을 한다. 내가 직접 시아버지를 죽일 수도 있을 것 같아. 정말이야. 다만 아이들은 그를 좋아하는 것 같단 말이지. 이유를 도통 모르겠지만 아무튼 그래.

"저거 봐라, 바로 저거!" 관절염 때문에 구부러진 손가락 하나가 브라운 부부 사이를 찌른다. 그 끝에 달린 딱딱한 손톱에 브라운 부인의 뺨이 하마터면 찢어질 뻔한다. "저게 슬라이드 인의 잔해야! 바로 저거! 내가 저기 한 번 묵은 적이 있다는 거 아니겠냐. 나랑 낸시랑 우리 부모님이랑. 객실에서 아침을 먹었지!"

아이들은 미심쩍어하는 눈빛으로 슬라이드 인의 잔해를 쳐다본다. 불에 그슨 기둥 몇 개와 집터만 남았다. 잡초와 해바라기 사이에 세워져 있는 낡은 화물 트럭이 브라운 부인의 눈에 들어온다. 할빠의 뷰익보다 더 낡아 보이고 옆면에 녹이 더께처럼 앉았다.

"멋지네요, 할빠." 빌리는 말하고 다시 게임으로 돌아간다.

"멋지네요, 할빠." 메리는 말하고 다시 만화책으로 돌아간다.

호텔의 잔해가 그들의 뒤로 멀어진다. 프랭크는 주인이 일부러 불을 지른 건 아닌지 궁금해한다. 보험금을 받으려고 말이다. 왜냐하면 아니, 누가 여기까지 와서 주말을 보내고 싶겠는가. 신혼여행은 더군다나 어림도 없다. 메인에는 명소가 많지만 여기는 아니다. 피치 못한 일이 생기지만 않으면 어딜 갈 때 지나갈 만한 곳도 아니다. 그들은 여길 피해갈 수 있었다. 그래서 열이 받는다.

"우리가 도착하기 전에 고모할머니가 돌아가시면 어떡해요, 할빠?" 메리가 묻는다. 그녀는 만화책을 다 읽었다. 다음은 『리틀 룰루』를 읽을 차례인데, 눈이 가지 않는다. 리틀 룰루가 드레스 입은 두꺼비처럼 생겼다.

"그럼 차를 돌려서 집으로 가야지." 할빠는 말한다. "물론 장례를 치르고서 말이다."

장례. 맙소사, 장례. 프랭크는 그녀가 이미 세상을 떠났을 가능성에 대해 생각해 본 적이 없다. 심지어 그들이 찾아갔을 때 꼴까닥할수도 있고, 그러면 꼼짝없이 그 노인네의 장례를 치를 때까지 붙들려 있어야 할 것이다. 갈아입을 옷을 한 벌밖에 안 가지고 왔는데……

"조심해!" 코린이 외친다. "멈춰!"

프랭크는 아슬아슬하게 차를 세운다. 언덕 꼭대기에 막힌 배수로와 유실된 길이 또 있다. 다만 이번에는 아예 전부 유실됐다. 갈라진 틈의 너비가 적어도 1미터는 됨직하다. 깊이가 얼마나 될지는 아무도 모른다.

"왜 그러세요, 아빠?" 빌리가 게임을 다시 중간에 멈추고 묻는다.

"왜 그러세요, 아빠?" 메리가 다른 아치 만화책을 찾다 말고 묻는다.

"왜 그러냐, 프랭키?" 할빠가 묻는다.

프랭크 브라운은 뷰익의 운전대를 10시와 2시 방향으로 잡고 길쭉한 보닛 너머를 응시하며 잠깐 가만히 앉아 있다. 그의 아버지는 옛날 옛적에는 차를 제대로 만들 줄 알았다고 가끔 자기 생각을 말한다. 그 옛날 옛적이라고 하면 당연히 번듯한 여자라면 먼저 거들로 허리를 조이고 가터벨트로 스타킹을 집은 다음에서야 장을 보러 나설 수 있었던 시절, 동성애자들은 생명의 위협을 느끼고 10센트 숍마다 검둥이 새끼라는 1센트짜리 사탕을 팔던 시절을 말한다. 옛날 옛적만 한 게 없죠, 그럼요!

"염병할 지름길은 개나 주라 그래요." 그가 말한다. "그 길을 따라오다가 어떻게 됐는지 보시라고요."

"프랭크." 코린이 말문을 열지만, 그는 그녀의 말이 끝나기도 전에 차에서 내려 길이 입을 벌리고 있는 지점을 쳐다본다.

빌리가 할빠의 무릎 너머로 몸을 내밀어 여동생의 귀에 대고 속삭인다. "염병할 지름길은 개나 주라 그래." 그녀는 손으로 입을 가리고 키득거린다. 훌륭하다. 할빠는 쿡쿡대고 있으니 더 훌륭하다. 그들이 그를 사랑하는 데에는 이유가 있다.

코린도 차에서 내려 비웃는 입처럼 생긴 뷰익의 라디에이터 그릴 앞으로 가서 남편과 나란히 선다. 도로의 깊은 틈새를 들여다보지만 좋은 징조가 하나도 보이지 않는다. "이제 어떻게 하면 좋을까?"

아이들도 차에서 내려 메리는 엄마의 편에, 빌리는 아빠의 편에 선다. 잠시 후 할빠가 신난 얼굴로 큼지막한 검은색 구두를 질질 끌며 다가온다.

"글쎄." 프랭크가 말한다. "하지만 이 길로 갈 수 없는 건 확실해."

"후진해야겠네." 할빠가 말한다. "옛날에 슬라이드 인이 있었던 자리까지. 거기 진입로에서 차 돌리면 돼. 체인으로 막아 놓지 않았으니까."

"망할." 프랭크는 말하고 점점 벗어져 가는 머리칼을 손으로 쓸어넘긴다. "좋아요. 큰길에 도착하면 계속 데리로 갈 건지 집으로 돌아갈 건지 결정하기로 해요."

할빠는 후퇴하자는 말에 발끈한 눈치지만 아들의 얼굴(특히 벌겋게 얼룩덜룩한 뺨과 빨갛게 줄이 간 이마)을 살피고는 입을 꾹 다문다.

"다들 다시 차에 타." 프랭크는 말한다. "하지만 아버지, 이번에는 이쪽 아니면 저쪽에 앉아 주세요. 후진할 때 아버지 머리가 시야를 가리지 않게."

볼보를 타고 왔으면 후방 카메라로 보면서 갈 수 있을 텐데. 이 덩치만 커다란 바보를 몰고 오는 바람에. 그는 생각한다.

"나는 걸어가마." 할빠는 말한다. "180미터밖에 안 되니까."

"저도요." 메리가 말하자 빌리도 동참한다.

"그러세요." 프랭크가 말한다. "넘어져서 다리 부러지지 않게 조심하세요, 아버지. 그러면 이 완벽한 날의 결정타가 될 테니까요."

할빠와 아이들은 전소된 호텔의 진입로 쪽으로 언덕을 내려가기 시작한다. 메리와 빌리는 노인의 손을 잡고 있다. 프랭크는 노먼 록웰의 그림 같아도 보이겠다는 생각을 한다. *썩은 내 나는 영감탱이가 그들을 인도하리.*

그는 뷰익의 운전석에 올라탄다. 코린은 조수석에 올라탄다. 그녀는 그의 팔에 손을 얹고 더 이상 다정할 수 없는 미소를 짓는다. *사랑해, 덩치 크고 힘센 아저씨*, 이런 뜻이 담긴 미소다. 프랭크는 덩치가 크지 않고 남다르게 힘이 세지도 않고 그들의 결혼 생활에 장미꽃이 활짝 피어 있지는 않지만(그 장미꽃은 조금 시들어서 꽃잎 가장자리가 누레졌다) 그녀는 그를 달래 화를 가라앉혀야 하고 오랜 경험을 토대로 터득한 노하우가 있다.

그는 한숨을 쉬고 후진 기어를 넣는다.

"아버님이랑 애들 치지 않게 조심해." 그녀가 자기 어깨 너머를 돌아보며 말한다.

"유혹하지 마." 프랭크는 말하고 뷰익을 슬금슬금 후진하기 시작한다. 이 좁은 오솔길 양옆의 배수로가 깊어서 꽁무니가 거기에 빠지면 정말 난감할 것이다.

프랭크가 언덕을 아직 반도 내려가지 못했을 때 할빠와 아이들은 벌써 진입로에 도착했다. 잡초가 눌린 자국이 노인의 눈에 들어온다. 할빠는 저 화물 트럭이 오래전부터 저 자리에 서 있었던 것처럼 보이지만 사실은 아닌가 보다는 생각을 한다. 누가 며칠 동안 캠핑을 하기로 마음을 먹었나 보다. 그가 생각할 수 있는 이유는 그게 전부다. 저기에는 뒤져서 가져갈 만한 게 아무것도 없다는 걸 바보라도 알 수 있을 것이다.

도널드 브라운은 아들을 사랑한다. 그리고 프랭키가 잘하는 것도 많다는 걸 알지만(그중 지금 당장 머릿속에 떠오르는 것은 없지만) 뷰익 에스테이트 왜건을 후진하는 문제에 있어서는 마른 팝콘의 방귀 소리만도 못하다. 차의 꽁무니가 늙고 지친 개의 꼬리처럼 좌우로 왔다 갔다 한다. 하마터면 프랭크는 왼쪽 배수구에 처박을 뻔하다가 과하게 핸들을 틀고 오른쪽 배수구에 처박을 뻔하다가 다시 과하게 핸들을 튼다.

"어휴, 아빠가 헤매시네요." 빌리가 말한다.

"쉿." 할빠가 말한다. "잘하고 계신 거야."

"저랑 메리랑 저기 올라가서 슬럽 인 구경해도 돼요?"

"슬라이드 인." 할빠가 말한다. "그래, 잠깐 올라갔다 오렴. 뛰어갔다가 바로 내려와. 너희 아빠가 지금 심기가 불편하니까."

아이들은 풀이 웃자란 진입로를 달려간다.

"지하실 구멍으로 떨어지지 말고!" 할빠가 그들의 뒤에 대고 소리친다. 보이는 데 있으라고 덧붙이려는 찰나, 우지끈하는 소리와 빵 하고 짧게 끊긴 클랙슨 소리에 이어 그의 아들이 쉴 새 없이 욕을 퍼붓는 소리가 들린다. 그것이다. 그가 잘하는 것 중 하나가.

할빠가 달려가는 아이들에게서 시선을 거두고 보니 언덕을 무사히 내려온 프랭크가 유턴을 하려다 차를 배수로에 처박았다.

"입 다물어라, 프랭키!" 할빠는 외친다. "욕은 그만하고 엔진 나가기 전에 시동 꺼!" 어차피 배기관을 반쯤 박살 냈겠지만 그걸 짚고 넘어갈 필요는 없다.

프랭크는 시동을 끄고 차에서 내린다. 코린도 내리려고 하지만 고역이다. 문을 덮은 잡초를 부채꼴로 뜯어낸 다음에서야 가까스로 내린다. 차의 오른쪽 뒤꽁무니가 범퍼까지 처박혔고 왼쪽 앞은 위로 들렸다.

프랭크가 그의 아버지에게 걸어간다. "방향을 돌리는데 땅이 꺼졌어요!"

"너무 빠듯하게 돌았어." 노인은 말한다. "그래서 오른쪽 뒷바퀴만 빠진 거야."

"땅이 꺼졌다니까요!"

"너무 빠듯하게 돌았다니까."

"땅이 꺼졌다고요, 쌍!"

코린은 나란히 서 있는 그들이 얼마나 닮았는지 느낀다. 전에도 여러 번 느꼈지만 똥 밟은 이 여름날 아침에는 일종의 깨달음으로 다가온다. 그녀의 남편은 시간이라는 컨베이어 벨트를 타고 있고 거기서 묘지로 버려지기 전에 자기 아버지가 될 것이다. 불편하지만 가끔 재미있을 때도 있는 유머 감각만 없을 뿐. 그녀는 때로 너무 신물이 난다. 물론 프랭크에게 신물이 나지만 그녀 자신에게도 그렇다. 그녀라고 좀 더 나을까? 그렇다고 생각하고 싶지만 진심으로 그렇게 믿지는 않는다.

그녀는 빌리와 메리가 있었던 곳을 두리번거리다가 할빠를 쳐다본다. "아버님? 애들 어디 있어요?"

아이들은 슬라이드 인이 있었던 자리에 바짝 붙여서 대 놓은 언덕 꼭대기의 화물 트럭을 살피고 있다. 운전석 쪽 타이어는 바람이 빠졌다. 메리가 번호판을 보려고 앞으로 돌아가는 동안 (그녀는 항상 새로운 걸 찾아 나선다, 할빠에게 배운 게임이다) 빌리는 호텔이 있었던 땅에 파인 길쭉한 구멍의 가장자리로 걸어간다. 아래를 내려다보니 시커먼 물이 가득 고여 있다. 불에 그을린 기둥이 박혀 있다. 그리고 여자의 다리도 있다. 밝은 파란색 운동화를 신었다. 그는 빤히 쳐다보며 처음에는 그대로 얼어붙었다가 뒷걸음질 친다.

"오빠!" 메리가 외친다. "델라웨어야! 나 델라웨어 처음 봐!"

"맞아, 꼬맹아." 누군가가 말한다. "델라웨어야."

빌리는 고개를 든다. 두 남자가 건물터의 저쪽 끝을 돌아 나온다. 젊다. 한 명은 키가 크고 빨간 머리에 기름이 끼고 떡이 졌다. 여드름이 많다. 다른 한 명은 키가 작고 뚱뚱하다. 가방을 들고 있는데, 빛바랜 파란색으로 롤링 선더라고 적힌 할빠의 낡은 볼링 백처럼 생긴 것이다. 하지만 이 가방에는 아무 문구도 적혀 있지 않다. 두 남자 다 웃고 있다.

빌리도 마주 웃어 보이려고 한다. 정말 웃는 것처럼 보일지 어린애가 비명을 참는 것으로 보일지 모르겠지만 웃는 것처럼 보이길 바란다. 지하실 구멍을 들여다보고 있었다는 걸 이 두 남자에게 들키고 싶지 않다.

메리가 바퀴에서 바람이 빠진 조그맣고 하얀 트럭의 옆면을 돌아 나온다. 그녀의 미소는 더할 나위 없이 자연스럽다. 왜 아니겠는가. 그녀는 여자아이고 그녀가 알기로 여자아이는 누구나 예뻐한다.

"안녕하세요." 그녀가 말한다. "저는 메리예요. 이쪽은 제 오빠 빌리고요. 우리 차가 저기 도랑에 빠졌어요." 그녀는 아버지와 할빠는 뷰익의 뒤꽁무니를 들여다보고 어머니는 그들을 올려다보고 있는 언덕 아래쪽을 가리킨다.

"그래, 안녕, 메리." 빨간 머리가 말한다. "만나서 반갑다."

"빌리, 너도." 뚱뚱한 남자가 빌리의 어깨에 손을 얹는다. 빌리는 그가 건드리자 놀라지만 너무 무서워서 펄쩍 뛰지도 못한다. 있는 힘을 다해 웃는 표정을 유지한다.

"그래, 그래, 사소한 문제가 생겼구나." 뚱뚱한 남자는 아래를 쳐다보며 말하고, 코린이 (조심스럽게) 손을 들자 자기도 손을 든다. "우리가 가서 도와줄 수 있을까, 게일런?"

"그럴 수 있을 것 같은데?" 빨간 머리가 말한다. "보시다시피 우리

도 문제가 생겼거든." 그는 바람이 빠진 타이어를 가리킨다. "스페어
가 없어." 그는 허리를 숙여서 빌리와 눈높이를 맞춘다. 눈이 새파랗
다. 그 안에 아무것도 없는 것 같다. "저 구멍 들여다봤니, 빌리? 저 커
다란 구멍 말이야."

"아뇨." 빌리는 말한다. 그 질문에 무심한 듯 자연스럽게 대답하려
고 애를 쓰지만 생각한 대로 되고 있는지 모르겠다. 이러다 기절할
것 같다. 저길 내려다보지 않았더라면 얼마나 좋았을까, 아아, 얼마나
좋았을까. 파란색 운동화. "떨어질까 봐 무서워서 안 봤어요."

"똑똑하네." 게일런이 말한다. "그치, 피트?"

"똑똑해." 뚱보는 맞장구치고 코린에게 다시 한번 손을 흔든다. 이
제는 할빠도 언덕을 올려다보고 있다. 프랭크는 어깨를 늘어뜨리고
도랑에 빠진 뷰익의 뒤꽁무니를 계속 쳐다보고 있다.

"저 삐쩍 마른 분이 너희 아빠니?" 빨간 머리 게일런이 메리에게 묻
는다.

"네. 그리고 저분은 우리 할빠예요. 나이가 많아요."

"그래, 말 안 해도 알겠다." 피트가 말한다. 빌리의 어깨에 손을 계
속 얹어 놓고 있다. 빌리는 그 손을 내려다본다. 피트의 두 번째 손가
락 손톱 아래에 피인가 싶은 것이 묻어 있다.

"자, 이러면 어떨까?" 게일런이 말한다. 허리를 숙여서, 웃는 얼굴로
자기를 올려다보고 있는 메리에게 하는 말이다. "우리가 저 커다란
개늠시키를 밀어서 밖으로 꺼낼 수 있을 거야. 그럼 너희 아빠가 주
변의 어디 카센터까지 우리를 태워다 주는 거지. 우리 트럭 새 타이
어를 살 수 있게."

"아저씨들 델라웨어에서 왔어요?" 메리는 묻는다.

"뭐, 거길 지나긴 했지." 피트가 말한다. 그러더니 게일런과 눈빛을

교환하고 웃음을 터뜨린다.

"가서 너희 차 상태를 보자." 게일런이 말한다. "내가 안고 내려갈까, 꼬맹아?"

"아니에요, 괜찮아요." 메리는 말한다. 미소가 조금씩 조심스러워지고 있다. "걸어가면 돼요."

"네 오빠는 말수가 별로 없네?" 피트가 말한다. 볼링 백(볼링 백인지는 모르겠지만)을 들지 않은 쪽의 손을 계속 빌리의 어깨에 얹어 놓고 있다.

"원래는 수다쟁이예요." 메라는 말한다. "혀를 요리조리 쉴 틈 없이 놀린다고, 할빠가 그럴 정도예요."

"말문이 막힐 정도로 무서운 걸 봤나 보다." 게이런이 말한다. "마멋이나 여우. 아니면 다른 거."

"아무것도 안 봤어요." 빌리는 말한다. 울음이 터질 것 같아서 안 된다고, 안 된다고 속으로 중얼거린다.

"그럼 가자." 게일런이 말한다. 그가 메리의 손을 잡고 (이건 그녀가 허락한다) 다 같이 웃자란 잡초로 덮인 진입로를 걸어 내려간다. 피트는 빌리의 어깨에 계속 손을 얹은 채 그와 나란히 걷는다. 어깨를 꼭 붙잡고 있지는 않지만 빌리가 도망치려고 하면 붙잡을 것 같은 예감이 든다. 그는 자기가 물로 가득 찬 지하실 구멍을 들여다보는 걸 남자들이 보았다고 자신할 수 있다. 아무래도 이제 큰일 난 것 같다.

"안녕하세요, 할아버님, 아버님! 안녕하세요, 어머님!" 게일런은 7월의 어느 날처럼 환한 목소리로 말한다. "보아하니 조금 문제가 생기신 것 같은데. 도와드릴까요?"

"어머나, 그래 주시면 감사하죠." 코린이 말한다.

"잘됐네요." 프랭크가 말한다. "방향을 돌리려는데 빌어먹을 도로가 아래에서 주저앉았어요."

"너무 빠듯하게 돌았다니까." 할빠가 말한다.

프랭크는 그를 험상궂게 노려보고 새로운 얼굴들을 돌아보며 씩 웃는다. "두 분이 도와주시면 차를 밖으로 밀 수 있을 거예요."

"그럼요." 피트가 말한다.

프랭크는 손을 내민다. "프랭크 브라운입니다. 이쪽은 내 아내, 코린. 그리고 아버지, 도널드."

"피트 스미스입니다." 뚱뚱한 남자가 말한다.

"게일런 프렌티스입니다." 빨간 머리가 말한다.

그들은 서로 악수한다. 할빠는 "반갑소."라고 중얼거릴 뿐 그들을 흘끗 쳐다보지도 않는다. 그의 시선은 빌리에게로 향해 있다.

"어머님." 게일런이 말한다. "어머님께서 운전을 맡아 주시죠? 저와 피트와 여기 이 잘생긴 남편분이 차를 밀 테니까 어머님이 핸들을 조종해 주세요."

"아, 글쎄요." 코린은 말한다.

"내가 하겠소." 할빠가 말한다. "내 차니까. 옛날 옛적부터 몰던. 당시에는 정말로 차를 제대로 만들 줄 알았는데 말이지." 그가 뚱한 목소리로 말하자 희망으로 살짝 부풀었던 빌리의 심장이 다시 내려앉는다. 할빠가 이 남자들의 정체를 알아차린 줄 알았는데 그러지 못한 모양이다.

"할배는 그냥 옆에서 진지하게 구경만 하면 좋겠는데요. 프랭크의 부인이 운전할 줄 알 거 아녜요. 안 그래요?"

"그렇긴 하지만……." 코린은 말끝을 흐린다.

게일런은 그녀를 향해 엄지손가락을 들어 보인다. "그럴 줄 알았어요! 얘들아, 할배랑 같이 옆으로 비켜라."

"할빠예요." 메리가 말한다. "할배가 아니라."

게일런은 씩 웃는다. "아, 그래." 그가 말한다. "할빠지. 할빠ᄈ빠ᄈ빠 ᄈ빠ᄈ빠ᄈ빠."

코린이 뷰익 운전석에 올라타 좌석을 앞으로 당긴다. 지하실 구멍의 부연 물 밖으로 삐죽 튀어나와 있던 그 다리가 빌리의 머릿속에서 떠날 줄 모른다. 파란색 운동화도.

게일런과 피트는 기울어진 뷰익의 뒤로 가서 범퍼의 왼쪽과 오른쪽에 자리를 잡는다. 프랭크는 가운데를 맡는다.

"시동 거세요, 아주머니!" 게일런이 외치고, 그녀가 시동을 걸자 세 남자가 발로 단단히 지면을 딛고 두 손을 스테이션왜건의 납작한 뒤편에 올리고 몸을 앞으로 기울인다. "좋아요! 액셀을 밟아요! 세게는 말고, 살짝!"

엔진이 공회전한다. 할빠는 빌리에게로 허리를 숙인다. 입 냄새가 그 어느 때보다 코를 찌르지만 할빠의 입 냄새라 상관없다. "왜 그러냐, 우리 아가?"

"죽은 여자요." 빌리는 마주 속삭인다. 이제 눈물이 고인다. "저 위 구멍에 죽은 여자가 있었어요."

"조금 더!" 뚱보 피트가 외친다. "이년 궁둥이를 쑤셔 봐요!"

코린은 액셀을 좀 더 세게 밟고 남자들은 차를 민다. 뷰익의 양쪽 뒷타이어가 헛돌다가 지면을 제대로 딛는다. 에스테이트 왜건이 도로로 올라온다.

"워, 워, 워!" 게일런이 외친다.

어머니가 그들을 두고 이대로 쌩하니 달아나 어머니만이라도 안전하게 도망치면 좋겠다는 복잡한 내적 갈등이 갑작스럽게 빌리를 찾아온다. 하지만 그녀는 차를 멈추고 기어를 P로 옮기고 손바닥으로 원피스 치맛자락을 누르며 차에서 내린다.

"이 정도는 껌이죠, 완전 껌!" 게일런이 외친다. "다시 도로 위로 올라왔네요, 이렇게 멀쩡하게! 그런데 아직 조그만 문제가 남아 있어요. 그렇지, 피트?"

"그렇지." 피트가 말한다. "우리 트럭 타이어의 바람이 빠졌는데 스페어가 없어서요. 여기 올라오는 길에 못이 박혔나 봐요." 그는 까칠하게 수염이 자랐고 이제는 땀으로 번들거리는 뺨을 크게 부풀려 타이어에서 바람 빠지는 소리를 낸다. *피유유우우우우!* 그는 차를 미느라 내려놓았던 가방을 다시 집는다. 그러고는 지퍼를 연다.

"망할." 프랭크가 말한다. "스페어가 없단 말이죠?"

"완전 엿 같죠?" 게일런이 말한다.

"저 위에서는 뭐 하고 있었어요?" 코린이 묻는다. 그녀는 뷰익의 시동을 끄지 않고 문을 열어 놓았다. 그녀는 은행원의 표정으로 웃고 있는 남편을 쳐다보고, 그다음에는 두 아이를 쳐다본다. 딸은 괜찮아 보이지만 빌리는 얼굴이 백지장처럼 하얗다.

"캠핑이요." 피트가 말한다. 그의 손이 볼링 백이 아닌 가방 속으로 들어가 있다.

"흠." 프랭크가 말한다. "캠핑이라니……."

그는 말문을 맺지 않는다. 어쩌면 어떤 식으로 맺으면 좋을지 몰라서일 수도 있다. 대화를 어떻게 다시 시작하면 좋을지 아무도 모르는 눈치다. 나무 사이에서 새들이 지저귄다. 무성한 잡초 속에서 귀뚜라미가 갈대 같은 다리를 비빈다. 거기가 녀석들에게는 우주다. 일곱 사람은 공회전 중인 뷰익 뒤편에 엉성한 원형으로 서 있다. 프랭크와 코린은 "이게 무슨 일이지?"라고 묻는 눈빛을 주고받는다.

할빠는 안다. 그는 베트남에서 이런 남자들을 보았다. 쓰레기를 뒤지고 다니는 인간들. 그중 한 명은 구정 대공세가 끝나갈 무렵 판자울타리 앞에 세워져 동료의 총에 죽었다. 그의 나이에 비해 너무 어린 손자들은 이런 막장 스토리를 역사책에서 접할 일이 없을 것이다.

한편 프랭크는 태엽 장난감처럼 번쩍 정신을 차린다. 대출이 승인됐음을 알릴 때 짓는 미소가 다시 등장한다. 뒷주머니에서 지갑을 꺼낸다. "정비소나 어디 그런 데까지 태워다 드리면 좋겠지만 보다시피 빈자리가 없어서……"

"부인이 내 무릎에 앉으면 되죠." 피트는 눈썹을 꿈틀거린다.

프랭크는 그 말을 못 들은 척하기로 한다. "하지만 가다가 정비소가 보이면 바로 사람을 보내 드릴게요. 그나저나 각자 10달러씩 어때요? 우리를 도와준 대가로요."

그는 지갑을 연다. 게일런이 아주 조심스럽게 지갑을 그의 손에서 거두어 간다. 프랭크는 그를 막으려는 시도조차 하지 않는다. 눈을 동그랗게 뜨고 지갑이 아직 거기 있기라도 한 것처럼 자기 손을 빤히 쳐다보기만 한다. 무게는 느낄 수 있는데 이제는 보이지 않게 되어버린 것처럼.

"내가 이걸 다 가지면 어떨까요?" 게일런이 말한다.

"그거 돌려줘요!" 코린이 말한다. 그녀의 손을 슬금슬금 잡는 메리의 손이 느껴지자 그 위로 손가락을 포갠다. "당신 거 아니잖아요!"

"이제는 내 거예요." 그의 목소리는 지갑을 가져간 그 손처럼 부드럽다. "안에 뭐가 들었는지 봅시다."

그는 지갑을 연다. 프랭크는 한 발 앞으로 다가간다. 피트가 볼링백이 아닌 데서 손을 꺼낸다. 그 손에 리볼버가 들려 있다. 할빠가 보기에는 38구경 같다.

"뒤로 물러서, 프랭키 왱키." 피트가 말한다. "우리 지금 일을 처리하고 있잖아."

게일런은 지갑에서 몇 뭉치 안 되는 지폐를 꺼낸다. 그걸 접어서 청바지 주머니에 넣고 지갑을 피트에게 던지자 그는 그걸 가방에 넣는다. "할배, 그쪽 것도 주쇼."

"무법자." 할빠가 말한다. "너희들의 정체가 그거로군."

"맞아." 게일런은 부드러운 목소리로 맞장구친다. "그러니까 내가 이놈 대갈통을 한 대 후려치기 전에 지갑을 내놓으시지."

그게 결정타다. 빌리의 방광이 풀리며 사타구니가 뜨끈해진다. 그는 부끄러워서 그리고 무서워서 울음을 터뜨린다.

할빠는 헐렁한 바지 왼쪽 주머니에서 낡고 여기저기 긁힌 로드 벅스턴 지갑을 꺼내 건넨다. 불룩하지만 대부분 카드, 사진 그리고 적어도 5년은 된 영수증이다. 게일런은 20달러짜리 한 장과 1달러짜리 몇 장을 꺼내 자기 주머니에 넣고 로드 벅스턴은 피트에게 던진다. 이것 역시 가방 속으로 들어간다.

"가끔 정리도 해 주고 그래야지, 할배." 게일런이 말한다. "지갑이 엄청 추잡하네."

"지난 추수감사절 때 머리를 감은 것처럼 보이는 인간이 그런 소리를 늘어놓다니." 할빠가 말하자 게일런이 덤불에서 튀어나온 뱀처럼 빠르게 그의 얼굴을 때린다. 메리는 울음을 터뜨리며 어머니의 허리춤에 얼굴을 묻는다.

"그만해!" 프랭크는 이미 벌어진 일이고 그의 아버지의 입술과 코에서 피가 나고 있다는 걸 모르는 사람처럼 이렇게 말한다. 그러고는 바로 이어서. "입 다물어요, 아버지!"

"나는 내 앞에서 건방 떠는 인간들을 그냥 두고 보지 않아." 게일런이 말한다. "아무리 늙은이라도 말이지. 늙은이일수록 특히 더 주제 파악을 잘해야지. 이제 코린. 차에서 네 핸드백 들고 와. 네 딸은 우리가 데리고 있을게." 그가 메리의 팔을 잡자 손가락이 별로 있지도 않은 살을 파고든다.

"개한테서 손 떼." 코린이 말한다.

"여기 대장은 네가 아니야." 게일런이 말한다. "다시 한번 더 이래라저래라 하면 네 얼굴을 못 알아보게 만들어 주마. 피트, 프랭크랑 그 아버지 나란히 세워. 어깨가 서로 닿게. 둘 중 하나라도 움직이면……."

피트가 리볼버로 가리킨다. 할빠는 비척비척 자기 아들 옆으로 간다. 프랭크는 짧고 빠르게 콧김을 뿜어 가며 코로 숨을 쉬고 있다. 할빠가 보기에는 당장 기절한대도 놀랍지 않을 것 같다.

"너 봤지, 그치?" 피트가 빌리에게 묻는다. "솔직히 말해."

"아무것도 못 봤어요." 빌리는 울면서 말한다. 어린애처럼 눈물이 줄줄 흐르는 걸 어쩔 방법이 없다. 파란색 운동화.

"거짓말쟁이, 거짓말쟁이, 바지에 불났대요." 피트는 말한다. 그는 웃으며 빌리의 머리를 헝클어뜨린다.

게일런이 지폐를 또 접어서 주머니에 넣으며 돌아온다. 메리를 놓아준다. 그녀는 이제 어머니에게 매달린다. 코린은 멍한 표정이다.

할빠는 자기 가족을 살피느라 시간을 낭비하지 않는다. 게일런이 피트와 합류하고 그들 사이에 뭐가 오가는지 살핀 뒤 그의 짐작이 맞는다고, 아닌 척해도 소용없겠다고 결론을 내린다. 그들은 뷰익을 차지하고 브라운 가족을 버려 두고 가거나 브라운 가족을 죽일 것이다. 어느 쪽이 됐건 잡히면 이 둘은 쇼생크에서 종신형을 살 것이다.

"더 있어." 할빠가 말한다.

"뭐가?" 게일런이 묻는다. 그가 말을 하는 쪽이다. 그의 동료는 말이 없는 뚱보 타입인 듯하다.

"돈이 더 있다고. 제법 많아. 우리를 살려 주면 그거 줄게. 차만 타고 가고 우리는 살려 주면."

"얼마나 더 있는데?" 게일런이 묻는다.

"정확히는 모르지만 3천 3백 정도 될 거야. 내 비상 배낭 안에 있어."

"너 같은 영감탱이가 3천이 넘는 돈을 들고 깡촌을 돌아다니는 이유가 뭐야?"

"내 누이 낸 때문이지. 죽기 전에 데리에 가서 누이를 만나려고 했거든. 살날이 얼마 남지 않아서. 이미 죽었을 수도 있고. 암이야. 암이 온몸에 퍼졌어."

피트는 볼링 백이 아닌 것을 다시 바닥에 내려놓는다. 두 손가락을 마주 비비며 말한다. "세상에서 가장 작은 바이올린으로 연주하는 '그 말을 들으니 내 심장이 피똥을 싸겠네'야."

할빠는 귓등으로 흘려듣는다. "장례식 비용을 내려고 사회보장연금을 거의 다 인출했거든. 낸은 가진 게 아무것도 없고 현금으로 결제하면 할인해 준다고 해서." 그는 빌리의 어깨를 토닥인다. "이 아이가 나 대신 인터넷에서 다 알아봐 줬지."

빌리는 그런 적이 없었지만 어깨를 들썩이며 다시 한두 번 흐느끼는 것 말고는 아무 말도 하지 않는다. 그와 메리가 슬라이드 인을 구경하러 가지 않았으면 얼마나 좋았을까 하는 생각이 든다. 시야가 흐려진 눈으로 아버지를 쳐다보자 순간 새하얀 증오가 치민다. 이게 다 *아빠* 때문이야. 아빠가 차를 도랑에 빠뜨리는 바람에 이 남자들이 우리 돈을 빼앗아 갔고 이제 우리를 죽이려고 하잖아. 할빠는 알아. 보니까 할빠는 알아.

"그 비상 배낭이 어디 있는데?" 게일런이 묻는다.

"다른 짐이랑 같이 트렁크에."

"들고 와."

할빠는 뷰익 쪽으로 걸어간다. 끙끙대며 트렁크를 연다. 허리에서 쥐가 나려는 것이다. 허리가 맨 먼저 나가고 고추가 맨 나중이고 그 중간에 다른 모든 게 줄줄이 나간다는 것이 그의 아버지가 늘 하던 말이다.

그 가방은 피트의 가방처럼 위에 지퍼가 달렸지만 더 길다. 볼링 백이라기보다 더플백에 더 가깝다. 그가 지퍼를 열고 가방을 쫙 펼친다.

"그 안에 총은 없겠지, 할배?" 게일런이 묻는다.

"없어, 없어, 그런 건 너 같은 녀석들이나 들고 다니지. 하지만 이것 좀 봐." 할빠는 낡아서 너덜너덜한 소프트볼 글러브를 꺼낸다. "아까 내가 얘기한 그 누이 기억하지? 그 누이 거야. 아직 죽지 않았으면 그리고 혼수상태가 아니면 보여 주려고 들고 왔어. 오클라호마 시티에서 열린 여성 월드 시리즈에 이걸 끼고 출전했지. 소프트볼 말이야. 유격수였어. 제2차 세계대전이 벌어지기 전이었다니까? 그리고 이걸 봐!" 그는 장갑을 뒤집는다.

"할배." 게일런이 말한다. "미안하지만 나는 관심 없어."

"그래, 하지만 여기 뒤편 말이야." 할빠는 고집을 부린다. "보이나? 돔 디마지오 사인. 존 디마지오의 동생 말이야."

그는 글러브를 옆으로 치우고 가방을 다시 뒤진다. "야구 카드도 200장 넘게 들고 왔어. 사인을 받은 것도 있고 팔면 돈이 될 만한……"

피트가 빌리의 팔을 잡고 비튼다. 빌리는 비명을 지른다.

"그러지 말아요!" 코린이 마주 비명을 지른다. "내 아들 해치지 말아요!"

"너희가 이런 궁지에 몰린 게 네 아들 때문이거든." 피트가 말한다.
"여기저기 기웃거리고 다니는 이 새끼." 그러고는 할빠에게. "염병할
야구 카드는 필요 없어!"

메리는 울고 있고 코린도 울고 있고 빌리가 보아하니 아버지는 당
장이라도 기절할 것 같은데, 할빠는 그들 어느 누구에게도 관심이 없
는 눈치다. 할빠는 자기만의 세상속으로 들어갔다. "만화책은?" 그는
물으며 만화책을 한 움큼 꺼내 휘두른다. "아치하고 캐스퍼는 별로
돈이 안 되겠지만 묵은 슈퍼맨도 몇 권 있고…… 배트맨이 조커랑 싸
우는 것도 한두 권 있고……."

"그만하지 않으면 내가 피트한테 네 아들을 쏘라고 할 것 같은데."
게일런이 말한다. "거기 돈이 있는 거야, 없는 거야?"

"있어, 있어." 할빠가 말한다. "맨 밑바닥에. 하지만 네가 관심을 보
일 만한 다른 게 있거든."

"관심은 이제 됐어." 게일런은 말하고 앞으로 나선다. "돈이나 내놔.
돈이 있는지도 모르겠네. 돈 내놓고 꺼져."

"어허, 정신 차려." 할빠가 말한다. "이걸 팔면 내가 들고 온 현금의
두 배는 받을 수 있을 거야." 그는 루이스빌 슬러거를 꺼낸다. "테드
윌리엄스가 사인한 거야. 그 스플렌디드 스플린터가 직접. 이거 이베
이에 내놓으면 7천은 받을 수 있을걸? 최소 7천."

"할배 여동생이 무슨 수로 그런 걸 손에 넣었지?" 게일런이 마침내
관심을 보이며 묻는다. 희미해졌지만 방망이에 분명히 적힌 사인이
그의 눈에도 보인다.

"그가 사인 구역을 지나갔을 때 그냥 웃으면서 윙크를 날렸지." 할
빠는 말하고 방망이를 휘두른다. 방망이가 게일런의 관자놀이를 가

격한다. 그의 두피가 블라인드처럼 쫙 벌어진다. 피가 튄다. 그는 아프고 놀라서 눈을 질끈 감는다. 한 손을 내밀어 허우적거리며 넘어지지 않으려고 휘청거린다.

"남은 놈을 해치워라, 프랭키!" 할빠가 외친다. "쓰러뜨려!"

프랭크는 꼼짝하지 않고 입을 떡 벌린 채 서 있기만 한다.

피트가 너무 놀라서 1초라는 귀한 순간 동안 게일런을 빤히 쳐다보기만 하지만 그 순간은 지나 버린다. 그가 할빠를 향해 총을 겨눈다. 빌리가 그에게 달려든다.

"안 돼!" 코린이 외친다. "빌리, 안 돼!"

빌래가 피트의 팔을 잡고 끌어내린 순간 피트가 방아쇠를 당겨 총알이 그의 발 사이 땅에 박힌다. 게일런은 한 손으로 올려진 트렁크 뚜껑을 잡고 허리를 편다. 할빠는 울부짖는 허리를 무시하며 와인드업을 하고, 켄터키 참나무로 만든 935그램짜리 단단한 방망이로 빨간 머리의 갈비뼈를 강타한다. 게일런의 무릎이 꺾이고 그가 숨을 헐떡이며 한 말("피트, 이 새끼 쏴 버려!")은 속삭임에 가깝다. 할빠가 방망이를 든다. 다시 총성이 들리지만 총알은 빗나갔고(적어도 그가 생각하기에는 그렇다) 그는 게일런의 숙인 머리를 방망이로 내리친다. 게일런은 뷰익의 타이어 자국 위로 고꾸라진다.

피트는 빌리를 떨쳐 내려 하지만 빌리가 눈을 부릅뜨고 아랫입술을 깨물어 가며 족제비처럼 잡고 놓지 않는다. 총이 이리저리 흔들리다가 세 번째로 발사되자 하늘로 총알이 날아간다.

"이제 네 차례다, 이 개자식아." 할빠가 으르렁거린다.

피트가 마침내 빌리를 내동댕이치지만 다시 총을 들 겨를도 없이 할빠가 손목을 방망이로 내리쳐 부러뜨린다. 총이 바닥으로 떨어진다. 피트는 몸을 돌려서 볼링 백이 아닌 것을 바닥에 둔 채 도망친다.

두 아이가 할빠에게로 달려들어 끌어안는 바람에 그는 하마터면 넘어질 뻔한다. 그는 아이들을 밀쳐서 떼어 낸다. 늙은 심장이 어찌나 쿵쾅거리는지 이대로 멈춘대도 이상하지 않을 정도다.

"빌리, 그 뚱보 녀석 가방을 집어라. 우리 물건이 거기 들어 있는데 허리를 숙일 수가 없네."

빌리는 총성 때문에 귀가 살짝 먹먹했는지 가만히 있고, 동생이 할빠가 시킨 대로 한다. 가방을 뷰익 트렁크에 던져 넣고 유니콘 티셔츠 앞섶에 손을 닦는다.

"프랭크." 할빠가 부른다. "그 빨간 머리 죽었냐?"

프랭크는 꼼짝하지 않고 대신 코린이 게일런 옆에 무릎을 꿇는다. 창백한 이마 아래에서 새파랗게 빛나는 눈으로 몇 초 동안 살핀다. "숨을 쉬지 않아요."

"흠, 별로 아쉬워할 만한 일은 아니지." 할빠가 말한다. "빌리, 그 총 주워라. 방아쇠 건드리지 않게 조심하고."

빌리는 떨어진 리볼버를 집는다. 그걸 아버지에게 내밀지만 프랭크는 빤히 쳐다보기만 한다. 할빠가 받아서 지갑이 있었던 주머니에 넣는다. 프랭크는 그 자리에 가만히 서서 정수리가 움푹 꺼진 채 잡초밭에 고꾸라진 게일런만 쳐다본다.

"할빠, 할빠!" 빌리가 부르며 노인의 팔을 잡아당긴다. 입술이 덜덜 떨리고 눈물이 뺨을 타고 줄줄 흐르며 콧물이 비누 거품처럼 윗입술을 덮었다. "뚱보가 트럭에 총을 하나 더 가지고 있으면 어떻게 해요?"

"우리가 그냥 여기서 얼른 떠나 버리면 어떨까?" 할빠가 말한다. "코린, 네가 운전해라. 나는 못 하겠으니. 얘들아, 다시 타자." 그는 허리가 아주 제대로 나가서 다시 앉을 수 있을지 모르겠지만 아무리 죽을 듯이 아파도 앉아야 할 것이다.

코린이 트렁크를 닫는다. 아이들은 웃자란 잡초로 덮인 진입로를 다시 올려다보며 피트가 오는지 살핀 다음 차를 향해 달린다.

할빠는 아들에게 다가간다. "너는 기회가 있었는데, 그 자리에 가만히 서 있기만 했다. 너 때문에 내가 죽을 수도 있었어. 우리 모두 죽을 수도 있었어." 할빠는 지금 죽어서 그들 발치에 쓰러진 남자에게 얻어맞았던 것처럼 프랭크의 뺨을 때린다. "타라, 아들. 너도 너무 늙어서 이제 달라질 가망이 있을지 나도 잘 모르겠다만."

프랭크는 꿈을 꾸는 사람처럼 조수석 쪽으로 걸어가 차에 오른다. 할빠는 뒷문을 열지만 이제 보니 허리를 숙일 수가 없다. 그래서 시트 위로 드러누운 다음 살짝 낑낑대며 다리를 끌어올린다. 메리가 그를 타고 넘어 문을 닫자 그것도 아프다. 그냥 허리만 욱신거리는 게 아니라 내장이 터진 느낌이다.

"할빠, 괜찮으세요?" 코린이 묻는다. 그녀는 뒤를 돌아보고 있다. 프랭크는 앞 유리창 너머를 똑바로 응시한다. 두 손은 무릎 위에 올려놓았다.

"괜찮다." 할빠는 이렇게 대답하지만 실은 괜찮지가 않다. 누이가 병원에서 처방받았을 게 분명한 진통제를 여섯 알쯤 삼키고 싶지만 낸은 여기서 멀리 있고 오늘은 그녀를 만날 수 있을 것 같지 않다. 그렇다, 오늘은 아니다. "출발하자."

"그 돈 진짜로 있었어요, 할빠?" 빌리는 이렇게 묻고 그의 어머니는 왔던 길을, 프랭크는 엄두도 내지 못했던 속도로 되짚어가기 시작한다. 슬라이드 인에서 얼른 벗어나고 싶은 것이다. 그리고 슬라이드 인 도로에서도.

"당연히 없었지." 할빠는 말한다. 그는 손녀의 눈물을 닦아 주고 아이를 꼭 끌어안는다. 아프지만 그래도 그렇게 한다.

"할빠." 손녀가 말한다. "낸 고모할머니의 특별한 야구방망이를 두고 왔어요."

"괜찮아." 할빠는 아이의 머리칼을 쓸어넘기며 말한다. 땀에 젖어서 온통 헝클어졌다. "나중에 찾으러 오지 뭐."

프랭크가 마침내 입을 연다. "196번 도로에서 빠져나오기 직전에 조그만 가게를 하나 지났어요. 거기서 경찰에 신고할게요." 그는 몸을 돌려서 노인을 쳐다본다. 뺨에 빨갛게 손자국이 남아 있다. "이게 다 아버지 때문에 생긴 일이에요. 아버지가 고집을 부리는 바람에 이 빌어먹을 차를 타고 왔잖아요. 볼보를 타고 왔더라면……"

"입 다물어, 프랭크." 코린이 말한다. "부탁할게. 이번 한 번만."

그래서 프랭크는 입을 다문다.

플래너리 오코너를 추억하며

빨간 화면

윌슨은 우울한 오전 시간을 보내고 있다. 면도를 하다가 베어서 턱을 타고 흐르는 피를 휴지로 닦고 있을 때 샌디가 문밖에서 고개를 내밀더니 변기 시트를 내리지 않고 치약 뚜껑을 닫지 않았다고 잔소리한다. 넥타이에 주스를 흘려서 다른 걸로 바꿔 매야 한다. 출근을 핑계로 탈출하기 전에 잔소리를 몇 개 더 듣는다. 이번에는 맥주병을 재활용 수거함이 아니라 쓰레기통에 버렸다고, 아이스크림 먹은 그릇을 헹구지 않고 그대로 식기세척기에 넣었다고 그를 나무란다. 하나가 더 있지만 이쪽 귀로 들어왔다가 저쪽 귀로 고스란히 흘러나간다. 아무튼 뭔가에 실망했다는 거다. 그가 요즘 들어 깜빡깜빡하고 조금 무신경해진 걸까 아니면 그녀가 지난 6개월 내지는 8개월 새 점점 더 까칠해진 걸까? 그는 알 수가 없고 그런 질문을 하기에는 아직 너무 이르다.

하지만 차를 타고 집 앞 진입로를 후진하는 동안 어떤 생각이 떠오르자 기분이 좋아진다. 흉조라는 게 있다면 오늘치를 모두 소진했으니 이제부터는……

"순항이다!" 그는 외치고 사물함에 넣어 둔 담뱃갑에서 담배를 한 대 꺼낸다.

이런 낙관론은 15분 동안 유지된다. 15분 뒤에 그는 전화를 받고 퀸스의 34번가(街)로 핸들을 돌린다. 현장으로 출동하라는 지시를 받았기 때문인데, 이건 절대 길조일 수가 없다.

5시간 뒤, 점심 메뉴를 고민해야 할 시간에 윌슨은 이중 거울을 통해 조그만 조사실을 들여다보고 있다. 테이블 하나에 의자가 두 개다. 한 의자에 레너드 크로커라는 남자가 앉아 있다. 그가 앉은 쪽 테이블에 달린 링 볼트에 수갑이 채워져 있다. 카키색 워크 팬츠 위에 끈 달린 스타일의 러닝셔츠를 입었다. 그 위에 입었던 셔츠는 라벨 달린 비닐봉지에 담겨 감식을 앞두고 있다. 순서가 돌아오면 (항상 일이 밀려 있기에 시간이 좀 걸릴 것이다) 거기에 남은 혈흔의 혈액형을 파악하고 DNA를 채취할 것이다. 이건 형식적인 절차다. 크로커는 이미 살인을 저질렀다고 자백했다. 조만간 러닝셔츠와 워크 팬츠가 죄수복으로 바뀔 것이다.

윌신은 신분증을 목에 건다. 조사실로 들어가며 여기에 미소를 곁들인다. "안녕하세요, 크로커 씨. 저 기억하시죠?"

레너드 크로커는 수갑까지 차고 있음에도 더할 나위 없이 편안해 보인다. "그 형사님이시죠?"

"맞아요!" 윌슨은 자리에 앉는다. "어느 쪽이 편하세요? 렌? 레니?

아니면 레너드?"

"보통은 레니요. 그 배관업체에서 같이 일하던 동료들도 그렇게 불렀어요."

"그럼 레니라고 부를게요. 저는 여기서, 당신이 동의한다면 일종의 사전 대화 같은 걸 진행하려고 합니다. 당신에게 어떤 권리가 있는지는 들었죠?"

레니는 함정이 있는 질문을 간파한 사람처럼 미소를 짓는다. "처음에는 현장에 출동한 경찰에게, 그다음은 형사님에게요. 제가 전화했어요. 경찰서에요."

"좋습니다! 다시 한번 요약하자면 당신이 한 발언은······"

"법정에서 불리하게 사용될 수 있죠."

윌슨의 미소가 함박웃음으로 번진다. "정답! 법적 대리인은요? 그 부분에 대해서는 어떻게 기억하고 있나요? 왜냐하면 지금 우리 대화가 녹음되고 있거든요."

"언제든 변호사를 선임할 수 있죠. 그럴 여유가 없으면 나라에서 한 명 붙여 준다고. 그게 법이라고."

"딩동댕입니다. 변호사 선임을 원하세요? 그럼 말씀하세요." 나도 점심 좀 먹자. 윌슨은 생각한다.

"지금은 형사님으로 충분하지만 재판을 받을 때는 변호사가 필요하겠죠?"

"셀프 변호를 할 게 아닌 이상은요. 하지만 셀프 변호하는 사람은······"

레니는 한 손가락을 들고 고개를 모로 꼰다. 배관공이 아니라 학자에 가까운 동작이다. "······바보라고 광고하는 셈이다."

윌슨은 웃음을 터뜨리고 고개를 끄덕인다. "상품으로 큐피 인형을 드리겠습니다." 그런 다음 깍지 낀 손으로 턱을 받치고 좀 더 진지한 표정을 지으며 레니를 똑바로 쳐다본다. "이제 본론으로 직행할까요? 당신은 오늘 아침에 아내를 살해했어요, 그렇죠? 아내의 복부를 칼로 세 번 찔렀고, 아내는 과다 출혈로 사망했어요. 경찰관들에게 그렇게 얘기한 거 맞죠? 저한테도 그렇게 얘기했고요."

레니는 고개를 젓는다. "기억하실지 모르겠지만 저는 사실 *제가 그랬습니다*, 라고 했어요."

"그러니까 당신이 아내를 살해했다는 뜻이죠? 알린 크로커를."

"그 여자는 내 아내가 아니었어요."

윌슨은 재킷 안 주머니에서 수첩을 꺼내 들여다본다. "알린 크로커가 아내가 아니라고요?"

"오늘은 아니에요. 작년에도 아니었고요." 그는 곰곰이 생각한다. "어쩌면 그 이전부터였을 수도 있는데. 정확히는 모르겠네요."

"모르는 사람을 살해했다고 말씀하시는 건가요? 9년 전에 결혼한 아내와 비슷하게 생긴 사람을?"

"네." 레니는 *당신이 결국에는 정확한 질문을 하겠지만 내 도움을 바라지는 마*, 라고 말하는 표정으로 진득하게 윌슨을 쳐다본다.

"그럼…… 주방 바닥과 당신 티셔츠에 남은 혈흔의 혈액형을 파악하고 DNA를 채취해도 사망한 여성과 일치하지 않겠네요?"

"아, 아마 일치할 거예요." 레니는 신중하게 고개를 끄덕인다. "거의 100퍼센트 장담하는데 일치할 겁니다. 경찰 측의 과학 수사 담당자들이 특이한…… 음……." 그는 알맞은 단어를 고민한다. "특이한 요소를 찾아주길 바라는 마음은 있지만요. 찾을 것 같지는 않지만 체크해 보시는 편이 좋을 거예요. 저는 그걸 죽인 죄로 감옥에 가겠지만 진실이 제대로 밝혀지면 좋겠습니다."

이제 윌슨은 이해한다. 심신미약을 주장할 심산인 것이다.

"지금 그게 무슨 얘기인가요, 레니? 당신 아내가 뭔가에 씌었다는 건가요? 알아듣게 설명을 해 주시죠."

레니는 곰곰이 생각한다. "엄밀히 말하면 그건 아니에요. 사람이 뭔가에 씌면, 제 생각이 틀렸거든 바로잡아 주세요, 형사님, 그러면 어떤 영혼이나 악령이 들어와서 몸을 차지하더라도 그 사람은 안에 남아 있잖아요. 포로로 붙잡힌 채. 형사님은 그렇게 알고 계시죠?"

윌신은 「엑소시스트」와 그 비슷한 영화를 두어 편 보았기에 고개를 끄덕인다. "네. 그런데 당신 아내는 그런 경우가 아니었다는 겁니까?"

"네. 그녀는 그것이 들어왔을 때 죽었어요. 원래 다들 그래요."

"다들이요? 다들이라니 누구요?"

"아직 많지는 않아요. 구글 검색상 이제 80억에 달했다는 전 세계 인구를 감안하면. 하지만 계속 늘고 있어요, 형사님. 그것들은 우리 몸을 차지해요, 형사님. 완벽하게 위장해요. *우리가 완벽한 위장 도구예요.*"

윌슨은 곰곰이 생각해 보는 척한다. 하지만 사실은 이 조사 자료가 지방 검사에게는 아무 쓸모없겠다는 생각을 하고 있다. 앞으로 길고 복잡한 절차가 기다리고 있겠다. 검사 측 정신과 의사 두어 명, 거기에 코커 측 의사까지 추가. 윌슨은 크로커가 이미 정신과 의사의 연락처를 단축 번호로 저장해 놓았대도 놀라지 않을 것이다.

"외계인인가요?"

코커가 이제 알아들었네, 하는 표정을 짓는다. "맞아요. 외계인. 우주에서 왔는지 아니면 다른 평행 세계에서 왔는지 그건 잘 모르겠어요. 인터넷을 보면 의견이 분분하잖아요. 내가 생각하기에는 우주예요. 말이 되거든요, 왜냐하면……" 그는 열띤 표정으로 상체를 기울인다. "광속이 있잖아요."

"광속이 왜요?" 관심이 있어서 물은 건 아니다. 윌슨은 점점 흥미를 잃어 가고 있다. 그의 관심사는 같은 블록의 델리에서 파는 햄 앤드 터키 클럽 샌드위치다. 그리고 후식으로 말보로 한 대.

"우주선은 광속보다 빠르게 갈 수 없잖아요. 그보다 빨라지면 시간을 거꾸로 거슬러 올라가거나 그냥 분해되죠. 과학 이론상으로는 그래요. 하지만 순수한 *정신*은요, 형사님…… *그건* 시간을 뛰어넘을 수 있어요. 하지만 여기에 다다르면 몸이 필요해지죠. 몸이 없으면 죽을지도 몰라요. 우리는 현재 침략의 초기 단계에 있어요. 세계 각국 정부가 정신을 차리지 않으면 그들이 수천, 수만, 수백만 단위로 쳐들어올 거예요."

크로커는 수갑과 사슬이 채워진 손 위로 몸을 내밀고 있다가 이제 뒤로 기대앉는다. "전부 인터넷에 있어요."

"그렇겠죠, 레니. 카멀라 해리스도 그 침략군 중 한 명이고 암트랙 조*가 꼴까닥해서 권좌를 넘겨받을 수 있길 기다리고 있겠죠." 그는 자리에서 일어난다. "구치소로 돌아가서 정식으로 기소되기 전에 이 문제에 대해 곰곰이 생각해 보세요. 그리고 충고 하나 하자면 훌륭한 변호사를 쓰셔야겠어요. 훌륭한 변호사라야 이걸로 배심원단을 설득할 수 있을 것 같거든요."

"앉으세요." 레니는 조용히 말한다. "이 얘기 안 들으면 후회하실 거예요."

윌슨은 손목시계를 확인하고 레너드 크로커에게 5분, 길면 10분 더 할애하기로 한다. 어쩌면 이 남자가 정말로 제정신이 아닌지 그를 가

---

* 조 바이든 대통령의 별명.

지고 노는 건지 판단할 수 있을지 모른다. 그래야 한다. 그는 이러니 저러니 해도 형사이지 않은가.

"오륙 년 전에 이 사태를 알아차린 사람이 있었어요. 다크웹에 그 이야기가 소개됐고 거기에서부터 점점 퍼져 나가고 있어요, 형사님. 물에 떨어진 잉크처럼."

"왜 아니겠어요." 윌슨은 이제 정색하고 있다. "피를 마시는 민주당 의원, 락스로 관장해 코로나를 치료하는 법, 동물 학대 영상, 미성년자 음란물과 함께 거기 소개됐겠죠. 당신은 아내를 살해했어요, 레니. 헛소리는 집어치우고 거기에 대해 조금 생각해 봐요. 고기 써는 칼로 그녀를 찌르고 죽어 가는 걸 지켜봤다고요."

"그들은 달라져요. 흥분을 잘하고 사사건건 트집을 잡아요. 그냥 여기서 사는 데 만족하지 않고 군림하려 들어요. 하지만 우리에게는 아직 기회가 있어요. 어떤 컴퓨터 천재가 그들을 감지하는 법을 알아냈거든요. 우리가 살아남으면 전 세계 모든 나라에 그의 동상이 세워질 거예요. 외계인들은 의식 깊은 곳에 명령을 내려요. 무의식적이고, 누구라도 할 수 있는 명령을. 현재는 거기에 대해 아는 사람이 몇 안 되지만 정보가 점점 퍼지고 있어요. 인터넷이 그런 걸 잘하잖아요, 정보를 퍼뜨리는 거."

정신병을 퍼뜨리는 것도 잘하지. 윌슨은 생각한다.

"싸움이 될 거예요." 레니는 눈을 동그랗게 뜬다. "시간과의 싸움."

"워, 워. 테이프를 돌려 봅시다. 아내가 흥분을 잘하고 사사건건 트집을 잡아서 살해했다는 건가요?"

레니는 미소를 짓는다. "왜 이러세요, 형사님. 잔소리 많은 여자가 어디 한둘인가요? 남자들도 마찬가지고요. 초기 증상은 모르고 지나치기 쉬워요." 그는 수갑이 허락하는 한도 내에서 최대한 넓게 팔을 벌린다. 그게 얼마 되지는 않는다.

윌슨이 말한다. "당신과 결혼해서 살려면 알린이 짜증을 잘 내고 사사건건 트집을 잡을 수밖에 없었겠는데요."

"그녀는 쪼기 시작했어요." 레니는 말한다. "쪼고 쪼고 쪼고. 처음에 나는 그냥 우울해했지만……"

"자존심에 상처를 입었겠군요?"

"그러다 의심스러워졌어요."

"내 아내도 가끔 쫄 때가 있어요." 윌슨은 말한다. "내 차는 움직이는 돼지우리라고 하고, 내가 변기 커버를 내리지 않으면 짜증을 내요. 하지만 그런다고 나는 그녀에게 고기 써는 칼을 휘두를 생각은 한 적이 없어요."

"빨간 화면이 떴어요. 일이 초 정도 지나면 없어져서 그들은 화면을 보지 못하거든요? 하지만 나는 그걸 봤을 때 알게 됐어요."

"내가 아는 게 있다면 조사는 이걸로 끝이라는 겁니다." 윌슨은 왼쪽 벽에 달린 거울 쪽으로 고개를 돌리고 손의 옆면으로 그의 목을 긋는다. 끝났다는 뜻이다.

"그건 미묘해요." 레니는 말한다. 그는 동정하는 듯한 거만한 눈빛으로 윌슨을 쳐다보고 있다. "온도를 아주 천천히 올려서 개구리를 삶는다는 이야기처럼. 그들은 앗아 가요. 처음에는 당신의 자존감을, 그리고 당신이 약해지면……" 그는 사슬의 길이만큼 두 손을 위로 확 올려 자기 목을 조르는 흉내를 낸다. "…… 당신의 목숨을 앗아 가요."

"여자들 말이죠?"

"여자일 수도 남자일 수도 있어요. 이건 성차별적인 발상이 아니에요, 오해하지 마세요."

"「엑소시스트」가 아니라 「신체 강탈자의 침입」이로군요."

아내를 살해한 남자는 함박웃음을 짓는다. "*바로 그거예요!*"

"계속 그렇게 주장해요, 레니. 그럼 어떻게 되는지 봅시다."

윌슨은 7시 15분 전에 퇴근한다. 샌디는 거실에서 저녁 뉴스를 보고 있다. 1인분의 식사가 식탁에 차려져 있다. 외로워 보인다.

"여보, 나 왔어." 그는 큰소리로 외친다.

"당신 저녁은 오븐에 있어. 닭고기 다 퍽퍽해졌겠다. 5시까지 퇴근한다더니."

"일이 생겨서."

"그 일은 끝일 줄 모르네."

그가 샌디에게 5시까지 퇴근하겠다고 했던가? 솔직히 기억이 나지 않는다. 하지만 크로커(아마도 메트로폴리탄 구치소에서 대기 중일)가 *미묘하다*고 했던 건 기억한다.

그는 오븐에서 닭고기와 감자를, 전기레인지 위에 놓인 찜기에서 깍지 콩을 꺼낸다. 감자는 괜찮을 것 같지만 닭고기와 깍지 콩은 오래됐고 맛이 없어 보인다.

"드라이클리닝 맡긴 옷 찾아왔어?"

그는 닭가슴살을 자르다 말고 멈춘다. 사실상 썰다 말고 멈춘다. "무슨 드라이클리닝?"

그녀는 일어나 문 앞에 와서 선다. "우리 드라이클리닝. 어젯밤에 얘기했잖아, 프랭크. 아우!"

"어……" 전화벨이 울린다. 그는 허리춤에서 전화기를 꺼내 화면을 쳐다본다. 파트너의 전화였다면 수신을 거부했을 테지만 아니다. 알바레스 반장이다. "이거 받아야 하는 전화야."

"그러시겠지." 그녀는 말하고, 가장 최근에 집계된 코로나 바이러스 사망자 숫자 보도를 놓치지 않으려고 거실로 몸을 돌린다. "정말 못 살아."

그는 쫓아갈까 고민하지만 상사의 전화라 수락을 누른다. 알바레스가 하는 말을 듣다가 자리에 앉는다. "지금 *장난하세요? 어쩌다가요?*"

그의 말소리를 듣고 샌디가 다시 문 앞으로 온다. 그의 쭈그린 자세 (전화기를 귀에 대고 고개를 숙인 채 한쪽 팔을 허벅지에 올려놓은)를 보고 식탁 앞으로 다가온다.

윌슨은 좀 더 듣다가 전화를 끊는다. 접시를 싱크대 앞으로 들고 가 음식물 처리기에 전부 버린다. "완벽하게 엿 같은 하루의 완벽하게 엿 같은 마감이네."

"무슨 일인데 그래?" 샌디가 그의 팔에 손을 얹는다. 가벼운 스킨십이지만 그로서는 매우 반갑게 느껴진다.

"자기 아내를 죽인 남자를 구치 중이었거든. 내가 현장으로 출동했는데 진짜 난리도 아니었어. 주방이 피바다고 그 안에 여자가 쓰러져 있더라고. 경찰서로 데려가서 내가 기초 신문을 진행했지. 범인이 완전 미친놈이더라고. 자기 아내가 외계인 침략군 중 한 명이래."

"헐."

"스스로 목숨을 끊었대. 메트로폴리탄 구치소 입소 절차를 밟던 도중에. 연필을 집어서 거기 달린 체인을 끊고 그걸로 자기 경정맥을 찔렀대. 알바레스 말로는 운이 좋아서 그렇게 된 거라는데, 입소 담당 경사 말로는 어디를 찔러야 하는지 아는 것 같았대."

"의료계 종사자였나 보다."

"샌디, *배관공이었어*."

그 말을 듣고 그녀가 웃음을 터뜨리자 윌슨도 덩달아 웃음을 터뜨린다. 그는 자기 이마를 그녀의 이마에 갖다 댄다.

"재밌어서 웃은 거 아니야." 샌디가 말한다. "자기 말투가 재밌어서 웃은 거야. *배관공이었어.*" 그녀는 다시 웃음을 터뜨린다.

"알바레스 말로는 그자가 반항했대. 피가 쏟아지는, 뿜어져 나오는 와중에도. 기절한 뒤에 프레스비테리언 병원으로 이송했는데 이미 늦었더래. 피를 너무 많이 흘려서."

"가서 텔레비전 좀 꺼 줘." 샌디가 말한다. "스크램블드에그 만들어 줄게."

"베이컨도?"

"콜레스테롤에는 나쁘지만 오늘 저녁에는…… 그래."

그들은 그날 밤에 사랑을 나누는데…… 몇 주 만인가? 아니다, 그 보다 더 됐다. 최소 한 달은 됐다. 좋다. 다 끝나자 샌디가 묻는다. "담배 아직 안 끊었어?"

그는 거짓말을 할까 고민한다. 이제는 저세상 사람이 된 배관공이 했던 말을 떠올린다. *그녀는 쪼기 시작했어요. 쪼고 쪼고 쪼고.* 오늘 저녁이 얼마나 근사했는지 생각한다. 지난 6개월 또는 8개월과 얼마 나 달랐는지.

그들은 달라져요. 흥분을 잘하고 사사건건 트집을 잡아요.

그는 거짓말하지 않는다. 아직 안 끊었지만 많이 피우지는 않는다 고 말한다. 하루에 기껏해야 반 갑이라고 말한다. 그녀는 그 정도로도 죽을 수 있어, 라고 하겠지만.

그녀는 그러지 않는다. 이렇게 말한다. "지금 담배 있어? 있으면 나 한 대만 줘."

"당신 담배 끊은 지……"

"할 얘기가 있어서 그래. 계속 미뤄 왔던 거."

오, 주여. 윌슨은 생각한다.

그는 침대 옆 스탠드를 켠다. 열쇠, 지갑, 전화기, 잔돈 몇 개가 협탁 위에 흩뿌려져 있다. 공무용 권총은 서랍에 넣었다. 항상 그런다. 그 뒤에 말보로 담배와 빅 라이터가 있다. 그는 그녀에게 담배를 한 대 건네며 생각한다. 담배를 끊은 지 하도 오래돼서 한 모금만 피워도 정신이 몽롱해질 텐데.

"당신도 한 대 피워."

"재떨이가 없네. 한 대 피우고 싶으면 대개 손님용 욕실로 갔거든."

"내 물잔을 쓰지, 뭐."

그는 그녀의 담배에 불을 붙여 주고 그의 담배에도 불을 붙인다. 그들이 아이를 두엇 낳고 영원히 행복하게 살 거라고 생각했던 신혼 때처럼 침대에서 담배를 피운다. 그로부터 12년이 지났지만 아이는 없고 윌슨은 인간적인 한계를 처절하게 느끼고 있다.

"설마 이혼하자는 건 아니지?" 그는 농담처럼 묻지만 농담이 아니다.

"아니야. 내가 올해 봄부터 지랄 맞게 툴툴대고 까다롭게 굴었던 이유를 설명하려는 거야."

"아하……."

그녀는 담배 연기를 내뿜지만 다시 마시지는 않는다. "나 요즘 아슬아슬한 상태야."

"그게 무슨 뜻인지 모르겠어, 샌디."

"폐경이 얼마 안 남았다고, 프랭크. 조만간 딱 끊기게 생겼다고."

"진짜야?"

그녀는 그를 째려보더니 코웃음을 쳤다. "내가 모르면 누가 알겠어?"

"당신…… 이제 겨우 서른아홉 살이잖아."

"우리 가족은 일찍 시작하고 일찍 끝나. 팻 언니는 서른여섯 살 때 호르몬의 변화가 시작됐어. 그래서 내 감정이 널을 뛰고 있어. 당신도 알아차렸겠지만."

"왜 진작 얘기 안 했어?"

"그럼 나 스스로도 인정해야 할 테니까." 그녀는 한숨을 쉰다. "마지막으로 생리를 한 게 4개월 전이고 그 뒤로는 그냥 피가 비치는 수준이야. 수도꼭지를 잠그면 마지막으로 물이 몇 방울 떨어지듯이 말이야." 눈물이 딱 한 방울 뺨을 타고 흐른다. 그녀는 피우다 만 담배를 물잔에 던지고 손으로 눈을 덮는다. "나 말라비틀어진 느낌이야, 프랭키. 늙고 너덜너덜하고 추한 여자가 된 느낌이야. 그래서 당신한테 못되게 굴었어. 미안해."

그도 담배를 끈다. 물잔을 협탁에 놓고 그녀를 끌어안는다. "사랑해, 샌디. 전에도 그랬고 앞으로도 영원히."

"고마워, 자기야."

그녀는 젖가슴으로 그의 뺨을 누르며 그 너머로 팔을 뻗어 불을 끈다. 순간, 길어야 1초 동안 그의 휴대 전화 화면이 빨갛게 반짝인다.

어둠 속에서 샌디 윌슨이 미소를 짓는다.

난기류 전문가

1.

　크레이그 딕슨이 포시즌스 주니어 스위트룸의 거실에 앉아 룸서비스로 주문한 비싼 음식을 먹으며 유료 영화를 보고 있었을 때 전화벨이 울렸다. 방금까지 안정적이었던 그의 심장 박동이 자기 박자를 잃고 빨라졌다. 딕슨은 묶인 데가 없는 몸, 그러니까 구르는 돌의 완벽한 전형이었고 그가 보스턴 공원 건너편의 이 으리으리한 호텔에 있는 걸 아는 사람은 한 명뿐이었다. 그는 받지 말까 고민하지만 진행자라고 생각하는 게 마땅할 이 남자는 크레이그가 받을 때까지 계속 전화를 할 것이다. 응답을 거부하면 대가가 따를 것이다.

　여기가 지옥은 아니지, 라고 그는 생각했다. 지옥이라고 하기엔 숙소가 너무 훌륭해. 하지만 연옥이지. 한참 동안 은퇴할 가망도 없고.

　그는 텔레비전 소리를 죽이고 전화기를 집었다. 여보세요, 라고 하지 않고 이렇게 말했다. "이건 너무하잖아요. 시애틀에서 온 지 이제 겨우 이틀 됐어요. 아직 회복이 안 됐다고요."

"이해하고 정말 미안하지만 요청이 들어왔고 당신밖에는 되는 사람이 없어요." 사람이 아니라 싸람이다.

진행자는 FM 라디오 DJ처럼 숙면을 유도하는 나긋나긋한 말투를 썼지만 가끔 살짝 혀짤배기소리를 내서 분위기를 깼다. 딕슨은 그를 만난 적이 없었지만 키가 크고 호리호리하며 눈은 파랗고 얼굴은 주름 하나 없는 동안일 거라고 상상했다. 실제로는 아마 뚱뚱하고 머리는 벗어지고 거무튀튀하겠지만 딕슨은 그의 머릿속 이미지가 달라지지 않을 거라고 자신할 수 있었다. 진행자를 만날 일이 없을 것이기 때문이었다. 몇 년에 걸쳐 그 회사(회사가 맞는지는 모르겠지만)와 일하는 동안 난기류 전문가를 여럿 만났지만 그를 본 적 있다는 사람은 없었다. 그의 밑에서 일하는 전문가 중에 주름 하나 없는 동안은 분명 없었다. 심지어 20대, 30대도 중년으로 보였다. 가끔 야근이 있긴 해도 과하지는 않았으니 일 때문이 아니었다. 그들이 그 일을 할 수 있는 이유 때문이었다.

"말씀하세요." 딕슨은 말했다.

"얼라이드 에어라인 19편. 보스턴에서 새러소타 직항. 오늘 저녁 8시 10분 이륙이에요. 시간 빠듯하게 맞출 수 있겠어요."

"정말 아무도 없어요?" 딕슨은 자기가 우는 목소리를 내고 있다는 걸 느꼈다. "여보세요, 나 피곤해요. 피곤하다고요. 시애틀에서 오는 동안 얼마나 힘들었는지 알아요?"

"좌석은 평소와 같아요." 진행자는 좌석을 좌썩이라고 발음했다. 그러고는 전화를 끊었다.

딕슨은 더는 먹고 싶지 않아진 황새치를 쳐다보았다. 보스턴에서는 절대 끝까지 볼 일 없는 케이트 윈즐릿 주연의 텔레비전 드라마를 쳐다보았다. 그는 그냥 짐을 싸서 렌터카를 몰고 북쪽으로 뉴햄프셔를 거쳐 메인으로, 결국에는 국경을 넘어 캐나다로 도망칠까 고민했다. (이번에 처음 하는 고민도 아니었다!) 하지만 그들에게 붙잡힐 것이었다. 이것만큼은 분명했다. 게다가 도망쳤던 난기류 전문가들은 감전사를 당하거나 내장이 적출되거나 심지어 산 채로 삶아졌다는 소문이 있었다. 딕슨은 이런 소문을 믿지 않았지만…… 그렇다고 절대 안 믿는 것도 아니었다.

그는 짐을 싸기 시작했다. 별로 많지도 않았다. 난기류 전문가들은 가볍게 이동했다.

2

카운터에 표가 맡겨져 있었다. 늘 그렇듯 그의 좌석은 이코노미석, 비행기의 우측 꼬리 날개 쪽 가운데 좌석이었다. 어떻게 그 자리가 항상 남아 있는지는 또 하나의 수수께끼였다. 진행자가 누구고 어디에서 연락하며 어떤 조직 밑에서 일하고 있는지와 더불어서 말이다. 비행기 표처럼 그 자리도 그냥 항상 그를 기다리고 있었다.

딕슨은 가방을 머리 위 선반에 넣고 오늘 저녁의 이웃이 된 승객을 살폈다. 통로 쪽에는 눈이 벌겋고 진 냄새를 풍기는 회사원이, 창가 쪽에는 사서처럼 생긴 중년의 여자가 앉아 있었다. 딕슨이 웅얼웅얼 사과하며 그의 앞을 게걸음으로 지나가자 회사원은 뭐라고 툴툴댔다. 그는 『지*맞은 상사에게 휘둘리지 않는 법』이라는 매력적인 제목의 책을 읽고 있었다. 사서 타입은 난생처음 보는 가장 환상적인 광경이라도 되는 듯, 창밖으로 다양한 장비를 내다보고 있었다. 무릎 위에 뜨갯감이 있었다. 딕슨이 보기에는 스웨터 같았다.

그녀는 고개를 돌리고 그를 보며 미소를 짓더니 손을 내밀었다. "안녕하세요, 저는 메리 워스예요. 만화 주인공하고 동명이인이요."

딕슨은 메리 워스라는 만화 주인공을 몰랐지만 악수에 응했다. "크레이그 딕슨이에요. 만나서 반갑습니다."

회사원은 툴툴대며 책장을 넘겼다.

"이번 여행을 얼마나 기다렸나 몰라요." 메리 워스가 말했다. "12년 동안 휴가다운 휴가를 누려 본 적이 없었거든요. 동무 둘과 시에스타 키에 있는 조그만 집을 빌려서 거기서 지내다 올 거예요."

"동무라니." 회사원이 툴툴댔다. 툴툴대는 것이 그의 기본 세팅인 듯했다.

"네!" 메리 워스는 눈을 반짝였다. "3주 동안 빌렸어요. 우리는 서로 만난 적은 없지만 진정한 동무예요. 전부 남편과 사별했고 인터넷 채팅방에서 만났어요. 인터넷은 정말 대단해요. 내가 젊었을 때만 해도 그런 게 없었는데 말이에요."

"소아성애자들도 인터넷을 대단하다고 생각하죠." 회사원은 이렇게 말하고 책장을 다시 한 장 넘겼다.

워스 부인의 미소가 흔들렸다가 다시 굳건해졌다. "만나서 정말 반가워요, 딕슨 씨. 출장 가세요? 아니면 여행이에요?"

"출장이요." 그는 말했다.

스피커에서 딩동 하는 소리가 났다. "승객 여러분, 안녕하십니까. 저는 스튜어트 기장입니다. 우리 비행기는 현재 탑승 게이트를 떠나 3번 활주로로 이동 중이며 이륙 순서는 세 번째입니다. 새러소타 브레이든턴 국제공항까지는 2시간 40분이 소요돼 11시 조금 전에 야자수와 모래사장의 땅에 착륙할 예정입니다. 대기는 맑고 순항이 예상

됩니다. 이제 안전벨트를 착용하고 펼쳤던 테이블은 제자리로 돌려
주시고······"

"뭘 올려놓을 게 있어야 펼치지." 회사원은 툴툴거렸다.

"······사용하고 계시던 휴대품은 떨어뜨리지 않도록 주의해 주시기
바랍니다. 얼라이드 에어라인을 이용해주셔서 감사합니다. 최선의 선
택이길 기원합니다."

"진심이야?" 회사원은 툴툴거렸다.

"기장 말은 신경 쓰지 말고 책이나 읽어요." 딕슨은 말했다. 회사원
은 놀란 눈빛으로 그를 째려보았다.

딕슨은 벌써부터 심장이 쿵쾅거리고 배가 뒤틀렸고 예상되는 상황
에 목이 말랐다. 괜찮을 거라고, 항상 그렇지 않았느냐고 속으로 중얼
거릴 수는 있지만 도움이 되지 않았다. 조만간 그의 발아래에서 입을
벌릴 깊은 구멍을 생각하면 끔찍했다.

얼라이드 19편 항공기는 오후 8시 13분, 예정된 시각보다 딱 3분
늦게 이륙했다.

3.

메릴랜드 상공에서 승무원이 음료와 간식이 담긴 카트와 함께 통
로에 등장했다. 회사원은 책을 내려놓고 초조하게 기다렸다. 마침내
카트가 자기 옆으로 다가오자 그는 슈웹스 토닉 한 캔, 작은 병에 담
긴 진 두 병, 프리토스 한 봉지를 집었다. 마스터카드로 결제가 되지
않자 아메리칸익스프레스 카드를 주고는 처음 결제가 되지 않은 게
승무원의 잘못이라도 되는 듯이 노려보았다. 딕슨은 그걸 보고 마스

터카드는 한도를 초과했고 아멕스는 최후의 수단이 필요한 긴급 상황에 대비해 아껴 놓은 카드인가 하는 생각을 했다. 머리는 이상하게 잘랐고 정신적으로 너덜너덜한 것 같아 보이니 그럴 수도 있었다. 이러나저러나 딕슨에게는 아무 상관 없었지만 저강도로 계속 유지되는 공포 말고도 생각할 거리가 있어서 좋았다. 그 예감. 그들은 3만 4천 피트 상공에서 순항 중이었고 앞으로 갈 길이 멀었다.

메리 워스는 와인을 달라고 해 조그만 플라스틱 잔에 깔끔이 따랐다.

"딕슨 씨는 아무것도 안 드세요?"

"네. 저는 비행기 안에서 아무것도 안 먹고 안 마셔요."

회사원이 툴툴댔다. 그는 벌써 진토닉을 한 잔 해치우고 두 번째 잔을 마시는 중이었다.

"비행 공포증이 있나 봐요, 그죠?" 메리 워스는 딱하게 여기는 투로 물었다.

"네." 아니라고 할 이유가 없었다. "그런 것 같아요."

"불필요한 공포예요." 회사원이 말했다. 그는 술을 마시고 기운이 생기자 툴툴대는 게 아니라 실제로 말을 하기 시작했다. "인류가 발명한 가장 안전한 형태의 여행 수단인 걸요. 상업용 항공기 충돌 사고는 한참 동안 한 건도 벌어진 적 없어요. 적어도 이 나라에서는."

"나는 아무렇지 않아요." 메리 워스는 작은 병을 반쯤 비워서 두 뺨이 발그스레했다. "5년 전에 남편이 죽은 뒤로 처음 타는 거지만 그전에는 둘이서 해마다 서너 번씩 비행기를 타고 다녔어요. 비행기를 타면 하느님과 가까워지는 기분이 들어요."

기다렸다는 듯이 젖먹이 하나가 울기 시작했다.

"천국이 이렇게 빽빽하고 시끄럽다면……" 회사원은 737기의 빽빽한 이코노미석을 살피며 말했다. "저는 가고 싶지 않네요."

"자동차보다 비행기가 50배 더 안전하대요." 메리 워스가 말했다. "어쩌면 그보다 더 될지도 몰라요. 100배일지도 몰라요."

"500배 더 안전하다고 해 두죠." 회사원이 딕슨 너머로 팔을 뻗어 메리 워스에게 손을 내밀었다. 진이 일시적인 기적을 연출해 그를 투덜이에서 싹싹이로 돌변시킨 것이었다. "프랭크 프리먼입니다."

그녀는 웃으며 그와 악수했다. 크레이그 딕슨은 허리를 똑바로 펴고 불편하게 그 둘 사이에 앉아 있다가 프리먼이 손을 내밀자 마주 잡았다.

"와우." 프리먼은 이렇게 말하고 폭소를 터뜨렸다. "정말 겁에 질리셨네요. 하지만 사람들이 하는 말 아시죠? 손이 차가우면 마음이 따뜻하다고." 그는 남은 술을 마저 비웠다.

딕슨의 신용 카드는 결제가 막힌 적이 없었다. 그는 고급 호텔에 묵고 고급 식사를 했다. 가끔 미모의 여성과 하룻밤을 보내되 추가 요금을 지불해 가며, 적어도 메리 워스가 드나들지 않을 만한 인터넷 사이트를 통해서 아주 변태적이라고 할 만한 행각을 실컷 즐기기도 했다. 다른 난기류 전문가 중에 친구도 있었다. 그들은 직업뿐 아니라 공포로도 똘똘 뭉친 집단이었다. 급여는 훌륭한 수준 이상이었고 온갖 복지 혜택도 있었지만…… 지금 같은 순간에는 그 어떤 것도 하찮게 느껴졌다. 지금 같은 순간에는 오로지 공포뿐이었다.

괜찮을 거야. 항상 그랬잖아.

하지만 난리가 벌어지길 기다리는 동안에는 그런 생각이 아무 효과가 없었다. 물론 그래서 그가 이 일을 잘하는 것이기는 했지만.

3만 4천 피트. 아직 갈 길이 멀었다.

4.

CAT, 청천 난류의 약자.

딕슨은 너무나 잘 아는 단어지만 거기에 대비해 마음의 준비가 된 적은 없었다. 이번에는 얼라이드 19편 항공기가 사우스캐롤라이나 상공을 지나고 있었을 때 그것이 찾아왔다. 어떤 여자가 비행기 뒤편에 있는 화장실로 가고 있었다. 청바지를 입고 요즘 유행하는 스타일로 지저분하게 수염을 기른 젊은 남자는 허리를 숙여 좌측 통로석에 앉은 여자에게 뭐라고 말을 걸었고 둘이서 같이 웃음을 터뜨렸다. 메리 워스는 창문에 머리를 대고 꾸벅꾸벅 졸고 있었다. 프랭크 프리먼은 세 번째 술잔을 반쯤 피우고 프리토스를 두 봉지째 먹고 있었다.

제트여객기가 갑자기 좌측으로 기울더니 쿵쿵거리고 삐걱대며 위로 어마어마하게 솟구쳤다. 화장실에 가려던 여자가 좌측 맨 끝 좌석까지 날아갔다. 지저분하게 수염을 기른 남자는 머리 위 칸막이를 들이받기 직전에 손으로 막아서 충격을 흡수했다. 안전벨트를 풀어 놓았던 몇몇 사람들이 공중 부양하듯 좌석 등받이 위로 떠올랐다. 비명 소리가 들렸다.

비행기가 우물 속에 던져진 돌처럼 쿵쿵거리며 추락했다가 이번에는 다른 쪽으로 기우뚱한 채 위로 올라갔다. 프리먼이 잔을 들어 올리던 참에 벌어진 일이라 그는 술을 왕창 뒤집어썼다.

"쌍!" 그가 외쳤다.

딕슨은 눈을 질끈 감고 죽는 순간을 기다렸다. 그가 제 할 일을 하면 그럴 일은 없다는 걸, 그가 여기 있는 이유가 그것 때문이라는 걸 알았지만 그래도 마찬가지였다. 그는 항상 죽는 순간을 기다렸다.

딩동 하는 소리가 났다. "승객 여러분, 기장입니다." 스튜어트의 말투는 (어느 스포츠캐스터가 유행시킨 표현을 빌자면) 베개 뒷면처럼 서늘했다. "우리 비행기가 예상치 못한 난기류를 만난 관계로……"

60톤짜리 철골이 검게 그은 종잇조각이 굴뚝을 통과하듯 다시 위로 섬뜩하게 솟아올랐다가 다시 삐걱거리는 쿵 소리와 함께 뚝 떨어졌다. 또 비명 소리가 들렸다. 화장실에 가려던 여자는 몸을 일으켜 두 팔을 휘휘 저으며 우측 자기 좌석으로 비틀비틀 돌아가 털썩 주저앉았다. 지저분하게 수염을 기른 남자는 양쪽 팔걸이를 잡고 통로에 쭈그리고 앉았다. 머리 위 선반이 두세 개 열려서 짐이 쏟아져 나왔다.

"쌍!" 프리먼이 다시 외쳤다.

"안전벨트 사인을 켰습니다." 기장의 방송이 다시 이어졌다. "승객 여러분께 사과드리며 난기류를 통과할 때까지……"

비행기가 움찔거리며 물수제비 뜨는 돌멩이처럼 오르락내리락하기 시작했다.

"……조금만 기다려 주시기 바랍니다."

비행기가 다시 뚝 떨어졌다가 쌩하니 올라갔다. 통로에 두었던 기내용 수하물이 올라갔다가 내려왔다가 굴렀다. 크레이그 딕슨의 눈은 질끈 감겨 있었다. 심장이 하도 빠르게 쿵쾅거려서 이제는 박동이 한데 뭉뚱그려졌다. 아드레날린으로 입안이 시큼했다. 누군가가 슬금슬금 그의 손을 잡길래 눈을 떴다. 메리 워스가 백지장처럼 하얀 얼굴로 그를 쳐다보고 있었다. 눈이 접시만 했다.

"우리 죽는 걸까요, 딕슨 씨?"

네. 그는 생각했다. 이번에는 죽을 것 같네요.

"아뇨." 그는 말했다. "무사히……"

비행기가 벽돌 담벼락을 들이받기라도 한 듯 안전벨트에 묶인 그들을 앞으로 내동댕이치고 좌측으로 기우뚱 기울었다. 30도가 40도,

50도가 됐다. 딕슨이 이러다 완전히 뒤집히겠다고 생각했을 때 다시 제 각도로 돌아왔다. 사람들이 고함을 지르는 소리가 딕슨의 귀에 들렸다. 갓난아이는 악을 썼다. 한 남자가 소리를 질렀다. "괜찮아, 줄리, 정상적인 거야, 괜찮아!"

딕슨은 다시 눈을 감고 공포에 온전히 몸을 맡겼다. 끔찍했지만 그 방법밖에 없었다. 그는 좀 전까지만 해도 열역학적 미스터리 안에서 멀쩡히 비행하던 거대한 제트기가 제 위치에서 벗어나는 것을 보았다. 급추락을 앞둔 롤러코스터처럼 기수가 빠르게 위로 솟아오르다가 속도를 늦추고 잠시 후 하향으로 방향이 바뀌는 것도 보았다. 비행기가 최후의 추락을 시작하자 안전벨트를 하지 않은 승객들이 천장에 들러붙고 노란색 산소마스크가 허공에서 마지막으로 광란의 타란텔라 춤을 추는 것도 보았다. 갓난아이가 위로 날아가 악을 쓰며 비즈니스석으로 사라지는 것도 보았다. 비행기가 충돌하자 불길이 치솟고 마지막으로 들이마신 숨이 종이 봉지라도 되는 듯 그의 허파에 불을 지르는 동안, 기수와 일등석이 객실 안쪽을 향해 만개한 강철 꽃다발로 우글쭈글하게 변해 전선과 플라스틱과 잘린 팔다리가 튀어나오는 것도 보았다.

이 모든 게 몇 초(30초, 길어 봐야 40초) 만에 벌어졌고 실제 현실일 수도 있을 만큼 생생했다. 그러다 비행기가 다시 한번 익살스럽게 튀어 올랐다가 안정을 되찾자 딕슨은 눈을 떴다. 메리 워스가 눈물이 고인 눈으로 그를 쳐다보고 있었다.

"이러다 죽는 줄 알았어요." 그녀는 말했다. "이러다 죽겠다는 걸 알았어요. 내 눈으로 봤어요."

저도요. 딕슨은 생각했다.

"무슨 그런 말도 안 되는 생각을!" 프리먼은 호탕하게 외쳤지만 누가 봐도 얼굴이 파랬다. "이런 비행기는 허리케인도 뚫을 수 있게 설계됐어요. 그래서……"

걸쭉한 트림 소리에 그의 논문 낭독이 끊겼다. 프리먼은 앞좌석 뒷주머니에서 위생 봉투를 꺼내 벌리고 입에 갖다 댔다. 작지만 강력한 커피 그라인더가 연상되는 소리가 뒤를 이었다. 잠깐 멈췄다가 다시 시작됐다.

딩동 하는 소리가 들렸다. "승객 여러분, 사과의 말씀을 전합니다." 스튜어트 기장이 말했다. 여전히 베개 뒷면처럼 서늘한 말투였다. "좀 전과 같은 청천 난류는 가끔 벌어지는 기상 현상입니다. 다행히 제가 신고했으니 다른 항공기는 유난히 심한 그 지점을 우회할 수 있을 겁니다. 더 다행스러운 소식이 있다면 이륙까지 40분이 남았고 그때까지는 순항이 예상된다는 겁니다."

메리 워스가 떨리는 목소리로 웃음을 터뜨렸다. "아까도 그렇게 말했잖아요?"

프랭크 프리먼은 유경험자처럼 위생 봉투 윗면을 접었다. "무서워서 그런 거 아니에요, 오해하지 말아요. 그냥 멀미가 나서 그래요. 나는 차 뒷자리에만 타도 멀미를 하는 사람이라."

"보스턴으로 돌아갈 때는 기차를 타야겠어요." 메리 워스가 말했다. "아까 그런 건 사양할래요."

딕슨은 승무원들이 먼저 안전벨트를 매지 않았던 승객들이 괜찮은지 살피고 통로에 쏟아진 수하물을 정리하는 것을 지켜보았다. 여기 저기서 재잘대고 신경질적으로 웃는 소리가 객실을 가득 채웠다. 그런 광경을 지켜보고 소리를 듣는 동안 딕슨의 심장 박동이 정상으로 돌아왔다. 피곤했다. 만석인 항공기를 구하고 나면 항상 피곤했다.

기장이 장담했던 것처럼 이후 비행은 순조로웠다.

5.

메리 워스는 1층 2번 수취대에서 나온다는 자기 수하물을 찾으러 서둘러 갔다. 조그만 가방 하나가 다인 딕슨은 술을 한 잔 마시러 듀어스 클럽하우스에 들어갔다. 회사원에게도 같이 가자고 했지만 그는 고개를 저었다. "내일치 숙취를 사우스캐롤라이나와 조지아주 경계선 상공에서 해결한 참이라 미리 해결한 김에 끊으려고요. 새러소타에서 일 잘 마무리하세요, 딕슨 씨."

바로 그 사우스캐롤라이나와 조지아주 경계선 상공에서 일이 마무리된 딕슨은 고개를 끄덕이며 고맙다고 인사했다. 그가 위스키 앤드소다를 다 마셨을 때 문자가 수신됐다. 진행자가 보낸 거였고 딱 한 마디였다. **수고하셨습니다.**

그는 에스컬레이터를 타고 내려갔다. 검은색 정장을 입고 기사용모자를 쓴 남자가 그의 이름이 적힌 팻말을 들고 에스컬레이터 하단에 서 있었다. "접니다." 딕슨이 말했다. "예약된 호텔이 어딘가요?"

"리츠칼튼이요." 기사가 말했다. "아주 좋은 곳이에요."

당연히 그럴 테고 어쩌면 만이 내다보이는 근사한 스위트룸이 그를 기다리고 있을 것이다. 그가 가까운 바닷가나 지역 명소로 놀러가고 싶을 경우에 대비해 렌터카도 호텔 주차장에 마련돼 있을 것이다. 객실에 들어가면 여성들에게 받을 수 있는 각종 서비스 목록이 담긴 봉투가 있을 테지만 오늘 밤에는 관심 없었다. 오늘 밤에는 자고 싶은 생각뿐이었다.

기사와 함께 연석으로 나와 보니 메리 워스가 약간 쓸쓸해 보이는 표정으로 혼자 서 있었다. 양쪽에 트렁크가 있었다(당연히 같은 스타일의 체크무늬였다). 손에 휴대 전화를 들었다.

"워스 부인." 딕슨이 불렀다.

그녀는 고개를 들더니 웃어 보였다. "안녕하세요, 딕슨 씨. 우리가 목숨을 부지했네요, 그죠?"

"그러게요. 누가 마중 나오기로 했나요? 동무 중 한 분이?"

"예거 부인, 클로데트가 나오기로 했는데 차에 시동이 안 걸린대요. 우버를 부를까 하던 참이었어요."

그는 난기류가 마침내 잠잠해졌을 때 (40초였지만 4시간처럼 느껴졌다) 그녀가 했던 말을 떠올렸다. 이러다 죽겠다는 걸 알았어요. 내 눈으로 봤어요.

"그러실 것 없이 저희가 시에스타 키까지 태워다 드릴게요." 그는 몇 발자국 멀리 길가에 주차된 길쭉한 리무진을 가리키고는 기사를 돌아보았다. "그래도 되죠?"

"그럼요."

그녀는 반신반의하며 그를 쳐다보았다. "정말요? 너무 늦었는데."

"기꺼이 모셔다 드릴게요." 그는 말했다. "타세요."

6.

"우와, 차 좋네요." 메리 워스는 가죽 시트에 몸을 묻고 다리를 뻗으며 말했다. "하시는 일이 뭔지 모르겠지만 능력이 아주 출중하신가 봐요, 딕슨 씨."

"그냥 크레이그라고 불러 주세요. 부인은 메리, 저는 크레이그. 우리 서로 친근하게 이름을 부르기로 해요. 부인과 대화를 나누고 싶거든요." 그가 버튼을 누르자 프라이버시를 지켜 주는 유리가 올라왔다.

메리 워스는 약간 불안해하는 표정으로 이걸 지켜보다가 딕슨에게로 고개를 돌렸다. "이른바 작업을 걸려는 건 아니죠?"

그는 미소를 지었다. "아니에요, 저랑 있는 동안에는 안심하셔도 돼요. 돌아갈 때는 기차를 탈 거라고 하셨잖아요. 진심이세요?"

"100퍼센트요. 내가 비행기를 타면 하느님과 가까워지는 느낌이라고 했던 거 기억해요?"

"네."

"10킬로미터 상공에서 샐러드처럼 이리저리 내동댕이쳐지는 동안에는 하느님과 가까워지는 느낌이 아니었어요. 전혀. 죽음과 가까워진 느낌이었지."

"*다시 비행기를 타실 거예요?*"

그녀는 타미아미 트레일을 따라 남쪽으로 가는 동안 옆으로 지나가는 야자수와 자동차 영업소와 패스트푸드 체인점을 쳐다보며 곰곰이 생각했다. "아마도요. 예를 들어 누군가가 임종을 앞두고 있으면 얼른 가야 하잖아요. 그 누군가가 누가 될지는 모르겠네요. 가족이라고 할 만한 사람이 많지 않아서. 세상을 떠난 남편과 내 사이에는 아이가 없었고 우리 부모님은 돌아가셨으니 만나기는커녕 이메일도 거의 주고받는 일 없는 사촌만 몇 명 남았거든요."

금상첨화네. 딕슨은 생각했다.

"하지만 무섭겠죠?"

"네." 그녀는 눈을 동그랗게 뜨고 그를 다시 쳐다보았다. "정말로 이러다 죽겠구나 했어요. 비행기가 부서지면 하늘에서, 안 부서지면 땅 위에서. 그러면 우리는 조그만 숯덩이만 남기고 죽겠죠."

"제가 가상의 상황을 하나 들려 드릴게요." 딕슨은 말했다. "웃지 말고 진지하게 들어 주세요."

"알겠어요……."

"비행기를 안전하게 지키는 일을 하는 조직이 있다고 칩시다."

"실제로 있잖아요." 메리 워스는 웃으며 말했다. "연방항공청이 그런 일을 하지 않나요?"

"거긴 됐다 치고 어느 비행기가 어느 항로에서 뜻밖의 심한 난기류를 만날 예정인지 예측할 수 있는 조직이 있다고 칩시다."

메리 워스는 가볍게 손뼉을 치며 좀 더 활짝 웃었다. 완전히 몰입했다. "예지자들로 이루어져 있겠네요! 그러니까……"

"미래를 볼 수 있는 사람들이요." 딕슨이 말했다. 그게 가능할 수도 있지 않을까? 심지어 그럴 가능성이 높지 않을까? 그렇지 않은 이상 진행자가 무슨 수로 정보를 입수할까? "하지만 그들의 미래 예측 능력은 여기에 국한되어 있다고 칩시다."

"왜요? 다른 건 왜 예측을 못 해요? 선거 결과…… 미식축구 점수…… 켄터키 경마……."

"저도 몰라요." 딕슨은 말하고, 어쩌면 그것도 가능할지 모른다고 생각했다. 어쩌면 이 진행자 겸 예지자들은 어떤 가상의 방에 모여 온갖 것들을 예측할 수 있을지 몰랐다. 어쩌면 실제로 그러고 있는지도 몰랐다. 어느 쪽이건 그로서는 상관없었지만. "이제 얘기를 좀 더 진행해 볼게요. 프리먼 씨의 주장과는 달리 우리가 오늘 밤에 만난 그런 종류의 난기류는 항공사를 비롯해 어느 누구도 믿거나 기꺼이 인정할 수 없을 만큼 심각한 사태라고 칩시다. 그런 난기류를 만났을 때 유능하고 겁에 질린 승객이 최소 한 명 비행기에 탑승하고 있어야 목숨을 부지할 수 있다고요." 그는 말을 잠깐 멈추었다. "그리고 오늘 밤에는 그 유능하고 겁에 질린 승객이 저였다고요."

그녀는 명랑하게 웃음을 터뜨렸다가 그의 진지한 표정을 보고 웃음을 거두었다.

"허리케인도 뚫을 수 있게 설계됐다는 비행기는요, 크레이그? 프리
먼 씨가 그런 비행기 얘기를 하다가 위생 봉투에다 대고 구역질을 하
지 않았나요? 그런 비행기는 오늘 밤에 우리가 겪은 것보다 더 심한
난기류를 만나도 멀쩡하겠죠."

"하지만 그런 비행기에 탑승하는 승객들은 어떤 운명이 닥칠지 알
아요." 딕슨은 말했다. "그들은 정신적으로 준비가 되어 있어요. 수많
은 상업용 항공기도 마찬가지예요. 이륙하기 전부터 기장이 방송할
거예요. '승객 여러분, 죄송하지만 오늘 밤 비행이 순탄치 않을 예정
이니 안전벨트를 계속 착용해 주시기 바랍니다.'"

"알겠어요." 그녀는 말했다. "정신적으로 준비가 된 승객들이……
집단 텔레파시라는 걸 써서 비행기의 추락을 막을 수 있겠네요. 이미
준비된 사람이 필요한 경우는 *예상치 못했던* 난기류를 만날 때뿐이
겠어요. 겁에 질린…… 음…… 그런 사람을 뭐라고 불러야 할지 모르
겠어요."

"난기류 전문가요." 딕슨은 조용히 말했다. "그들은 그렇게 불려요.
제가 바로 그렇게 불려요."

"이거 농담이죠?"

"아뇨. 부인이 지금 무슨 생각을 하는지 알아요. 심각한 망상 장애
를 앓는 남자와 한 차에 타고 있다고, 얼른 내리고 싶다고 생각하고
계시겠죠. 하지만 *그게* 제가 하는 일이에요. 보수는 많고……"

"그 보수를 누구한테 받는데요?"

"몰라요. 어떤 남자가 전화를 해요. 저랑 수십 명쯤은 되는 다른 난
기류 전문가들은 그를 진행자라고 불러요. 가끔 몇 주 만에 전화를
받을 때도 있어요. 두 달이었던 적도 있고요. 이번에는 겨우 이틀이었

어요. 시애틀에서 보스턴으로 오는 길에 로키산맥 상공에서⋯⋯." 그는 손으로 입을 훔쳤다. 기억하고 싶지 않은데 기억이 났다. "그냥 심했다고만 말씀드릴게요. 팔이 부러진 사람이 두엇 있었다고요."

차가 방향을 돌렸다. 딕슨이 창밖을 내다보니 시에스타 키, 3킬로미터라고 적힌 표지판이 보였다.

"그게 사실이라면 도대체 왜 그런 일을 해요?"

"보수가 좋거든요. 부대조건도 좋고요. 제가 여행을 좋아해요⋯⋯ 아니, 좋아했어요. 5년에서 10년이 지나면 어딜 가든 다 똑같아 보이기 시작하지만. 하지만 주로 하는 일은⋯⋯" 그는 몸을 앞으로 숙여 양손으로 그녀의 손을 잡았다. 그의 짐작과 달리 그녀는 손을 빼지 않았다. 오히려 푹 빠진 눈빛으로 그를 쳐다보았다. "인명을 구하는 거예요. 오늘 밤 그 비행기에 탑승한 승객이 150명이 넘었어요. 다만 항공사에서는 그들을 그냥 승객이라고 하는 게 아니라 영혼을 지칭할 때 쓰는 단어를 쓰고 그게 맞아요. 내가 오늘 밤에 150명의 영혼을 살렸어요. 이 일을 시작한 뒤로는 수천 명을 살렸고요." 그는 고개를 저었다. "아니, 수만 명을 살렸죠."

"하지만 매번 겁에 질리죠? 오늘 밤에 봤어요, 크레이그. 죽을 것처럼 무서워서 벌벌 떠는걸. 나도 그랬어요. 멀미로 그냥 토악질을 한 프리먼 씨하고는 달랐어요."

"프리먼 씨는 절대 이 일을 할 수 없어요. 난기류가 시작될 때마다 이렇게 죽는구나 하고 확신하는 사람만 이 일을 할 수 있어요. 그걸 막을 수 있는 유일한 능력자가 자신이라는 걸 알아도 그렇게 확신하는 사람만."

기사가 인터컴을 통해 조용히 말했다. "5분 남았습니다, 딕슨 씨."

"흥미진진한 대화였다고 해야겠네요." 메리 워스가 말했다. "애초에 당신이 어떤 경로로 이런 특이한 일을 하게 됐는지 물어봐도 될까요?"

"스카우트됐어요. 제가 지금 부인을 스카우트하듯이요."

그녀는 미소를 지었지만 이번에는 폭소를 터뜨리지는 않았다. "좋아요, 나도 장단을 맞춰 볼게요. 당신이 나를 스카우트하는 데 성공한다면요? 당신은 뭘 받게 되나요? 보너스?"

"네." 딕슨은 말했다. 향후 2년 동안 근무가 면제되는 것, 그게 보너스였다. 퇴직이 2년 앞당겨지는 것. 그가 이타적인 동기에 대해 한 말(인명을 구하고 영혼을 구하고)은 진짜였지만 여행이 지긋지긋해진다는 말도 진짜였다. 하늘 높은 데서 끝없는 공포에 시달리는 대가를 치러야 하니 영혼을 구하는 일도 마찬가지였다.

일단 들어오면 나갈 수 없다는 것도 알려 주어야 할까? 기본적으로 악마와의 거래라는 것도? 알려 주어야 할 것이다. 하지만 그는 알려 주지 않을 것이다.

그들은 바닷가 콘도 앞 회전 진입로에 들어섰다. 두 여자(메리 워스의 동무인 게 분명했다)가 거기서 기다리고 있었다.

"부인의 연락처를 받을 수 있을까요?" 딕슨이 물었다.

"왜요? 나한테 연락하려고요? 아니면 상사한테 넘기려고요? 그 진행자라는?"

"후자입니다."

그녀는 말을 멈추고 곰곰이 생각했다. 기다리고 있던 동무들은 좋아서 거의 춤을 추다시피 했다. 잠시 후에 메리가 핸드백에서 명함을 꺼냈다. 그걸 딕슨에게 건넸다. "여기 내 휴대 전화 번호가 있어요. 아니면 보스턴 공립도서관으로 연락해도 되고요."

딕슨은 폭소를 터뜨렸다. "사서이신 줄 알았어요."

"다들 알아요. 일이 조금 재미없긴 하지만 요즘 사람들 말로 그걸로 월세를 낼 수 있으니까요." 그녀는 문을 열었다. 동무들은 그녀를 보고 록 콘서트장에 온 열성팬처럼 비명을 질렀다.

"그보다 훨씬 짜릿한 직업도 있어요." 딕슨은 말했다.

그녀는 엄숙한 표정으로 그를 보았다. "일시적인 짜릿함과 생명의 위협을 느끼는 공포 사이에는 엄청난 차이가 있죠, 크레이그. 우리 둘 다 알 거라고 보지만요."

그 점에 대해서는 그도 반론을 제기할 수 없었지만 아예 거절은 아니었다. 그는 차에서 내려 메리 워스가 인터넷 채팅방에서 만난 두 미망인과 얼싸안는 동안 기사를 도와 짐을 옮겼다.

7.

메리는 보스턴으로 돌아왔고 크레이그 딕슨에 대해 거의 잊었을 때 어느 날 밤 전화를 받았다. 전화를 건 사람은 살짝 혀 짧은 소리를 내는 남자였다. 그들은 제법 긴 시간 동안 통화했다.

다음 날 메리 워스는 보스턴에서 댈러스로 직항하는 제타웨이 플라이트 694편의 이코노미석 우측 꼬리 날개 쪽에 앉았다. 가운데 좌석이었다. 그녀는 모든 음식과 음료를 거부했다.

난기류가 오클라호마 상공을 강타했다.

로리

1.

40년 동안 함께 살던 아내가 세상을 떠나고 6개월이 지났을 때 로이드 선덜랜드의 누나가 보카 레이튼에서 래틀스테이크 키까지 그를 만나러 왔다. 보더 콜리와 무디의 잡종이라는 짙은 회색 강아지를 데려왔다. 로이드는 무디가 뭔지 몰랐고 관심도 없었다.

"개는 싫어, 누나. 나한테 지금 제일 필요 없는 게 개야. 내 몸도 제대로 건사하지 못하는걸."

"그렇다는 건 말 안 해도 알겠다." 그녀는 강아지에게 걸었던 장난감 크기의 목줄을 풀어 주며 말했다. "살이 얼마나 빠진 거야?"

"모르겠어."

그녀는 그를 살폈다. "7킬로그램은 되겠다. 그 정도는 빠져도 되지만 더는 안 돼. 소시지 스크램블 만들어 줄게. 토스트랑 같이. 달걀 있어?"

"소시지 스크램블은 됐어." 로이드는 말하며 개를 빤히 쳐다봤다.

녀석은 하얀 섀그 카펫 위에 앉아 있었고 그는 어느 정도 시간이 지나면 녀석이 거기에 자기 명함을 남길지 궁금해졌다. 카펫은 청소기를 열심히 돌리고 어쩌면 빨아야 할지도 모르는 상태였지만 여태껏 오줌 세례는 받아 본 적이 없었다. 그 개는 호박색 눈으로 그를 쳐다보고 있었다.

"달걀 있어, 없어?"

"있어. 하지만……"

"소시지는? 그래, 당연히 없겠지. 에고스 와플하고 캠벨 수프로 연명하고 살았을 테니까. 내가 퍼블릭스 마트 가서 사 올게. 네 냉장고에 뭐 있는지 파악해서 또 뭐가 필요한지도 보고."

베시는 다섯 살 많은 누나였고 어머니가 돌아가신 뒤에 로이드를 거의 키우다시피 한 터라 어렸을 때 그는 그녀에게 한 번도 반항한 적이 없었다. 이제는 나이를 먹었지만 로이드는 여전히 그녀에게 반항할 수가 없었다. 메리언이 가고 없으니 더 그랬다. 로이드는 메리가 떠난 뒤로 내장이 있던 곳에 구멍이 생긴 느낌이었다. 그건 메워질 수도 있고 메워지지 않을 수도 있었다. 65세는 재생하기에는 조금 많은 나이였다. 하지만 그 개…… 녀석을 상대로는 반항할 수 있었다. 도대체 베시가 무슨 생각으로 데려온 걸까?

"나 얘 안 키워." 로이드는 황새 같은 다리를 움직여 성큼성큼 주방으로 들어가는 그녀의 뒤통수에 대고 말했다. "누나가 산 거니까 도로 데려가."

"산 거 아니야. 개 엄마는 보더 콜리 순종이었는데 밖에 나갔다가 옆집 개랑 짝짓기를 했어. 그 개가 무디였고. 주인이 다른 새끼 셋은 어찌어찌 처분했는데, 이 아이는 제일 작고 약해서 아무도 데려가지 않았대. 그래서 주인이, 텃밭에서 채소를 키워서 파는 농부인데, 아무튼 그 사람이 보호소에 데려가려던 찰나 내가 지나가다가 전봇대에 붙은 전단지를 본 거야. 개를 키우고 싶으신 분, 이라고 적혀 있는 전단지를."

"그걸 보고 내가 생각났구먼." 그는 자기를 빤히 쳐다보는 강아지를 계속 빤히 쳐다보았다. 쫑긋한 귀가 몸 중에서 제일 큰 부분인 것 같았다.

"응."

"나 지금 애도하는 중이야, 베스." 로이드가 그의 상황을 이렇게 노골적으로 밝힐 수 있는 상대는 그녀밖에 없었다.

"나도 알아." 열린 냉장고에서 병이 덜거덕거렸다. 허리를 숙여 안을 다시 정리하는 베시의 그림자가 벽에 드리워졌다. 정말 황새 같네. 그는 생각했다. 인간 황새, 어쩌면 평생 죽지 않을지 몰라. "상심을 애도하는 사람은 다른 몰두할 대상이 있어야 해. 보살필 대상이. 그 전단지를 봤을 때 내가 생각한 게 그거였어. 이건 개를 키우고 싶으냐의 문제가 아니라 개를 키워야 하느냐의 문제야. 바로 너에 해당하는 문제지. 세상에, 이 냉장고는 곰팡이 서식지네. 과학 실험하는 것도 아니고. 토 나올 것 같다."

강아지는 일어나 로이드를 향해 조심스럽게 한 걸음 내디뎠다가 생각이 바뀌었는지 (생각이라는 게 있는지 모르겠지만) 다시 바닥에 앉았다.

"누나가 키워."

"그건 절대 안 되지. 짐이 알레르기가 있잖아."

"누나, 고양이 두 마리 키우고 있잖아. 매형이 고양이한테는 알레르기가 없어?"

"아니, 있어. 그러니까 고양이로 충분하지. 네 생각이 정 그렇다면 그냥 폼파노 비치에 있는 동물 보호소로 데려가야겠다. 거기 맡기면 3주 기다렸다가 안락사시킨다던데. 까맣게 그을린 것 같은 털이 예쁘고 귀여우니까 그 전에 데려가겠다는 사람이 나타날지 몰라."

로이드는 그녀가 보지 못할 텐데도 눈을 부라렸다. 여덟 살 때 베스가 그에게 방을 치우지 않으면 배드민턴 라켓으로 엉덩이를 다섯 대 맞을 줄 알라고 했을 때도 종종 그런 식으로 눈을 부라렸다. 절대 변하지 않는 것도 있는 법이었다.

"가방을 챙겨 주세요." 그는 말했다. "베스 영이 전액 지원하는 죄책감 투어를 떠날 시간입니다."

그녀는 냉장고 문을 닫고 거실로 돌아왔다. 강아지는 그녀를 흘끗 쳐다보았다가 다시 로이드를 관찰했다. "퍼블릭스 가서 돈을 100달러 넘게 쓸 것 같네. 영수증 줄 테니까 네가 정산해 줘."

"그동안 나는 뭘 하면 되는데?"

"네가 가스실로 보내려는 그 무방비한 강아지와 좀 친해지면 어떨까?" 그녀는 허리를 숙여서 강아지의 정수리를 토닥였다. "저 기대하는 눈빛 좀 봐."

로이드가 그 호박색 눈에서 느낄 수 있는 거라고는 평가하는 시선뿐이었다.

"쟤가 카펫 위에다 오줌을 싸면 어떡해? 메리언이 아프기 직전에 깔아 놓은 카펫인데."

베스는 쿠션 위에 올려놓은 장난감 크기의 목줄을 가리켰다. "데리고 나가. 잡초로 덮인 메리언의 꽃밭을 소개해 줘. 그나저나 그 카펫 참 더럽다."

그녀는 핸드백을 집고 가는 다리를 X자로 교차해 예전처럼 으스대고 걸으며 문 쪽으로 갔다.

"반려동물이 모든 선물을 통틀어서 최악이래." 로이드가 말했다. "인터넷에서 그러더라."

"인터넷에서 하는 말은 모두 사실이겠지?"

그녀는 잠깐 걸음을 멈추고 그를 돌아보았다. 플로리아 서안의 가혹한 9월 햇살이 그녀의 얼굴을 비추자, 입가의 잔주름으로 번진 립스틱과 처지기 시작한 아래 눈꺼풀과 움푹 들어간 관자놀이를 두드리는 섬세한 시계태엽 같은 혈관이 도드라졌다. 그녀는 70세를 앞두고 있었다. 팔팔하고 고집이 세고 몸이 탄탄하고 따지기 좋아하고 단호한 그의 누나는 늙었다. 그도 마찬가지였다. 인생은 기본적으로 일장춘몽이라는 증거가 바로 그들이었다. 다만 베시에게는 남편, 장성한 두 아이, 손자 넷이 있었으니 자연의 아름다운 곱셈이었다. 그에게는 메리언이 있었지만 메리언은 떠났고 아이는 없었다. 아내를 잡종 강아지로 대체해야 하는 걸까? 홀마크 카드처럼 진부하고 비현실적인 발상이었다.

"나는 안 키울 거야."

그녀는 열세 살 때의 눈빛, 정신 차리지 않으면 조만간 배드민턴 라켓이 등장한다고 알리던 그 눈빛으로 그를 쳐다보았다. "내가 퍼블릭스에 다녀올 동안만이라도 데리고 있어. 다른 볼일도 있는데 뜨거운 차 안에 개를 두면 죽거든. 특히 어린 녀석들은."

그녀는 문을 닫았다. 아내를 여읜 지 6개월 됐고 요즘은 먹는 것에 (삶의 그 어떤 낙에도) 별 관심이 없는 퇴직자, 로이드 선덜랜드는 그 자리에 앉아서 그의 섀그 카펫을 차지하고 있는 불청객을 빤히 쳐다보았다. 개도 그를 빤히 쳐다보았다. "뭘 보냐, 바보야?" 그가 물었다.

강아지가 일어나 그에게로 걸어왔다. 사실 웃자란 잡초를 헤치듯 뒤뚱뒤뚱 걸어왔다. 그러고는 그의 왼발 앞에 다시 주저앉아 그를 올려다보았다. 로이드는 물리겠거니 생각하며 조심스럽게 손을 내밀었다. 그런데 개는 손을 핥았다. "가자. 아직 시간이 있을 때 그 빌어먹을 카펫에서 너를 치워야겠다."

로이드는 목줄을 당겼다. 강아지는 가만히 앉아서 그를 쳐다보았다. 로이드는 한숨을 쉬고 녀석을 안아들었다. 녀석은 그의 손을 다시 핥았다. 그는 녀석을 밖으로 데리고 나가 잔디밭에 내려놓았다. 잔디를 깎지 않아서 녀석이 거의 사라지다시피 했다. 베스가 꽃밭을 두고 한 말은 맞았다. 상태가 처참했고 절반이 메리언처럼 죽었다. 이 생각이 들자 그는 미소가 지어졌다. 그런 비교를 하며 미소를 짓다니 못된 인간이 된 것 같았지만.

잔디밭을 걷자 녀석은 더욱 심하게 뒤뚱거렸다. 열 몇 걸음 정도 가서 궁둥이를 내리더니 오줌을 쌌다.

"착하네. 그래도 나는 널 키우지 않을 거야."

베스가 보카로 돌아갈 때 이 개는 동행하지 않을 듯한 불길한 예감이 이미 느껴졌다. 그렇다, 이 불청객은 그와 함께 여기에 남을 것이었다. 이 섬과 본토를 연결하는 도개교로부터 800미터 거리에 있는 그의 집에. 그는 평생 개를 키워 본 적이 없었으니 될 법하지 않은 일이었지만, 데려갈 사람을 찾기 전까지는 이 녀석 덕분에 텔레비전을 보거나 컴퓨터 앞에 앉아서 솔리테어를 하거나 처음 퇴직했을 때는 재미있더니 이제는 지긋지긋해서 죽을 것 같은 여러 사이트를 서핑하는 것 말고 다른 할 일이 생길지 몰랐다.

베스가 거의 2시간 뒤에 돌아왔을 때 로이드는 안락의자로 돌아갔고 강아지는 카펫 위로 돌아가 자고 있었다. 사랑하지만 평생 짜증을 돋우었던 그의 누나는 오늘도 그의 예상보다 훨씬 많은 것을 사 가지고 오는 것으로 그의 짜증을 한층 돋우었다. 그녀는 대용량 강아지

사료(물론 유기농이었다)와 대용량 플레인 요거트(사료에 넣어서 먹으면 그 레이더 접시처럼 생긴 귀의 연골을 튼튼하게 하는 효과가 있다고 했다) 그리고 베이비룸을 사 왔다. 그녀가 말하길 베이비룸이 있어야 강아지가 밤에 돌아다니는 걸 막을 수 있다고 했다.

"맙소사, 누나, 그 베이비룸이 얼마야?"

"타겟에서 세일을 하더라고." 그녀는 교묘하게 질문을 피했다. 그도 잘 아는 수법이었다. "돈 달라고 하지 않을게. 내 선물이야. 내가 이 많은 걸 사 왔는데도 개를 안 키울 거야? 그럼 네가 가서 환불을 해야 하는데?"

로이드는 누나에게 지는 데 이골이 나 있었다. "한번 시도는 해 보겠지만 책임을 떠맡는 건 고맙지 않아. 누나는 항상 너무 일방적이야."

"맞아. 엄마는 돌아가시고 아빠는 겉보기에는 멀쩡하지만 기본적으로 가망이 없는 알코올중독자였으니 그럴 수밖에 없었어. 이제 스크램블드에그 어쩔 거야?"

"먹을게."

"쟤 카펫에다 오줌 쌌어?"

"아니."

"쌀 거야." 베스는 상상만으로도 즐거워하는 말투였다. "이름은 뭐라고 지을 거야?"

내가 이름을 지으면 내 반려견이 될 텐데. 로이드는 이런 생각이 들었지만 녀석이 처음으로 조심스럽게 그의 손바닥을 핥은 순간부터 이미 그의 반려견이 되지 않았을까 싶었다. 첫 키스를 한 순간부터 메리언이 그의 여자가 됐던 것처럼 말이다. 이번에도 황당한 비유지만 생각의 갈피를 어느 누가 통제할 수 있겠는가. 꿈을 통제할 수 없듯 이것도 마찬가지였다.

"로리."

"왜 로리야?"

"몰라. 그냥 생각났어."

"흠." 그녀는 말했다. "괜찮네."

로리가 그들을 따라 주방으로 들어왔다. 뒤뚱뒤뚱.

2.

로이드는 하얀 섀그 카펫에 배변 패드를 깔고 그의 방에 베이비룸을 설치한 다음(그 와중에 손이 집혔다) 서재로 들어가 컴퓨터를 켜고 **강아지가 새 식구가 되었군요!** 라는 제목으로 시작되는 글을 읽기 시작했다. 반쯤 읽다가 로리가 그의 신발 옆에 앉아서 그를 올려다보고 있다는 걸 알게 되었다. 그는 사료를 챙겨 주려고 나갔다가 주방과 거실 사이 아치형 문틀 아래, 가장 가까운 배변 패드까지 불과 15센티미터도 안 되는 곳에서 오줌 웅덩이를 발견했다. 그는 로리를 안아서 오줌 옆에 내려놓고 "여기는 안 돼."라고 말했다. 그런 다음 깨끗한 패드 위에 내려놓았다. "여기다 해."

녀석은 그를 쳐다보더니 강아지답게 뒤뚱뒤뚱 주방으로 돌아가 전기레인지 옆에 엎드려서 한쪽 앞발 위에 주둥이를 얹고 그를 지켜보았다. 로이드는 키친타월을 한 움큼 집었다. 앞으로 일주일 정도 동안 키친타월을 쓸 일이 많을 것 같은 예감이 들었다.

오줌을 치운 다음 (양이 얼마 되진 않았지만 그래도) 사료 4분의 1컵 (**강아지가 새 식구가 되었군요!**의 권장량이었다)을 시리얼 그릇에 따르고 요거트와 섞었다. 강아지는 충분히 적극적으로 달려들었다. 녀석이 먹는 걸 보고 있는데 전화벨이 울렸다. 앨리게이터 앨리의 황야 어딘가에 있는 휴게소에서 베스가 전화한 거였다.

"개 동물 병원 데려가야 해. 얘기한다는 걸 깜빡했어."

"나도 알아, 누나." **강아지가 새 식구가 되었군요!**에 적혀 있었다.

그녀는 그의 말을 깡그리 무시한 채 자기 할 말을 계속했다. 그것 역시 그도 익히 아는 습관이었다. "아마 비타민이 필요할 거야. 심장사상충 약은 기본이고 벼룩이랑 진드기 없애는 약도. 사료에 넣어서 먹이는 알약이 있는 걸로 알아. 그리고 중성화 수술도 받아야 해. 난소 적출 말이지. 하지만 두어 달 있다가 하면 될 거야."

"응. 그때까지 내가 키우면."

로리는 사료를 다 먹고 거실 쪽으로 어슬렁어슬렁 걸어갔다. 배가 불러서 전보다 더 심하게 뒤뚱거렸다. 로이드가 보기에는 살짝 취객 같았다.

"산책시키는 거 잊지 말고."

"그래." **강아지가 새 식구가 되었군요!**에 따르면 4시간마다 한 번씩 시키라는데, 어처구니없는 조언이었다. 그는 불청객에게 바람을 쐬어주려고 새벽 2시에 일어날 생각이 눈곱만큼도 없었다.

독심술이 그의 누나의 또 다른 전공이었다. "너 지금 한밤중에 일어나려면 귀찮겠다는 생각을 하고 있지?"

"언뜻 그런 생각이 들긴 했어."

그녀는 역시 베티답게 이 말을 못 들은 척했다. "하지만 메리언이 죽은 뒤로 불면증이 생겼다는 말이 사실이라면 별 어려울 게 없겠지."

"이렇게 이해심과 배려심이 넘쳐나다니."

"일단 해 보고 결정하자는 거야. 그 꼬맹이한테 기회를 주자고." 그녀는 말을 잠깐 멈추었다. "네가 걱정돼서 그래, 로이드. 내가 보험회사에서 거의 40년 동안 근무했잖아. 네 연령대 남자들은 배우자 사망 후에 병에 걸릴 가능성이 훨씬 높아져. 두말하면 잔소리지만 사망할 가능성도."

이 말에 그는 아무 대꾸도 하지 않았다.

"그래 줄 거지?"

"뭘?" 그는 모르는 척했다.

"그 꼬맹이한테 기회를 주자고."

베스는 로이드에게 자꾸 부담스러운 책무를 강요하고 있었다. 그는 영감을 얻으려는 사람처럼 주위를 두리번거리다 오줌 웅덩이가 있었던 바로 그 자리, 가장 가까운 배변 패드까지 불과 15센티미터도 안 되는 곳에서 똥(조그만 소시지 같았다)을 발견했다.

"아무튼 그 꼬맹이는 지금 여기 있잖아." 그는 말했다. 그로서는 그것이 그녀에게 줄 수 있는 최선이었다. "운전 조심해."

"오는 내내 100킬로미터를 유지했어. 수없이 추월당했고 클랙슨을 울리는 사람도 있었지만 그보다 빨리 달리면 내 반사 신경을 믿을 수가 없어서."

그는 작별 인사를 하고 키친타월을 다시 몇 장 집어서 소시지를 치웠다. 로리는 호박색 눈으로 그를 지켜보았다. 다시 밖으로 데리고 나가자 녀석은 아무것도 하지 않았다. 그가 20분 뒤에 강아지 키우는 법을 모두 읽고 나서 보니 아치형 문틀 아래에 또 오줌 웅덩이가 있었다. 가장 가까운 배변 패드에서 15센티미터 떨어진 곳이었다.

그가 두 손으로 무릎을 짚고 몸을 숙이자 허리에서 늘 그렇듯 찌릿하는 경고의 신호를 보냈다. "멍멍아, 너는 지금 언제 내쳐질지 몰라."

녀석은 그를 쳐다보았다.

3.

그날 늦은 오후(그새 오줌을 두 번 더 쌌는데 그중 한 번은 주방에서 가장 가까운 패드 위에 쌌다)에 로이드는 장난감 크기의 목줄을 채우고 로리를 미식축구공처럼 한 팔로 안아서 밖으로 데리고 나갔다. 바닥에 내려놓고 이 조그만 주택 단지 뒤편으로 이어지는 오솔길을 걷게 했다. 그 길을 따라가다 보면 도개교 아래로까지 흘러가는 얕은 개천이 나왔다. 오스카만에서 멕시코만으로 향하는 모터 슬루프가 지나가길 기다리느라 도개교 양쪽으로 차량 통행이 막혀 있었다. 강아지는 평소처럼 좌우로 뒤뚱뒤뚱 걷다가 가끔 걸음을 멈추고, 녀석의 시점에서는 지날 수 없는 밀림 숲처럼 보일 잡초 덤불을 쿵쿵거렸다.

6마일(길이가 기껏해야 1마일밖에 안 되는데 왜 이런 이름으로 불리는지는 절대 알 수 없었다) 길이라고 불리는 다 쓰러져 가는 판자 길이 개천 한쪽 면을 따라 이어졌고, 그의 옆집에 사는 사람이 쓰레기를 버리지 마시오와 낚시 금지 팻말 사이에 서 있었다. 거기서 좀 더 가면 악어 출몰 주의 팻말이 나오는데, 누군가가 악어 위에 스프레이 페인트를 뿌리고 외계인이라고 적어 놓았다.

멋들어진 마호가니 지팡이 위로 허리를 숙이고 탈장대를 잡아당기는 돈 피처를 볼 때마다 로이드는 비열한 쾌감으로 소소하지만 확실한 전율을 느꼈다. 그는 지긋지긋한 정치적 견해를 쉴 새 없이 늘어놓는 주크박스이자 뻔뻔한 까마귀였다. 동네에서 누가 죽으면 돈이 맨 처음 알았다. 누가 경제적으로 어려워지면 그것도 알았다. 로이스는 허리가 예전 같지 않았고 눈과 귀도 마찬가지였지만 지팡이와 탈장대는 아직 먼 훗날의 얘기였다. 적어도 그가 바라기로는 그랬다.

"저 요트 좀 봐." 로이드가 판자 길로 합류하자 돈이 말했다(로리는 물이 무서웠는지 목줄 끝에서 버텼다). "저거 하나면 아프리카의 가난한 사람 몇 명을 먹일 수 있겠나?"

"그 사람들이 아무리 배가 고파도 요트는 먹지 않을 것 같은데요."

"내 말은…… 아니, 저게 뭐야? 강아지? 그놈 귀엽구먼."

"암컷이에요. 누나가 맡겨 놓고 갔어요."

"안녕, 귀염둥이야." 돈은 말하고 허리를 숙여 손을 내밀었다. 로리는 뒷걸음질 치더니 로이드에게 맡겨진 이래 처음으로 짖었다. 높고 날카롭게 두 번 요란하게 짖더니 입을 다물었다. 돈은 다시 허리를 폈다. "붙임성은 없구먼?"

"모르는 사람이니까요."

"여기저기 똥을 싸 놓나?"

"뭐 그리 심하지는 않아요." 로이드는 말했고 그들은 래틀스네이크 키 북쪽 끝에 사는 갑부의 것일지 모르는 요트를 잠깐 구경했다. 로리는 깔쭉깔쭉한 판자 길 가장자리에 앉아서 로이드를 지켜보았다.

"내 아내는 개를 못 키우게 해." 돈이 말했다. "지저분하고 골치 아프기만 하다고. 나는 어렸을 때 한 마리 키웠거든. 늙은 순둥이 콜리. 우물에 빠진 적이 있었지. 뚜껑이 다 썩어서 꺼졌지 뭔가. 그 뭐시기인가로 끌어 올려야 했지."

"그래요?"

"응. 도로 근처로 다닐 때 저 녀석 잘 봐. 거기로 뛰어드는 순간 그길로 게임 끝이니까. 저 빌어먹을 배 크기 좀 보게! 끼어서 못 지나간다는 데 돈을 걸겠어."

요트는 무사히 통과했다.

도개교가 내려지고 차량이 다시 움직이기 시작했을 때 돌아보니 강아지가 옆으로 누워서 자고 있었다. 로이드는 녀석을 안았다. 로리는 눈을 뜨고 그의 손을 핥더니 다시 잠이 들었다.

"이제 그만 집에 가서 저녁을 먹어야겠네요. 잘 지내세요, 돈."

"자네도. 그 강아지 잘 감시해. 안 그러면 이것저것 죄다 씹어 놓을 테니."

"씹는 장난감 있어요."

돈이 비뚤배뚤한 이를 드러내며 미소를 짓자 로이드는 한기를 느꼈다. "자네 가구를 더 좋아할걸? 두고 보라고."

4.

그날 저녁에 뉴스를 보고 있는데, 로리가 그의 안락의자 옆으로 다가와 좀 전처럼 날카롭게 두 번 짖었다. 로리는 그 반짝이는 눈을 물끄러미 바라보며 고민하다가 녀석을 들어서 무릎에 앉혔다.

"내 옷에다 오줌 싸면 죽는다."

녀석은 그의 옷에다 오줌을 싸지 않았다. 자기 꼬리에 코를 박고 잠이 들었다. 로이드는 벨기에에서 벌어진 테러를 휴대 전화로 촬영한 영상을 보며 멍하니 녀석을 쓰다듬었다. 뉴스가 끝나자 그는 또다시 미식축구공처럼 로리를 안고 밖으로 나갔다. 목줄을 채우고 오스카 길 가장자리까지 걷게 하자 녀석은 쭈그리고 앉아 볼일을 보았다.

"좋은 생각이야. 앞으로도 계속 그렇게 하자."

9시가 되자 그는 베이비룸에 배변 패드를 두 겹으로 깔고(내일 배변 패드와 키친타월을 좀 더 사러 가야 하게 생겼다) 녀석을 내려놓았다. 녀석은 앉아서 그를 지켜보았다. 찻잔에 물을 좀 담아서 주자 할짝대다가 다시 엎드리고는 계속 그를 지켜보았다.

그는 옷을 벗고 침대 커버 위로 그냥 드러누웠다. 커버를 벗기고 누우면 밤새 뒤척이느라 다음 날 아침에 일어났을 때 바닥에 떨어져 있는 걸 여러 번 경험했기 때문이었다. 그런데 오늘 밤에는 눕자마자 거의 잠이 들었고 새벽 2시에 높고 날카로운 비명 소리를 듣고 깰 때까지 단잠을 잤다.

로리는 독방에 갇힌 외로운 수감자처럼 베이비룸 패널 사이에 코를 박고 엎드려 있었다. 배변 패드 위에 소시지가 몇 개 있었다. 그 늦은 시각에는 오스카 길을 지나가다가 사각팬티와 민소매 티셔츠를 입은 남자를 보고 불쾌하게 여길 행인이 있어 봐야 얼마 되지 않을 테니 로이드는 크록스를 신고 손님(그는 여전히 로리를 이렇게 생각했다)을 데리고 나갔다. 조개껍데기가 깔린 진입로에 녀석을 내려놓았다. 녀석은 뒤뚱뒤뚱 잠시 돌아다니다 킁킁대며 퍼질러진 새똥 냄새를 맡더니 그 위에다 오줌을 쌌다. 그는 앞으로도 계속 그렇게 하자고 다시 말했다. 녀석은 앉아서 아무도 없는 도로를 쳐다보았다. 로이드는 하늘을 올려다보았다. 그렇게 많은 별은 처음 본다는 생각을 했다가 최근에만 못 본 거라고 결론을 내렸다. 가장 최근에 새벽 2시에 나와 있었던 때가 언제였는지 기억을 더듬어 보았지만 생각이 나지 않았다. 그는 은하수를 보고 거의 넋을 잃었다가 자기가 선 채로 깜빡 졸았다는 사실을 깨달았다. 그는 강아지를 안고 다시 안으로 들어갔다.

로리는 그가 똥 묻은 배변 패드(누런 얼룩도 조그맣게 두 군데 있었다)를 가는 동안 가만히 지켜보다가 그가 베이비룸에 넣으려고 하자 다시 곡소리를 내기 시작했다. 침대로 데리고 들어갈까 고민했지만 **강아지가 새 식구가 되었군요!**에 따르면 그건 아주 나쁜 선택이라고 했다. 저자(수전 모리스라는 수의학 박사였다)는 딱 잘라 말했다. "일단 그 길로 들어서면 돌아오기가 매우 힘들어질 것이다." 게다가 일어나서 아내가 누웠던 자리에 갈색의 조그만 소시지가 나뒹구는 걸 본다는 상상만으로도 마뜩찮았다. 상징적으로도 고인에 대한 예의가 아닌 데다 시트를 갈아야 할 테니 그 역시 귀찮고 마뜩찮은 일이었다.

그는 메리언이 자기 아지트라고 불렀던 방으로 들어갔다. 그녀의 소지품이 대부분 아직 거기 있었다. 누나의 강력한 주장에도 불구하고 그 방을 치울 마음이 생기지 않았기 때문이었다. 그는 메리언이 죽은 뒤로 이 방을 대체로 피해 다녔다. 벽에 걸린 사진만 봐도 가슴이 아렸고 새벽 2시에는 특히 그랬다. 그는 야심한 시각에는 사람이 더 예민해진다는 생각이 들었다. 아침 첫 햇살이 동쪽에서 보이기 시작하는 5시는 되어야 그게 다시 무디어지기 시작했다.

메리언이 아이팟으로 업그레이드하지 않았지만 일주일에 두 번씩 그룹 운동을 하러 갈 때 들고 다녔던 휴대용 CD 플레이어가 책꽂이의 몇 개 안 되는 앨범 위 칸에 있었다. 배터리 케이스를 열어 보니 세 개의 A 건전지가 부식된 것 없이 멀쩡했다. 그는 그녀의 CD를 엄지손가락으로 훑다가 홀 앤드 오츠에서 멈췄다가 「조안 바에즈 베스트 앨범」으로 넘어갔다. CD를 넣고 덮개를 닫자 만족스럽게 돌아갔다. 그는 그걸 들고 방으로 갔다. 로리는 그를 보고 낑낑대던 것을 멈추었다. 그가 플레이 버튼을 누르자 조안 바에즈가 「더 나이트 데이 드로브 올드 딕시 다운」을 부르기 시작했다. 그는 CD 플레이어를 새로 간 배변 패드 위에 놓았다. 로리는 킁킁대며 냄새를 맡더니 메리언 선덜랜드의 것이라고 적힌 다이모 라벨 테이프에 거의 코를 맞대고서 옆에 엎드렸다.

"그거면 되겠니? 제발 그러면 좋겠다."

그는 다시 침대로 돌아가 시원한 베개 아래에 손을 넣고 누웠다. 음악을 들었다. 바에즈가 「포에버 영」을 불렀을 때 그는 눈물을 흘렸다.

너무 뻔하다는 생각을 했다. 너무 상투적인 표현이라는 생각을 했다. 그러고는 잠시 후 잠이 들었다.

5.

9월이 지나고 10월이 되었다. 그가 퇴직할 때까지 메리언과 같이 살았던 뉴욕 북부에서는 1년 중 가장 날씨가 좋은 달이었고 로이드가 생각하기에는(페이스북의 표현을 빌자면 IMHO) 여기 플로리다 서안에서도 가장 날씨가 좋은 달이었다. 최악의 더위는 가셨지만 날은 여전히 따뜻했고, 1월과 2월의 추운 밤은 내년의 이야기였고, 오스카 도개교는 하루에도 50번씩 올라갔다 내려갔다 하는 것이 아니라 열 몇 번 정도만 차량 통행을 막았다. 차량 통행량도 훨씬 적어졌다.

래틀러 피시 하우스가 3개월의 휴업 끝에 문을 열었고 이른바 멍뭉이 테라스에는 반려견 동반이 허용됐다. 로이드는 로리를 데리고 그곳에 자주 갔다. 개천 옆 6마일 오솔길을 둘이서 어슬렁어슬렁 걸어갔다. 판자 길이 웃자란 참억새로 뒤덮인 곳이 있으면 로이드가 개를 들어서 넘겨 주었다. 머리 위로 이파리를 드리운 팔메토 야자수가 등장하면 녀석은 종종걸음치며 아래로 쉽게 지나갔지만, 로이드는 고개를 수그리고 팔을 뻗어 빽빽한 이파리를 헤치며 통과해야 했다. 나무 쥐가 머리 위로 떨어지면 어쩌나 싶어서 매번 불안했지만 그런 적은 한 번도 없었다. 식당에 도착하면 녀석은 그의 신발 옆에 조용히 앉아서 볕을 쪼였고, 가끔 로이드의 피시 앤드 칩스 바구니에 담긴 프렌치프라이로 얌전히 있은 상을 받았다. 웨이트리스들은 녀석을 보면 호들갑을 떨며 허리를 숙여서 희부연 회색 털을 쓰다듬었다.

식당 안주인 버너뎃은 유난히 녀석을 예뻐했다. "저 얼굴 좀 봐요." 그 말 한마디면 모든 게 설명된다는 식이었다. 그녀는 종종 로리 옆에 무릎을 꿇고 앉았고, 그러면 훤히 드러나는 가슴골을 그는 항상 고맙게 감상했다. "아유, 저 얼굴 좀 봐!"

로리는 이런 관심을 받아들였지만 목말라 하지는 않는 눈치였다. 그냥 앉아서 새롭게 등장한 팬을 살피다 다시 로이드에게로 관심을 돌렸다. 그 관심의 일부분은 프렌치프라이와 연관이 있겠지만 전부 그런 건 아니었다. 녀석은 그가 텔레비전을 보고 있을 때도 똑같이 골똘하게 그를 바라보았다. 그러다 잠이 들었다.

녀석은 금세 배변 훈련을 끝냈고 돈의 예언과 달리 가구를 씹지 않았다. 장난감만 씹었다. 장난감은 세 개에서 여섯 개에서 열 몇 개로 늘었다. 그는 헌 나무상자를 주워다가 그 안에 장난감을 담았다. 로리는 아침이면 이 상자 앞에 가서 가장자리에 앞발을 얹고, 퍼블릭스 마트에서 제품을 뜯어보는 손님처럼 안에 담긴 장난감을 살폈다. 그러다 하나를 골라서 구석으로 물고 가 싫증이 날 때까지 씹었다. 싫증이 나면 다시 상자로 가서 다른 걸 골랐다. 하루가 저물 때쯤이면 장난감이 방, 거실, 주방에 흩뿌려져 있곤 했다. 로이드가 잠자리에 들기 전에 마지막으로 하는 일이 장난감을 주워서 다시 상자에 넣는 것이었다. 지저분해서 그런 게 아니라 개가 아침마다 늘어난 전리품을 살피며 아주 흡족해하는 것 같았기 때문이었다.

베스는 종종 전화해 식사는 잘 챙기는지 묻고, 예전에 알고 지냈던 친구와 나이 많은 친척들의 생일과 기념일을 알려 주고, 누가 또 세상을 떠났는지 소식을 전했다. 마지막에는 항상 로리가 아직도 보호관찰 중이냐고 물었다. 로리는 계속 그렇다고 대답했지만 10월 중순의 어느 날에는 달랐다. 그들은 피시 하우스에 막 다녀온 참이었고,

로리는 네 다리를 동서남북으로 쫙 벌리고 거실 한복판에 등을 대고 누워서 자고 있었다. 에어컨 바람에 녀석의 배를 덮은 털이 일렁였고 로리는 녀석이 예쁘다는 걸 알아차렸다. 감상적인 평가가 아니라 있는 그대로의 사실이었다. 저녁에 마지막으로 오줌을 누이러 밖으로 데리고 나갔다가 별을 보았을 때 느껴지는 감정과 같았다.

"아니, 이제 보호 관찰 단계는 지난 것 같아. 하지만 내가 먼저 죽으면 누나가 다시 데려가든지 해. 매형의 알레르기는 개나 주라 그러고. 아니면 훌륭한 새 주인을 찾아주어야 해."

"알았다, 러버 덕." 이 '러버 덕' 어쩌고는 그녀가 1970년대의 흘러간 트럭커 송에서 주워듣고는 여태껏 못 버리는 말버릇이었다. 그래서 귀여운 동시에 짜증을 머리끝까지 치밀게 만드는 베스의 또 다른 습관이었다. "잘돼서 다행이다." 그녀는 목소리를 낮추었다. "솔직히 나는 잘 안 될 거라고 생각했거든."

"그런데 왜 데려왔어?"

"혹시나 해서. 너한테 금붕어보다 좀 더 노동집약적인 뭔가가 필요하다는 건 알았거든. 개가 이제는 제대로 짖어?"

"왁! 하는 수준이야. 집배원이나 택배 기사가 오든지 아니면 돈이 맥주 한잔하러 들르면 그래. 항상 딱 두 번. 왁, 왁, 그러고는 끝. 또 언제 이쪽으로 올 일 있어?"

"지난번에는 내가 갔잖아. 이번에는 네가 여기로 올 차례야."

"그럼 로리를 데려가야 하잖아. 돈과 이블린 피처한테는 절대 맡기고 갈 수 없어." 잠이 든 그의 강아지를 보고 있으려니 어느 누구에게도 절대 맡길 수 없다는 생각이 들었다. 심지어 슈퍼에 다녀오는 그 짧은 순간에도 걱정이 돼서 집으로 돌아왔을 때 문 앞에서 기다리고 있는 녀석을 보면 항상 안도의 한숨이 나왔다.

"그럼 데려와. 얼마나 컸는지 보고 싶네."

"매형 알레르기는 어쩌고?"

"알레르기는 개나 주라 그래." 그녀는 웃으며 전화를 끊었다.

6.

베스는 환호하며 로리를 이리저리 살핀 뒤에(딱 한 번 내려서 방광을 비웠을 때 말고는 보카까지 오는 내내 뒷자리에서 잤다) 평소처럼 누나로서의 우선 임무 수행에 돌입했다. 그녀는 수많은 걸 가지고 잔소리를 퍼부을 수 있지만(그 방면의 대가였다) 이번에는 뒤늦게나마 올브라이트 선생에게 정기 검진을 받아야 한다는 것이 가장 중요한 사안이었다.

"네가 좋아 보이긴 해." 그녀는 말했다. "그건 인정. 사실 햇볕에 탄 것처럼 보여. 황달이 아니라면 말이지."

"햇볕에 탄 거야. 하루에 세 번씩 로리를 산책시키거든. 아침에 일어나면 바닷가로 나가고, 6마일 오솔길을 따라 피시 하우스에 가서 점심을 먹고, 저녁에 다시 바닷가로 나가. 저녁놀을 보러. 개들은 미적 감각이 없으니까 쟤는 관심 없겠지만 나는 좋아."

"개천 옆 판자 길로 산책을 나간다고? 헐, 로이드, 그 길은 엉망이잖아. 언젠가는 무너져서 너를 개천에 처박을 거야. 여기 이 공주님이랑 같이." 그녀는 로리의 정수리를 쓰다듬었다.

"그 길은 생긴 지 40년도 더 됐어. 나보다 더 오래 버틸 거야."

"그 선생님한테 예약했어?"

"아니. 하지만 할게."

그녀는 자기 휴대 전화를 들었다. "지금 하자, 응? 내 앞에서 하는 거 보고 싶어."

그녀의 눈빛을 보면 자기가 하자는 대로 할 리 없다고 생각하는 눈치였다. 그가 그 앞에서 예약을 한 이유 중에 그것도 있었다. 하지만 오로지 그것 때문만은 아니었다. 지난 몇 년 동안 그는 병원에 가는 것을 무서워했다. (텔레비전 드라마를 너무 많이 본 탓이겠지만) 의사가 심각한 표정으로 그를 보며 "안 좋은 소식이 있습니다."라고 하는 순간이 그려지기 때문이었다.

하지만 이제는 컨디션이 좋았다. 아침에 일어나면 너무 많이 걸어서 그런지 다리가 뻣뻣했고 허리는 전보다 삐걱거렸지만, 관심을 안으로 돌려 보면 걱정스러운 게 아무것도 없었다. 노인의 몸속에서 나쁜 것들이 아무 느낌도 없이 한참 동안 (질주하는 순간이 올 때까지 슬금슬금) 자랄 수 있다는 건 알았지만, 밖으로 드러날 만큼 진행이 된 건 아무것도 없었다. 혈변도 가래도 없었고, 복부 깊숙한 곳에서 통증이 느껴지지도 않았고, 음식을 삼키는 데에도 아무 문제 없었고, 소변을 눌 때 아프지도 않았다. 곰곰이 생각해 보니 몸에서 병원에 갈 이유가 없다고 말할 때 병원에 가는 편이 훨씬 수월했다.

"왜 그렇게 웃고 있어?" 베스가 의심스러워하는 투로 물었다.

"아무것도 아니야. 전화기 줘."

그는 그녀의 휴대 전화를 향해 손을 내밀었다. 그녀는 반대편으로 치웠다. "정말 예약할 거면 네 핸드폰으로 해."

7.

정기 검진을 받고 2주가 지났을 때 올브라이트가 결과를 들으러 오라고 했다. 결과는 좋았다.

"체중은 상당히 적당하고 혈압도 좋고 반사 신경도 마찬가지예요. 콜레스테롤 수치는 지난번에 혈액 검사를 했을 때에 비해 더 좋아졌는데 그때가……."

"알아요, 좀 됐죠." 로이드는 말했다. "아마 너무 오래됐을지도 몰라요."

"아마가 아닌데요. 아무튼 현재로서는 콜레스테롤 조절제를 처방할 필요가 없겠는데, 이건 일종의 개가예요. 제 환자들 중에 선생님 또래는 절반 이상이 복용하고 있거든요."

"요즘 많이 걸어요. 누나가 개를 줬거든요. 강아지요."

"강아지야말로 하느님이 창조한 최고의 운동 프로그램이죠. 다른 쪽으로는 어떻게 지내세요? 잘 견디고 계신가요?"

올브라이트는 구체적으로 물어볼 필요가 없었다. 메리언도 그의 환자였고 남편보다 훨씬 양심적으로 6개월마다 정기 검진을 받았지만 (메리언 선덜랜드는 모든 면에서 아주 적극적이었다) 그녀에게서 처음에는 지능을, 나중에는 목숨을 앗아 간 종양은 적극적인 성격으로도 어쩔 수 없었다. 너무 깊숙이 자리 잡고 있었던 것이다. 교아종은 하느님이 창조한 최고의 45구경 총알이지. 로이드는 생각했다.

"잘 견디고 있어요." 로이드는 말했다. "다시 잠도 잘 자요. 거의 매일 밤 피곤해서 침대 위로 쓰러지는 게 도움이 되네요."

"개 때문에 그런가요?"

"네. 대개는 그렇죠."

"누님께 전화해서 고맙다고 해야겠네요." 올브라이트는 말했다.

로이드가 보기에는 좋은 생각이었다. 그는 그날 저녁에 그녀에게 전화해 고맙다고 했다. 베스는 '천만에, 만만에'라고 했다. 로이드는 로리를 데리고 바닷가로 가서 산책을 시켰다. 그는 저녁놀을 감상했다. 로리는 죽은 물고기를 발견해 그 위에다 오줌을 쌌다. 둘 다 흡족한 마음으로 집으로 돌아왔다.

8.

그해 12월 6일은 평소처럼 바닷가를 걸은 뒤 아침을 먹는 것으로 시작됐다. 로리는 게인스 버거였고 로이드는 스크램블드에그와 토스트 한 쪽이었다. 하느님이 45구경의 공이치기를 당기고 있다는 전조는 전혀 없었다. 로이드는 「투데이」 전반부를 보고 메리언의 아지트로 들어갔다. 피시 하우스와 새러소타의 자동차 영업소에서 그에게 맡긴 간단한 회계 업무가 있었다. 스트레스받을 일이 전혀 없는 저강도 업무였고 돈 걱정은 없었지만 다시 일을 하니 좋았다. 그리고 이제 보니 그의 책상보다 메리언의 책상이 더 좋았다. 그녀가 듣던 음악도 좋았다. 항상 그랬다. 자기 공간이 쓰이고 있다는 걸 알면 메리언도 기뻐할 거라는 생각이 들었다.

로리는 그의 의자 옆에 앉아서 생각에 잠긴 표정으로 장난감 토끼를 씹다가 낮잠을 잤다. 10시 30분에 로이드는 하던 일을 저장하고 자리에서 일어났다. "아가씨, 간식 먹을 시간이에요."

녀석은 그를 따라 주방으로 들어왔고 생가죽 껌을 받았다. 로이드는 우유와, 베스가 일찌감치 보낸 선물 세트에 들어 있던 쿠키 두 개를 먹었다. 바닥이 탔지만 (탄 크리스마스 쿠키 보내기가 베스의 또 다른 전공이었다) 그럭저럭 먹을 만했다.

그는 책을 조금 읽다가 (존 샌드퍼드의 『전작』이라는 벽돌 책을 읽는 중이었다) 귀에 익은 종소리를 듣고 현실로 돌아왔다. 로리가 현관문 앞에서 낸 소리였다. 문고리에 걸려 있는 자기 목줄의 쇠 클립을 주둥이로 쓸고 있었다. 로이드가 손목시계를 확인해 보니 12시 15분 전이었다. "그래, 알았다."

그는 목줄을 채우고 지갑을 챙겼는지 왼쪽 앞주머니를 확인한 뒤 로리를 앞장세워 환한 대낮의 햇살 속으로 나섰다. 6마일 오솔길로 내려가는데, 돈이 걸기 시작한 플라스틱으로 된 끔찍한 크리스마스 장식이 보였다. 탄생 현장(성스럽다), 대형 플라스틱 산타(세속적이다) 그리고 천사처럼 보이려고 요란하게 꾸민 정원용 난쟁이 컬렉션(초현실적이다). 조만간 돈은 목숨을 걸어 가며 사다리를 타고 올라가 켜졌다 꺼졌다 하는 줄 전구를 매달 테고, 그러면 피처 부부의 방갈로는 세상에서 가장 작고 가장 조잡한 리버보트 카지노로 변신할 것이다. 지난 몇 년 동안 로이드는 돈의 장식을 보면 서글퍼졌지만 이날은 웃음을 터뜨렸다. 이것만큼은 그 개자식을 인정해 주어야 했다. 관절염이 있고 눈이 안 좋고 허리가 아픈데도 그는 포기할 줄 몰랐다. 돈에게는 '크리스마스 아니면 죽음을 달라'였다.

이블린이 그 집 뒤편 덱으로 나왔다. 단추를 잘못 뗀 분홍색 랩 원피스를 입었고, 뺨에 누르스름한 크림 얼룩 같은 게 묻었고, 머리는 사방으로 뻗쳤다. 돈이 로이드에게 실토한 바에 따르면 아내가 정신을 살짝 놓았다는데, 오늘 보니 정말 그래 보였다.

"그이 봤어요?" 그녀가 외쳤다.

로리가 고개를 들더니 특유의 인사를 전했다. 왁, 왁.

"누구요? 돈이요?"

"아뇨, 존 웨인이요! 당연히 돈이지 누구겠어요?"

"못 봤는데요." 로이드는 말했다.

"그이 만나거든 방귀 뀌면서 돌아다니는 거 때려치우고 빌어먹을 장식이나 마저 끝내라고 전해 주세요. 줄 전구가 늘어졌고 동방박사는 아직 차고에 있다고요! 그 인간 *이상해요!*"

"만나면 전할게요."

이블린은 난간 위로 걱정스러울 만큼 멀리 몸을 내밀었다. "귀여운 강아지 데리고 나오셨네요! 그놈 이름이 뭐였죠?"

"로리요." 로이드는 말했다. 벌써 몇 번째인지 몰랐다.

"맞다, 암캐였지. 암캐, 암캐!" 이블린은 셰익스피어 연극처럼 열정 넘치게 외치고는 낄낄댔다. "빌어먹을 크리스마스가 얼른 끝났으면 좋겠네. 그 말도 그이한테 전해 주세요!"

그녀는 허리를 펴고(그녀가 추락하면 받아 낼 자신이 없었으니 로이드로서는 다행이었다) 안으로 다시 들어갔다. 로리는 일어나 판자 길 쪽으로 종종걸음치다가 피시 하우스에서 기름 냄새가 흘러나오는 쪽으로 방향을 틀었다. 로이드는 구운 연어 덮밥을 기대하며 녀석과 함께 방향을 틀었다. 튀긴 음식을 먹으면 속이 부대끼기 시작했다.

개천이 구불구불 이어졌다. 6마일 오솔길도 웃자란 잡초로 덮인 천변을 품고 개천을 따라 이쪽저쪽으로 느릿느릿 방향을 바꿔 가며 구불구불 이어졌다. 여기저기 판자가 빠졌다. 로리는 걸음을 멈추고 펠리컨이 다이빙하더니 꿈틀대는 물고기를 책가방 같은 부리 안에 담고 날아오르는 것을 구경하다가 다시 걸음을 옮겼다. 뒤틀려 벌어진 두 판자 사이로 고개를 내민 부채 모양의 참억새 앞에서 걸음을 멈췄다. 로이드는 녀석의 배를 잡고 들어서 건네주었다. 이제는 덩치가 커져서 미식축구공처럼 안을 수가 없었다. 조금 더 걸어가자 다음 커브 길 직전에 팔메토 야자수가 야트막한 아치 모양으로 판자 길 위에 드리워졌다. 로리는 작아서 그 아래로 충분히 지나갈 수 있었지만 머리를 앞으로 내밀더니 옆으로 갸우뚱하며 걸음을 멈추었다. 로이드는 뒤따라가서 녀석이 뭘 보고 그러는지 허리를 숙이고 확인했다. 돈 피처의 지팡이였다. 튼튼한 마호가니 지팡이인데, 고무가 달린 끝에서 중간 지점까지 세로로 금이 가 있었다.

로이드가 그걸 집어서 보니 나무에 핏방울이 서너 개 묻어 있었다. "느낌이 안 좋은데. 우리 그만 돌아가는 게……"

하지만 로리가 앞으로 쌩하니 돌진하더니 초록색 아치 아래로 사라졌다. 잡고 있던 목줄 손잡이가 튕겨져 나가 녀석의 뒤에서 뱅글뱅글 돌며 덜거덕덜거덕 바닥을 때렸다. 잠시 후 녀석이 짖기 시작했는데 평소처럼 두 번 왁, 하는 게 아니라 좀 더 다급하게 일제 사격처럼 퍼부었다. 놀란 로이드는 고개를 수그리고 지팡이를 이리저리 휘둘러 이파리를 밀쳐 가며 야자수 아래를 지나갔다. 밀쳐졌다가 제자리로 튕긴 이파리들이 그의 뺨과 이마를 긁었다. 개중 몇 개에 핏방울과 핏자국이 묻어 있었다. 판자 위에는 피가 더 있었다.

반대편에서 로리가 앞다리를 벌리고 등을 활처럼 구부리고 주둥이를 판자에 대고 서 있었다. 로리는 악어를 향해 짖고 있었다. 짙은 초록색이었고 다 자란 성체라 길이가 적어도 3미터는 됐다. 악어가 멀겋고 무표정한 눈으로 짖고 있는 로이드의 개를 응시했다. 녀석은 다리를 벌리고 돈 피처 위에 올라타 뭉툭한 삽처럼 생긴 코를 돈의 햇볕에 그은 목 위에 얹어 놓았고, 짧고 비늘로 덮인 앞발로 돈의 앙상한 어깨를 자기 것인 양 감싸고 있었다. 로이드는 메리언과 함께 새러소타의 정글 가든에 놀러 갔을 때 마지막으로 악어를 보았는데 그건 오래전 일이었다. 돈의 정수리는 없어진 거나 다름없었다. 남아 있는 이웃의 머리칼 사이로 쪼개진 뼈가 보였다. 새어 나온 축축한 피가 그의 뺨 위에서 말라 가고 있었다. 그 안에 오트밀 색 가닥 같은 것이 섞여 있었다. 로이드는 그것이 돈 피처의 뇌라는 것을 알아차렸다. 돈이 불과 몇 분 전까지 바로 그걸로 생각을 하고 있었다는 사실이 온 세상을 무의미하게 만드는 듯했다.

로리의 목줄 손잡이가 판자 길을 지나 개천 안으로 떨어져 있었다. 녀석은 계속 짖었다. 악어는 녀석을 쳐다보며 잠시 모든 동작을 멈췄다. 놀랍도록 멍청해 보였다.

"로리! 그만 짖어! 염병할, 그만 짖어!"

그는 이블린 피처가 무대 전면으로 나선 배우처럼 자기 집 뒤편 덱에 서서 맞다, 암캐였지. 암캐, 암캐! 라고 외쳤던 것을 떠올렸다.

로리는 짖기를 멈췄지만 목구멍 깊숙한 데서 계속 으르렁거렸다. 목덜미뿐 아니라 온몸의 북슬북슬한 진회색 털이 일어나 덩치가 두 배로 커진 것처럼 보였다. 로이드는 악어에 시선을 고정한 채 한쪽 무릎을 꿇고 왼손을 개천 안으로 넣어 더듬더듬 목줄을 찾았다. 끈이 손에 닿자 손잡이를 확 당겨서 움켜쥐고 다시 일어섰다. 목줄을 당겼다. 처음에는 땅속에 박힌 기둥을 당기는 느낌이었지만(로리가 그 정도로 버텼다) 결국에는 녀석이 그의 쪽으로 몸을 돌렸다. 그러자 악어가 꼬리를 들었다가 탁하고 수평으로 내리쳤다. 물방울이 사방으로 튀고 판자 길이 진동했다. 로리는 몸을 움츠리고 로이드의 운동화 위로 점프했다. 그는 허리를 숙여서 녀석을 안아 올리되 악어에게서 절대 눈을 떼지 않았다. 전류가 흐르기라도 하는 것처럼 로리의 몸이 통통거렸다. 흰자위가 보일 정도로 눈을 크게 뜨고 있었다. 로이드는 이웃의 시체 위에 올라탄 악어를 보고 너무 놀라서 두려움을 느끼지 못했지만, 마비가 풀렸을 때 느껴진 감정은 공포가 아니라 보호 본능에서 나오는 분노였다. 그는 목줄을 풀고 로리를 내려놓았다.

"집으로 가. 알아들었지? 집으로 가. 나도 곧바로 따라갈게."

그는 악어를 계속 쳐다보며 (놈 역시 그에게서 절대 눈을 떼지 않았다) 허리를 숙였다. 로리가 지금보다 작았을 때 미식축구공처럼 슬하게 안고 다녔는데, 이번에는 그 아이를 다리 사이로 공처럼 들어서 아치 모양으로 드리워진 야자수 아래로 곧장 던졌다.

그 아이가 잘 가고 있는지 확인할 겨를이 없었다. 악어가 그를 향해 달려들었다. 지면을 디뎠던 뒷다리로 돈의 시체를 차서 몇 미터 뒤로 날려 가며 번개같이 움직였다. 입을 쩍 벌려서 더러운 말뚝 울타리처럼 생긴 이빨을 드러냈다. 가죽처럼 질기고 분홍빛이 도는 검은색 혓바닥 위에 돈의 셔츠 조각이 들러붙어 있었다.

그는 지팡이를 옆으로 휘둘렀다. 지팡이는 악어의 옆 대가리 중에서도 섬뜩하게 무표정한 한쪽 눈 아래를 강타하고 쪼개진 틈을 따라 부러졌다. 부러진 조각이 빙글빙글 날아가 개천 속으로 떨어졌다. 악어는 놀란 것처럼 잠깐 동작을 멈췄다가 다시 달려들었다. 이빨을 딱딱 부딪치는 소리가 로이드의 귀에 들렸다. 그것이 입을 쩍 벌리고 아래턱으로 판자 길을 쓸며 다가왔다.

로이드는 아무것도 생각하지 않았다. 내면 깊숙한 곳에 자리 잡은 무언가가 그를 움직였다. 그는 남은 돈의 지팡이를 들어 삐죽빼죽한 끝을 삽처럼 생긴 악어의 머리 옆면의 희끄무레한 살 속에 꽂았다. 양손으로 지팡이 손잡이를 잡고 몸을 앞으로 내밀어 체중을 실어서 있는 힘껏 밀었다. 악어가 순간 옆으로 밀렸다. 녀석이 정신을 차릴 겨를도 없이, 육상 경기에서 쓰이는 신호총이 공포탄을 연속으로 빠르게 발사한 것처럼 타다닥 하는 소리가 들렸다. 오래된 판자 길의 일부가 주저앉아 악어의 위쪽 절반이 개천으로 처박혔다. 따라 내려간 녀석의 꼬리가 뒤틀린 판자를 내리쳐 돈의 시신을 위로 펄쩍 띄웠다. 물이 부글거렸다. 로이드가 휘청거리다가 뒤로 물러났을 때 악어가 이를 딱딱 부딪치며 머리를 다시 내밀었다. 그가 무작정 다시 내리찍은 지팡이의 뾰족한 끝이 악어의 눈에 꽂혔다. 악어가 일어나 몸을 뒤로 젖혔다. 로이드가 지팡이의 둥그스름한 손잡이를 놓지 않았다면 악어 위로 끌려 들어갔을 것이다.

그는 몸을 돌려 두 팔을 앞으로 내밀어 야자수를 헤치며 질주했다. 판자 길 아래를 헤엄쳐 온 악어가 진흙 바닥을 딛고 당장이라도 뒤에서 달려들어 그를 물거나 들이받아 하늘로 날려 버릴 것 같았다. 그는 돈의 피를 뒤집어쓰고 여기저기 긁힌 데서 피를 흘려가며 야자수 반대편으로 튀어나왔다. 로리는 집으로 도망치지 않았다. 거기서 3미터 멀리 서 있다가 그가 보이자 달려와 뒷다리를 움츠리더니 위로 폴짝 뛰어올랐다. 로이드는 (미식축구공처럼, 마지막 롱패스를 하듯이) 녀석을 받아서 달렸다. 로리가 그의 품 안에서 꿈틀대고 낑낑거리며 미친 듯이 그의 얼굴을 핥는 건 거의 느끼지도 못했다. 나중에는 이걸 기억하고 키스를 받았다고 생각하겠지만.

판자 길에서 벗어나 조개껍데기로 만든 오솔길로 접어들자 그는 뒤를 돌아보았다. 악어가 예기치 못했던 섬뜩한 속도로 판자 길을 따라 우당탕우당탕 그들을 쫓아오고 있을 것 같았다. 그는 집까지 그 오솔길을 반쯤 갔을 때 다리에서 힘이 풀리자 주저앉았다. 이제 보니 울면서 온몸을 벌벌 떨고 있었다. 로이드는 계속 뒤를 흘끔거리며 악어를 찾았다. 로리는 계속 그의 얼굴을 핥았지만 부들부들 떨리던 녀석의 몸이 잠잠해져 가고 있었다. 다시 걸을 수 있을 것 같다는 생각이 들자 그는 집까지 로리를 안고 갔다. 정신을 잃고 쓰러질 것 같아서 두 번 걸음을 멈추어야 했다.

그가 터벅터벅 집 뒷문으로 걸어가는데, 이블린이 다시 덱으로 나왔다. "그런 식으로 개를 안고 다니면 노상 안아 달라고 할 거예요. 돈

봤어요? 크리스마스 장식 마저 해야 하는데."

그녀의 눈에는 핏자국이 안 보이는 걸까? 로이드는 의아했다. 그게 아니라 그걸 보고 싶지 않은 걸까? "사고가 벌어졌어요."

"무슨 사고요? 또 누가 그 빌어먹을 도개교를 들이받았어요?"

"안으로 들어가세요."

그는 그녀가 그의 말대로 하는지 확인하지 않고 그의 집 안으로 들어갔다. 물을 새로 한 그릇 주자 로리는 열심히 할짝대며 마셨다. 그 아이가 물을 마시는 동안 로이드는 911에 연락했다.

9.

경찰 측에서 돈의 시신을 수습하자마자 피처 부부의 집으로 갔는지 이블린의 비명 소리가 들렸다. 실제로는 그렇게 오랫동안 비명을 지르지 않았겠지만 체감상으로는 한참이었다. 그는 그 집으로 건너가 위로를 건네야 할까 하는 생각이 들었지만 그럴 수 있을 것 같지 않았다. 이렇게 피곤했던 적이 언제였나 싶었다. 심지어 고등학교 시절에 무더운 8월의 오후에 미식축구 연습을 하고 났을 때도 이렇지는 않았다. 그저 로리를 무릎 위에 올려놓고 안락의자에 앉아 있고 싶은 마음뿐이었다. 녀석은 몸을 동그랗게 웅크리고 잠이 들었다.

경찰들이 와서 그를 면담했다. 그의 이야기를 듣더니 어마어마하게 운이 좋았다고 말했다.

"운은 그렇다 치고 엄청 빠르게 판단을 잘하셨네요." 한 경찰이 말했다. "피처 씨의 지팡이를 그런 식으로 활용하다니요."

"녀석의 무게를 버티지 못하고 판자 길이 주저앉지 않았다면 저까지 잡아먹혔을 거예요." 녀석은 아마 로리까지 잡아먹었을 것이다. 로리는 집으로 도망치지 않았으니까. 기다리고 있었으니까.

그날 밤에 그는 로리를 침대로 데리고 들어갔다. 녀석은 메리언이 누웠던 쪽에서 잠이 들었다. 로이드는 잠을 설쳤다. 잠이 들려고 할 때마다 악어가 어떤 식으로 탐욕스럽게 돈의 시신 위에 걸터앉아 있었는지 떠올랐다. 그 까만 눈. 씩 웃는 것처럼 보였던 얼굴. 생각지도 못했던 속도로 그에게 달려들었던 것. 그러면 그는 옆에서 잠이 든 개를 쓰다듬곤 했다.

다음 날 베스가 보카에서 왔다. 그녀는 그를 나무랐지만 이내 끌어안고 계속 입을 맞췄다. 그러자 로이드는 그가 야자수를 헤치고 나왔을 때 로리가 그의 얼굴을 미친 듯이 핥았던 것이 생각났다.

"사랑해, 이 바보야." 베스는 말했다. "살아 있어서 다행이야."

그런 다음 그녀는 로리를 들어서 끌어안았다. 로리는 잘 참았지만 베스가 내려놓자마자 고무 토끼를 찾으러 갔다. 그걸 물고 구석으로 가서 계속 삑삑 소리를 냈다. 로이드는 그 아이가 악어를 갈기갈기 찢는 상상을 하고 있는 건 아닌가 생각하다가 바보 같은 소리하고 있다고 속으로 중얼거렸다. 동물을 엉뚱하게 포장하면 안 될 일이었다. **강아지가 새 식구가 되었군요!**에서 읽은 정보는 아니었다. 그런 건 자기 스스로 터득하는 것이었다.

.

10.

베스가 다녀가고 난 다음 날, 플로리다 어류 및 야생동물 보호국 소속 수렵 감시관이 로이드를 찾아왔다. 그들은 식탁에 자리를 잡고 앉왔고, 이름이 깁슨이라는 수렵 감시관은 아이스티를 받고 고마워했다. 로리는 그의 부츠와 바짓단 냄새를 잠깐 신나게 맡다가 식탁 아래에 웅크리고 누웠다.

"그 악어 잡았어요." 깁슨이 말했다. "목숨을 부지하셨다니 운이 좋았어요, 선덜랜드 씨. 덩치가 우라지게 큰 녀석이었더라고요."

"알아요. 안락사시켰나요?"

"아직이요. 안락사 여부를 놓고 의견이 엇갈려서요. 피처 씨를 공격했을 때 알을 품고 있었거든요."

"둥지를요?"

"네."

로이드는 로리를 불렀다. 로리가 왔다. 그는 그 아이를 안아 올려서 쓰다듬기 시작했다. "그 녀석이 거기 있은 지 얼마나 됐나요? 내 강아지랑 여태껏 거의 매일 그 빌어먹을 판자 길을 지나서 피시 하우스까지 왔다 갔다 했거든요."

"부화 기간은 일반적으로 65일입니다."

"그 녀석이 그 65일 내내 거기 있었다고요?"

깁슨은 고개를 끄덕였다. "거의 대부분의 기간 동안이요, 네. 잡초와 참억새 속에 깊이 몸을 묻고서요."

"거기서 지나가는 우리를 지켜보았겠군요."

"선생님과 그 판자 길을 이용했던 다른 모든 사람들을요. 피처 씨가 어쩌다 보니 그 아이를 자극하는 어떤 행동을 저질렀던 모양이에요…… 그래서……." 깁슨은 어깨를 으쓱했다. "모성 본능이라고 할 수는 없을 테지만, 둥지를 보호하도록 무의식에 입력이 되어 있으니까요."

"그가 그쪽으로 지팡이를 휘둘렀을 수도 있어요. 항상 그 지팡이를 휘두르고 다녔거든요. 심지어 그 녀석을 쳤을 수도 있어요. 아니면 둥지를 쳤든지."

깁슨은 아이스티를 모두 마시고 자리에서 일어났다. "그냥 궁금해하실 것 같아서 말씀드리러 왔어요."

"감사합니다."

"네. 그나저나 그 조그만 아이 참 예쁘네요. 보더 콜리하고 뭐가 섞인 건가요?"

"무디요."

"아하, 그러게요, 듣고 보니 알겠네요. 그날 저 아이도 옆에 같이 있었죠?"

"사실 앞장서서 갔어요. 이 아이가 먼저 봤어요."

"그 아이도 살아 있다니 운이 좋았네요."

"네." 로이드는 녀석을 쓰다듬었다. 로리가 호박색 눈으로 그를 올려다보았다. 그는 거의 항상 그렇듯이, 녀석에게는 자기를 내려다보는 얼굴이 어떻게 보일지 궁금해졌다. 밤에 녀석을 데리고 나갈 때 보는 별처럼 일종의 수수께끼였다. 그래서 좋았다. 특히나 인생이 저물어 갈수록 깜찍한 수수께끼는 좋은 거였다.

깁슨은 아이스티 잘 마셨다고 인사하고 갔다. 로이드는 그 자리에 잠깐 그대로 앉아서 그 북슬북슬한 회색 털을 쓸어 넘겼다. 그런 다음 자기 볼일을 볼 수 있게 개를 내려놓았다.

방울뱀

2020년 7월~8월

나는 빈 쌍둥이용 유모차를 밀면서 오는 노파를 보았을 때 놀라지 않았다. 미리 경고를 받았기 때문이었다. 여기는 래틀스네이트로(路)로, 플로리다 걸프 해안에 있는 래틀스네이크 키를 따라 6킬로미터 조금 넘게 구불구불 이어지는 길이었다. 이 길 남쪽에는 주택과 콘도가, 북쪽 끝에는 화려한 대저택이 몇 채 있었다.

내가 그해 여름에 대용량 깡통 안에 남은 마지막 한 알의 완두콩처럼 이리저리 뒹굴며 지냈던 그레그 애커먼의 대저택에서 800미터쯤 가면 시야가 막힌 커브길이 나왔다. (193센티미터인) 나보다 키가 크고 이리저리 뒤엉킨 덤불이 양옆에서 압박하는 듯이 이어져 안 그래도 좁은 길이 더 좁아졌다. 그 커브길 양옆에는 **천천히! 아이들이 놀고 있어요,** 라고 적힌 형광 초록색 플라스틱 어린이 모형이 놓여 있었다. 나는 걷고 있었는데, 72세였고 태양이 뜨겁게 이글거리는 7월 아침이었으니 속도가 상당히 느렸다. 사유 도로와 공유 도로를 구분하는 회전 문까지 갔다가 그레그의 집으로 돌아가는 것이 나의 계획이었다. 하지만 벌써 과한 욕심을 부린 건 아닌가 하는 생각이 들기 시작했다.

그레그가 벨 부인을 두고 한 말이 과장이 아닌가 싶었는데, 그녀가 특대형 유모차를 밀며 다가오고 있었다. 바퀴 하나가 삐걱거려서 기름칠을 해야겠다는 생각이 들었다. 그녀는 헐렁한 반바지를 입고 무릎까지 오는 양말에 샌들을 신고 챙이 넓은 파란색 모자를 쓰고 있었다. 그녀가 걸음을 멈추자 그레그가 그녀의 문제(그의 표현이었다)가 내게도 문제가 되겠느냐고 물었던 게 생각났다. 나는 아닐 거라고 대답했지만 이제는 의구심이 생겼다.

"안녕하세요. 벨 부인이시죠? 저는 빅 트렌턴이라고 합니다. 당분간 그레그의 집에서 신세를 지고 있어요."

"그레그의 친구라고요? 어머나! 오래 알고 지낸 사이인가요?"

"보스턴의 광고 회사에서 같이 근무했어요. 저는 카피라이터였고 그 친구는……"

"사진과 레이아웃 담당이었죠, 알아요. 떼돈을 벌기 전에 그런 일을 했던 거요." 그녀는 쌍둥이용 유모차를 밀며 좀 더 가까이 다가왔지만 너무 바짝 다가오지는 않았다. "사람들 말마따나 그레그의 친구면 다 제 친구죠. 만나서 반가워요. 그 집에서 지내는 동안 저와 이웃사촌일 테니 앨리타라고 불러 주세요. 앨리도 좋고요. 건강은 괜찮으세요? 이 신종 플루의 조짐은 없고요?"

"괜찮아요. 기침도 열도 없어요. 부인도 마찬가지이실 테죠?"

"네. 그래서 다행이에요. 나이도 이렇게 많고 일반적인 노인성 질환도 몇 개 앓고 있는데. 여름을 이곳에서 보내는 몇 안 되는 좋은 점 중하나가 대부분의 사람들이 떠나고 없다는 거예요. 오늘 아침 뉴스를 보니 파우치 박사가 날마다 수십만 명의 새로운 환자가 늘어난다고 하더라고요. 믿어져요?"

나는 나도 그 뉴스를 보았다고 말했다.

"그 전염병을 피해서 여기로 오신 건가요?"

"아뇨. 잠깐 숨 돌릴 시간이 필요했는데, 이곳에서 제안이 왔길래 덥석 물었죠." 진실은 그보다 훨씬 복잡했다.

"전 세계 많은 곳 중에 여기서 여름 휴가를 보내다니 조금 정상이 아니신 것 같네요, 트렌턴 씨."

그레그에 따르면 당신이 정상이 아니라고 하던데요. 나는 생각했다. 밀고 다니는 유모차를 보니 그 친구의 말이 틀리지도 않은 것 같고요.

"빅이라고 불러 주십시오." 나는 말했다. "이웃사촌이니까요."

"쌍둥이하고 인사 나누시겠어요?" 그녀는 유모차를 손짓했다. 한쪽 시트 위에는 파란색 반바지가, 다른 쪽 시트 위에는 초록색 반바지가 있었다. 양쪽 등받이에는 재밌는 셔츠가 걸쳐져 있었다. 한 셔츠에는 못된 넘, 다른 셔츠에는 더 못된 넘이라고 적혀 있었다. "이쪽은 제이컵이에요." 파란색 반바지를 가리키며 한 말이었다. "그리고 이쪽은 조지프." 그녀는 더 못된 넘이라고 적힌 티셔츠를 건드렸다. 잠깐이었지만 손길이 다정하고 애정이 넘쳤다. 그녀는 침착하지만 조심스러운 표정으로 내 반응을 살폈다.

정신병인가? 맞았지만 아주 불편하지는 않았다. 내가 그렇게 느꼈던 데에는 두 가지 이유가 있었다. 첫째, 다른 부분에서는 완벽하게 정상이고 현실을 직시한다고 그레그에게 미리 얘기를 들었다. 둘째, 광고업계에서 일을 하다 보면 제정신이 아닌 사람을 많이 만난다. 처음에는 제정신이었던 사람들도 점점 그렇게 변한다.

그냥 서글서글하게 대해 줘. 그레그는 이렇게 말했다. 전혀 악의가 없고 내가 먹어 본 중에서 그 부인이 구운 것보다 더 맛있는 오트밀 건포도 쿠키는 없었거든. 나는 쿠키에 대한 평가는 반신반의했지만 (광고쟁이들은 업계를 떠난 뒤에도 최상급을 습관적으로 남발한다) 서글서글하게 대할 용의는 얼마든지 있었다.

"얘들아, 안녕." 나는 말했다. "만나서 반갑다."

거기 없었으니 제이컵과 조지프는 아무 대꾸도 하지 않았다. 거기 없었으니 두 아이는 더위에도 무심했고 코로나나 피부암을 걱정할 필요도 없었다.

"이제 막 네 살이 됐어요." 앨리 벨은 말했다. 이 여자에게 진짜 네 살짜리 쌍둥이 아들이 있다면 놀라운 묘기일 것이다. 60대 중반은 되어 보이는데. "사실 걸어 다닐 나이지만 애들이 게을러서 유모차 타는 걸 더 좋아해요. 가끔 나조차도 누가 누군지 헷갈려서 반바지를 다른 색으로 입혀요." 그녀는 웃음을 터뜨렸다. "산책하러 나오셨을 텐데 더는 방해하지 않을게요, 트렌턴 씨⋯⋯."

"빅이요."

"네, 그럼 빅. 10시가 되면 그늘에서도 32도가 넘을 테고 습도는 말도 하기 싫을 테니까요. 얘들아, 인사드려라."

아이들은 아마 인사를 했을 것이다. 나는 그들에게 좋은 하루 보내라고 하고 앨리 벨에게 만나서 반가웠다고 말했다.

"저도요." 그녀가 말했다. "쌍둥이들도 당신을 보고 좋은 사람 같다고 생각해요. 그렇지, 얘들아?"

"너희들 생각이 맞아, 나 좋은 사람이야." 나는 쌍둥이 유모차의 빈 시트에 대고 장담했다.

앨리 벨은 얼굴을 환히 빛냈다. 이게 시험이었다면 내가 통과한 모양이었다. "쿠키 좋아하세요, 빅?"

"그럼요. 오트밀 건포도 쿠키가 부인의 전공이라고 그레그에게 들었어요."

"스페시알리티에 드 라 메종, 위, 위*." 그녀는 말하고 까르르 웃음을 터뜨렸다. 왠지 몰라도 어렴풋이 걱정스럽게 느껴지는 웃음이었다. 아마도 전후 상황 때문이었을 것이다. 오래전에 죽은 쌍둥이를 소개받는 것이 날마다 벌어지는 일은 아니지 않은가. "조만간 몇 개 가져다 드릴게요. 제가 그 집에 들러도 괜찮으시다면요."

"아주 괜찮죠."

"하지만 저녁에요. 조금 시원해졌을 때. 한낮에는 내가 자꾸 숨이 차거든요. 제이크하고 조는 상관없지만. 그리고 나는 항상 막대기를 들고 다녀요."

"막대기요?"

"뱀 때문에요. 자, 그럼. 만나서 반가웠어요." 그녀는 유모차를 밀며 나를 지나쳐 갔다가 고개를 돌렸다. "하지만 요즘은 걸프 해안을 즐기기 좋은 때가 아니에요. 10월과 11월이라면 모를까."

"명심하겠습니다." 나는 말했다.

나는 원래 거기 지명이 래틀스네이크(방울뱀)인 이유가 생김새 때문인 줄 알았다. 하늘에서 보면 이리저리 뒤틀리며 제자리로 돌아오는 것이 영락없이 방울뱀을 닮았던 것이다. 하지만 그레그는 1980년대 초까지만 해도 실제로 방울뱀이 살았고, 주기적으로 창궐했기 때문이라고 했다. 건설 붐이 시에스타와 케이시 등 래틀스네이크의 남

---

* 프랑스어로 '우리 집안의 전공이죠, 맞아요, 맞아요.'라는 뜻.

쪽 지방을 덮쳤을 당시였다. 그때까지 방치돼 꾸벅꾸벅 졸고 있던 그 아래쪽 섬들을 말이다.

"뱀들은 이를테면 생태계의 일시적인 교란이었지." 그레그가 말했다. "처음에 몇 마리가 육지에서 바다를 건너온 게 아닐까 싶은데…… 뱀이 헤엄을 칠 수 있나?"

"있어." 내가 말했다.

"아니면 보급선이나 뭐 그런 배를 몰래 타고 왔을 수도 있어. 어떤 돈 많은 인간의 캐빈 크루저 선창에 숨어서 왔을지도 모르지. 새들이 잡아먹을 수 없는 덤불 속에서 새끼를 낳았을 거야. 방울뱀은 알을 낳지 않아. 어미가 한 번에 여덟에서 열 마리씩 새끼를 낳으니 뱀 가죽 부츠가 얼마나 많이 나오겠어. 그 새끼들이 온 *사방*에 있었다고, 수백 어쩌면 수천 마리가. 이 섬의 남쪽이 개발되기 시작하니까 북쪽으로 쫓겨났어. 그러다 돈 많은 인간들이 건너와서……"

"너 같은 사람들 말이지." 나는 말했다.

"뭐, 그렇지." 그는 적당히 겸손하게 말했다. "주식 시장이 이 몸과 궁합이 잘 맞았단 말이지, 특히 애플."

"그리고 테슬라."

"맞아. 내가 너한테도 정보를 줬는데 신중한 뉴잉글랜드 출신답게……"

"그만해."

"그러다 돈 많은 인간들이 건너와서 대저택을 짓기 시작하니까……"

"이 집 같은 대저택 말이지."

"왜 이래, 빅. 플로리다의 이 일대에서 볼 수 있는, 스터코**와 시멘

** 대리석 가루와 찰흙을 섞은 표면 마감재.

트로 이루어진 일부 흉측한 괴물과 다르게 내 집은 시각적인 즐거움을 주는 건축물이라고."

"네가 그렇다면 그런 거겠지."

"돈 많은 인간들이 집을 짓기 시작하고 보니 온 사방이 뱀 천지더란 말이지. *바글바글하니.* 건축업자들은 공사 현장에서, 멕시코만과 칼립소만, 양쪽 모두에서 뱀이 보이면 죽였지만 조직적인 뱀 사냥이 이루어진 건 벨 쌍둥이 사건 이후였어. 심지어 그 사건이 벌어진 뒤에도 카운티 정부 측에서는 섬의 북쪽 끝은 사유지라며 그냥 손을 놓고 있어서 도급업자들이 민병대를 결성해 뱀 사냥에 나섰지. 나는 그때 매스애즈에 다니며 부업으로 단타 매매를 하고 있어서 여기 없었지만 100명의 남녀가, 최소 100명은 되는 사람들이 장갑을 끼고 목이 긴 장화를 신고, 지금 회전문이 있는 곳에서부터 북쪽으로 이동하며 덤불을 두드려 뱀이 나오는 족족 죽였다고 들었어. 대부분 방울뱀이었지만 다른 뱀도 있었다고 하더군. 검은뱀, 풀뱀, 독사 두어 마리 그리고 믿기 힘들지만 빌어먹을 비단뱀도 한 마리."

"무는 녀석들뿐 아니라 독이 없는 녀석들까지 죽였단 말이야?"

"모조리 죽였어. 그 뒤로 이 섬에서 뱀이 별로 보이지 않았지."

그가 그날 저녁에 전화했다. 나는 그의 집 풀장 옆에 앉아서 진토닉을 홀짝이며 별을 보고 있었다. 그레그는 자기 집에서 지내기가 어떠냐며 궁금해했다. 나는 아주 괜찮다고, 여기 있게 해 줘서 고맙다고 다시 한번 말했다.

"그 섬을 즐기기에 알맞은 시기는 아니지. 가뜩이나 대부분의 관광지가 코로나 때문에 문을 닫았으니. 제일 좋은 때는……"

"10월과 11월. 벨 부인한테 들었어. 앨리한테."

"만났구나."

"응. 부인과 쌍둥이. 제이컵과 조지프. 적어도 애들 반바지와 티셔츠는 만났지."

잠깐 정적이 흘렀다. 이윽고 그레그가 말했다. "그래도 괜찮아? 너를 여기로 불렀을 때 다나 생각이 났거든. 부인을 만나면 네가 옛날 기억을 떠올릴 수도 있다는 건 생각도 못 했는데……"

여러 해가 지났지만 그 이야기는 여전히 피하고 싶었다. "괜찮아. 네 말이 맞았어. 그것만 빼면 앨리 벨은 아주 괜찮은 여자 같아. 쿠키도 주겠다고 하더라고."

"먹어 보면 좋아하게 될 거야."

나는 그녀의 뺨이 군데군데 동그랗게 홍조를 띠고 있었던 것을 떠올렸다. "코로나를 신종 플루라고 하면서 나더러 자기는 그 병에 안 걸렸고 기침도 하지 않는다고 했지만 건강해 보이지는 않았어." 나는 빈 시트에 셔츠와 반바지가 놓인 쌍둥이용 유모차를 떠올렸다. "육체적으로 말이야. 아픈 데가 몇 군데 있다고 하긴 했는데."

"뭐, 70대니까……"

"나이가 그렇게 많아? 나는 60대인 줄 알았는데."

"그들 부부가 북쪽 끝에 맨 처음 집을 지은 사람들 중 한 명이었고 그때로 말할 것 같으면 카터가 대통령이던 시절이었어. 아무튼 내가 하고 싶은 말은 70대로 접어들면 장비의 보증 기간이 끝난다는 거야."

"다른 사람은 아무도 보질 못했네. 하긴 내가 여기 온 지 사흘밖에 안 되긴 했지. 짐도 다 풀지 않았고." 짐이 많지도 않았다. 퇴직 전에 다짐했다시피 주로 밀린 독서를 하며 지내는 중이었다. 텔레비전을 볼 때도 광고가 나오면 소리를 죽였다. 내 평생 광고는 두 번 다시 보고 싶지 않았다.

"친구야, 지금은 여름이야. 그것도 코로나의 여름. 회전문을 지나면 너랑 앨리타뿐이야. 그리고……" 그는 말을 멈추었다.

"그리고 쌍둥이." 내가 대신 말문을 맺었다. "제이크와 조."

"정말 상관없어? 아니, 그러니까 너한테 벌어진 일을 감안하면……"

"상관없어. 애들한테 가끔 나쁜 일이 벌어지기도 하잖아. 그런 일이 나와 다나에게 벌어졌던 거고 앨리 벨에게도 벌어졌던 거지. 우리 아들은 죽은 지 오래야. 태드. 나는 마음의 정리가 끝났어." 거짓말이었다. 살다 보면 절대 마음의 정리가 되지 않는 일도 더러 있다. "하지만 궁금한 게 하나 있는데."

"그리고 그 답은 내가 알고 있지."

그 말에 나는 웃음보가 터졌다. 나이를 먹고 돈이 많아졌지만 그레 그 애커먼은 여전히 잘난 척 대마왕이었다. 우리 회사에서 브라이트 사(社)의 탄산음료 광고를 맡았을 때 그는 특유의 목이 긴 브라이트 콜라병을 열린 바지 지퍼 사이로 내밀고 회의에 참석한 적도 있었다.

"부인도 알아?"

"무슨 말인지 잘 모르겠네."

나는 거짓말이라고 장담할 수 있었다.

"부인도 그 유모차에 아무도 없다는 걸 알아? 자기 애들이 30년 전에 죽었다는 걸 알아?"

"40년 전이야. 어쩌면 더 됐을 수도 있고. 그리고 응, 알아."

"확실해 아니면 거의 확실해?"

"확실해." 그는 대답했다가 말을 멈추었다. "거의." 이것 역시 그레그다운 발언이었다. 항상 빠져나갈 구멍을 마련해 놓는.

나는 별을 보며 술잔을 비웠다. 우르르 쾅 하는 천둥소리가 멕시코만 여기저기서 들리고 갈피 없는 번개가 하늘을 번쩍 갈랐지만 내가 보기에는 공갈이었다.

두 번째 캐리어의 짐을 풀었다. 이로써 이틀 전에 해치웠어야 하는 일을 마친 뒤 (걸린 시간은 도합 5분이었다) 잠자리에 들었다. 7월 10일이었다. 좀 더 넓은 세상에서는 미국에서만 코로나 확진자 수가 300만 명을 돌파했다. 그레그는 원하면 9월까지 자기 집에 있어도 된다고 했다. 나는 6주면 머리를 식히기에 충분할 거라고 말했지만 차분히 생각해 보니 더 오래 있어도 좋을 것 같았다. 그 끔찍한 전염병이 지나갈 때까지.

정적(파도가 그레그의 집 앞 자갈 해변을 때리는 나른한 소리밖에 안 들렸다)이 황홀했다. 해가 뜨자마자 일어나 오늘보다 일찍 집을 나서면…… 앨리 벨을 만나지 않을 수 있을지도 몰랐다. 그녀는 충분히 서글서글했고 그레그의 말마따나 바퀴 네 개 중에 세 개는 지면을 딛고 있는 듯했지만 서로 다른 색 반바지가 시트에 놓여 있는 그 쌍둥이용 유모차는…… 섬뜩했다.

"못된 넘과 더 못된 넘." 나는 중얼거렸다. 안방 슬라이딩 도어가 열려 있어서 불어온 산들바람에 얇은 흰색 커튼이 팔처럼 펄럭거렸다.

그레그가 환상 속의 쌍둥이와 연계해 나를 걱정하는 건 이해했다. 이제는 그랬다. 뒤늦게 찾아온 깨달음이었지만 늦더라도 안 하는 것보다는 낫다는 게 사회 통념 아니었나? 그에게 맨 처음 앨리타 벨의 기행에 대해 들었을 때는 전혀 내 삶과 연결해서 생각하지 못했다. 그 연결 고리는 제이컵, 조지프와 대략 비슷한 나이에 세상을 떠난 내 아들이었다. 하지만 내가 뉴잉글랜드를 적어도 당분간 떠나야겠다고 생각한 건 태드 때문이 아니었다. 그건 해묵은 슬픔이었다. 이

어처구니없도록 넓은 집에서 이 무더운 여름 몇 주 동안 나는 새로운 슬픔을 해소해야 했다.

나는 다나 꿈을 꾸었다. 종종 있는 일이었다. 이번에는 우리가 예전 집 거실 소파에 앉아 손을 잡고 있었다. 우리는 젊었고 아무 말도 하지 않았다. 그게 다였고 다른 아무것도 없었지만 잠에서 깨어 보니 내가 눈물을 흘리고 있었다. 이제는 바람이 아까보다 세게 불었고 따뜻한 바람이었지만 커튼이 여느 때보다 더 뻗은 팔처럼 보였다. 나는 슬라이딩 도어를 닫으려고 일어났다가 대신 발코니로 나갔다. 낮에는 2층 침실에서 멕시코만을 이 끝에서 저 끝까지 볼 수 있지만 (그레그가 안방을 써도 된다길래 나는 그러겠다고 했다) 꼭두새벽인 지금은 온통 어둠이었다. 이제는 좀 더 가까이서 어쩌다 한 번씩 치는 번개만 보일 따름이었다. 천둥소리까지 더 커져서 폭풍의 위협이 더는 공갈이 아니었다.

나는 티셔츠와 사각팬티를 펄럭이며 판석이 깔린 테라스와 풀장이 내려다보이는 난간 앞에 섰다. 번개나 산뜻해진 바람 때문에 잠에서 깼다고 나를 속일 수도 있었지만 당연히 꿈 때문이었다. 손을 잡고 소파에 앉아 있지만 서로의 감정에 대해 말할 수 없었던 우리 둘. 상심이 너무 크고 너무 영원하고 너무 분명했다.

우리 아들을 죽인 건 방울뱀이 아니었다. 그 아이는 찜통이 된 차 안에서 탈수로 죽었다. 나는 그걸 두고 아내를 원망한 적이 한 번도 없었다. 그녀도 아이와 함께 거의 죽을 뻔했다. 나는 심지어 작렬하는 여름의 태양 아래에서 고장 난 우리 포드 핀토 주변을 사흘 동안 맴돌았던, 쿠조라는 이름의 그 세인트버나드도 원망하지 않았다.

레모니 스니켓이 쓴 책 중에 『불행한 사건의 연속』이라는 작품이 있는데, 그것이 딱 내 아내와 아들에게 벌어진 일이었다. 우리 차는 아무도 없는 외딴 시골집에서 고장(니들 밸브가 막힌 거였고 5분이면 고칠 수 있는 문제였다)이 났다. 그 개는 광견병에 걸렸다. 태드에게 수호천사가 있었다면 그 아이는 그해 7월에 휴가 여행을 떠났을 것이다.

이 모든 게 오래전에 벌어진 일이었다. 수십 년 전에.

나는 다시 안으로 들어가 슬라이딩 도어를 닫고 걸쇠를 단단히 걸었다. 다시 침대에 누워 다시 잠이 들려던 찰나, 희미하게 삐걱거리는 소리가 들렸다. 나는 벌떡 일어나 귀를 기울였다.

살다 보면 가끔 대낮에는 황당하게 느껴지지만 꼭두새벽에는 그럴듯하게 느껴지는 생각이 들 때가 있다. 문단속을 잘했는지 기억이 나지 않았기에 그레그의 짐작보다 훨씬 정신이 나간 앨리가 1층으로 들어온 게 아닌가 하고 생각할 이유가 충분했다. 바퀴가 삐걱거리는 그 쌍둥이 유모차를 밀며 거실을 지나 주방으로 건너가 터퍼웨어에 담아 온 오트밀 건포도 쿠키를 놓고 가려는 거라고 말이다. 40년 전에 죽은 쌍둥이 아들이 시트에 앉아 있다고 믿으며 유모차를 밀고 있다고 말이다.

끼익. 정적. 끼익. 정적.

나는 침대 옆에 놓인 스탠드를 켜고 방을 가로질러 가며 무섭지 않다고 속으로 중얼거렸다. 방에 불을 켜고 문밖으로 나가 2층 갤러리의 레일 조명을 켜며 어둠 속을 더듬는 내 손을 누가 와락 움켜잡지는 않을 거라고, 그렇다 하더라도 비명을 지르지 않겠다고 다시 한번 속으로 중얼거렸다.

갤러리를 반쯤 지나 허리 높이의 난간 너머를 내다보았다. 거실에는 당연히 아무도 없었지만 1층 창문을 때리기 시작한 빗방울 소리가 들렸다. 그리고 다른 소리도 들렸다.

끼익. 정적. 끼익. 정적.

내가 깜빡하고 천장에 달린 선풍기를 끄지 않은 것이었다. 삐걱거리던 게 그것이었다. 낮이었다면 그 소리가 들리지도 않았을 것이었다. 스위치가 계단 꼭대기에 있었다. 선풍기를 껐다. 관성으로 돌아가던 날개가 한 번 더 끼익거리다 멈췄다. 나는 침대에 다시 누웠지만 스탠드는 가장 은은한 조도로 켜 두었다. 다시 꿈을 꿨을지 몰라도 아침에 기억하지는 못했다.

간밤의 소동 때문이었는지 늦잠을 자서 산책을 건너뛰었지만, 이후로 사흘 동안은 공기가 상쾌하고 심지어 새들마저 잠잠한 시각에 일찍 일어났다. 회전문까지 갔다가 오는 동안 토끼는 많이 보였지만 사람은 없었다. 진달래로 에워싸인 벨의 진입로 앞을 지날 때 우편함은 보였지만 그 집 자체는 만 쪽에 지어졌고 나무와 다시 진달래로 가로막혀서 언뜻 보이는 게 전부였다.

주중 일과시간에 낙엽 송풍기 소리를 들었고 슈퍼에 가는 길에 앨리의 진입로에 주차된 두 대의 조경 작업용 트럭을 보았지만 그 외의 시간에는 그녀 혼자였던 것 같다. 나도 마찬가지였다. 게다가 우리 둘 다 배우자를 앞세운 싱글이었다. 로맨틱 코미디 소재로 제격이었지만 (늙은이를 주인공으로 로맨틱 코미디를 만들 사람이 있을지 모르겠고 「골든 걸스」는 오히려 그 원칙을 입증하는 예외적인 사례였지만) 나는 그녀에게 작업을 걸어 볼 생각이 전혀 없었다. 흥미 지수가 사실상 마이너스였다. 만나서 뭘 할 수 있겠는가. 보이지 않는 쌍둥이가 누워 있는 유모차를 양쪽에서 같이 밀겠는가. 스파게티를 먹이는 척하겠는가.

그레그는 관리인을 두었지만 진입로와 풀장으로 나가는 문가 양옆에 놓인 대형 화분에 물을 주는 건 내게 부탁했다. 내가 그 집 신세를 지기 시작한 지 10일인가 12일째 되던 날 어스름이 깔린 저녁에 화분에 물을 주고 있을 때였다. 삐걱거리는 바퀴 소리가 들리길래 나는 호스를 껐다. 앨리가 유모차를 밀며 진입로를 걸어오고 있었다. 어깨에 슬링백 비슷한 걸 메고 있었다. 끝에 U자 모양의 갈고리가 달린 스테인리스스틸 막대가 그 안에 들어 있었다. 그녀는 내게 요즘도 몸이 괜찮으냐고 물었다. 나는 그렇다고 대답했다.

"나도 그래요. 쿠키 들고 왔어요."

"정말 감사합니다." 말은 그렇게 했지만 그녀가 잊어버렸대도 나는 상관없었을 것이다. 오늘 저녁에는 유모차 한쪽에는 빨간색 반바지가, 다른 쪽에는 흰색 반바지가 놓여 있었다. 이번에도 등판에 셔츠가 걸쳐져 있었다. 한쪽 티셔츠에는 나중에 또 만나, 라고 다른 쪽 티셔츠에는 반갑게 또 만나, 라고 적혀 있었다. 실제로 이 티셔츠를 입은 아이들이 있었다면 귀여워 보였을 것이었다. 하지만…… 없었다.

그래도 그녀는 이웃사촌이자 악의가 없었다. 그래서 나는 "안녕, 제이크.", "안녕, 조, 반가워!"라고 인사를 건넸다.

앨리는 까르르 웃음을 터뜨렸다. "정말 다정하시네요." 그러고는 나를 똑바로 쳐다보며 말했다. "나도 애들이 거기 없는 거 알아요."

나는 뭐라고 대답하면 좋을지 알 수가 없었다. 앨리는 상관하지 않는 눈치였다.

"하지만 가끔 애들이 있을 때도 있어요."

다나가 전에 그 비슷한 말을 했던 기억이 났다. 테드가 죽은 지 몇 달 뒤, 우리가 이혼하기 얼마 전이었다. *가끔 걔가 보여.* 그녀는 이렇게 말했고 내가 그건 바보 같은 착각이라고 하자(그 무렵 우리는 서로에게 모진 말을 할 수 있을 만큼 충격을 회복한 상태였다) 그녀는 이렇게 말했다. *아니야. 나한테 필요한 일이야.*

앨리의 슬링백에는 한쪽에 주머니가 있었다. 그녀는 그 안에 손을 넣어서 쿠키가 담긴 지퍼락 봉지를 꺼냈다. 나는 그걸 건네받고 고맙다고 인사했다. "들어와서 같이 한 개 먹어요." 나는 말을 멈추었다가 다시 덧붙였다. "애들도 데리고 들어오시고요."

"당연하죠." 그녀는 두말하면 잔소리 아니냐고 묻는 듯한 투로 대답했다.

집 안에 차고와 1층을 연결하는 계단이 있었다. 그녀는 그 계단 입구에서 유모차를 세우고 말했다. "내려라, 얘들아, 얼른 올라가, 괜찮아, 우리 초대받았어." 그녀의 시선이 실제로 아이들의 동선을 따라갔다. 잠시 후 그녀는 한쪽 시트 위에 슬링백을 내려놓았다.

그녀는 뱀 잡는 막대를 쳐다보는 나를 보고 웃었다. "궁금하면 한번 휘둘러 보세요. 의외로 가벼워요."

나는 막대를 꺼내 들어 보았다. 1.5킬로그램이 안 될 것 같았다.

"강철이지만 안이 비었거든요. 뾰족한 갈고리 끝으로 찌르면 되지만 걔네들이 너무 빨라요." 그녀가 손을 내밀자 나는 막대를 건넸다. "대개는 밀치면 되는데 그래도 꼼짝하지 않으면……." 그녀는 막대를 아래로 내렸다가 위로 획 들었다. "덤불 속으로 던지면 돼요. 하지만 속도가 관건이죠."

나는 그 막대를 실제로 써 본 적이 있느냐고 묻고 싶었지만 답을 알 것 같았다. 보이지 않는 아이들이 있다면 보이지 않는 뱀도 있었다. 이상 끝. 나는 아주 쓸모 있어 보인다고 말하는 것으로 만족했다.

"아주 필요하기도 하죠." 그녀는 말했다.

앨리는 계단을 반쯤 올라가다 말고 가슴을 토닥이며 심호흡을 몇 번 했다. 그 새빨간 반점이 다시 뺨에 생겼다.

"괜찮으세요?"

"심장이 늙어서 박자를 몇 번 놓쳐요. 심각한 건 아니고 약 처방 받았어요. 아무래도 지금 약을 먹어야겠네요. 물 한 잔 주실래요?"

"우유는요? 쿠키에 우유만 한 게 없는데."

"우유와 쿠키라니 좋네요."

우리는 계단을 마저 올라갔다. 그녀는 나지막이 끙 하는 소리를 내며 식탁 앞에 앉았다. 나는 우유를 두 잔 따르고 오트밀 건포도 쿠키를 여섯 개 접시에 담았다. 세 개는 그녀, 세 개는 내 몫으로 담은 거였는데, 결국에는 내가 네 개를 먹었다. 정말 아주 맛있었다.

중간에 그녀가 자리에서 일어나 외쳤다. "얘들아, 말썽부리지 말고 어지럽히지 말고! 예의 지키기!"

"잘 지킬 거예요. 이제 좀 괜찮으세요?"

"네, 고마워요."

"거기……." 나는 손끝으로 내 윗입술을 두드렸다.

"우유 묻었어요?" 그녀는 키득거렸다. 조금 매력적이었다.

나는 회전 쟁반에 놓인 통에서 화장지를 뽑아서 건네다 그녀가 내 손을 보고 있는 것을 알아차렸다. "부인은 같이 안 왔어요, 빅?"

나는 반지를 건드렸다. "네. 죽었어요."

그녀의 눈이 동그래졌다. "어머나! 미안해요. 세상을 떠난 지 얼마 안 됐나 봐요."

"얼마 안 됐어요. 쿠키 하나 더 드실래요?"

그녀는 자기 아이들에 대해서는 이성을 잃었을지 몰라도 접근 금지 신호가 보이거나…… 들리면 알아차렸다. "좋아요. 하지만 내 주치의 한테는 비밀로 해 줘요."

우리는 잠시 수다를 떨었지만 방울뱀이나 보이지 않는 아이들이나 죽은 아내 이야기는 하지 않았다. 그녀는 코로나에 대해 이야기했다. 그녀가 보기에 환경을 훼손하고 있는 플로리다의 정치인들에 대해 이야기했다. 빗물에 씻겨 바다로 유입된 비료 성분 때문에 해우들이 죽어 가고 있다며 새러소타의 시티 아일랜드에 있는 모트 수족관에 가면 해우를 볼 수 있다고 했다. "요즘은 문을 닫았는지 모르겠지만요."

나는 그녀에게 우유를 좀 더 마시겠느냐고 물었다. 그녀는 웃으며 고개를 젓고 자리에서 일어나 살짝 휘청거리다가 중심을 잡았다. "이제 애들 데리고 집으로 돌아가야겠어요. 잘 시간이 지났거든요. 잭! 조! 애들아, 이제 그만 가자!" 그녀는 말을 멈추었다. "왔네요. 너희들 뭐 하고 놀았어?" 그러고는 내게. "복도 맨 끝방에서 놀았대요. 어지럽히지 않았어야 할 텐데."

복도 맨 끝방이라면 그레그의 서재였고 내가 저녁에 거기서 책을 읽었다. "어지럽히지 않았을 거예요."

"남자애들이 원래 좀 어수선하잖아요. 애들더러 유모차 밀어 달라고 해야겠어요. 요즘은 너무 금세 피곤해지네요. 애들아, 그래 주겠니?"

나는 비틀거리면 달려가 팔을 잡아 주려고 차고로 계단을 내려가는 그녀를 지켜보았지만 우유와 쿠키를 먹고 기운을 차린 듯했다.

"맨 처음은 엄마가 도와줄게." 그녀는 쌍둥이들에게 말하고 유모차를 돌렸다. "트렌턴 씨의 차를 들이받으면 안 되니까, 그렇지?"

"막 들이받아도 돼요." 나는 말했다. "렌터카예요."

그 말을 듣고 그녀는 다시 키득거렸다. "가자, 애들아. 가서 잠자기 전에 책 읽어 줄게."

그녀는 차고 밖으로 유모차를 밀었다. 첫 별들이 보이기 시작했고 날이 시원해져 가고 있었다. 나도 알게 됐다시피 걸프 해안에서 맞는

7월의 대낮은 가혹하지만 저녁은 온화할 수 있다. 겨울만 여기서 지내는 사람들은 그걸 놓치는 셈이다.

나는 우편함까지 그녀를 배웅했다.

"어머, 쟤네들 좀 봐요. 먼저 막 달려가네요." 그녀는 언성을 높였다. "얘들아, 너무 멀리 가면 안 돼! 그리고 뱀 조심하고!"

"아무래도 유모차는 부인이 밀고 가셔야겠네요."

"그러게요." 그녀는 미소를 지었지만 눈빛이 슬퍼 보였다. 불빛 때문에 그렇게 보인 것일 수도 있겠지만. "당신 눈에는 내가 제대로 맛이 간 사람으로 보이겠네요."

"그럴 리가요. 각자 자기만의 대처법이 있는 거죠. 제 아내는……."

"네?"

"아니에요." 결혼 생활(첫 번째 결혼 생활) 막바지에 힘들게 몇 달을 보내는 동안 아내가 뭐라고 했는지는 얘기하지 않을 작정이었다. *가끔 개가 보여.* 그건 벌레가 든 깡통이었고 따고 싶지 않았다. 나는 완벽한 어둠으로 번져가는 어스름 속으로 사라지는 그녀를 지켜보고 삐걱대는 바퀴 소리를 들으며 바퀴에 기름칠해 줄 생각을 하지 않은 걸 후회했다. 1분이면 됐을 텐데.

집으로 들어가 문을 잠그고 그릇을 씻었다. 그런 다음 읽고 있던 조 피켓의 소설을 집어 들고 그레그의 서재로 갔다. 나는 그레그의 책상에는 관심이 없었고 데스크톱은 아예 켜 본 적도 없었지만 옆에 플로어 스탠드를 갖춘 근사한 안락의자가 있었다. 잠자리에 들기 전 두어 시간 동안 재미있는 소설을 읽기에 완벽한 공간이었다.

그레그에게는 버튼스라는 고양이도 있었는데 아마 지금은 그와 현재 만나는 여자 친구(그레그보다 최소 스무 살, 심하면 서른 살 어릴 것이다)와 함께 이스트 햄프턴의 저택에서 살고 있을 것이었다. 버튼스의 장난감은 조그만 등나무 바구니에 담겨 있었다. 그 바구니가 뚜껑이 열린 채 옆으로 쓰러져 있었다. 공 두어 개, 잘근잘근 씹어 놓은 개박하 쥐, 알록달록한 고무 물고기가 바닥에서 나뒹굴었다. 나는 그걸 한참 동안 쳐다보며 내가 아까 발로 차서 쓰러뜨린 걸 이제야 알아차린 게 분명하다고 속으로 중얼거렸다. 그게 아니면 뭐겠는가? 나는 장난감들을 다시 담고 뚜껑을 덮었다.

그레그의 관리인은 이토 씨였다. 일주일에 두 번 왔다. 항상 갈색 셔츠와 칼주름을 잡은 무릎길이의 갈색 반바지에 갈색 양말, 갈색 캔버스 운동화를 신었다. 그뿐 아니라 갈색 정글 탐험가 모자를 유난히 큰 귀까지 눌러썼다. 자세는 완벽했고 나이는…… 음, 가늠할 수 없었다. 그를 보면 「콰이강의 다리」에 나오는 가학적인 사이토 대령이 연상돼서 그가 사이고 대령의 좌우명을 기운 없는 아들에게 전수하는 것을 계속 기대하게 됐다. "네 일에서 행복을 느껴라."

다만 이토 씨는(이름은 피터였다) 가학적인 성향과 이보다 더 거리가 멀 수 없었고, 탬파에서 태어나 포트 샬럿에서 자라고 다리 건너 팜 빌리지에서 사는 플로리다 토박이였다. 래틀스네이크 키에서는 고객이 그레그 한 명뿐이었지만 파디, 시에스타 그리고 보카 치타에는 맡고 있는 집이 많았다. 그의 화물차(한 대는 그가, 다른 한 대는 느른한 아들이 몰았다) 양옆에는 좌우명이 적혀 있었다. 아 참 푸르다. 만약 그의 성이 맥스위니였다면 인종차별주의적인 발언으로 간주됐을 것이다.

8월이 며칠 뒤로 다가온 어느 날, 나는 그가 그늘에 서서 물통(그렇다, 그는 물통을 들고 다녔다)에 담아 온 뭔지 모를 것을 마시며 잠깐 쉬는 걸 엿본 적이 있었다. 그는 자기 아들이 잔디 깎는 기계에 올라타 그레그의 테니스 코트를 빙글빙글 도는 것을 지켜보고 있었다. 나는 테라스로 나가 그의 옆에 섰다.

"잠깐 쉬는 중이에요, 트렌턴 씨." 그는 말하며 마스크를 썼다. "금방 다시 일 시작할게요. 이제는 전처럼 더위를 잘 참지 못하겠네요."

"내 나이가 되어 봐요." 나는 말했다. "궁금한 게 있어서요. 벨 씨네 쌍둥이 기억해요? 제이크하고 조?"

"어우, 그럼요. 누가 잊을 수 있겠어요? 1982년인가 83년이었어요. 끔찍한 사건이었죠. 그때 제가 저 멍충이 나이였는데." 그는 테니스 코트 잔디를 깎으며 휴대 전화로 통화하는 것처럼 보이는 자기 아들 에디를 가리켰다. 저러다 당장이라도 기계에서 굴러떨어지겠다 싶었다. 그거야말로 참사라 할 수 있었다.

"내가 앨리를 만났거든요. 그런데…… 음……."

그는 고개를 끄덕였다. "그분, 슬퍼하시죠. 아주, 아주 슬퍼하시죠. 항상 유모차를 밀고 다니고요. 그 안에 애들이 있다고 생각하는지 아닌지는 잘 모르겠어요."

"양쪽 모두인 것 같아요."

"가끔은 그렇고 가끔은 아니고요?"

나는 어깨를 으쓱했다.

"욕을 써서 죄송하지만 그 아이들 사건은 젠장할 노릇이었어요. 그일이 벌어졌을 때 부인은 젊었어요. 서른 살쯤 됐으려나? 그 정도쯤 됐을 거예요, 아니면 조금 더 많았거나. 남편은 나이가 훨씬 많았죠. 이름은 헨리였고요."

"아이들이 뱀에 물린 게 맞나요?"

그는 마스크를 내리고 물통에 담아 온 걸 또 한 모금 마시고 다시 마스크를 썼다. 나는 마스크를 집 안에 두고 왔다.

"네, 뱀에 물렸어요. 방울뱀에. 조사가 이루어졌고 불의의 사고로 결론이 났어요. 그 당시는 신문 기자들이 함부로 기사를 쓰지 않았고 SNS가 없었으니…… 물론 사람들 입방아가 따지고 보면 SNS긴 하지만. 그렇지 않은가요?"

나는 맞는다고 맞장구쳤다.

"벨 씨는 2층 사무실에서 전화 통화를 하고 있었어요. 투자 회사에서 한자리 꿰찬 분이었거든요. 선생님의 친구분인 애커먼 씨처럼요. 사모님은 샤워를 하고 있었어요. 아이들은 뒷마당에서 놀고 있었는데, 거기에 높은 문이 달려 있었거든요. 그런데 그 문이 잠겨 있었어야 하는데, 그렇지 않았던 거예요. 잠긴 것처럼 보이기만 했지. 수사를 담당한 카운티 경찰서 형사 말로는 녹이 슬어서 걸쇠를 여러 번 덧칠하다 보니 제대로 걸리지가 않았대요. 그래서 아이들이 밖으로 나간 거죠. 사모님은 아이들을 유모차에 태워서 다녔지만(지금 밀고 다니는 그 유모차인지 아닌지는 잘 모르겠어요) 아이들이 멀쩡히 걸을 수 있었으니 바닷가로 가기로 했나 봐요."

"그런데 판자 길로 가질 않았어요?"

이토 씨는 고개를 끄덕였다. "네. 왜 그랬는지 모르겠어요. 아무도 이유를 몰라요. 수색대원들은 아이들이 어디로 들어갔는지 알아냈어요. 나뭇가지들이 부러졌고 한 아이 셔츠 조각이 걸려 있었거든요."

나중에 또 만나. 나는 생각했다.

"래틀스네이크로에서 바닷가까지는 350미터쯤 됐고 덤불로 빽빽하게 덮여 있었죠. 아이들은 그 길을 절반쯤 갔더래요. 수색대원들이 찾았을 때 한 아이는 죽어 있었어요. 다른 아이는 도로로 옮기는 도중에 죽었고요. 우리 데빈 삼촌이 수색대원이었는데, 그 조그만 아이들이 각각 100군데도 넘게 물렸더래요. 그 말을 믿지는 않지만 많이 물리기는 했나 봐요. 물려서 자국, 그러니까 구멍이 남은 곳이 대부분 다리였지만 목과 얼굴에도 있었다고 했어요."

"아이들이 쓰러졌기 때문이겠죠?"

"그렇죠. 독이 퍼지니까 쓰러졌을 거예요. 수색대가 아이들을 찾았을 때 거기 남아 있던 방울뱀은 한 마리뿐이었대요. 대원 중 한 명이 막대기로 죽였죠. 어떤 막대기냐 하면 끝에 갈고리가 달렸고……"

"어떤 건지 알아요. 앨리가 날이 거의 저문 뒤에 걸으러 나오면 들고 다니더라고요."

이토 씨는 고개를 끄덕였다. "이제는 뱀이 그렇게 많지는 않아요. 방울뱀은 절대 없고요. 그로부터 이틀 뒤에 대대적인 사냥이 시작됐거든요. 수많은 남자들이 민병대를 결성했어요. 건설 도급업체 직원들도 몇 명 있었고 그 나머지는 팜 빌리지 주민들이었어요. 데빈 삼촌도 그중 한 명이었죠. 그들은 덤불을 쳐 가며 북쪽으로 이동했어요. 그때 방울뱀을 200마리도 넘게 죽였다고 들었어요. 다른 온갖 꿈틀이들은 말할 것도 없고요. 데이라이트 패스와 듀마 키 사이 뾰족한 땅에 다다랐을 때 사냥이 끝났죠. 그때 듀마가 있던 자리가 지금은 물로 덮였지만요. 몇 마리는 헤엄쳐서 도망치려다 아마 물에 빠져 죽었을 거예요. 나머지는 그 자리에서 죽임을 당했고요. 데빈 삼촌 말로는 거기서 400인가 500마리를 더 잡았다지만 내가 보기에는 이런 표현 써서 죄송하지만 개뻥이에요. 하지만 많기는 했을 거예요. 헨리 벨도 사냥에 동참했지만 최후의 현장에는 없었어요. 더위를 먹은 데다 너무 흥분해서 기절해 버리는 바람에. 슬픔을 가누지 못한 것도 있었겠죠. 벨 부인은 아이들을 사고 현장에서는 보지 못하고 나중에 장례식장에서, 그 뭐냐, 단장을 마친 뒤에서야 봤지만 아이들 아버지는 수색 대원으로 참여했었거든요. 기절하고 병원으로 실려 갔는데, 얼마 안 있어서 심장 마비로 죽었어요. 아마 그때 충격을 절대 극복하지 못했을 거예요. 아니, 누군들 극복할 수 있겠어요?"

나도 그 말에 공감할 수 있었다. 세상에는 극복할 수 없는 일들이 더러 있다.

"그 많은 뱀을 무슨 수로 죽였나요?" 나도 이 섬의 북단에 다녀온 적이 있었다. 산길과 이제는 조그만 왕관 모양의 풀밭밖에 남지 않은 듀마 키 사이, 그 조그만 삼각형 모양의 조개껍데기 해변에 그렇게나 많은 뱀이 모여 있었다니 상상이 되지 않았다.

그가 대답할 겨를도 없이 요란하게 덜거덕거리는 소리가 들렸다. 에디 이토가 결국 테니스 코트로 올라가 버린 것이었다.

"야, 야, 야!" 이토 씨는 비명을 지르고 두 팔을 흔들며 그를 향해 달려갔다.

휴대 전화를 보다가 고개를 든 에디는 놀란 얼굴로 코트 표면에 더 심각한 손상을 입히기 전에 잔디 깎는 기계를 다시 잔디밭 쪽으로 후진시켰다. 하지만 흙과 진흙 덩어리를 잔뜩 치워야 하게 생겼다. 그래서 나는 그 이야기를 끝까지 듣지 못했다.

다나와 나는 아들의 시신을 하모니 힐 공동묘지에 묻었지만 거기 묻힌 건 그 아이의 가장 작은 일부였다. 우리는 그걸 이후 몇 달에 걸쳐 알아차렸다. 그 아이는 여전히 그곳에, 우리 사이에 있었다. 우리는 아이를 뱅 돌아서 서로에게 닿을 방법을 찾았지만 찾을 수 없었다. 다나는 집 안에 틀어박혔고 PTSD로 괴로워했고 약을 먹었고 술을 너무 많이 마셨다. 나는 캠버 농장에서 오도 가도 못하게 된 것을 두고 그녀를 원망할 수 없었으니 스티브 켐프라는 찐따와 바람을 피운 것을 두고 원망했다. 그건 짧고 의미 없고 그 막혀 버린 빌어먹을 니들 밸브와는 아무 상관 없는 일이었지만 내가 긁으면 긁을수록 아픈 상처는 점점 더 곪아 갔다.

한번은 그녀가 이렇게 말했다. "당신은 우주를 원망할 수 없으니까 나를 원망하고 있어."

그게 사실일 수도 있었지만 도움이 되지는 않았다. 이혼을 하게 됐을 때 우리는 쌍방의 책임을 묻지 않았고 소송도 벌이지 않았다. 원만히 끝났다고 말할 수도 있겠지만 사실은 그렇지 않았다. 그 무렵 우리는 감정적으로 너무 지쳐서 서로에게 화를 낼 기운도 없었다.

이토 씨에게 쌍둥이의 죽음에 얽힌 사연(신빙성은 떨어지지만 대체로 사실에 부합했을 것이다)을 들어서 그런지 그날 밤에는 잠이 오지 않았다. 그러다 결국 잠이 들었지만 선잠이었다. 쌍둥이용 유모차가 도로에서 진입로를 따라 천천히 굴러 내려오는 꿈을 꾸었다. 처음에는 혼자서 굴러가는 유령 유모차인가 싶었지만 센서등이 켜졌을 때 보니 쌍둥이가 그걸 밀고 있었다. 둘이 똑같이 생긴 걸 보고 나는 이렇게 생각했다. 부인이 반바지와 티셔츠를 다르게 입힐 법도 했네. 덥수룩한 금발 아래로 보이는 얼굴이 어딘지 모르게 이상했다. 아니면 이상한 건 얼굴이 아닐지 몰랐다. 마치 볼거리 아니면 코로나라도 앓는 것처럼 부어 보이는 목일지 몰랐다. 아이들이 가까이 왔을 때 보니 팔도 부었고 빨간 후추를 뿌린 것처럼 빨간 점이 콕콕 박혀 있었다.

끼익. 정적. 끼익. 정적.

아이들은 점점 가까이 다가왔고, 이제 보니 시트에 방울뱀이 한 마리씩 똬리를 틀고 꿈틀대고 있었다. 아이들이 선물 삼아 뱀을 데려오는 것일 수 있었다. 아니면 벌 삼아. 따지고 보면 나는 우리 아들이 죽었을 때 멀리 있었다. 광고 거래처에 문제가 생겨서 보스턴에 다녀와야 한다는 건 일정 부분 핑계였다. 나는 다나가 바람을 피운 것 때문에 화가 나 있었다. 아니, 분노를 주체할 수가 없었다. 그래서 머리를 식힐 필요가 있었다.

그녀가 죽길 바란 적은 없었어. 나는 무표정한 눈빛의 아이들에게 이렇게 말하려고 했지만 이건 어쩌면 반은 맞고 반은 틀린 말이었다. 사랑과 증오는 항상 쌍으로 붙어 다닌다.

나는 희미하게 의식을 되찾았지만 처음에는 계속 꿈을 꾸는 줄 알았다. 박자에 맞춰서 삐걱대는 소리가 계속 들렸던 것이다. 거실의 선풍기 소리였기에 (그럴 수밖에 없었기에) 끄려고 자리에서 일어났다. 나는 방문 앞에 다다르기도 전에 삐걱대는 소리가 멈췄다는 사실을 알아차렸다. 나는 여전히 몽롱한 상태로 갤러리를 지났고 불을 켜지 않아도 선풍기가 미동조차 하지 않는다는 걸 알 수 있었다.

꿈 때문이야. 나는 생각했다. *꿈이 깰락 말락 할 때까지 나를 쫓아온 거야.*

침대로 돌아가 거의 눕자마자 잠다운 잠이 들었고 이번에는 꿈을 꾸지 않았다.

한밤중에 깼던 것 때문에 늦잠을 잤다. 적어도 내가 생각하기에는 그랬다. 선풍기가 켜졌는지 확인하러 갤러리를 걸어갔던 것도 꿈일 수 있었다. 내가 생각하기에는 아니었지만 장담할 수는 없었다.

날이 더웠으면 걸으러 나가지 않았겠지만 걸프 해안의 전설과도 같은 한랭전선이 하룻밤 새 들이닥쳤다. 정말로 추운 건 아니고 메인에서 겨울을 나 봐야 진정한 한랭전선을 경험할 수 있지만 기온이 21도에서 22도였고 바람이 상쾌했다. 나는 구운 잉글리시 머핀에 버터를 듬뿍 발라서 먹고 회전문을 향해 집을 나섰다.

400미터도 가지 못했을 때 하늘에서 맴도는 대머리수리들이 내 눈에 들어왔다. 검은 녀석도 있고 빨간 머리의 터키 콘도르도 있었다. 흉측하고 어설프고 덩치가 너무 커서 제대로 날지도 못하는 새들이었다. 그레그가 말하길 녀석들은 적조가 생기면 떼로 등장해 바닷가로 쓸려온 죽은 물고기를 게걸스럽게 삼킨다고 했다. 하지만 그해 여름에는 적조가 없었고(폐가 따끔거리는 느낌은 다른 무엇과 헷갈릴 소지가 없었다) 그 새들은 바닷가가 아니라 도로 위를 날아다니는 것 같았다.

나는 죽은 토끼나 아르마딜로가 도로 위에 짜부라져 있겠거니 했다. 아니면 어느 집에서 키우던 고양이나 강아지. 하지만 동물이 아니었다. 앨리였다. 그녀가 우편함 옆에 반듯이 누워 있었다. 쌍둥이용 유모차는 진입로 입구에서 뒤집혔다. 쏟아진 반바지와 티셔츠가 으스러진 조개껍데기 위에 놓여 있었다. 대여섯 마리의 대머리수리가 그녀의 주변에서 깡충거리고 툭탁툭탁 몸싸움을 벌이며 그녀의 팔과 다리와 어깨를 부리로 쪼았다. 다만 *쪼았다*는 건 알맞은 단어가 아니었다. 그 커다란 부리로 그녀의 살을 뜯었다. 그중 한 놈(무게가 2.5킬로그램은 됨직한 빨간 머리 터키 콘도르였다)이 드러난 이두박근을 깊이 물어서 그녀의 팔을 들고 고개를 흔들자 손이 씰룩거렸다. 마치 그녀가 나를 보며 손을 흔드는 것 같았다.

충격으로 얼어붙었던 것도 잠시, 나는 팔을 풍차처럼 돌리고 고함을 지르며 녀석들을 향해 돌진했다. 몇 놈은 어설프게 날아올랐다. 남은 대부분은 껑충껑충 어설프게 길을 따라 뒷걸음질 쳤다. 하지만 그녀의 팔을 물고 있던 놈은 아니었다. 놈은 살점을 뜯어내려고 계속 고개를 흔들었다. 앨리의 막대가 있었으면 했지만(야구방망이가 있으면 더 좋았겠지만) 소원한다고 뭐든 얻을 수 있으면 거지들도 말을 타고 다닐 거라는 속담도 있지 않은가. 떨어진 야자수 이파리가 보이길래 그걸 집어서 흔들기 시작했다.

"꺼져!" 나는 소리를 질렀다. "꺼져라, 이 새끼야!"

이파리는 무게가 깃털이나 다를 바 없었지만 말라서 엄청 크게 부스럭거리는 소리를 냈다. 대머리수리는 한 번 고개를 홱 당기더니 앨리의 살점을 물고 나를 지나쳐 날아갔다. 그 검은 눈으로 나를 기억에 새기며 *네 차례가 올 거야*, 라고 말하는 듯했다. 나는 녀석을 향해 주먹을 휘둘렀지만 빗나갔다.

그녀가 죽었다는 데에는 의심의 여지가 없었지만 그래도 옆에 무릎을 꿇고 앉아서 확인했다. 나는 이제 나이가 많고 나이를 먹으면 알츠하이머나 치매에 걸리지 않아도 정신이 흐려진다지만(틀딱이니 어쩌니 하듯이) 오래전에 죽은 아이들이 아직 살아 있는 척 연기를 해야 했던 착한 노부인에게, 내게 오트밀 건포도 쿠키를 가져다준 여인에게 시체를 먹는 새들이 저지른 짓은 죽을 때까지 잊지 못할 것 같다. 그녀는 입을 벌렸지만 아랫입술이 사라져서 으르렁거리며 죽은 것처럼 보였다. 대머리수리들이 코 반쪽과 양쪽 눈알을 먹어 치웠다. 피로 물든 눈구멍이 최후의 충격을 머금고서 나를 응시했다.

나는 도로 한쪽 끝으로 가서 아침에 먹은 잉글리시 머핀과 커피를 게웠다. 그런 다음 다시 그녀의 곁으로 돌아갔다. 돌아가고 싶지 않았다. 삐걱대는 늙은 다리가 허락하는 한도 안에서 최대한 빨리 달려서 그레그의 집으로 돌아가고 싶었다. 하지만 그러면 대머리수리들이 돌아와 다시 식사를 하기 시작할 것이었다. 몇 마리가 이미 머리 위에서 맴돌고 있었다. 대부분은 「뉴요커」 만화의 공포 영화 버전처럼 호주 소나무와 팔메토 야자수 위에 앉았다. 휴대 전화를 들고 나왔기에 911에 연락했다. 무슨 일이 벌어졌는지 알리고 경찰이 출동할 때까지 시신 곁에 있겠다고 했다. 구급차도 출동하겠지만 별 소용은 없을 것이었다.

훼손된 그녀의 얼굴을 덮을 만한 게 있으면 좋겠다는 생각을 하고 보니 있었다. 나는 유모차를 세우고 진입로 옆면을 두꺼운 벽처럼 덮은 진달래와 가시솔나무 앞으로 옮겨 등받이에 걸쳐져 있던 티셔츠 하나를 집었다. 그걸로 그녀의 남은 얼굴을 덮었다. 그녀는 다리를 대자로 뻗었고 치맛자락이 허벅지까지 올라가 있었다. 경찰이 올 때까지 시신을 움직이면 안 된다는 건 텔레비전에서 보고 알았지만 개소리로 간주하기로 했다. 그녀의 다리를 한데 모았다. 거기도 쪼아먹혔고 그 빨간 점이 꼭 뱀에 물린 자국 같다는 생각이 들었다. 다른 티셔츠로 그녀의 무릎 아래 정강이뼈를 덮었다. 셔츠 하나는 검은색, 다른 하나는 흰색이었지만 똑같은 문구가 적혀 있었다. 나는 한둥이다!

나는 그녀의 옆에 앉아서 경찰을 기다리며 래틀스네이크 키에 온 걸 후회했다. 귀신이 들렸다는 곳은 듀마였지만(이토 씨 말로는 그랬다) 래틀스네이크가 더 끔찍했다. 물속에 가라앉은 듀마와 다르게 아직 여기 존재한다는 사실만으로도 충분히 그랬다.

벨의 집 진입로는 양옆이 더 큰 조개껍데기로 덮여 있었다. 나는 그중 몇 개를 집어서 대머리수리가 한 마리라도 가까이 다가올 때마다 조개껍데기를 던졌다. 한 마리밖에 못 맞혔지만 놈의 비명 소리를 들으니 아주 흡족했다.

사이렌 소리가 들리길 기다렸다. 얼굴과 다리에 티셔츠를 덮은 죽은 여자는 보지 않으려고 애를 썼다. 오트밀 건포도 쿠키와 10년 전에 프로비던스에 갔던 걸 생각했다. 그때 나는 예순두 살이었고 은퇴를 고민하고 있었다. 이른바 황금기에 뭘 하면 좋을지 알 수 없었지만 광고 일을 할 때 항상 느꼈던 희열(딱 맞는 아이디어와 거기에 딱 맞는 슬로건을 만들어냈을 때의 희열)이 아주 희미해지기 시작했다.

내가 보스턴 광고 회사의 다른 두 잘나가는 직원과 거기를 찾은 이유는 달변으로 유명한 변호사들을 만나기 위해서였다. 무려 데빈 앤드 데빈이었다. 그들의 본사는 프로비던스에 있었지만 뉴잉글랜드의 모든 주에 지점을 두었고 교통사고, 장애, 낙상 사고 전문이었다. 그들은 크랜스턴에서부터 카리부까지 모든 방송국을 덮어 버릴 공격적인 광고를 원했다. *뭔가 눈에 확 띄는 거요.* 그들은 이렇게 말했다. *거기 적힌 번호로 전화를 할 수밖에 없도록 만들 만한 거.* 회의는 길고 격할 수밖에 없었고 나는 그 회의에 참석하는 순간이 별로 기다려지지 않았다. 변호사들은 자기들이 모르는 게 없는 줄 안다.

전날 밤에 나는 힐튼 호텔 로비에 앉아서 동지 짐 울시와 안드레 뒤보스가 각자의 객실에서 내려오길 기다렸다. 올리브 가든에 가서 브레인스토밍을 하기 위해서였는데, 훌륭한 기획안을 두 개 생각해내는 것이 궁극적인 목표였다. 딱 두 개였다. 변호사들은 자기들이 모르는 게 없는 줄 알지만 또 금방 헷갈려 한다. 나는 수첩에 이렇게 적었다. **따먹을 수 있는데 왜 따먹히려 합니까? 데빈 앤드 데빈에 연락하세요!**

씨알도 안 먹힐 문구였다. 나는 수첩을 덮어서 재킷 주머니에 넣고 바 안쪽을 흘끗 들여다보았다. 내가 한 건 그게 전부였다. 가끔 그때를 떠올리면 창밖을 내다보거나 엘리베이터를 돌아보며 짐과 안드레가 내려오는지 확인할 수도 있었다는 생각이 든다. 하지만 나는 그러지 않았다. 바 안쪽을 흘끗 들여다보았다.

등받이 없는 의자에 어떤 여자가 앉아 있었다. 짙은 파란색 바지 정장을 입은 여자였다. 미용실에서 더치 보브라고 칭하는 스타일로 자른 희끗희끗한 검은색 머리는 뒷덜미 근처에서 찰랑거렸다. 술을 마시려고 잔을 들었을 때 얼굴의 4분의 1이 보인 게 다였지만 그걸로 충분했다. 살다 보면 그냥 알 수 있는 게 있지 않은가. 어떤 사람의 머리 기울기. 턱 끝까지 이어지는 턱선의 각도. 유머러스하게 으쓱하는 것처럼 한쪽이 항상 살짝 올라가 있는 어깨. 검지와 중지는 내밀고 나머지 두 개는 손바닥 쪽으로 구부리고 머리칼을 뒤로 넘기는 동작. 시간은 언제나 들려줄 이야기가 있지 않은가. 시간과 사랑은.

그녀가 아니야. 그녀일 리 없어.

하지만 나는 그렇게 생각하는 동안에도 그녀라는 걸 알았다. 그녀일 수밖에 없다는 걸 알았다. 20여 년 동안 만난 적이 없었고 지난 10여 년 동안은 연락이 완전히 끊겨서 크리스마스카드도 보내지 않았지만 나는 그녀를 한눈에 알아보았다.

감각이 없는 다리를 딛고 자리에서 일어섰다. 바 안으로 들어갔다. 그녀의 옆에 앉았다. 한때는 가장 친한 친구였고 내 욕망과 사랑의 대상이었던 낯선 이. 아들을 지키기 위해 광견병에 걸린 개를 죽였지만 너무 늦었고 너무 늦었고 너무 늦었던 여자.

"안녕하세요." 나는 말했다. "내가 술 한잔 사도 될까요?"

그녀는 놀라서 고개를 돌리며 '고맙지만 만나기로 한 사람이 있어서요' 아니면 '고맙지만 그냥 혼자 마실게요'였을지 모를 말을 하려다…… 나를 보았다. 입이 완벽한 O자 모양이 되었다. 등받이가 없는 의자 위에서 뒤로 살짝 휘청했다. 내가 그녀의 어깨를 잡았다. 그녀의 눈이 내 눈을 바라보았다. 짙은 파란색 눈이 내 눈을 바라보았다.

"빅? 진짜 당신 맞아?"

"여기 앉아도 돼?"

브레인스토밍은 짐과 안드레 둘이서 했고 변호사들은 한물간 카우보이 스타를 내세운 진짜 끔찍한 광고 캠페인을 승인했다. 나는 전처에게 저녁을 사 주었고 장소는 올리브 그린이 아니었다. 이혼하고 3개월 뒤에 만난 이래 처음으로 같이 한 식사였다. 그때 했던 마지막 식사는 격한 말다툼으로 막을 내렸다. 그녀가 샐러드 접시를 내게 던졌고 우리는 식당에서 쫓겨났다. "다시는 당신 만나고 싶지 않아." 그녀는 이렇게 말했다. "할 말 있으면 글로 써서 보내."

그녀는 뒤도 돌아보지 않고 나가버렸다. 레이건이 대통령이던 시절이었다. 우리는 우리가 나이가 많은 줄 알았지만 나이가 많은 게 어떤 건지 몰랐다.

그날 저녁 프로비던스에서 말다툼은 벌이지 않았다. 밀린 이야기를 한 보따리 나누고 술을 상당히 많이 마셨다. 그녀가 내 객실로 찾아왔다. 그날 밤을 같이 보냈다. 3개월 뒤(과거에 대한 미련인지 아닌지 확인하기에 충분한 시간이었다)에 우리는 재혼했다.

순찰차 세 대가 출동했다. 노파 한 명이 죽은 걸 두고 오버하는 것일지 몰랐다. 그리고 구급차도 왔다. 앨리스 벨의 시신에서 티셔츠가 치워졌고 응급구조사가 검사하고 아무도 보고 싶지 않을 현장 사진을 촬영한 뒤에 내 이웃사촌은 유해 운반용 가방 속으로 들어갔다.

내 진술을 받아 적은 경찰은 P. 제인이었다. 사진을 찍고 내 진술을 녹화한 경찰은 D. 캐너밴이었다. 캐너밴이 더 젊었고 유모차와 아이

옷에 대해 궁금해했다. 내가 설명할 겨를도 없이 제인이 말했다. "조금 유명한 분이야. 나사는 좀 풀렸지만 사람은 좋았는데. 「델타 돈」이라는 노래 들어 봤어?"

캐너밴은 고개를 저었지만 나는 컨트리 음악을 좋아하고 그중에서도 특히 타냐 터커의 팬이었기에 그가 말한 노래를 알았다. 정확하지는 않았지만 괜찮은 비유였다.

내가 말했다. "오래전에 떠난 연인을 계속 찾는 여자에 대한 노래예요. 벨 부인은 오래전에 떠난 쌍둥이를 유모차에 태우고 돌아다니는 걸 좋아했어요. 오래전에 죽은 애들을요."

캐너밴은 곰곰이 생각하더니 이렇게 말했다. "맛이 갔네요."

나는 생각했다. 아이를 잃어 봐야 이해할 수 있을지도 모르지.

한 응급구조사가 합류했다. "검시를 진행하겠지만 뇌졸중 아니면 심장 마비였을 거예요."

"심장 마비였을 가능성이 커요." 나는 말했다. "부정맥 약을 먹었거든요. 원피스 주머니에 약이 있을지 모르는데. 아니면……."

나는 유모차로 가서 시트 등받이에 달린 쌍둥이 주머니를 들여다보았다. 한쪽에는 어린이용 탬퍼 레이스 야구모자 두 개와 선블록이 있었다. 다른 쪽에는 약병이 있었다. 응급구조사가 그걸 받아서 라벨을 확인했다. "소타롤. 빈맥이나 부정맥일 때 먹는 약이에요."

그녀가 약을 꺼내려다가 유모차를 넘어뜨렸을 수도 있겠다는 생각이 들었다. 그게 아니면 뭐였겠는가? 방울뱀을 봤을 리도 없고 말이다.

"검시 때 오셔서 증언을 하셔야 할 거예요." 제인 경관이 말했다. "당분간 이 근처에 계실 건가요, 트렌턴 씨?"

"네. 올해 여름은 다들 꼼짝 마라인 것 같네요."

"그러게요." 그는 말하고 의식적으로 마스크를 고쳐 썼다. "같이 가시죠. 부인이 문을 열어 놨는지 봅시다. 열어 놨으면 잠가야 하니까요."

나는 유모차를 밀었다. 어느 정도는 그러지 말라고 한 사람이 없었기 때문이었다. 제인은 약을 받아서 봉투에 넣었다.

"맙소사." 캐너밴이 말했다. "저 삐걱대는 바퀴 소리 때문에 돌아 버리지 않은 게 놀랍네요." 그러더니 자기가 방금 한 말을 생각하고는. "살짝 돌아 버리긴 했던 것 같지만."

"부인이 쿠키를 들고 온 적이 있어요." 나는 말했다. "그날 저녁에 기름칠을 해 주려고 했는데 깜빡했어요."

진달래와 팔메토 야자수로 이루어진 담벼락을 지났을 때 등장한 집은 대저택이 아니었다. 사실상 20세기 중반, 갑부들이 걸프 해안의 여러 섬을 발견하기 훨씬 전인 그때, 고기 잡는 일을 하는 부부에게 세를 주거나 일주일에 50달러에서 70달러를 받고 휴가를 즐기러 온 가족에게 빌려주었음 직한 여름 별장 비슷하게 생겼다.

그 뒤편으로 좀 더 널찍하고 좀 더 나중에 지어진 별채가 있었지만 대저택이라고 불릴 만큼 널찍하지는 (또는 천박하지는) 않았다. 차고는 오픈형 통로로 집과 연결됐다. 손을 오므려 얼굴 양옆에 대고 유리창 안을 들여다보니 낡고 평범한 셰비 크루즈가 있었다. 옆에 달린 창문으로 햇빛이 듬뿍 들어와 뒷좌석에 나란히 설치된 두 개의 유아용 카시트가 보였다.

제인 경관이 형식적으로 문을 두드리고는 문고리를 잡고 돌렸다. 문이 열렸다. 그는 캐너밴에게 자기를 따라다니며 동영상을 찍으라고 했다. 그래야 상사와 카운티 검사에게 그들이 아무것도 건드리지 않았음을 보여 줄 수 있기 때문인 듯했다. 제인이 나더러 같이 들어가겠느냐고 했다. 나는 사양했지만 그들이 안으로 들어간 뒤에 차고 옆문을 열어 보았다. 그 문도 열려 있었다. 나는 유모차를 밀며 안으로 들어가 차 옆에 세워 두었다. 그날 뇌우 예보가 있었기에 비를 피하게 하고 싶었다.

"얌전히 있어라." 그 말이 튀어나온 다음에서야 나는 내가 그런 말을 했다는 걸 알았다.

제인과 캐너밴은 10분 뒤에 나왔다. 캐너밴은 제인이 묵직한 고리에 달린 열쇠를 이것저것 넣어 보다가 현관문에 맞는 열쇠를 찾는 과정까지 동영상으로 촬영했다.

"집이 완전히 오픈돼 있었어요." 그가 내게 말했다. "창문이며 모두다요. 뒷문과 테라스 문은 안에서 잠갔어요. 사람을 잘 믿는 성격이었나 봐요."

흠. 나는 생각했다. *아이들과 같이 있었으니 그 아이들 말고는 어떤 것도 안중에 없었겠지.*

제인은 죽은 여자의 열쇠고리를 좀 더 뒤진 끝에 차고 문을 잠갔다. 그즈음 캐너밴은 비디오카메라를 끈 상태였다. 우리 셋은 도로로 다시 나왔다. 경찰들은 마스크를 목에 걸고 있었다. 나는 또다시 마스크를 깜빡했다. 사람을 만날 줄 몰랐던 것이다.

"이토가 그 집에서 일을 하죠?" 제인이 물었다. "빌리지에 사는 일본계 미국인이요."

나는 그렇다고 했다.

"벨 부인 집 일도 했나요?"

"아뇨, 내 집에서만 했어요. 부인은 마당을 플랜트 월드에 맡겼어요. 가끔 그 회사 트럭 봤어요. 일주일에 두 번쯤."

"하지만 관리인은 없었나요? 막힌 배수구를 뚫거나 지붕을 때운 사람은?"

"내가 알기로는요. 이토 씨는 알지 모르겠네요."

제인은 턱을 긁었다. "부인이 손재주가 좋았나 보네요. 그런 여자들도 더러 있죠. 죽은 지 40년 된 아이들이 아직 살아 있다고 믿는다고 해서 세탁기나 유리창을 고치지 못하는 건 아니니까요."

"그 삐걱대는 유모차 바퀴에 기름칠할 정도로 손재주가 좋았던 건 아니고요." 캐너밴이 말했다.

"그 소리를 좋아했을 수도 있어요." 나는 말했다. "아니면······."

"아니면 아닐 수도 있고요." 캐너밴은 말하고 웃음을 터뜨렸다. "삐걱거리는 바퀴를 좋아하는 사람은 없죠. 그런 바퀴가 기름칠을 받는다는 속담도 있잖아요.*"

제인은 아무 대꾸도 하지 않았다. 나도 마찬가지였지만 아이들이 좋아했을지 모른다는 생각이 들었다. 신나게 놀고 헤엄친 날에 그 소리를 자장가 삼아 잠이 들었을 수도 있다. *끼익····· 정적····· 끼익····· 정적····· 끼익····· 정적······.*

그녀의 시신을 발견한 곳으로 돌아가 보니 구급차와 순찰차 두 대는 가고 없었다. 다른 경관들이 진입로 양쪽 야자수에 노란색 출입 금지 테이프를 매달아 놓고 갔다. 우리는 고개를 숙이고 그 아래로 지나서 나갔다. 나는 제인 경관에게 집은 어떻게 되며 장례 비용은 누가 감당하느냐고 물었다.

그는 자기도 모르겠다고 했다. "유언장이 있을 거예요. 누군가가 집

---

* 불평하는 쪽이 관심을 받는다는 뜻이다.

안을 뒤져서 찾아야겠죠, 휴대 전화와 다른 서류까지. 아이들과 남편은 죽었지만 다른 친척이 분명 있을 거예요. 상황이 정리될 때까지 저희를 좀 도와주시면 좋겠는데요, 트렌턴 씨. 이토 씨와 함께 이 집을 살펴봐 주실 수 있을까요? 시간이 좀 걸릴 수도 있어요. 서류를 작성해야 하는 것도 있지만 저희 서에 형사가 세 명뿐이라서요. 다른 두 명은 휴가 중이고 한 명은 병가를 냈어요."

"코로나요." 캐너밴이 말했다. "트리스가 호되게 걸렸다고 하더라고요."

"그럴게요." 나는 말했다. "집에 아무도 없다는 걸 알고 그걸 악용하는 사람이 없길 바라시는 거죠?"

"그렇습니다. 망자의 집을 터는 하이에나들은 주로 부고를 보고 그런 짓을 저지르는데, 벨 부인의 부고는 누가 쓸까요? 주변에 아무도 없었는데 말이죠."

"제가 부인의 이름과 인적 사항을 페이스북에 올려 볼까요?"

"오, 좋아요. 그럼 저희는 뉴스에 올릴게요."

"슈퍼 할배는 어때요?" 캐너밴이 말했다. "그에게 집 안 수색을 맡기면 되지 않을까요? 유언장도 찾고 어쩌면 주소록까지."

"아니 이런, 좋은 생각이잖아?" 제인이 말했다.

"슈퍼 할배가 누구예요?" 내가 물었다.

"앤디 펠리요." 제인이 말했다. "부분 은퇴한 형사예요. 완전 은퇴는 하지 않겠다고 버텨요. 일손이 달리면 우리 일을 도와주죠."

"10-42 클럽 창립 멤버예요." 캐너밴이 이렇게 말하고 히죽거리자 제인은 인상을 썼다.

"그게 뭔데요?"

"일을 접지 못하는 경찰을 그렇게 불러요." 제인이 말했다. "하지만 펠리는 경험 많은 훌륭한 경찰이고 지방 판사와 낚시 친구예요. 그러니까 긴급 수색 영장이나 뭐 그런 걸 받을 수 있을 거예요."

"그러니까 내가 들어가서 찾을 필요는……"

"네, 네, 그러면 안 돼요." 제인이 말했다. "그건 펠리가 할 일이에요, 도와주겠다고 할 경우. 하지만 신고해 주셔서 감사합니다. 그리고 그 빌어먹을 콘도르들 쫓아 주신 것도요. 그놈들 때문에 부인의 시신이 엉망이 됐지만 선생님이 없었다면 훨씬 심했을 거예요. 아침 산책 나왔다가 봉변을 당하셔서 어쩝니까."

"가끔 똥을 밟을 때도 있지. 아마도 공자님 말씀이죠?"

캐너밴은 어리둥절한 표정을 지었지만 제인은 웃음을 터뜨렸다. "이토 씨 만나시거든 벨 부인의 친척에 대해서 아는 거 있는지 물어봐 주세요."

"그럴게요."

나는 그들이 순찰차에 올라타는 걸 지켜보았고 그들이 다음 모퉁이를 돌자 손을 흔들었다. 그런 다음 집으로 돌아갔다. 다나를 생각했다. 여읜 우리 아들 태드를 생각했다. 막힌 니들 밸브만 아니었다면 지금쯤 40대로 머리에 서리가 앉기 시작했을 그 아이. 앨리 벨을 생각했다. 오트밀 쿠키를 잘 만들었고 *나도 애들이 거기 없다는 거 알아요, 하지만 가끔 애들이 있을 때도 있어요,* 라고 했던 여자.

어두컴컴한 차고 안, 실용적인 블랙월 타이어가 달린 셰비 크루즈 옆에 세워진 쌍둥이용 유모차를 생각했다. 유모차 안에 아무도 없는데도 내가 *얌전히 있어라,* 라고 했던 걸 생각했다.

그건 너무했어. 벨 부인의 쌍둥이도 그랬고 내 아들도 그랬고 두 번 결혼한 내 아내도 그랬다. 세상은 방울뱀으로 가득하다. 어떨 때는 그 뱀을 밟아도 물리지 않는다. 어떨 때는 잘 건너가도 물린다.

집으로 돌아갔을 때는 배가 고팠다. 아니, 배가 고파서 죽을 것 같았다. 달걀 네 개로 스크램블드에그를 만들고 잉글리시 머핀을 다시 하나 구웠다. 다나가 봤으면 건강하고 긍정적이며 죽음의 면전에 침을 뱉는 허기라고 했겠지만 그냥 배가 고팠다. 그 집 진입로 입구에서 죽은 여자를 발견하고 그 여자를 뜯어먹으려는 콘도르들을 물리치느라 칼로리 소모가 많았던 모양이다. 그녀의 망가진 얼굴을 머릿속에서 지울 수가 없었지만 그래도 접시에 담긴 음식을 모두 먹었고 이번에는 게우지 않았다.

날이 숨 막힐 정도로 덥지 않고(이토 씨는 이런 날을 '개 콧물보다 더 뜨끈하다'고 표현했다) 상쾌했기에 결국 다시 산책을 나서기로 했지만…… 회전문까지는 가지 않기로 했다. 거기까지 가려면 앨리를 발견한 곳을 지나야 했다. 대신 그레그의 판자 길을 따라 바닷가로 갔다. 그 길은 입구가 팔메토와 허접한 야자수로 둘러싸여서 초록색 터널 같았다. 끝에는 정자가 있었다. 거길 지나면 나무들이 뒤로 물러나면서 마람풀과 모래 갈대가 넓게 펼쳐졌다. 파도 소리가 잔잔하고 편안했다. 갈매기와 제비갈매기들이 멕시코만의 산들바람을 타고 빙글빙글 맴돌았다. 다른 큰 새와 작은 새들도 있었다. 그레그는 아마추어 조류학자라 그 새들이 뭔지 다 알았을 테지만 나는 몰랐다.

심하게 뒤엉킨 덤불이 자리 잡은 남쪽을 바라보았다. 그 위로 야자수 몇 그루가 고개를 내밀고 있었지만 잡초가 양분이 풍부한 지하수를 모두 마셔 버리는지 너덜너덜하고 시들시들했다. 제이크와 조가 변을 당한 곳이 거기였을 것이다. 벨의 집과 연결된 판자 길도 보였다. 만약 아이들이 정글 탐험가 흉내를 내지 않고 그 길을 선택했더라면 지금쯤 40대가 돼서 그 유모차에 자기 아이들을 태우고 다녔을지 몰랐다. 만약이라는 단어도 방울뱀이라는 생각이 들었다. 독이 잔뜩 들었다.

나는 정자를 뒤로하고 넓고 축축하며 햇빛을 받고 반짝이는 바다를 따라 북쪽으로 갔다. 오후가 되면 바닷가가 좁아질 테고 만조가 드는 저녁이면 거의 없어지다시피 할 것이었다. 이토 씨가 말하길 전에는 그렇지 않았다고 했다. 지구 온난화 때문이라며 에디가 그의 나이가 되면 바닷가가 아예 없어질 거라고 했다.

왼쪽으로는 멕시코만이, 오른쪽으로는 모래 언덕이 이어지는 기분 좋은 산책길이었다. 그레그 애커먼의 집이 이 섬의 끝 집이었다. 그의 땅 북쪽은 공유지였고 뒤엉킨 덤불이 다시 등장해 가끔 야자수 가지를 헤치고 무성한 비치 나우파카 덤불을 넘어야 전진할 수 있었다. 잠시 후 초목이 끝나고 바닷가가 조개껍데기로 두툼하게 덮이고 한쪽으로 기운 삼각형 모양으로 넓어졌다. 여기저기서 상어 이빨이 보였는데, 어떤 건 크기가 내 집게손가락만 했다. 나는 다나에게 선물해야겠다고 생각하며 몇 개를 주워서 주머니에 넣었다. 그러다 기억이 났다. 이런 망할, 아내는 죽었지.

또 당했네. 나는 생각했다.

삼각형이 한쪽으로 기운 이유는 데이라이트 패스가 해변을 가로막았기 때문이었다. 바다가 처음에는 잔잔한 멕시코만의 파도와 싸우다 소용돌이치며 그 흐름에 합류해 칼립소만에서 시작된 조류와 서로 맞부딪쳤다. 90년 전에 막혔던 데이라이트 패스가 뚫린 건 허리케인 때문이었다. 내가 그 집에 신세를 지기 시작했을 때 그레그의 커피 테이블에 놓여 있던 『사진으로 보는 사우스 키의 역사』에 따르면 그렇다고 한다. 그 너머로 물 위에 떠 있는 초록색 덩어리가 데이라이트를 뚫은 바로 그 허리케인 때 침수된 듀마 키의 잔해였다.

나는 상어 이빨을 줍는 데 흥미를 잃었기에(누구든 자기 아내가 죽었다는 사실을 기억하게 되면 그럴 거라고 본다) 그냥 주머니에 손을 넣고 래틀스네이크 키가 끝나는 조개껍데기 해변을 바라보았다. 사냥꾼들이 우글거리던 뱀 떼를 몰고 온 곳이 이 막다른 길이었다. 변호사들이 모이면 말발 잔치가 되고 방울뱀들이 모이면 룸바 춤판이 된다. 내가 무슨 수로 그걸 아는지 모르겠지만 알았다. 인간의 마음은 그냥 가끔 자기 몸을 무는 맹독성 파충류에 머무르지 않는다. 열심히 쓰레기를 줍는 넝마주이기도 하다. 프레디 캐넌은 중퇴하지 맙시다 문구를 표지에 적었던 스완 레이블에서 앨범을 발매했다. 제임스 가필드의 가운데 이름은 에이브럼이었다. 이것들 역시 내가 무슨 수로 아는지 몰라도 아는 것들이다.

내가 거기 서 있는 동안 산들바람에 셔츠가 나부꼈고 머리 위에서는 새들이 맴돌았고 듀마 키의 잔재인 초록색 나뭇잎 뭉치는 숨을 쉬는 것처럼 파도에 실려 오르락내리락했다. 그들은 무슨 수로 뱀을 여기로 몰았을까? 그건 내가 알 수 없는 부분이었다. 그리고 일단 여기로 몬 뒤에 바다로 도망치지 않은 뱀들을 어떻게 죽였을까? 그것도 알 수 없었다.

뒤에서 끼익 하는 소리가 들렸다. 곧바로 한 번 더 들렸다. 목덜미의 땀이 차갑게 식었다. 나는 뒤를 돌아보고 싶지 않았다. 죽은 쌍둥이가 뱀에 물려서 퉁퉁 부은 몸으로 앉아 있는 그 쌍둥이용 유모차가 보일 것이 확실했다. 하지만 나는 (그날의 방울뱀들처럼) 갈 데가 없었고 귀신을 믿지 않았기에 뒤를 돌아보았다. 갈매기 두 마리가 거기서 있었다. 머리는 하얗고 몸통은 까만 녀석들이 구슬처럼 반짝이는 눈으로 자기들 땅에 허락도 없이 들어와서 뭐 하는 거냐고 물었다.

나는 겁이 났기에 상어 이빨 두 개를 던졌다. 콘도르를 향해 던졌던 조개껍데기보다는 작았지만 효과가 있었다. 갈매기들은 화가 나서

꽥꽥대며 하늘로 날아올랐다.

꽥꽥댔다.

내가 들은 소리는 끽끽이었다. 기름칠해야 하는 바퀴에서 남 직한 소리였다. 나는 말도 안 되는 생각이라고 속으로 중얼거렸고 거의 믿을 뻔했다. 경유나 휘발유 냄새 같은 것이 바람에 실려 왔다. 놀랍지 않았다. 플로리다의 정치인들은 주지사에서부터 시와 읍 의회에 이르기까지 멕시코만의 위태로운 생태계를 보존하는 것보다 사업에 더 관심이 많았다. 이런 식으로 남용하다가 결국 모든 걸 잃게 될 것이다.

나는 수면 위를 알록달록하게 덮은, 아니면 한결같은 소용돌이 가장자리에서 빙글빙글 돌아가는 석유나 기름의 흔적을 찾았지만 아무것도 보이지 않았다. 숨을 크게 들이마셨지만 아무 냄새도 나지 않았다. 나는 집으로 돌아갔다. 이제는 그레그 애커먼의 집이 내 집 같았다.

재혼이 대체로 성공적일까? 통계 자료가 있는지 몰라도 나는 보지 못했다. 우리의 재혼은 성공적이었다. 오랜 공백 때문이었을까? 수십 년 동안 만나지 않다가 결국 연락까지 끊겼기 때문이었을까? 다시 만났을 때의 충격 때문이었을까? 그것도 일부분 영향을 미쳤을 것이다. 아니면 아들의 죽음이라는 끔찍한 상처가 시간이 지나면서 아물었기 때문이었을까? 그럴지도 모르지만 그런 상처는 과연 극복이 될까 싶다.

내 입장만 밝히자면 태드를 떠올리는 횟수가 줄긴 했지만 떠올리면 느껴지는 아픔의 강도는 전과 거의 다를 바 없었다. 하루는 회사에서 아이를 침대에 눕히고 '괴물이 쓰는 말'을 읽어 주었던 게 생각나서(어둠에 대한 공포를 없애 주려고 준비한 문답서였다) 화장실로 달려가 변기 위에 앉아서 울어야 했던 적도 있었다. 그 일이 벌어진 지 1년이나 2년이나 심지어 10년 뒤도 아니었다. 내가 50대였을 때 벌어진 일이었다. 이제 나는 70대지만 아직도 그 아이의 사진을 보지 못한다. 휴대 전화에 수도 없이 저장해 놓던 시절이 있었음에도 말이다. 다나는 사진을 본다고 했지만 오로지 그 아이가 태어난 날에 일종의 의식 차원에서 본다고 했다. 하지만 그녀는 언제나 나보다 강했다. 그녀는 전사였다.

대부분의 초혼에서 중요한 건 로맨스다. 예외도 있어서 돈이나 삶의 여건을 개선하기 위해 결혼하는 사람들도 있겠지만, 대부분은 온갖 대중가요에서 노래하는 그 아찔하고 하늘을 나는 듯한 감정에서 동력을 얻는다. 「더 윙 비니스 마이 윙스」가 좋은 예다. 그것이 불러일으키는 감정과 노래에서는 말하지 않는 필연적인 결과, 양쪽 측면에서 그렇다. 시간이 지나면 바람은 죽기 마련이다. 추락하지 않으려면 스스로 날개를 퍼덕여야 한다. 어떤 커플은 로맨스가 사라진 뒤에도 견디는 더 굳센 사랑을 발견한다. 그들은 돈 문제가 아니라 그 사랑을 두고 옥신각신한다. 의심이 믿음으로 대체된다. 비밀은 그늘 속에서 꽃을 피운다.

그리고 아이의 죽음으로 깨지는 결혼도 있다. 앨리 벨은 그렇지 않았지만 얼마 지나지 않아서 남편이 죽었기 때문일 수도 있다. 나는 심장 마비가 아니라 공황 발작만 일으켰다. 서류 가방에 종이 봉지를 들고 다니며 공황 발작이 오면 거기다 대고 숨을 쉬었다. 결국에는 사라졌지만.

재혼했을 때 다나와 나 사이에는 전보다 성숙하고 다정하며 조심스러운 사랑이 자리 잡았다. 이제 막 결혼한 수많은 신혼부부를 괴롭히는 돈 문제를 가지고 싸운 적도 없었다. 나는 광고업계에서 잘나갔고 다니는 메인주 남부에서도 규모가 손꼽히는 학구를 총괄하는 교육감이었다. 연봉이 나만큼은 아니었지만 그래도 제법 됐다. 우리 둘 다 퇴직 연금에 가입이 되어 있었다. 경제적인 걱정이 없었다.

부부 관계도 만족스러웠지만 불꽃이 튀지는 않았다(하하, 오랜 휴지기에 마침표를 찍은 그 첫날의 밤은 예외였을지 모르지만). 그녀에게는 자기 집이 있었고 나도 마찬가지였고 우리는 그런 채로 살았다. 출퇴근은 별문제가 되지 않았다. 알고 보니 우리는 떨어져 지낸 기간 동안 겨우 110킬로미터 거리에서 살았다. 우리는 내내 붙어 지내지 않았고 그래도 상관없었다. 그럴 필요가 없었다. 같이 지낼 때는 어쩌다 보니 동침하게 된 좋은 친구와 함께 있는 느낌이었다. 이제 막 시작한 커플은 날개를 받쳐 주는 바람이 있으니 우리처럼 관계를 유지하려고 노력할 필요가 없을 것이다. 오래된 커플, 그중에서도 특히 피하고 싶은 과거의 끔찍한 그늘이 있는 커플은 날개를 퍼덕여야 한다. 우리가 한 게 그거였다.

다나가 조기 퇴직을 했고 2010년에 우리는 집을 합쳤다. 뉴베리포트의 내 집에서 살았다. 그건 그녀의 결정이었다. 처음에 나는 그녀가 함께 지내는 시간을 늘리고 싶어서 그런가 보다고 생각했고 그건 맞았다. 함께 지내는 시간을 늘릴 필요성을 느낀 이유는 몰랐다. 일주일에 걸쳐 그녀의 짐을 정리하고 났을 때 10월의 어느 화창한 토요일에 그녀가 내 집터와 메리맥강을 가르는 돌담을 따라 자기와 함께 걷겠느냐고 했다. 우리는 손을 잡고 낙엽을 발로 차 가며 걸었다. 탁탁거리는 소리를 듣고 육계나무가 시들어 썩기 전에 풍기는 그 달콤한 향을 맡았다. 큼지막하고 투실투실한 구름이 파란 하늘을 떠가는 아름다운 오후였다. 나는 그녀에게 살이 빠진 것 같다고 말했다. 그녀는 맞는다고 했다. 암에 걸려서 그렇다고 했다.

앨리를 쪼아먹던 콘도르 생각이 나면 잠을 이루지 못할 것 같았기에 그레그의 초대형 욕실 수납장 문을 열어 보니(내 친구가 예전부터 건강 염려증이 살짝 있었다) 처방을 받아야 살 수 있는 앰비엔 수면제가 네 알 남아 있었다. 라벨을 보니 유통기한이 2018년 5월이었지만 에라 모르겠다 하고 두 알을 먹었다. 수면제가 효과가 있었는지 그냥 위약 효과였는지 몰라도 밤새 푹 잤고 꿈도 꾸지 않았다.

다음 날 아침에 상쾌하게 일어난 나는 여기 머무는 내내 앨리가 쓰러진 곳을 피해 다닐 수는 없다는 결론을 내리고 평소처럼 산책을 나서기로 했다. 반바지에 운동화를 신고 큐리그 커피 머신을 켜려고 1층으로 내려갔다. 그레그의 집 진입로는 옆면의 널찍한 마당으로 이어졌다. 계단 발치에 달린 창문 밖으로 이 마당이 보였다. 마지막 계단까지 두 칸 남았을 때 나는 창밖을 응시하며 그대로 얼어붙었다.

유모차가 거기 있었다.

믿을 수가 없었다. 이해할 수가 없었다. 그림자의 장난일 수밖에 없었지만 이른 아침 햇살이 비치는 그 마당에 다른 그림자는 없었고…… 유모차 그림자가 전부였다. 유모차가 거기 있었다. 진짜였다. 유모차 자체보다 그림자가 그 증거였다. 실질적인 물체가 있지 않은 이상 그림자가 생길 리 없지 않은가.

얼어붙었던 뇌가 풀리자 겁이 났다. 어떤 사람이, 어떤 못된 사람이 나를 기겁하게 하려고 유모차를 두고 간 거였다. 효과가 있었다. 나는 기겁했다. 범인이 누굴지 짐작할 수 없었지만 제인이나 캐너밴 경관일 리는 없었다. 이토 씨는 벨 부인의 사망 소식을 들었겠지만(좁은 동네에서는 소식이 금세 알려진다) 실없이 장난을 치는 성격이 아니었고 그의 아들은 인터넷이라는 꿈의 나라에서 거의 모든 시간을 보냈다. 용의자가 없었고 어떻게 보면 그건 중요한 문제가 아니었다. 중요한 건 누군가가 싸구려 소설에서는 오밤중이라고 지칭하는 시각에 내 집에 들어왔다는 것이었다.

내가 문을 잠갔나? 처음에 충격과 공포에 사로잡혀 있었을 때는 (처음에는 심지어 화도 나지 않았다) 기억이 나지 않았다. 그때는 죽은 내 아내의 가운데 이름도 기억이 나지 않았을 것 같다. 나는 현관문 앞으로 달려갔다. 잠겨 있었다. 풀장과 테라스로 나가는 문 앞으로 갔다. 잠겨 있었다. 차고와 연결된 뒷문으로 가 보니 거기도 잠겨 있었다. 그러니까 집 안으로 들어와 한밤중에 살금살금 다닌 사람은 없었다는 뜻이었다. 그러면 안심이 되어야 할 텐데 그렇지가 않았다.

두 경관 중 한 명이 저걸 두고 간 게 분명해. 나는 생각했다. *제인이 차고 문을 잠그고 열쇠를 챙겼잖아.*

논리상으로는 말이 됐지만 믿기지가 않았다. 제인은 든든하고 믿음직하며 멍청한 것과는 거리가 멀어 보였다. 게다가 차고 열쇠가 꼭 필요했을까? 아니지 싶었다. 옆문에 달린 잠금장치가 옷걸이나 신용카드로 쉽게 딸 수 있는 스타일인 것 같았다.

나는 유모차를 살펴보려고 밖으로 나갔다. 섬뜩한 C급 서스펜스 영화처럼 쪽지 같은 것이 남겨져 있을지 모른다는 생각이 들었다. *다음은 네 차례다*와 *네가 있어야 할 곳으로 돌아가*, 이 두 개가 떠올랐다.

쪽지는 없었다. 그보다 더 섬뜩한 것이 있었다. 한쪽 시트에는 노란색 반바지가, 다른 쪽 시트에는 빨간색 반바지가 있었다. 어제와 다른 반바지였다. 그리고 등받이에 걸쳐진 티셔츠도 어제와 달랐다. 그 셔츠는 건드리고 싶지 않았고 건드리지 않아도 뭐라고 적혔는지 읽을 수 있었다. 트위들덤과 트위들디였다. 당연히 쌍둥이 셔츠였지만 그걸 입었던 쌍둥이는 오래전에 세상을 떠났다.

그 빌어먹을 유모차를 어떻게 하느냐가 관건이었다. 그것이 거기 있다는 사실이 실감 나기 시작하자 처음에 느꼈던 충격과 곧바로 그 뒤를 이었던 공포가 호기심과 분노로 대체됐다. 아침을 이런 식으로 시작하다니 젠장. 반바지 주머니에 휴대 전화가 있었다. 카운티 보안관실로 전화해 제인 경관을 바꿔 달라고 했다. 교환수는 잠깐 기다리라고 하더니 다시 돌아와 그가 다음 주 월요일까지 휴가라고 했다. 내가 경찰의 개인 연락처를 물어볼 정도로 생각이 없지 않았기에 교환수에게 빅터 트렌턴이 전화했다고, 전화 부탁한다고 전해 달라고 했다.

"전할 방법이 있을지 알아볼게요." 여자는 말했다. 내 개떡 같은 아침을 개선하는 데 아무 도움이 되지 못하는 무관심한 답변이었다.

"방법이 있을 거예요." 나는 말하고 전화를 끊었다.

이토 씨도 다음 주 월요일은 되어야 올 테고 다른 손님은 올 사람이 없었지만 그 유모차를 마당에 방치할 생각은 없었다. 나는 벨 부인의 집까지 그걸 밀고 가서 다시 차고 안에 넣기로 마음먹었다. 따지고 보면 늘 걷던 길이었고 못된 장난꾼이 차고 잠금장치를 부쉈는지 살필 수도 있었다. 하지만 먼저 제인에게 보여 줄 현장 사진을 두어 장 찍었다. 그가 관심을 보일지는 알 수 없었다. 내가 마당에서 유모차를 옮겼다고 기분 나빠할 수도 있었지만 이건 범죄 증거도 아니었다. 앨리 벨이 유모차로 구타당해 부득이하게 사망한 것도 아니지 않은가. 나는 그걸 원래 있었던 곳으로 다시 갖다 놓으려는 것뿐이었다.

이글거리는 아침 뙤약볕 아래에서 유모차를 밀며 오르막길을 올라갔다. 수면제 효과가 남아 있었는지, 유모차의 평범한 일상성(심지어 반바지와 셔츠도 월마트나 아마존에서 쉽게 구할 수 있는 평범한 옷이었다)으로 공포가 일소되자 나는 멍해졌다. 침대나 소파에라도 누워 있었다면 다시 스르르 잠이 들었을 것이었다. 하지만 래드스네이크로를

걷고 있었기에 의식이 자기만의 흐름에 따라 흘러가도록 내버려두
었다.

바퀴가 삐걱거리거나 말거나 (정말 기름칠을 해야겠네, 나는 이런 생각
을 했다) 유모차는 쉽게 밀렸다. 네 살짜리 남자아이들이 타고 있지 않
으니 더욱 그랬다. 나는 왼손으로 유모차를 밀었다. 오른손으로는 등
받이에 걸쳐진 티셔츠를 하나씩 차례대로 만졌다. 그러고 있다는 걸
나중에서야 알아차렸다.

길을 건너 덤불을 헤치며 바닷가 쪽으로 걸어가는 두 아이를 그려
보았다. 제자리로 돌아온 이파리에 얼굴을 맞거나 튀어나온 나뭇가
지에 팔을 긁혀도 화를 내거나 그 나이대에 쓸법한 욕을 하지 않았
다. 화를 내지도 짜증을 부리지도 판자 길로 올 걸 그랬다고 후회하
지도 않았다. 둘이 공유하는 환상 속에 푹 빠져 있었다. 아버지가 일
요일 자 「트리뷴」의 컬러 만화로 접어 준 신문지 모자를 쓴 정글 탐
험가. 저기 어딘가에 해적이 두고 간 보물상자나 킹콩처럼 거대한 고
릴라가 있을지 몰랐다. 4시에 텔레비전 앞에 책상다리를 하고 앉아서
엄마가 톰 브로코가 진행하는 「나이틀리 뉴스」로 채널을 돌릴 때까
지 「탬파 마티네」에서 본 영화.

그들은 방울 소리를 듣는다. 처음에는 희미하지만 씩씩하게 전진할
수록 점점 커지고 가까이서 들린다. 그들은 처음에는 못 들은 체하고,
그다음에는 대수롭지 않게 간주하는 치명적인 실수를 저지른다. 조
는 벌 소리일지 모른다고, 꿀을 찾을 수 있겠다고 생각한다. 제이크는
그에게 쩔리고 싶으냐고, 바보 같은 짓 저지르지 말라고 몇 번을 말
한다. 그들은 보물을 찾고 있다. 꿀은 보물이 아니다. 방울 소리가 왼
쪽과 오른쪽에서 다가온다. 걱정할 것 없다! 바닷가로 가는 길은 일
직선이다. 벌써 파도 소리가 들리고 그들은 첨벙첨벙 물속으로 들어

가 모래를 헤집으며 보물을 찾을 것이다(보물찾기가 아무 소득이 없으면 모래성을 쌓을 것이다). 물속으로 들어가고 싶은 이유는 날이 덥기 때문이다. 내 아들이 견뎌야 했던 그날처럼 덥기 때문이다. 내 아들은 첨벙첨벙 들어갈 물이 없었고, 밖에 괴물이 있었기 때문에 뜨거운 차 안에 엄마와 함께 갇혔다. 괴물은 떠날 줄 몰랐고 차는 시동이 걸릴 줄 몰랐다.

그들은 덤불에 가려서 푹 꺼진 지면을 보지 못한다. 그 덤불 아래에는 그늘 속에서 사는 뱀의 소굴(룸바 춤판을 벌인)도 있다. 제이크와 조는 이 웃자란 덤불을 나란히 돌아갈 수도 있지만 용감한 탐험가는 그러지 않는다. 용감한 탐험가는 보이지 않는 낫으로 풀을 헤치며 직진한다.

그들은 그렇게 하고, 나란히 걷고 있기에 구덩이 속으로, 뱀의 소굴 속으로 같이 떨어진다. 뱀이 수십 마리다. 아직 어린 녀석들(새끼 뱀)은 물 수는 있지만 (보통 사람들의 생각과 달리) 독을 뿜어내지는 못한다. 그래도 물리면 아프고 대부분의 방울뱀들이 완벽한 보호 태세를 갖춘 성체다. 놈들은 다이아몬드 모양의 대가리를 앞으로 쑥 내밀고 송곳니를 깊숙이 박는다.

아이들은 비명을 지른다. *아야* 그리고 *그러지 마* 그리고 *뭐야* 그리고 *아프잖아.*

그들은 발목과 종아리를 여러 번 물린다. 조는 한쪽 무릎을 꿇는다. 뱀 한 마리가 그의 허벅지를 물고 지혈대처럼 그의 무릎을 감싼다. 제이크는 발찌처럼 뱀을 두른 채 덤불 구덩이에서 빠져나오려고 버둥거린다. 방울 소리가 온 세상을 채운다. 그가 조를 일으켜 세우려 하자 뱀 한 마리가 번개처럼 빠르게 그의 손바닥 두툼한 부분에 송곳니를 박는다. 조는 이제 앞으로 쓰러지고 뱀들이 그의 구석구석을 타고 오른다. 그는 얼굴이나마 막으려고 하지만 막지 못한다. 목과 뺨을 물리고 피하려고 고개를 돌리자 코와 입을 물린다. 얼굴이 부풀어 오르기 시작한다.

제이크는 몸을 돌려서 발목에 뱀을 두른 채 도로와 그 반대편의 자기 집으로 더듬더듬 돌아가려고 한다. 한 마리가 떨어진다. 다른 한 마리는 이발소 기둥처럼 반바지를 감고 올라간다. 둘이서 항상 모든 걸 함께했는데 그는 왜 달리고 있을까? 쌍둥이 형제는 이미 가망이 없다는 걸 알기 때문일까? 아니다. 공포로 이성을 잃었기 때문일까? 아니다, 아무리 공포로 이성을 잃었대도 그가 조를 버릴 일은 없다. 아빠가 집에 있으면 아빠를, 없으면 엄마를 부르기 위해서다. 공포 때문이 아니라 구조 요청을 하기 위해서다. 제이크는 다리를 감고 있던 뱀을 잡아당기고 그를 평가하는 구슬 같은 눈과 시선을 맞추지만 잠시 후 녀석의 송곳니가 손목에 박힌다. 그는 녀석을 내동댕이치고 달리려 하지만 달릴 수가 없다. 독이 온몸으로 번져서 심장이 불규칙하게 쿵쾅거리고 숨을 쉴 수가 없다.

조는 더 이상 비명을 지르지 않는다.

제이크의 눈앞이 두 개로, 잠시 후에는 세 개로 보인다. 그는 이제 걸을 수조차 없어서 기어 보려고 한다. 두 손이 만화에 나오는 장갑처럼 부풀어 올랐다. 그는 쌍둥이 형제의 이름을 부르려고 하지만 목구멍이……

나는 회전문이 철컹철컹 끼익끼익 올라가는 소리를 듣고 이런 환상에서 깨어났다. 내가 밀고 가던 유모차가 광전 센서를 건드려 회전문을 작동시킨 것이었다. 내가 좀비 상태로 앨리의 진입로를 훌쩍 지나쳐 왔다. 이제 보니 내 오른손이 왔다 갔다 하며 이쪽 티셔츠(트위들디)와 저쪽 티셔츠(트위들덤)를 계속 만지작거리고 있었다. 나는 뜨거운 걸 만지고 있기라도 한 듯 손을 거두었다. 날이 여전히 비교적 선선했지만 얼굴이 땀으로 젖었고 티셔츠도 땀 얼룩으로 시커멨다. 걷고 있었을 뿐인데(정확히 기억은 나지 않았지만 적어도 내가 생각하기로는 그랬다) 200미터를 전력 질주라도 한 것처럼 숨을 헐떡이고 있었다.

유모차를 뒤로 빼자 회전문이 내려왔다. 이게 어떻게 된 일인지 의아했지만 알 것 같았다. 광고 회사의 다른 팀원들은 들으면 웃겠지만 (상상력이 변기 세정제 광고 문구나 쓰기에는 아까운 캐시 윌킨은 예외일지 몰랐다) 달리 설명할 방법이 없었다. 나는 이른바 투시력의 소유자가 경찰 측의 요청으로 사망했다고 간주되는 사람들의 시신을 찾는 데 동원되는 영화를 여러 편 보았고 텔레비전 다큐멘터리도 한 편 이상 보았다. 사냥개가 옷 냄새를 맡고 표적을 추적하듯 초능력자들은 찾으려는 사람에게 의미가 있었던 물품을 가지고 추적에 나섰다. 결과는 대부분 허탕이었지만 효과를 본 경우도 몇 번 있었다. 아무튼 내가 보기에는 그랬다.

티셔츠 때문이었다. 티셔츠를 만진 것 때문이었다. 그럼 태드에 얽힌 부분은? 그건 내 기억이 티셔츠를 통해 전달된 뭔지 모를 기운을 침범한 것이었다. 아들이 내 묘한 환상의 세계를 파고든 건 놀랄 일이 아니었다. 그 아이는 벨 쌍둥이와 거의 같은 나이로 비슷한 시기에 세상을 떠났다. 쌍둥이가 아니라 세쌍둥이였다. 비극을 부르는 비극이었다.

유모차를 돌려 왔던 길을 되짚어가자 생생했던 환상이 희미해지기 시작했다. 내가 경험한 것이 진짜 초자연적인 현상이 맞는지 의심이 생겼다. 따지고 보면 나는 벨 쌍둥이에게 무슨 일이 벌어졌는지 모르지 않았다. 어쩌면 내 두뇌 회로가 덤불에 가려서 안 보이던 구덩이 같은 몇 가지 소소한 부분을 추가한 것에 불과할지 몰랐다. 실제 상황은 그와 전혀 달랐을 수도 있었다. 게다가 유모차가 그런 식으로 등장한 것 때문에 내가 분위기에 휩쓸리기 아주 쉬운 상태였다는 것도 부인할 수 없는 사실이었다.

유모차가 설명할 수 없는 방식으로 등장한 것 때문에 말이다.

나는 고개를 숙이고 노란색 테이프 아래를 지나 둥그스름한 진입로를 따라 유모차를 밀며 벨의 집으로 다가갔다. *끼익, 끼익, 끼익.* 차고 옆문이 열려서 산들바람에 앞뒤로 느릿느릿 흔들리고 있었다. 자물쇠 판 위나 아래는 물론이고 문 자체에도 쪼개진 흔적이 없었다. 신용 카드로 문을 땄을지 몰라도 강제로 열지는 않았다.

나는 문손잡이를 안과 밖에서 유심히 살폈다. 바깥쪽 손잡이 정중앙에 열쇠 구멍이 있었고 제인 경관이 거기에 열쇠를 넣어서 문을 잠갔다. 안에서는 열쇠가 없어도 문을 잠글 수 있었다. 손잡이 정중앙에 달린 꼭지를 누르기만 하면 됐다.

해답은 간단해. 나는 생각했다. *쌍둥이의 소행이야. 제이컵과 조지프의 소행. 그 아이들이 안에서 손잡이를 돌린 거야. 그러니까 꼭지가 튀어나오면서 문이 열렸겠지. 식은 죽 먹기지. 제이크가 이쪽, 조가 저쪽에서 유모차를 밀고 내 집까지 왔을 거야.*

두말하면 잔소리였다. 그리고 이걸 믿는 사람은 우리가 베트남전에서 승리했고, 달 착륙은 사기극이며, 샌디 훅 초등학교에서 총기 난사 사건이 벌어졌을 때 경악한 학부모들은 재난 전문 배우였고, 9.11 테러는 자작극이었다고 믿을 수 있을 것이었다.

하지만 차고 문이 실제로 열려 있었다.

그리고 유모차가 400미터 거리의 내 집으로 옮겨져 있었다.

전화벨이 울렸다. 나는 화들짝 놀랐다. 제인 경관이었다. 보안관실의 교환수가 어찌어찌 말을 전한 모양이었다.

"안녕하세요, 트렌턴 씨. 무슨 일로 그러세요?" 오늘은 그의 말투가 좀 더 여유로웠고 남부 사투리가 훨씬 도드라졌다. 쉬는 날이라 민간인 모드라서 그런 모양이었다.

"나 지금 벨 부인의 집에 있어요." 나는 말하고 이유를 설명했다. 아이들이 덤불로 덮인 뱀 구덩이 안으로 떨어지는 환상을 보았다는 말은 하지 않았다고 굳이 부연할 필요는 없을 거라고 본다.

내 얘기가 끝나자 잠시 정적이 흘렀다. 그러고 나서 그가 말했다. "거기까지 가셨으니 유모차를 차고에 다시 넣으시죠." 그는 놀라지도, 별로 걱정하지도 않는 투였다. 비명을 지르는 조 벨의 온몸 위로 뱀들이 기어오르는 환상을 보지 않았으니 당연히 그럴 수밖에 없었다. "누가 못된 장난을 친 모양이네요. 아마도 고등학생 아이들이 미친 할머니가 어디에서 죽었는지 보려고 래틀스네이크로를 몰래 찾아갔을 거예요. 부인이 팜 빌리지에서 그런 할머니로 유명했거든요."

"정말로 그런 거라고 생각하세요?"

"그게 아니면 뭐겠습니까?"

유령이요. 죽은 아이들 유령이요. 하지만 그 말을 꺼내지는 않을 작정이었다. 심지어 그걸 생각하기조차 싫었다. "경관님 생각이 맞을 수도 있겠네요. 그런데 애들이 신용 카드나 운전면허증으로 잠금장치를 열었나 봐요. 강제로 연 흔적이 전혀 없어요."

"아무렴요. 그런 잠금장치 따는 것쯤이야 아무것도 아니죠."

"식은 죽 먹기죠."

그는 피식 웃었다. "그렇다니까요. 그냥 유모차 다시 들여놓고 문을 닫으세요. 돌아가신 부인의 열쇠는 파출소에 있어요. 앤디 펠리가 들고 갈 거예요. 누군지 기억하시죠?"

"그럼요. 슈퍼 할배."

그는 폭소를 터뜨렸다. "맞아요. 하지만 면전에 대고 그렇게 부르지는 말아 주세요. 아무튼 그가 판사인 친구를 통해 긴급 수색 영장을 발부받았으니 들어가서 가장 가까운 친척과 동네 주민의 연락처를 찾을 수 있을 거예요. 앤디가 나이는 먹었어도 눈치가 빨라요. 누가 침입한 흔적이 있으면 알아차릴 거예요. 적어도 부인의 유해를 책임지고 정리할 사람을 찾아야 해요."

유해라. 나는 산들바람에 앞뒤로 흔들리는 문을 쳐다보며 생각했다. 참 씁쓸한 단어였다. "계속 영안실에 있을 수는 없는 거겠죠?"

"영안실도 없어서 지금 타미아미에 있는 페르도모 장례식장에 있어요. 저기, 이왕 거기 가셨고 차고 문도 열려 있다고 하니 안으로 들어가서 부인의 차가 테러를 당하지는 않았는지 살펴봐 주실래요? 테러를 당했다면 좀 더 진지하게 다루어야 하거든요."

"그럴게요. 휴가인데 방해해서 미안해요."

"아니에요. 아침 먹고 그냥 뒷마당에 나와서 신문 읽고 있어요. 차에 무슨 문제가 있으면 연락 주세요. 그럼 앤디에게 알릴게요. 그리고 트렌턴 씨?"

"그냥 빅이라고 불러 주세요."

"좋아요, 빅. 그 유모차를 애커먼 씨 댁으로 옮겨다 놓은 아이들이 또 그럴 것 같으면 그거 다시 밀고 가서 그 댁 차고에 두셔도 돼요. 그런 짓을 저지르는 녀석들은 창의적이라고 볼 수가 없거든요."

"여기 두고 갈게요."

"그러세요. 그럼. 좋은 하루 보내세요."

문턱을 넘느라 앞바퀴를 들고서 유모차를 차고 안에 넣는데, 제인에게 반바지와 티셔츠 얘기도 하지 않았다는 생각이 났다.

차고는 에어컨이 없어서 거의 안으로 들어가자마자 땀이 나기 시작했다. 가까운 세차장에 다녀와야겠다는 생각이 들었을 뿐(차체 옆면과 앞유리창에 소금 더께가 앉았다) 앨리의 셰비 크루즈는 멀쩡해 보였다. 뒷좌석에 설치된 빈(당연히 *비어* 있었다) 카시트로 나도 모르게 시선이 향하자 억지로 고개를 돌렸다. 뒤쪽 벽을 따라 종이상자가 몇 개 쌓여 있었다. 상자마다 매직으로 깔끔하게 *애들 것*이라고 적혀 있었다.

우리 어머니는 *기웃거리는 게 험담보다 더 저질*이라고 말씀하셨지만 그러면 아버지는 다른 말로 어머니를 놀리며 재미있어했다. *호기심이 고양이를 죽인다지만 궁금증이 풀리면 다시 살아난다잖아.*

상자 하나를 열어 보니 단단한 조각으로 동물 모양을 맞추게 되어 있는 나무 직소 퍼즐이 들어 있었다. 다른 상자를 열어 보니 그림책이 들어 있었다. 닥터 수스, 리처드 스캐리, 베렌스타인 베어즈, 이랬다. 다른 몇몇 상자에는 반바지와 여러 깜찍한 쌍둥이용 문구가 적힌 티셔츠 세트가 들어 있었다. 그러니까 유모차에 놓인 반바지와 티셔츠의 출처가 여기였다. 문제는 앨리가 보이지 않는 인형 옷을 입히는 어린애처럼 유모차에 옷을 얹어 놓고 다녔다는 것을, 장난을 친 범인이 무슨 수로 알았느냐는 것이었다. 제인 경관에게 물으면 그는 뭐, 소문이 났겠죠, 라고 했을 것이다. 나는 과연 그럴까 싶었다.

상실의 슬픔은 잠잠해질 뿐 죽지는 않는다. 슬퍼하던 사람이 죽기 전까지는 그렇다. 이것이 내가 마지막 상자를 열었을 때 다시금 깨달은 교훈이었다. 그 안에는 장난감이 가득 들어 있었다. 장난감 자동차, 플레이스틱스, 「스타워즈」 피겨, 접혀 있는 캔디 랜드 게임, 열 몇 개의 플라스틱 공룡.

우리 아들도 장난감 자동차와 플라스틱 공룡을 가지고 놀았다. 끔찍이 좋아했다.

그 상자를 닫는데 눈이 따끔거리고 손이 떨렸다. 이 후텁지근하고 답답한 차고에서 나가고 싶었다. 어쩌면 래틀스네이크 키에서 아예 떠나고 싶었다. 내가 여기에 온 이유는 떠난 아내와 바보처럼 흘려보낸 시간에 대한 슬픔을 정리하기 위해서였지, 아들의 끔찍한 죽음이라는 오래전에 아문 상처를 헤집기 위해서가 아니었다. 「인사이드 뷰」 타입의 환상을 경험하기 위해서도 절대 아니었다. 나는 확인 차원에서 이삼 일 정도 기다려보고 똑같은 것 같으면 그레그에게 연락해 고마웠다고 하고 이토 씨에게 관리를 부탁하기로 마음먹었다. 그런 다음 8월에 덥긴 하지만 *미칠* 정도로 덥지는 않은 매사추세츠로 돌아가기로 말이다.

나가려는데 문 왼쪽 선반에 놓인 공구 몇 개(망치, 스크루드라이버, 렌치 두어 개)가 보였다. 바닥은 쇠로 되어 있고 앨리 벨의 뱀 잡는 막대를 살짝 닮은 길쭉한 노즐이 달려 있어서 손으로 펌프질해서 쓰는 옛날식 기름통도 있었다. 유모차를 그레그의 집으로 다시 밀고 갈 생각은 없었지만 삐걱거리는 바퀴에 기름칠은 하기로 했다. 통에 기름이 남아 있다면 말이다.

기름통을 집고 보니 선반에 또 다른 게 있었다. *제이크와 조*라고 적힌 서류 파일이었다. 그리고 그보다 더 큰 글씨로 *버리지 말 것!*이라고 적혀 있었다.

열어 보니 컬러 만화가 실린 일요일자 신문으로 접은 종이 모자가 두 개 있었다. 나는 삐걱거리는 바퀴에 기름칠하려던 것도 잊었고 그

모자를 건드리고 싶지도 않았다. 건드리면 또다시 환상이 보일지 몰랐다. 그 후텁지근한 차고 안에서는 그런 불안이 어이없는 게 아니라 너무나 타당하게 느껴졌다.

나는 차고 문을 닫고 집으로 갔다. 집에 도착하자 휴대 전화로 「탬파 마티네」를 검색했다. 영 마뜩잖았지만 모자를 보았기에 어쩔 수 없었다. 시리가 그 당시부터 탬파 CBS의 계열사였던 WTVT의 과거 직원이 개설한 추억의 사이트를 알려 주었다. 1950년대에서부터 1990년대까지 거기서 그 지역으로 방송된 프로그램 명단이 있었다. 오전에는 인형극. 토요일 오후에는 10대를 위한 댄스파티. 그리고 1988년까지 매주 평일 오후 4시부터 6시까지는 「탬파 마티네」라는 오후의 영화. 옛날 옛적에, 우리 아들이 죽기 겨우 3년 전에 조와 제이크는 텔레비전 앞에 책상다리를 하고 앉아서 엠파이어스테이트 빌딩 꼭대기에 매달린 킹콩을 보았다.

의심의 여지가 없었다.

우리가 재혼 후 함께 보낸 기간은 10년이었다. 암이 재발하기 전 9년 동안은 행복했다. 마지막 1년은…… 음, 행복하게 보내려고 노력했고 처음 6개월은 성공했다. 그러다 통증이 심각에서 아주 심각을 거쳐 그것 말고는 아무것도 생각할 수 없는 수준으로 발전했다. 다나는 용감하게 버텼다. 그 여인은 배짱이 넘쳤다. 야구방망이 하나로 광견병에 걸린 세인트버나드를 상대한 적도 있지 않았던가. 암세포가 온몸을 헤집는 동안 무기라고는 자신의 의지 하나뿐이었지만 오랜 기간 동안 그걸로 충분했다. 거의 막판에는 프로비던스에서 동침했던 여인의 그림자밖에 남지 않았지만 내 눈에는 여전히 아름다웠다.

그녀는 집에서 눈을 감길 원했고 나는 그녀의 의사를 존중했다. 낮에 간병인이 있었고 밤에도 파트 타임 간병인이 있었지만 내가 간호를 거의 도맡았다. 밥을 떠먹여 주었고 더 이상 화장실에 오갈 수 없게 됐을 때도 내가 기저귀를 갈아 주었다. 흘려보낸 그 긴 시간 때문에 그렇게 하고 싶었다. 우리 집 뒷마당에는 (번개를 맞았는지) 갈라졌다가 다시 합쳐져 하트 모양의 구멍이 생긴 나무가 있었다. 그게 우리였다. 너무 감상적인 비유일지라도 이해해 주기 바란다. 나는 내가 이해한 대로, 느낀 대로 진실을 말하고 있을 뿐이다.

우리보다 운이 나쁜 사람들도 있다. 우리는 주어진 운명 안에서 최선을 다했다.

나는 침대에 누워서 천천히 돌아가는 천장 선풍기를 올려다보았다. 삐걱대는 바퀴가 달린 유모차와 신문지로 만든 모자와 장난감 공룡을 생각했다. 하지만 주로 다나가 죽던 날 밤을 생각했다. 지금까지 그날의 기억을 외면하고 있었는데, 이제 보니 그래야 하는 이유가 있었던 것 같았다. 북동풍에 실려 온 폭설이 시속 60킬로미터로 부는 바람에 흩날렸다. 야간 담당 간병인이 그날 오후 3시에 루이스턴에서 전화해 못 오겠다고 했다. 도로가 폐쇄됐다고 했다. 전등이 여러 번 깜빡였지만 나가지는 않아서 다행이었다. 불이 나가면 어떻게 해야 할지 막막했다. 다나의 처방이 12월 말에 옥시콘틴 정에서 모르핀 주사로 바뀌었다. 모르핀이 침대맡에서 보초를 서며 전기로 투여됐다. 다나는 잠을 자고 있었다. 우리 침실이 추웠는데도(보일러가 1월의 매서운 바람을 감당하지 못했다) 수척한 뺨이 땀으로 젖었고 한때는 풍성했던 머리칼은 섬세하게 둥그스름한 머리뼈에 들러붙었다.

나는 그녀의 마지막이 얼마 남지 않았다는 걸 알았고 주치의도 마찬가지였다. 그가 모르핀 투여기의 제한을 해제해 조그만 불빛이 계속 초록색으로 반짝거렸다. 그가 너무 많이 투여하면 죽을 수도 있다고 의무적으로 경고하기는 했지만 지나치게 걱정하지는 않는 눈치였다. 걱정할 필요가 없었다. 암세포가 이미 그녀의 대부분을 갉아먹고 이제 남은 부분을 게걸스럽게 해치우고 있었다. 나는 마지막 3주 동안 거의 하루 종일 그랬듯이 그녀의 옆에 앉아 있었다. 그녀가 임종을 앞두고 꿈을 꾸는 동안 멍이 든 것처럼 보이는 눈꺼풀 아래에서 눈동자가 좌우로 왔다 갔다 하는 것을 지켜보았다. 투여기 안에 약주머니가 들어 있을 테니 전기가 나가면 지하실에 있는 스크루드라이버를 들고 와서……

그녀가 눈을 떴다. 나는 좀 어떠냐고, 많이 아프냐고 물었다.

"많이 아프지는 않아." 그녀는 말했다. 그러고는. "걔가 오리를 보고 싶어 했어."

"누구 말이야?"

"태드. 오리를 보고 싶다고 했어. 그게 나한테 한 마지막 말이었던 것 같아. 무슨 오리였을까?"

"글쎄."

"기억나는 오리 있어? 럼퍼드 체험 동물원 데려갔을 때 얘기일까?"

나는 아이를 거기에 데려갔던 기억도 없었다. "그러게, 그때 얘기일 수도 있겠다. 내가 생각하기에는……"

그녀의 시선이 나를 지나쳐 갔다. 얼굴이 환해졌다. "어머나! 다 컸네! 저 키 좀 봐!"

나는 고개를 돌렸다. 당연히 아무도 없었지만 그녀가 누굴 보고 있는지 알 수 있었다. 몰아친 바람이 처마를 싸고돌며 비명을 질렀고

바람에 날린 눈송이가 덧문까지 닫은 창문을 어찌나 세게 두드리는
지 마치 자갈 같았다. 불빛이 희미해졌다가 다시 돌아왔지만 어디에
선가 문이 쿵 하고 열렸다.

"너 왜 숨을 안 쉬니!" 다나가 비명을 질렀다.

내 머리끝에서 발끝까지 소름이 돋았다. 머리칼도 쭈뼛 섰을 것이
다. 장담은 못하겠지만 그랬을 거라고 본다. 그녀에게 비명을 지를 기
운이 남아 있을 거라고는 생각하지도 못했는데, 그녀는 항상 나를 놀
라게 했다. 이제는 바람이 안으로 불어 들어와 도둑처럼 이 집을 뒤
집으려고 열을 냈다. 닫힌 방문 아래로 세차게 불어오는 바람을 느낄
수 있었다. 거실에서 뭔가가 떨어져 박살 났다.

"숨을 쉬어, 태드! 숨을 쉬어!"

뭔가가 뒤집혔다. 의자였을 것이다.

연필처럼 가는 팔을 움직여 팔꿈치를 딛고 어찌어찌 몸을 일으키
고 있었던 다나가 웃으며 다시 누웠다. "알았어." 그녀가 말했다. "그
럴게. 응."

한쪽의 전화 통화를 듣는 느낌이었다.

"그래. 알았어. 좋아. 다행이다. 뭐라고?" 그녀는 고개를 끄덕였다.
"그럴게."

그녀는 미소를 머금은 얼굴로 눈을 감았다. 현관문을 닫으려고 나
가 보니 눈이 이미 부채 모양으로 2센티미터가 넘게 쌓여 있었다. 그
러고 다시 방으로 들어가 보니 아내가 죽어 있었다. 우리 아들이 찾
아와서 그녀를 이승으로 안내했을 거라는 내 짐작에 얼마든지 코웃
음 쳐도 좋다. 나는 아들이 수십 킬로미터 멀리에서 죽어 가고 있었
을 때 그 아이의 방 벽장에서 아들의 목소리를 들은 적도 있었다.

어느 누구에게도, 심지어 다나에게도 그 말은 하지 않았지만.

이런 기억들이 맴돌고 또 맴돌았다. 그것들이 콘도르였고 방울뱀이었다. 나를 쪼고 물며 놓아주질 않았다. 밤 12시쯤에 유통 기한이 지난 그레그의 앰비엔을 두 알 더 먹고 누워서 약효가 돌기를 기다렸다. 다나가 이 세상을 떠나려는 순간, 어른으로 자란 태드를 보았던 것에 대해 계속 생각했다. 그녀의 인생이 그런 식으로 막을 내린 것이 나에게 위안이 되었어야 하는데 그렇지가 않았다. 그녀의 임종에 얽힌 기억이 떠오르면 쌍둥이가 뱀 구덩이로 떨어지는 환상을 보았던 것과 현실로 돌아와 보니 내 손이 트위들덤과 트위들디 사이를 왔다 갔다 하고 있었던 기억이 같이 떠올랐다. 아이들의 잔재, 아이들의 유품을 만지고 있었던 기억이.

이런 생각이 들었다. *다나가 죽기 직전에 태드를 보았던 것처럼 나도 그 아이들을 본 거라면? 실제로 그 아이들을 본 거라면? 앨리는 실제로 봤어. 나는 알아.*

다나는 삶에서 죽음으로 경계를 건너갔을 때 태드를 본 것이 위안이 되었다. 그 아이들도 내게 위안이 될까? 그럴 것 같지는 않았다. 그들에게 위안을 주던 사람은 떠났다. 나는 모르는 사람이었다. 나는…… 뭐였을까? 나는 그들에게 뭐였을까?

알고 싶지 않았다. 그들에게 쫓기고 싶지 않은데 사실 지금 쫓기고 있는 건지 모른다는 생각이…… 나를 밤새 잠 못 이루게 했다.

막 잠이 들려는 찰나 박자에 맞춰서 끼익대는 소리가 들렸다. 갑자기 시작됐고 그레그의 거실 천장에 달린 선풍기 소리인 척할 재간이 없었다. 바로 이 방 옆에 딸린 욕실이 진원지였던 것이다.

끼익 그리고 끼익 그리고 끼익.

오로지 인적이 드문 길 끝 집에 혼자 있을 때 느낄 수 있는 공포가 나를 찾아왔다. 하지만 다나가 아들을 위해 야구방망이 하나 가지고 광견병에 걸린 세인트버나드와 맞서 싸울 수 있었다면 나도 욕실을 들여다볼 수 있었다. 심지어 협탁 스탠드를 켜고 침대 밖으로 나오는데 그 소리가 내 상상일 수 있다는 생각까지 들었다. 엠비엔이 환각을 유발할 수 있다는 글을 어디에선가 읽은 적 있지 않나?

나는 욕실 문 왼쪽으로 걸어가 벽에 기대고 서서 입술을 깨물었다. 손잡이를 돌려서 문을 앞으로 밀었다. 이제 끽끽대는 소리가 전보다 더 커졌다. 널찍한 욕실이었다. 누군가가 그 안에서 유모차를 앞에서 뒤로, 앞에서 뒤로 밀고 있는 거였다.

나는 문지방을 넘으며 손 하나가 날아와 내 손을 덥석 잡는 건 아닌지 무서워서(우리 인간은 항상 이런 상태가 아닌가 싶다) 벌벌 떨었다. 더듬더듬 스위치를 찾아서 켜자 이삼 초밖에 안 됐겠지만 괴롭도록 길게 느껴지는 시간이 흐른 뒤에 불이 켜졌다. 천장에 달린 전등은 눈부시게 환한 형광등이었다. 대부분의 경우 불이 켜지면 한밤의 공포가 확실히 사라진다. 하지만 이번에는 아니었다. 내가 서 있는 위치에서는 아직 욕실 안쪽이 보이지 않았지만 반대편 벽에 비친 큼지막한 그림자가 앞뒤로 왔다 갔다 하는 것이 보였다. 그 빌어먹을 유모차라고 확신하기에는 그림자가 너무 두루뭉술했지만 그래도 나는 알았다. 그 아이들이 유모차를 밀고 있을까?

그렇지 않은 이상 유모차가 무슨 수로 여기에 있겠는가.

애들아, 나는 이렇게 부르려고 했지만 내 입에서 나온 것은 건조한 속삭임이 전부였다. 헛기침을 하고 다시 시도해 보았다. "애들아, 여긴 너희들이 있을 곳이 아니야. 여기서 너희를 반겨 줄 사람은 없어."

이렇게 말해 놓고 보니 예전에 내가 어둠을 무서워하는 아들에게 읽어 주었던 '괴물이 쓰는 말'의 싸가지 버전이었다.

"여긴 너희 욕실이 아니라 내 욕실이야. 여긴 너희 집이 아니라 내 집이고. 너희들이 있던 곳으로 돌아가."

그런데 거기가 어디일까? 팔메토 그로브 공동묘지에 묻힌 어린아이 크기의 관? 썩어 가는 그 아이들의 시신(썩어 가는 그 아이들의 유해가)이 저 유모차를 미친 듯이 앞뒤로 밀고 있을까? 그들의 죽은 살점을 바닥에 후두둑 떨어뜨려 가며?

끼익 그리고 끼익 그리고 끼익.

벽 위의 그림자.

나는 용기를 마지막 1그램까지 그러모아서 벽에 기대고 있던 몸을 움직여 문지방을 넘었다. 끽끽 대던 소리가 멈췄다. 버려진 유모차가 유리로 된 샤워부스 앞에 서 있었다. 이번에는 검은색 바지가 시트 위에, 검은색 재킷이 등받이 위에 펼쳐져 있었다. 영원히 입는 수의였다.

세속적인 방식으로는 설명이 안 되는 유모차의 등장에 경악한 내가 그 자리에 얼어붙은 채 빤히 쳐다보고 있는 동안 유모차 바퀴가 삐걱대는 소리가 덜거덕거리는 소리로 대체됐다. 처음에는 멀리서 들리는 소리인 것처럼 잔잔하다가 마른 뼈를 열 개도 넘는 바가지 안에 넣고 흔들고 있나 싶을 정도로 커졌다. 나는 샤워 부스에 고정돼 있던 시선을 돌려, 길고 깊고 멋들어진 프리 스탠딩 욕조를 보았다. 방울뱀이 가장자리까지 득시글거렸다. 내가 지켜보는 가운데 욕조 안에서 몸을 뒤틀며 룸바 춤을 추는 그 뭉치 안에서 손 하나가 간청하듯 솟구쳐 나를 향해 다가왔다.

나는 도망쳤다.

내가 정신을 차릴 수 있었던 건 그 유모차 때문이었다.

유모차가 그날 오전처럼 판석이 깔린 마당 한복판에 서 있는

데…… 한 가지 차이점이 있다면 오전의 햇빛이 아니라 보름에 가까워진 달빛으로 그림자가 드리워졌다는 것이었다. 나는 잠옷 대신 입는 운동복 반바지 차림으로 계단을 달려 내려오거나 테라스로 뛰쳐나온 기억이 없었다. 테라스로 뛰쳐나온 것도 다시 안으로 들어가는 길에 문이 열려 있는 걸 보고 그랬나 보다고 알게 된 사실이었다.

유모차는 그 자리에 그대로 두었다.

두려운 걸음을 옮겨 계단을 되짚어 올라가며 꿈을 꾼 거라고(마당의 유모차는 예외였다. 그 존재는 부인할 수 없었다) 속으로 중얼거렸지만 꿈이 아니라는 건 알았다. 환상도 아니었다. 초자연적인 존재의 방문이었다. 내가 렌터카에서 문을 잠그고 다음 날 아침까지 버티지 않은 유일한 이유가 있다면 방문이 끝났다는 선명한 예감 때문이었다. 그 집에는 다시 나 혼자가 됐다. 조만간 *아무도* 없는 빈집이 될 거라고 나는 속으로 중얼거렸다. 뉴베리포트의 멀쩡한 내 집으로 돌아갈 수 있는데 래틀스네이크 키에 더는 머무르고 싶지 않았다. 내 집에 유령이 있다면 죽은 아내에 얽힌 기억뿐이었다.

예상했던 대로 욕실에는 아무것도 없었다. 욕조에 방울뱀도 없었고 인조 대리석 바닥에 바퀴 자국도 남지 않았다. 나는 갤러리로 가서 유모차도 사라졌길 바라며 마당을 내려다보았다. 그런 행운은 없었다. 유모차는 달빛을 맞으며 그곳에 장미처럼 생생하게 서 있었다.

그나마 밖에 있으니 다행이었다.

나는 다시 침대에 누웠고 믿거나 말거나 잠이 들었다.

아침에 일어나 보니 유모차는 여전히 그 자리를 지키고 있었고 이번에는 시트에 똑같이 생긴 흰색 반바지가 놓여 있었다. 하지만 가까이 다가가서 보니 반바지가 완전히 똑같지는 않았다. 한쪽은 다리의 얇은 줄무늬가 빨간색이었고 다른 쪽은 파란색이었다. 티셔츠에는 똑같이 생긴 까마귀가 그려져 있었는데, 한쪽은 이름이 헤클이고 다른 쪽은 제클이었다. 그걸 앨리 벨의 집으로 다시 가져다 놓을 생각은 없었다. 광고업계에서 구른 시간이 워낙 많다 보니 헛수고가 될 만한 일은 보면 알았다. 그래서 대신 내 차고에 넣었다.

환하게 날이 밝자 간밤의 일이 꿈처럼 느껴졌는지(제자리에 가만히 있질 못하는 유모차는 논외로 하고 말이다) 궁금해할 사람도 있을지 모르겠다. 답은 간단하다. 아니었다. 나는 끼익대는 소리를 들었고, 쌍둥이가 거의 웬만한 아파트의 거실 크기인 그 욕실에서 유모차를 미친 듯이 앞뒤로 흔들어 대는 것을 그림자로 보았다. 뱀으로 가득한 욕조도 보았다.

기다렸다가 9시가 되자 델타항공에 전화했다. 모든 직원이 통화 중이니 잠시 기다려 달라는 녹음된 메시지가 흘러나왔다. 나는 기다리다가 혼수상태에 빠진 100개의 현이 연주하는 「스테어웨이 투 헤븐」이 흘러나오자 포기하고 아메리칸항공으로 갈아탔다. 똑같은 현상이 벌어졌다. 제트블루도 마찬가지였다. 사우스웨스트에서는 목요일에 클리블랜드로 가는 비행기가 있지만 보스턴 연결 항공편은 예정에 없다고 했다. 바뀔 수도 있지만 확실하지 않다고 했다. 코로나 바이러스 덕분에 모든 게 미쳐 돌아가고 있었다.

나는 클리블랜드행 비행기를 예약했다. 연결 항공편이 없으면 차를 렌트해 보스턴까지 가고 거기서 우버를 타고 뉴베리포트로 가면 될 것이었다. 예약을 마치자 9시 30분이었다. 내 차고에 방치돼 있는 유모차가 몹시 신경이 쓰였다. 마치 뜨거운 돌멩이가 주머니 안에 들어 있는 것 같았다.

휴대 전화로 허츠 사이트에 접속하자 대기 상태가 풀릴 줄 몰랐다. 에이비스와 엔터프라이즈도 마찬가지였다. 버짓은 직원이 전화를 받았지만 컴퓨터로 조회하더니 클리블랜드에서 편도로 쓸 수 있는 렌터카가 없다고 했다. 암트랙과 버스가 남았지만 그 무렵 나는 부아가 치밀었고 전화기를 들고 있는 것도 지긋지긋해졌다. 유모차, 티셔츠, 어린아이 사이즈의 검은색 수의만 계속 생각났다. 뜨거운 8월의 햇살이 도움이 됐어야 하는데 그렇지가 않았다. 선택지가 줄수록 그레그의 집과, 같은 블록에 있는 앨리 벨의 집에서 떠나고 싶은 마음(떠나야 한다는 생각)이 커졌다. 조용한 멕시코만 옆에서 마음을 추스르기에 알맞은 공간으로 느껴졌던 곳이 이제는 감옥 같았다.

나는 커피를 내리고 주방을 왔다 갔다 걸으며 어떻게 하면 좋을지 생각해 보려고 했지만 유모차(끼익)와 서로 같은 티셔츠(끼익)와 검은색 수의(끼익)만 머릿속에서 어른거렸다. 관도 서로 같았다. 흰색에 금색 손잡이가 달렸다. 나는 이것도 알았다.

블랙으로 커피를 마시는데 또 다른 깨달음이 찾아왔다. 한밤중의 방문은 끝났을지 몰라도 유령의 출몰은 여전히 진행 중이라는 것이었다.

목요일. 나는 거기에 집중했다. 적어도 목요일에는 비행기를 타고 클리블랜드까지 갈 수 있었다. 앞으로 사흘 뒤였다.

그때까지 다른 데 가 있자. 그 정도는 할 수 있잖아. 안 그래?

처음에는 할 수 있을 거라고 생각했다. 식은 죽 먹기라고. 휴대 전화를 집어서 검색해 보니 팜 빌리지에 배리스 리조트 호텔이 있길래 전화했다. 사흘 동안 묵을 수 있는 객실이 당연히 있겠지? 올여름에는 여행객이 거의 없다고 뉴스에서도 그랬잖아? 아니, 거기서 나를 (끼익) 두 팔 벌려 맞이할지 몰라!

짧고 간단한 자동 응답 메시지가 나를 맞이했다. "배리스 리조트 호텔에 전화해 주셔서 감사합니다. 저희 호텔은 별도 공지가 있을 때까지 영업을 중단합니다."

베니스에 있는 홀리데이 인 익스프레스에 전화하자 영업은 하고 있지만 신규 투숙객은 받지 않는다고 했다. 새러소타에 있는 모텔 6는 아예 전화조차 받지 않았다. 최후의 보루 삼아(호텔이 보루는 아니지만…… 끼익!) 브레이든턴에 있는 데이스 인에 전화했다. 객실이 있다고 했다. 체온 검사를 통과하고 마스크를 착용하면 방을 예약할 수 있다고 했다. 브레이든턴까지는 65킬로미터였고 카운티 두 개를 지나야 했지만 그래도 나는 방을 예약했다. 그런 다음 짐을 싸기 전에 머리를 식힐 겸 밖으로 나갔다. 차고를 지나서 나갈 수도 있었지만 테라스 쪽을 선택했다. 유모차를 보고 싶지 않았고 삐걱대는 바퀴에 기름칠하는 건 두말하면 잔소리였다. 쌍둥이들이 싫어할지 몰랐다.

내가 풀장 옆에 서 있었을 때 여름의 태양을 맞고 눈부시게 반짝이는 F-150 픽업트럭이 진입로를 달려와 그 빌어먹을 유모차가 두 번서 있었던 마당의 그 자리에 정확히 멈추어 섰다. 트럭에서 내린 남자는 앵무새가 그려진 트로피컬 셔츠에 아주 큼지막한 카키색 반바지를 입고, 플로리다의 걸프 해안에서 평생 살았던 사람만 소화할 수 있는 스타일의 밀짚모자를 쓰고 있었다. 햇볕에 그은 얼굴에는 주름이 깊게 파였고 정말이지 엄청난 팔자 모양의 콧수염을 길렀다. 그가 나를 보고 손을 흔들었다.

나는 테라스에서 마당으로 계단을 내려가며 벌써 손을 내밀고 있었다. 그를 만나서 기뻤다. 덕분에 머릿속에서 반복되던 고리가 끊겼다. 아무라도 만나면 그랬을 테지만 나는 이 사람이 누군지 알 것 같았다. 슈퍼 할배였다.

그는 내 손을 잡는 대신 팔꿈치를 내밀었다. 나는 이제는 이것이 뉴노멀이라는 생각을 하며 내 팔꿈치로 그의 팔꿈치를 쳤다. "앤디 펠리입니다. 트렌턴 씨 되시죠?"

"그렇습니다."

"코로나는 안 걸리셨죠, 트렌턴 씨?"

"네. 펠리 씨는요?"

"제가 아는 한 아주 깨끗합니다."

나는 바보처럼 함박웃음을 짓고 있었는데 왜 그랬을까? 그를 만나서 기뻤기 때문이었다. 검은색 수의와 흰색 관과 삐걱대는 바퀴를 잊을 수 있어서 너무 기뻤기 때문이었다. "펠리 씨, 누굴 닮았는지 아세요?"

"어휴, 알다마다요. 어딜 가든 그 얘기 들어요." 그러고는 콧수염 아래로 미소를 짓고 눈을 반짝이며 그럴듯하게 윌퍼드 브림리 흉내를 냈다. "퀘이커 오츠! 이게 정답이죠!"

나는 깔깔대며 웃었다. "완벽해요! 똑같아요!" 나는 수다스럽게 종알거렸다. 어쩔 도리가 없었다. "아주 훌륭한 광고였죠. 나는 알아요. 왜냐하면……"

"왜냐하면 광고업계에서 일을 했었기 때문이죠." 그는 여전히 미소를 머금고 있었지만 그 파란 눈이 반짝거린 이유는 내가 잘못 짚었다. 그건 사실 재는 눈빛이었다. 경찰의 눈빛이었다. "샵 시리얼스 광고를 진행하셨죠?"

"오래전 일이죠." 나는 대답하고 속으로 생각했다. *이 사람이 나를 인터넷에서 검색했어. 나를 조사했어. 왜 그랬는지 이유를 모르겠네. 혹시 나를……*

"몇 가지 여쭤볼 게 있는데요, 트렌턴 씨. 안으로 들어갈까요? 이 밖은 끔찍하게 덥네요. 한랭전선은 파란색 스웨이드 구두처럼 사라진 모양이에요."

"그러게요. 그리고 빅이라고 불러 주세요."

"빅, 빅, 알겠습니다."

나는 그를 테라스로 안내하려고 했지만 그가 이미 차고로 걸음을 옮기고 있었다. 그는 유모차를 보고 걸음을 멈췄다.

"흠. 프레스턴 제인 말로는 선생님이 벨 부인의 차고로 유모차를 다시 가져다 놨다고 하던데요."

"그랬죠. 그런데 누가 여기로 옮겨 놓았어요. 또다시." 나는 왜 그러는지, 유모차가 왜 나를 졸졸 따라다니는지, 왜 악취처럼 따라다니는지 (악취는 끽끽대는 소리를 내지 못할 테지만) 이유를 모르겠다고 다시 조잘조잘 늘어놓고 싶었지만, 햇볕 때문에 잔주름이 생긴 그의 눈이 재는 눈빛으로 바뀌는 걸 보고 가만히 있었다.

"흠. 이틀 밤 연속이라니. 와우."

그의 눈빛은 그게 얼마나 있을 법하지 않은 일이냐고 말하며 내가 거짓말을 하는 건 아닌지, 거짓말을 하는 이유가 있거나 숨기고 싶은 게 있는 건 아닌지 물었다. 거짓말은 아니었지만 내게 숨기고 싶은 게 있긴 했다. 왜냐하면 나는 미친 사람으로 치부되고 싶지 않았다. 심지어 앨리 벨, 그 유명한 '요주의 인물'의 죽음과 연관성이 있는 사람으로 간주되고 싶지 않았다. 하지만 그건 말도 안 되는 걱정이었다. 그렇지 않나?

"안으로 들어가서 에어컨 바람을 좀 쏘이면 어떨까요, 빅?"

"그래요. 커피도 내려 놓았으니 혹시……"

"아뇨, 요즘은 커피를 마시면 바로 배탈이 나서요. 대신 시원한 물한 잔 주시면 감사하겠습니다. 가능하면 얼음을 넣어서요. 어디 편찮으신 건 아니죠? 얼굴이 조금 핼쑥해서요."

"아니에요." 그가 생각하는 그쪽 방향으로는 멀쩡했다.

펠리는 안전 제일주의자였다. 안으로 들어가자마자 그 넉넉한 반바지에서 마스크를 꺼내서 썼다. 나는 그에게 얼음물을 주고 내 몫으로 커피를 좀 더 따랐다. 나도 마스크를 쓸까 하다 관두기로 했다. 그에게 내 얼굴을 전부 보여 주고 싶었다. 우리는 식탁에 앉았다. 그는 물을 마실 때마다 마스크를 내렸다가 다시 썼다. 콧수염 때문에 마스크가 불룩 튀어나왔다.

"선생님께서 벨 부인을 발견하셨다고요. 충격이 크셨겠습니다."

"맞아요." 함께 있을 사람이 생겼다는(유령이 출몰하는 대저택에 다른 인간이 찾아왔다는) 위안이 경계로 바뀌었다. 이 남자는 캐너밴이 10-42라고 부르는 클럽의 멤버일지 몰라도 제인 말이 맞았다. 예리했다. 예의상 지나가다가 들른 게 아니라 나를 취조하러 온 것 같았다.

"어떤 일이 벌어졌고 내가 어쩌다 부인을 발견했는지 기꺼이 설명할 수 있지만 경관님이 여기까지 오셨고 하니 묻고 싶은 게 한 가지 있는데요."

"아, 그러세요?" 그 눈이 내 눈을 똑바로 쳐다보고 있었다. 웃을 때 생기는 잔주름이 눈가에서 사방으로 자리 잡고 있었지만 지금은 미동도 없었다.

"제인 경관님 말로는 경관님이 오래전부터 여기서 지내셨다고 하던데요."

"호랑이 담배 피우던 시절부터였죠." 그는 물을 마시고 농사꾼처럼 큼지막한 손으로 수염을 닦은 다음 다시 마스크를 썼다.

"벨 부인의 쌍둥이가 방울뱀에 물려서 죽었다는 건 압니다. 내가 궁금한 건 사냥대가 무슨 수로 그 녀석들을 제거했느냐는 거예요. 혹시 아십니까?"

"아, 알다마다요." 처음으로 그가 긴장을 푸는 눈치를 보였다. "알수밖에 없죠, 저도 그 뱀 사냥대의 일원이었으니까요. 당직 근무자를 제외하고는 이 카운티의 모든 경찰이 합류했고 다른 민간인 남자 여럿, 심지어 여자도 몇 있었어요. 다 합해서 100명은 됐을 겁니다. 더 됐을 수도 있고요. 섬에서 벌이는 일반적인 사냥 축제 같지만 아무도 신나게 즐기지 않았죠. 폭염이라 오늘보다 날이 훨씬 더웠지만 다들 장화를 신고 긴 바지에 긴 소매 셔츠를 입고 장갑을 끼고 지금 내가 쓰고 있는 것과 비슷한 마스크를 썼어요. 그리고 베일도요."

"베일이요?"

"어떤 사람은 양봉업자가 쓰는 베일을, 또 어떤 사람들은 여자들이 일요일에 쓰는 모자에 달린 그런 것, 튤이라고 하죠, 아마? 그런 것으로 만든 베일을요. 옛날에는 여자들이 그런 모자를 썼죠. 왜 그랬는가 하면……" 그가 몸을 앞으로 내밀고 내 눈을 똑바로 쳐다보자 아까보다 더 윌퍼드 브림리를 닮아 보였다. "뱀이 가끔 머리를 쳐들고 달려들 때도 있거든요. 겁이 잔뜩 나면요. 그럼 그 독을 몸에 주입하는 게 아니라 사방으로 뿌려요. 그게 눈에 들어가면……" 그는 손을 흔들었다. "뇌까지 금방이에요. 안녕히 주무세요, 행운을 빕니다죠." 그러고는 곧바로. "밤손님이 벨 부인의 뱀 잡는 막대까지 다시 가져다 놓았더군요."

내 허를 찌르려고 꺼낸 말이었고 그의 의도는 성공을 거두었다. "네?"

"차고 뒷벽에 기대어져 있던데요." 그의 시선은 내 눈에 고정된 채 내가 시선을 돌리거나 다른 단서를 흘리길 기다렸다. 나는 그의 시선을 피하지는 않았지만 눈을 깜빡였다. 어쩔 도리가 없었다.

"그건 못 보신 모양이네요."

"그러…… 게요. 아무래도…….'' 나는 뭐라고 말문을 맺으면 좋을지 알 수 없었기에 그냥 어깨를 으쓱했다.

"손잡이에 달린 조그만 은색 링을 보고 한눈에 알아보았죠. 부인이 적어도 이 섬에서는 어딜 가든 그 막대를 들고 다녔거든요. 래틀스네이크로는 물론이고 회전문 너머 빌리지에 사는 사람들도 대부분 그걸 알았어요."

"그리고 유모차도요."

"네, 부인은 유모차를 밀고 다니는 걸 좋아했죠. 가끔 거기다 대고 말도 걸었고요. 세상을 떠난 아들들한테요. 저도 그러는 걸 본 적 있어요."

"나도요."

그는 기다렸다. 나는 어젯밤에는 그 유모차가 이 집 욕실에 있었고 죽은 쌍둥이가 그걸 밀고 있었어요, 라고 할까 고민했다.

"뱀에 대해서 물으셨죠." 그는 물을 마시고 오므린 손으로 수염을 닦았다. 다시 마스크를 썼다. "1982년인가 83년의 뱀 사냥 대작전. 정확한 연도는 찾아봐야겠어요. 혹시 선생님이 이미 찾아보셨나요?"

나는 고개를 저었다.

"음, 뱀 잡는 막대가 없는 사람들은 야구방망이, 카펫 먼지털이, 테니스 라켓을 들고 나왔어요. 온갖 것들을요. 관목숲을 헤칠 수 있게. 그리고 그물도. 이 일대에서 그물이라면 차고 넘치죠. 서해안의 섬들이 다 좁은데 이 섬은 유난히 좁거든요. 이쪽에는 멕시코만이, 저쪽에는 칼립소만이 있고요. 가장 넓은 곳이 이 끝에서 저 끝까지 550미터밖에 안 되는데, 거기가 바로 선개교 아래쪽이에요. 남쪽에서 건물들이 지어지기 시작했을 때 뱀들이 이동한 이쪽 끝은 그 절반 정도 돼요. 이 집에서 멕시코만과 칼립소만이 양쪽 다 보이죠?"

"네, 옆마당에서요."

"이 집은 그때 있지도 않았어요. 팔메토 야자수와 비치 나우파카(뱀들이 그걸 좋아했어요)와 허접한 소나무뿐이었지. 그리고 이름도 모르겠는 관목들. 우리는 멕시코만에서 칼립소까지 일렬로 서서 관목숲을 때리고 그물로 바닥을 쓸고 땅을 두드리며 북쪽으로 전진했어요. 뱀들이 소리는 잘 못 듣지만 진동은 느끼거든요. 녀석들은 우리가 온다는 걸 알았어요. 나뭇잎, 특히 나우파카가 흔들리는 걸 보면 그렇다는 걸 알 수 있었죠. 녀석들에게는 지진 같았을 거예요. 나무가 더 이상 자라지 않는 이 섬 끝에 다다르니 녀석들이 보이더군요. 그 새끼들이 온 *사방*을 덮고 있었어요. 땅이 움직이는 것 같더라고요. 믿을 수가 없었어요. 그리고 그 덜거덕거리는 소리. 아직도 귓전에 생생해요."

"바가지에 담긴 마른 뼈 같았죠?"

그는 나를 똑바로 쳐다보았다. "맞아요. 그걸 어떻게 아세요?"

"프랭클린 공원 동물원에서 봤거든요." 나는 태연한 얼굴로 거짓말을 했다. "보스턴에 있는 동물원이에요. 그리고 아시다시피 자연 다큐멘터리에서도요."

"뭐, 훌륭한 비유네요. 단지 수십 개, 어쩌면 수백 개의 바가지와 묘지 전체가 뼈로 가득했을 뿐이죠."

나는 그레그의 큼지막한 욕조를 떠올렸다. 그리고 꿈틀거리는 뭉치 안에서 손 하나가 솟구쳤던 것을 떠올렸다.

"이 섬의 북쪽 끝에 가 보신 적 있나요, 빅?"

"마침 요전 날 거기까지 걸어갔다 왔어요."

그는 고개를 끄덕였다. "뱀 사냥 이후로 거기에 발을 들인 적은 없지만 낚시하러 나선 길에 숱하게 보기는 했죠. 이 섬이 지난 40여 년 동안 많이 달라졌고 끔찍한 것들이 지어졌지만 북쪽 끝은 예나 지금이나 똑같아요. 한쪽으로 기운 거대한 삼각형 모양의 조개껍데기 해변, 맞죠?"

"맞아요."

그는 고개를 끄덕였다. 마스크를 내렸다. 물을 한 모금 마셨다. 마스크를 다시 썼다.

"뱀들이 막판에 몰린 곳이 거기였어요. 데이라이트 패스 말고는 갈 데가 없는 거기서 물을 등지고 있었죠. 다만 뱀들은 온몸이 등이라고 해야겠지만요. 2천 제곱미터 너비의 해변이 녀석들로 뒤덮였어요. 녀석들이 꼬리를 흔들며 움직이는 게, 언뜻이라면 모를까 조개껍데기가 전혀 보이지 않을 정도였죠. 녀석들은 서로의 몸뚱이를 올라타며 꿈틀거리기도 했어요. 녀석들의 독을 모두 합하면 탬파 인구 절반을 죽일 수도 있었을 거예요.

팜 빌리지 소방서에서 그리고 또 노코미스에서 41번 고속도로를 타고 소방관들이 여럿 출동했어요. 체구가 건장한 친구들이었죠. 그래야 했던 것이, 75리터짜리 화재 진압용 물통을 짊어지고 있었거든요. 전에는 인디언 펌프라고 불렸던 거요. 이 일대에서 자주 나는 산불 진압용 도구인데 그날은 그 안에 물이 들어 있지 않았어요. 등유로 가득 채웠지. 우리가 바다 바로 앞까지 뱀을 몰았을 때(옆길로 샌 뱀들이 그 뒤로도 몇 달 동안 보이긴 했지만요) 그 친구들이 그 위로 아주 제대로 기름을 뿌렸어요. 그런 다음 내 친구 제리 갠트가, 오래전에 죽은 팜 빌리지 소방서장인데요, 벤조매틱 프로판 토치에 불을 붙여서 던졌어요. 그 방울뱀들이 장막처럼 번진 불길에 휩싸였는데 냄새가…… 어휴, 어찌나 지독했던지 옷에 밴 냄새를 없앨 수가 없을 정도였어요. 저뿐 아니라 모두 다. 빨아도 소용이 없어서 뱀처럼 옷들도 태워야 했죠."

그는 물잔을 쳐다보며 잠깐 아무 말도 하지 않았다. 조만간 정신을 차릴 테지만 그는 지금은 딴 세상에서 불길에 휩싸인 방울뱀을 보고 불길 속에서 온몸을 비트는 녀석들의 지독한 냄새를 맡고 있었다.

"듀마가 아직 멀쩡했을 때라 몇 마리는 거기로 헤엄쳐 갔어요. 건너가는 데 성공한 녀석도 있을지 모르지만 대부분 물에 빠져 죽었죠. 칼립소만에서 흘러 들어온 물과 멕시코만에서 흘러 들어온 물이 만나서 소용돌이치는 지점을 보셨는지 모르겠지만……"

"봤어요."

"그 소용돌이…… 그 회오리가…… 듀마 키가 있었을 때는 더 심했거든요. 물이 거기를 통과하면서 훨씬 더 거세어져서. 바다가 빙글빙글 도는 그 지점은 수심이 5미터는 될 거예요. 그보다 더 깊을 수도 있고. 게다가 그날 썰물이 들어서 칼립소만에서 쏟아져 들어오는 물의 양이 더 많았어요. 뱀들이 그 소용돌이에 걸려서 빙글빙글 도는데, 아직 불길에 휩싸인 녀석들도 있었어요. 그게 1980년대에 있었던 뱀 사냥 대작전의 전말이랍니다."

"엄청난 이야기네요."

"이제 선생님의 이야기를 들어 봅시다. 어쩌다 앨리타 벨을 알게 됐고 어쩌다 부인을 발견했는지."

"부인과는 전혀 모르는 사이였고 겨우 두 번 만난 게 다예요. 그러니까 살아생전에는요. 두 번째 만난 날에는 부인이 오트밀 건포도 쿠키를 가져다주었어요. 바로 이 식탁에서 몇 개 같이 먹었죠. 우유랑 같이. 내가 쌍둥이들에게 인사도 했어요."

"오, 그래요?"

"정신 나간 소리처럼 들릴지 몰라도 그때는 그렇게 느껴지지 않았어요. 예의상 그래야 할 것 같았어요. 왜냐하면 다른 모든 면에서는 부인이 100퍼센트 정상인 것처럼 보였거든요. 심지어……" 나는 기억을 더듬으며 미간을 찌푸렸다. "자기도 애들이 거기 없는 거 안다고 했어요."

"흠."

하지만 있기도 하다고 하지 않았나? 그런 것 같지만 정확히 기억이 나지 않았다. 만약 그랬다면 그녀의 말이 맞았다. 이제는 나도 그렇다는 걸 알겠다.

"그리고 누군가가 그 유모차를 여기 가져다 놓았단 말이죠. 한 번도 아니고 두 번이나."

"네."

"하지만 선생님은 아무도 보지 못했고요."

"네."

"아무 소리도 못 들으셨고요."

"네."

"센서등이 켜지는 것도 못 느끼셨나요? 애커먼 씨가 센서등을 설치한 거 알거든요."

"네,"

"뱀 잡는 막대를 들고 오지도 않으셨고요?"

"네."

"어쩌다 부인을 발견하셨는지 말씀해 주시죠."

나는 설명하고 조개껍데기를 던져(여러 개 던진 것 같은데 흥분했던 터라 지금은 확실하지 않았다) 그녀의 시신으로 접근하려는 콘도르를 내쫓았다는 이야기까지 했다. "전부 제인과 캐너밴 경감님에게 얘기했어요."

"압니다. 보고서에 적혀 있더군요. 유모차가 두 번째로 등장한 것만

빼고요. 그건 새로운 정보라 하겠습니다."

"그 부분에 있어서는 내가 도움이 못 되겠네요. 자는 동안에 벌어진 일이라."

"흠." 그는 마스크를 내렸다. 남은 물을 모두 마셨다. 다시 마스크를 썼다. "피터 이토에게 들었는데 9월까지 여기 계실 생각이라면서요, 트렌턴 씨."

나는 그가 이토 씨와 대화를 나누었다는 대목을 놓치지 않았다. 나를 다시 트렌턴 씨라고 부른 대목도 놓치지 않았다.

"생각이 바뀌었어요. 죽은 여자가 콘도르들에게 쪼이는 광경을 봤더니 그렇게 되네요. 오늘 밤에 브레이든턴 데이스 인에 객실을 예약했고 목요일에 비행기를 타고 탬퍼에서 클리블랜드로 가려고 해요. 거기서부터 매사추세츠에 있는 내 집까지는 교통편이 미정이에요. 지금 미국이 미쳐 돌아가고 있어서요."

미쳐 돌아가다. 이 단어가 내 의도보다 훨씬 강하게 튀어나왔다.

"전 세계가 미쳐 돌아가고 있죠." 펠리가 말했다. "그나저나 여름에 여긴 왜 오신 겁니까? 디즈니 월드 무료 쿠폰을 받지 않은 이상 대부분 여름에는 여길 피하는데요."

그가 피터 이토와 대화를 나누었다면 분명 이유를 알고 있었을 것이었다. 그렇다, 이건 취조였다. "얼마 전에 아내가 세상을 떠났어요. 마음을 정리하려고 노력하는 중입니다."

"그래서…… 어떻습니까? 이제는 좀 정리가 되신 것 같습니까?"

나는 그를 똑바로 쳐다보았다. 이제는 내 눈에 그가 윌퍼드 브림리처럼 보이지 않았다. 골칫덩어리처럼 보였다.

"무슨 일로 이러는 겁니까, 부보안관님? 아니, 펠리 씨라고 불러야 할까요? 퇴직하셨으니까요?"

"완전히 퇴직한 건 아닙니다. 형사는 아니지만 파트타임 부보안관으로 열심히 활약하고 있거든요. 아무튼 예약한 비행기는 취소하셔야겠습니다." *비행기*라는 단어를 살짝 강조하는 것처럼 들린 게 맞을까? "결제 취소가 될 겁니다. 모텔 객실도요. 빌리지에 있는 배리스까지는 가셔도 무방합니다만……"

"배리스는 문을 닫았어요. 연락해 봤다고요. 무슨 일로……"

"그래도 벨 부인의 검시가 완료될 때까지 그냥 여기 계시면 저로서는 좀 더 좋겠습니다. 그러니까 트렌턴 씨, 카운티 보안관실로서는 좀 더 좋겠다는 말씀이죠."

"나를 막을 수 없을 거라고 보는데요."

"저라면 그 짐작이 맞을지 시험해 보지 않겠습니다. 그냥 좋은 뜻에서 드리는 충고예요."

그때 그 소리가 희미하지만 분명하게 들렸다. *끼익 그리고 끼익 그리고 끼익.*

나는 아니라고 속으로 중얼거렸다. 말도 안 된다고 속으로 중얼거렸다. 내가 「고자질하는 유모차」*의 주인공은 아니라고 속으로 중얼거렸다.

"다시 묻겠습니다, 펠리 씨…… 아니, 펠리 부보안관님…… 무슨 일로 이러는 겁니까? 누가 보면 부인이 살해당했고 내가 용의자인 줄 알겠어요."

펠리는 꿈쩍하지 않았다. "검시를 해 보면 부인이 어떤 식으로 사망했는지 밝혀지겠죠. 그러면 선생님도 곤경을 면할 수 있을 테고요."

"내가 곤경에 처한 줄 전혀 몰랐네요."

---

* 에드거 앨런 포의 단편소설 중에 「고자질하는 심장」이 있다.

"무슨 일로 이러는 건지 설명하자면 문제가 복잡해진다고 할 수 있겠습니다만 이것 때문이에요. 오늘 오전 6시에 부인의 집에 들어가 보니 식탁에 이게 있더군요."

그는 휴대 전화를 만지작거리더니 내게 건넸다. 하얀 사무용 봉투를 찍은 사진이었다. 위에 깔끔하고 둥글둥글한 글씨체로 이렇게 적혀 있었다. *사망시 개봉 요망 그리고 앨리타 마리 벨.*

"입구를 봉하지 않았길래 열어 보았죠. 다음 사진으로 넘겨 보세요."

나는 다음 사진으로 넘겨 보았다. 봉투 안에 담긴 메모의 글씨체도 똑같이 깔끔하고 둥글둥글했다. 그리고 맨 위에 적힌 날짜가……

"작성된 날짜가 같이 우유와 쿠키를 먹은 다음 날이에요!"

삐걱대는 소리가 아래쪽, 차고에서 들렸다. 그리고 포의 소설에 나오는 경관처럼 펠리는 그 소리를 듣지 못하는 듯했다. 하지만 그는 나이가 많아서 가는 귀가 먹었을지 몰랐다.

"그렇습니까?"

"네, 둘이서 잠깐 대화도 나눴어요." 앨리가 제이크와 조를 그레그의 서재로 보내 거기서 놀게 했는데, 나중에 들어가 보니 장난감 자동차가 담긴 등나무 바구니가 엎어져 있더라는 말은 하지 않을 것이었다. 이 눈빛이 예리한 (하지만 귀는 잘 안 들리는) 남자에게 절대 하지 않을 이야기가 있다면 그거였다. 쌍둥이들과 직접 대화 비슷한 걸 나누었다는 말도 하지 않을 것이었다. *안녕, 제이크. 안녕, 조, 반가워!*

나는 노부인의 애틋한 환상에 악의 없이 동조했을 뿐이었다. 내가 생각하기로는 그랬다. 하지만 유령에게 언제 또는 어쩌다 문을 열어 주었는지 어느 누가 알 수 있을까?

"아래에 뭐라고 적혔는지 읽어 보세요."

나는 읽어 보았다. 짧았고 구어체였다.

이것이 나의 마지막 유언장이자 유서고 이로써 이전에 작성한 모든 유언장은 철회합니다. 이전에 작성한 유언장이 없으니 실없는 발언이지만요. 나는 육체는 다소 불안할지언정 정신은 건강합니다. 이 집, 퍼스트 선 트러스트 은행 계좌, 빌딩 더 퓨처 LLC에 개설한 투자 계좌, 다른 모든 재산을 현재 래틀스네이크로 1567번지에 거주 중인 **빅터 트렌턴**에게 남깁니다. 내 변호사는 이 유언장 작성에 관여하지 않았지만 팜 빌리지의 네이선 러더퍼드입니다.

서명,

앨리타 마리 벨

그 아래에 다른 글씨체로 서명이 하나 더 있었다. *로베르토 M. 가르시아, 증인.* 나는 차고에서 들리던 삐걱대는 소리를 잊었다(그 소리가 멎었을 수도 있었다). 그녀의 유서(달리 표현할 단어가 없었다)를 다시 한번 읽었다. 세 번째로 읽었다. 그런 다음 펠리의 휴대 전화를 필요 이상으로 세 게 식탁 위로 밀어서 보냈다. 그는 까무잡잡하고 쭈글쭈글한 손으로 하키 퍽을 막듯 전화기를 막았다.

"어이가 없네요."

"그렇게 생각하신다는 말씀이죠?"

"부인을 만난 게 딱 두 번이었어요. 시신을 발견했을 때를 합하면 세 번이요."

"부인이 선생님에게 전 재산을 남긴 이유를 전혀 모르시겠습니까?"

"네. 그리고 아, 그…… 그 편지는…… 법정에서 효력이 없을 거예요. 부인의 친척들이 노발대발할 테니까요. 하지만 그럴 필요 없을 겁니다. 내가 깨끗하게 포기할 테니까요."

"로베르토 가르시아는 플랜트 월드 사장입니다. 그 업체에서 부인의 집 조경을 맡았죠."

"네, 그 집 진입로에 업체 트럭이 서 있는 걸 봤어요."

"보비도 호랑이 담배 피우던 시절부터 여기서 지냈어요. 그가 부인이 그걸 쓰는 걸 봤다고 하면 믿을 수밖에요. 그에게 이미 물어보았는데 맞는다고, 보았다고 했어요. 자기가 서명할 때 부인이 손으로 덮고 있어서 뭐라고 썼는지는 못 봤지만요."

"그런다고 달라지는 건 없어요." 이 말은 정상적으로 나왔지만 노보카인 마취제라도 맞은 것처럼 내 온몸의 감각이 없었다. 희한하기 짝이 없었다. "이 변호사가 부인의 친척들에게 연락해서……"

"네이트 러더퍼드하고도 대화를 마쳤죠. 그도 저와 알고 지낸 것이……"

"호랑이 담배 피우던 시절부터였겠죠, 네. 그동안 바쁘셨네요, 펠리부보안관님."

"여기저기 돌아다녔죠." 그는 이렇게 말하며 뿌듯한 기색을 감추지 않았다. "그가 벨 부인의 변호사로 일한 것도……" 그는 다시 호랑이 담배 피우던 시절부터라고 할까 고민하다가 이제 그만 쓰기로 마음먹은 눈치를 보였다. "……수십 년째예요. 벨 부인의 남편과 아이들이 세상을 떠난 뒤로 모든 일을 도맡아서 처리하다시피 했죠. 부인은 상심으로 이른바 탈진 상태였으니까요. 그런데 그거 아십니까? 그의 말로는 부인에게 친척이 한 명도 없다네요."

"친척이 없는 사람이 어디 있나요. 다나도, 세상을 떠난 내 아내예요, 그녀도 자기 집안의 역사가 메리 스튜어트 때로 거슬러 올라간다고 했어요. 메리 스튜어트가 누구인가 하면……"

"스코틀랜드 여왕이죠. 나도 왕년에 학교 다녔습니다, 트렌턴 씨. 모든 전화기에 다이얼이 달렸고 자동차에 안전벨트가 없던 시절에요. 네이트에게 부인의 유산이 모두 합해서 얼마나 되느냐고 물었더니 답변을 거부하더군요. 하지만 멕시코만에서 칼립소만까지의 금싸

라기 땅을 감안하면 제법 두둑할 겁니다."

나는 일어나 커피 컵을 헹구고 물로 채웠다. 그렇게 생각할 시간을 벌었다. 귀도 기울여 보았지만 유모차 소리는 들리지 않았다.

나는 다시 식탁으로 돌아가서 앉았다. "지금 내가 부인을 어찌어찌 꼬드겨서 날림으로 유언장을 작성하게 하고…… 그런 다음…… 부인을 죽였다는 겁니까?"

그는 구멍을 뚫을 듯이 내 눈을 노려보았다. "저는 그렇게 말씀드린 적이 없는데요, 트렌턴 씨. 하지만 선생님께서 말씀을 꺼내셨으니…… 혹시 그러셨나요?"

"설마요! 부인과는 두 번 대화를 나눈 게 전부였어요! 부인의 환상을 거들었을 뿐이에요! 그리고 나서 부인의 시신을 발견했고요! 사인은 아마 심장 마비일 거예요, 부인이 부정맥이 있다고 했거든요."

"네, 저도 아니었을 거라고 생각합니다. 그렇게 생각했다면 정식으로 진술서를 작성하겠다고 했겠죠. 하지만 이제 저의, 그리고 우리 보안관실의 입장이 이해가 되지 않으십니까? 부인은 사망 직전에 이른바 자필 유언장을 작성하고 증인의 서명까지 받았는데, 알고 보니 부인의 시신을 발견한 사람, 그것도 *외부인*이 수혜자란 말이죠."

"부인이 애들 말고 다른 부분에서도 제정신이 아니었던 모양이죠." 이렇게 중얼거리고 나니 나도 모르게 제인 경관이 말했던 노래를 떠올리게 됐다. 「델타 돈」.

"그럴 수도 있고 아닐 수도 있죠. 아무튼 지금 이 순간에도 검시가 진행 중일 겁니다. 끝나면 뭔가 밝혀지겠죠. 그리고 두말하면 잔소리지만 선생님이 검시 심문에서 증언을 하셔야 합니다. 그건 공식적인 심문이 될 거예요."

내 심장이 철렁 내려앉았다. "그게 언제인데요?"

"아마도 이삼 주 뒤요. 화상으로 이루어질 거예요. 페이스타임일지 줌일지 모르겠네요. 저는 이런 최첨단 전화기를 거의 쓸 줄 몰라서요."

나는 그 말을 단 한순간도 믿지 않았다.

"아무튼 여기 계시는 게 좋겠어요, 빅." 이제는 내 이름이 덫처럼 느껴졌다. "사실 강력히 요청해야겠습니다. 코로나가 미친 듯이 번지고 있으니 선생님 입장에서도 마스크를 쓰고 여기 콕 박혀서 지내는 편이 안전할지 모릅니다. 그렇지 않을까요?"

앨리타 벨이 무슨 짓을 저질렀는지 깨닫기 시작한 순간이 그때였을지 모르겠지만 퍼즐 조각들이 하나로 맞춰진 건 그날 저녁이었다.

어쩌면 그녀의 소행이 아니었을 수도 있다. 나는 그 마지막 날 밤의 다나를 떠올렸다. 그녀의 시선이 어떤 식으로 나를 지나쳐 갔고 두 눈이 어떤 식으로 막판에 환하게 빛났는지. *어머나,* 그녀는 이렇게 말했다. *다 컸네!*

아이들은 음모를 꾸미고 계획을 세울 수 없었다. 하지만 어른들은……

"빅?"

"예?"

그의 눈가에 잔주름이 잡혔다. "잠깐 선생님이 어디 가신 줄 알았네요."

"아니에요, 어디 가긴요. 그냥…… 지금까지 들은 얘기를 소화하느라요."

"네, 소화할 게 많죠? 저도 마찬가집니다. 무슨 미스터리 소설 같아요. 원래 계획대로 9월까지 여기 계시는 게 좋을 것 같습니다. 아침이나 선선한 저녁에 좀 걷고. 풀장에서 수영도 하면서요. 가능한 한 이 미스터리를 해결해야죠."

"생각해 보겠습니다."

눈가의 잔주름이 사라졌다. "신중하게 생각해 보세요. 그러는 동안에는 이 카운티 안에 계시고요." 그는 자리에서 일어나 반바지 벨트를 추어올렸다. "생각해 보니 제가 선생님의 시간을 너무 많이 뺏은 것 같네요."

"배웅해 드릴게요."

"그러실 필요 없습니다. 나가는 길을 모르는 것도 아니고요."

"배웅해 드릴게요." 나는 같은 말을 반복했고 그는 마음대로 하시죠, 라고 말하는 듯이 두 손을 들었다.

우리는 차고 쪽으로 계단을 내려갔다. 그는 중간에 걸음을 멈추고 호기심과 공감을 딱 알맞게 섞어서 물었다. "부인은 어쩌다 돌아가셨나요, 빅?"

평범한 질문이었고 그가 사인을 의심스러워하나 보다고 생각할 이유가 없었지만 내가 보기에는 질문의 의도가 그것이었다. 그것도 대놓고 의심스러워하고 있었다.

"암이요." 나는 말했다.

그는 남은 계단을 마저 내려갔다. "상심이 크셨겠네요."

"위로 고맙습니다. 유모차를 벨 부인의 집으로 가져다주실 수 있을까요? 트럭 짐칸에 싣고 가면 되겠는데요." 그걸 치워 버리고 싶었다.

"아, 네. 가능이야 하죠. 하지만 무슨 소용이 있을까요? 이…… 장난꾸러기가…… 선생님을 골탕 먹이겠다고 작정하면 다시 돌아올 텐데요. 야간에 순찰차가 래틀스네이크로를 한두 번 돌긴 하지만 그래도 공백이 많죠. 코로나에 걸린 경관들도 더러 있고요. 여기 그냥 두는 편이 나을 겁니다."

그는 장난꾸러기의 소행이라고 생각하지 않아. 내가 그랬다고 생각

하지. 두 번 다. 내가 그러는 이유는 모르지만 아무튼 내 소행이라고
생각해.

"지문을 채취하면 어떨까요?"

그는 쭈글쭈글하고 새까맣게 탄 목덜미를 긁적였다. "네, 가능은 합니다. 내 트럭에 지문 채취기가 있으니까요. 하지만 채취한 지문을 떠야 하는데 그러다 내가 망칠 수도 있어요. 요즘은 손이 예전하고 다르게 자꾸 떨려서요."

손 떨림은 아까도 그렇고 지금도 그렇고 내가 본 적이 없었다.

그의 표정이 밝아졌다. "아! 크롬 핸들에 가루를 뿌려서 뭐가 나오면 휴대 전화로 사진을 찍을 수는 있어요. 손잡이는 고무고 시트 옆에 달린 팔걸이는 천이라 둘 다 소용없지만 그 쇠로 된 핸들은 네, 지문을 채취하기에 딱이네요. 제인이나 캐너밴이 거길 건드렸나요?"

"잘은 모르겠지만 저 혼자 건드린 것 같아요. 그리고 당연히 앨리 벨도요."

그는 고개를 끄떡였다. 이때 우리는 계속 계단 발치에 서 있었다. 아직 차고 안으로 들어가지 않았다.

"그럼 지문을 두 세트 찾으면 선생님 것과 벨 부인의 것이겠군요. 하지만 그럴 가능성은 낮다고 봅니다. 대부분의 사람들은 고무 손잡이를 잡고 밀거든요."

"문지방을 넘어서 벨 부인의 집 차고 안으로 넣으려고 했을 때 유모차를 드느라 거길 잡았던 것 같아요. 그랬다면 손으로 손잡이 바로 아래 달린 봉을 잡았을 거예요. 지문은 없더라도 손바닥 자국은 있겠네요."

그는 고개를 끄떡였고 우리는 그레그의 차고로 들어갔다. 그는 지문 채취기를 가지러 밖으로 나가려고 했지만 내가 그의 팔꿈치를 잡았다. "저것 좀 보세요." 나는 말하며 유모차를 가리켰다.

"뭐를요?"

"위치가 달라졌어요. 마당에서 옮겼을 때 내 차 운전석 옆쪽에 두었 거든요. 지금은 조수석 옆쪽에 있네요."

그러니까 내가 삐걱대는 소리를 들은 게 맞았다.

"저는 기억이 잘 안 나는데요."

미간을 찌푸린 걸 보면(미간에 바닥이 보이지 않을 정도로 깊게 세로로 주름이 갔다) 기억하지만 믿고 싶지 않다는 뜻이었다.

"왜 이래요, 앤디." 나는 일부러 그의 이름을 불렀다. 광고 회의 때 분위기가 과열되면 쓰던 묵은 수법이었다. 가능하다면 이 문제를 둘이서 함께 해결하고 싶었다. "관찰이 습관일 정도로 경찰 생활을 오래 하신 분이. 저 유모차가 아끼는 그늘 안에 있었잖아요. 그런데 지금은 내 차 반대편, 해가 비치는 곳으로 옮겨졌어요."

그는 곰곰이 생각하더니 고개를 저었다. "잘 모르겠습니다."

나는 그의 인정을 받아내고 싶었다. 그는 듣지 못했을지언정 나는 유모차가 옮겨질 때 바퀴 삐걱대는 소리를 들었다고 말하고 싶었고, 내가 잡은 팔을 흔들고 싶었다. 하지만 오히려 잡았던 팔을 놓았다. 힘들었지만 그래도 해냈다. 그에게 정신병자로 오인받기는 싫었는데……그가 한밤중에 유모차를 벨 부인의 집에서 그레그의 집으로 옮기는 범인이 나라고 생각했다면 이미 반쯤은 그런 결론을 내린 셈이었기 때문이었다. 그리고 그에게는 앨리 벨의 희한한 자필 유언장도 고려 대상이었다. 앨리와 내가 딱 두 번 만난 사이라는 걸 그는 진심으로 믿었을까? 나라면 그걸 믿을 수 있을까?

이런 질문들은 시작에 불과하다는 생각이 들었다.

"지문 채취기 들고 올게요. 희망은 걸지 않지만요."

그는 카운티를 떠날 생각은 하지 말라고, 그건 정말이지 잘못된 선택이라고 다시 한번 강조하고는 10분인가 15분 뒤에 픽업트럭을 몰고 떠났다. 그는 검시가 끝나면 자기 아니면 정식 형사가 연락할 거라고 했다.

긴 하루였다. 나는 낮잠을 자려고 해 보았지만 잠이 오질 않았다. 삐걱대는 바퀴 소리가 들린 것 같아서 차고를 여러 번 들락거렸다. 유모차는 그 자리에 있었다. 나는 놀라워하지 않았다. 펠리가 이 집 식탁에 앉아 있었을 때 들은 소리는 진짜였다. 이후에 들은 소리는 다른 무엇이었다. 상상이냐고 할 사람도 있겠지만 그건 아니었다. 엄밀히 말하면 상상은 아니었다. 일종의 장난이었다. 다들 반신반의할지 몰라도 나는 확신했다.

아니, 그렇다는 걸 알았다.

한 번은 그 삐걱대는 소리를 듣고 (진짜는 아닌데 내가 느끼기에는 진짜였다) 차고로 내려갔을 때 벽에 비친 뱀의 그림자가 보인 것 같았다. 나는 눈을 질끈 감았다가 떴다. 그림자가 없어졌다. 그림자가 거기 없었지만 있었다. 이제는 유모차만 햇빛이 비치는 곳을 지키며 차고의 시멘트 바닥 위로 진짜 그림자를 드리웠다.

12시쯤 돼서 치킨 샐러드 샌드위치를 먹는 도중에 그 삐걱대는 바퀴에 기름칠을 해야겠다는 생각을 했다가(두 번째 차고 작업대 위에 윤활유가 있었다) 하지 않기로 했다. 유모차를 건드리는 것이 싫기는 했지만 마음만 먹으면 얼마든지 건드릴 수 있었다. 히스테리나 공포를 느끼는 건 아니었다. 다만 고양이 목에 방울을 단 이솝 우화 속의 쥐들이 생각났을 뿐이다. 녀석들이 방울은 단 이유는 무엇이었을까? 고양이가 오는 소리를 듣고 싶었기 때문이었다.

내가 그 유모차에 대해 느끼는 감정도 마찬가지였다. 펠리가 크롬

봉에 가루를 뿌려 보았지만 아무것도 나오지 않은 뒤라 더욱 그랬다. 그의 예상과 달리 아무렇게나 문대어진 자국이나 먼지 조각조차 없었던 것이다. "깨끗하게 닦은 모양이에요. 그 *장난꾸러기가.*"

그는 이렇게 말하며 나를 똑바로 쳐다봤다.

그날 저녁에 나는 래틀스네이크 키를 세로로 가로질러 회전 다리까지 갔다. 늙은이가 걷기에는 먼 길이었지만 생각할 것이 많았다. 먼저 내가 정신이 이상해졌는지 자문해 보았다. 답은 '절대 아니오'였다. 욕조 안에서 우글대던 뱀과 나를 부르던 손은 스트레스로 인한 환영이었을 수 있었다(내 생각은 달랐지만 가능성은 인정했다). 반면에 욕실 안에 있던 유모차는 진짜였다. 그림자밖에 보지 못했지만 삐걱대는 바퀴 소리는 착각의 여지가 없었다. 그리고 차고 안에 두었을 때 움직인 건 분명했다. 내가 소리를 들었다. 펠리는 못 들은 것 같지만 위치가 달라진 건 알았다. 내 앞에서 (또는 자기 자신에게조차) 인정하지 않았을 뿐.

회전 다리는 연중 무휴로 가동됐다. 그날 저녁에는 펠리나 나보다 더 나이가 많을 수도 있는 짐 모리슨이라는 남자("도어스의 그 가수 아니에요."라고 말하는 걸 좋아했다)가 그 앞을 지키고 있었다. 나는 거기 다다랐을 때 그와 잠깐 잡담을 나누었다. 날씨, 얼마 안 남은 대선, 코로나 때문에 종이를 오려서 만든 가짜 관객 말고는 아무도 없는 야구장. 그런 다음 그에게 벨 부인에 대해서 물었다.

"선생님이 부인의 시신을 발견했죠?" 짐이 물었다. 우리는 텔레비전, 너덜너덜한 안락의자, 화장실이 갖추어진 그의 조그만 부스 앞에서 있었다. 그는 노란색 야광 점퍼를 입고 챙에 래틀스네이크 키라고 적힌 빨간색 모자를 쓰고 있었다. 쭈글쭈글한 입술 한쪽에 이쑤시개를 물고 있었다.

"맞아요."

"딱한 여인. 딱한 노파. 그 애들을 먼저 보낸 걸 절대 극복하지 못했어요. 어디든 그 유모차를 끌고 다녔죠."

내가 정말로 묻고 싶었던 질문을 하기에 이보다 더 완벽한 단초가 없었다. "부인은 애들이 유모차에 앉아 있다고 생각했을까요?"

그는 까칠까칠한 턱을 긁으며 곰곰이 생각했다. "장담은 못하겠지만 그랬을 거라고 생각해요, 적어도 가끔은. 아니면 대부분의 시간 동안. 그렇게 믿도록 자기 자신을 설득했다고 생각해요. 내가 보기에는 위험한 시도인데 말이죠."

"왜 그렇게 생각하세요?"

"죽음을 받아들이고 상처를 안고 마음을 정리하는 편이 나으니까요."

나는 다음 말이 이어지길 기다렸지만 그는 더 이상 아무 말도 하지 않았다.

"아이들이 죽은 뒤에 모리슨 씨도 그 뱀 사냥 대작전에 동참하셨나요? 앤디 펠리한테 들었는데."

"아, 그럼요, 나도 그 자리에 같이 있었죠. 그 불에 탄 방울뱀 냄새가 아직도 기억에 남아 있어요. 그런데 그거 알아요? 가끔 그 뱀들이 보이는 것 같다는 거. 이맘때는 특히 그래요." 그는 난간 너머로 몸을 내밀어 멕시코만으로 이쑤시개를 뱉었다. "어스름이 깔릴 때 말이죠. 그때가 되면 적어도 내가 느끼기에는 현실이 흐릿해지거든요. 내 마누라는 그런 생각을 하고 다니다니 시인이 되질 그랬냐고 하지만. 별이 뜨면 괜찮아져요. 오늘 밤에는 별을 많이 보겠네. 내가 12시까지 근무하고 퍼트리셔와 교대하거든요."

"요즘에도 한밤중에 여길 지나는 배가 그렇게 많은 줄 몰랐어요."

"어이구, 겪어 보면 놀랄걸요? 저걸 봐요." 그는 이제 막 고개를 내밀어 수면을 은빛으로 물들이고 있는 달을 가리켰다. "사람들이 달빛 크루즈를 좋아하거든요. 낭만적이니까. 달이 보이지 않는 밤은 또 달라요, 적어도 여름에는. 그리고 해안 경비대도 있지요. 아니면 마약 단속국. 이 친구들은 항상 급해요. 경적을 울리면 이 늙은 다리가 조금이라도 빨리 열리는 줄 아는지."

나는 조금 더 잡담을 나누다 이제 그만 집으로 돌아가야겠다고 말했다.

"그래요." 짐이 말했다. "늙어 가는 사람이 걷기에는 먼 길이지요. 그래도 달빛이 길을 비춰 줄 테니 다행이네요."

나는 그에게 인사하고 다리를 되짚어 건너기 시작했다.

"빅?"

나는 고개를 돌렸다. 그는 조끼 위로 팔짱을 끼고 조그만 부스에 기대고 서 있었다. "아내가 죽고 2주가 지났을 때 한밤중에 물을 마시러 내려갔더니 아내가 좋아하던 잠옷을 입고 식탁에 앉아 있지 뭐예요. 불이 꺼져 있어서 주방이 어두컴컴하긴 했지만 분명 아내였어요. 하느님을 걸고 맹세할 수도 있어요. 그런데 불을 켰더니……" 그는 느슨하게 쥔 한쪽 주먹을 들어서 손가락을 펼쳤다. "사라져 버렸지요."

"저는 죽은 아들의 목소리를 들은 적이 있어요." 짐이 먼저 얘기를 꺼냈으니 이걸 고백해도 전혀 문제 될 게 없을 것 같았다. "벽장에서요. 저도 하느님을 걸고 맹세할 수 있어요."

그는 고개를 끄덕이고 잘 가라고 인사하고는 자기 부스로 들어갔다.

집까지 가는 1.5킬로미터 가량 되는 구간 동안에는 집들이 많았다. 평범한 크기로 시작했다가 갈수록 점점 커지고 으리으리해졌다. 조개껍데기가 깔린 진입로에 차가 주차돼 있는 몇 집은 불이 켜져 있었지만 대부분 어두컴컴했다. 이 집 주인들은 크리스마스가 지난 뒤에 돌아와 부활절 전에 떠날 것이다. 물론 전염병의 상황에 따라 달라지긴 하겠지만.

섬의 북쪽 끝에 있는 회전문을 지나자 이 일대의 몇 개 안 되는 대저택은 도로 양쪽을 감싼 진달래와 팔메토 야자수 뒤로 숨었다. 들리는 소리라고는 귀뚜라미 울음소리, 파도가 멕시코만 쪽 바다를 때리는 소리, 쏙독새 소리 그리고 내 발소리뿐이었다. 벨 부인의 진입로를 봉쇄한 노란색 폴리스 라인 테이프 앞에 다다랐을 즈음에는 거의 완벽하게 어두컴컴했다. 보름을 앞둔 달이 앞길을 충분히 비춰 주었지만 플로리다의 온실성 기후에서 자란 초목에 거의 가려져 있었다.

앨리의 진입로를 지나자마자 삐걱대는 소리가 시작됐다. 10여 미터 뒤에서 들리는 소리였다. 온몸에 소름이 돋았다. 혀가 입천장에 들러붙었다. 달리기는커녕(고관절이 말썽이니 어차피 멀리까지 달리지도 못했다) 걸을 수도 없어서 그대로 멈추어 섰다. 이게 무슨 일인지 알 수 있었다. 아이들이 진입로에서 나를 기다리고 있었던 것이다. 다시 그레그의 집까지 따라가려고 내가 지나가길 기다리고 있었던 것이다. 그 첫 순간에서 가장 기억이 생생한 부분은 눈의 느낌이다. 눈동자가 구멍 안에서 부풀어 오르는 것 같았다. 이러다 터지면 앞을 못 볼 거라고 생각했던 기억이 난다.

삐걱대는 소리가 멈췄다.

이제 다른 소리가 들렸다. 내 심장 소리였다. 뭔가를 씌운 북소리 같았다. 쏙독새가 잠잠해졌다. 귀뚜라미들도 마찬가지였다. 차가운

땀방울이 내 관자놀이에서 턱선을 따라 흘렀다. 나는 한 걸음 내디뎠다. 힘들었다. 다시 한 걸음 내디뎠다. 이번에는 조금 쉬웠다. 세 번째는 더 쉬웠다. 나는 다시 걷기 시작했지만 죽마를 타고 가는 느낌이었다. 그레그의 집까지 15미터쯤 더 갔을 때 삐걱대는 소리가 다시 시작됐다. 내가 걸음을 멈추자 삐걱대는 소리도 그쳤다. 내가 보이지 않는 죽마를 다시 앞으로 내디디자 삐걱대는 소리가 시작됐다. 유모차였다. 쌍둥이가 유모차를 밀고 있었다. 내가 걸으면 시작됐고 멈추면 그쳤다. 아이들은 씩 웃고 있을 거라고 장담할 수 있었다. 얼마나 재미난 장난일까? 나는 그 아이들의 새로운…… 새로운 뭘까? 나는 그 아이들에게 정확히 뭘까?

뭔지 알 것 같았다. 앨리 벨은 집과 돈과 투자 상품을 내게 남겼다. 하지만 그녀가 남긴 건 그게 다가 아니었다. 그렇지 않을까?

"얘들아." 내 목소리가 이상하게 들렸다. 나는 여전히 앞을 보고 있었고 내 목소리는 이상했다. "얘들아, 집에 가라. 잘 시간이 지났어."

아무 반응이 없었다. 나는 차가운 손이 나를 만지길 기다렸다. 아니면 수십 마리의 뱀들이 달빛이 비추는 길을 따라 꿈틀꿈틀 다가오길 기다렸다. 그 뱀들도 차가울 것이었다. 녀석들에게 물리기 전까지는. 독이 몸속에 들어오면 따뜻해질 것이다. 뜨거운 기운이 내 심장을 향해 번질 것이다.

뱀은 없어. 뱀들은 없어졌어. 눈에 보이더라도 진짜는 아닐 거야.

나는 걸었다. 유모차가 뒤에서 따라왔다. *끼익* 그리고 *끼익* 그리고 *끼익.*

나는 걸음을 멈췄다. 유모차도 멈추어 섰다. 이제 그레그의 집 앞이라 하늘을 등진 그 육중한 건물이 보였지만 전혀 위안이 되지 않았다. 아이들은 집 안으로 들어올 수 있었다. 전에도 들어온 적이 있었다.

우리 봐요. 우리 봐요. 우리 봐요.

우리 밀어요. 우리 밀어요. 우리 밀어요.

우리 옷 입혀요. 우리 옷 입혀요. 우리 옷 입혀요.

떠오르는 생각들 때문에 미칠 것 같았다. 마치 머릿속에 들어와 떠날 줄 모르는 중독적인 멜로디 같았다. 예를 들면 「델타 돈」 같은 노래 말이다. 하지만 아이들을 막을 수 있었다. 어떻게 하면 아이들을 일시적으로나마 쫓을 수 있는지 나는 알았다.

아이들도 알았다.

우리 봐요. 우리 밀어요. 우리 옷 입혀요.

감히 뒤를 돌아볼 수는 없었지만 내가 할 수 있는 것이 있었다. 용기를 낼 수만 있다면. 반바지 주머니 속에 휴대 전화가 있었다. 나는 그걸 꺼내 카메라를 켜고 겁에 질려서 달빛을 받고 시체처럼 창백해진 내 얼굴이 보이도록 셀카 모드로 바꿨다. 고개를 돌리지 않아도 뒤를 볼 수 있게 전화기를 어깨 위로 들었다. 떨리는 손에 힘을 주었다. 내가 손을 떨고 있다는 것도 그제야 알았다.

제이컵과 조지프는 없었고 유모차도 없었지만…… 그들의 그림자는 있었다. 두 인간의 형체와 엄마가 그 아이들을 태우고 다녔던 쌍둥이 유모차의 각이 진 그림자. 본체가 없는 그림자와 실제 그들을 보는 것, 둘 중 어느 쪽이 더 끔찍했을지 모르겠지만 그 그림자도 충분히 끔찍했다. 나는 엄지손가락으로 촬영 버튼을 누르며 작동이 되지 않을 거라고 생각했지만 찰칵하는 소리가 들렸다.

우리 봐요. 우리 밀어요. 유모차 밀어요.

카메라를 닫고 음성 메모 앱을 열었다.

우리 봐요. 우리 밀어요. 유모차 밀어요.

네 살짜리 어린애들의 그림자라고 하기에는 너무 길다는 생각을 하며 다가가 죽음을 앞두고서 했던 말을 다시금 떠올렸다. *다 컸네!*
저 키 좀 봐!

우리 봐요. 우리 밀어요. 유모차 밀어요!

나는 다시 걷기 시작했다. 삐걱대는 소리가 나를 따라왔다. 처음에
는 바로 뒤였다가 점점 멀어졌다. 그레그의 집에 다다랐을 무렵에는
소리가 사라졌지만 머릿속에서 온갖 생각들(*목소리가 아니라 생각들*)이
그 어느 때보다 요란하게 울부짖었다. 내 생각들이기는 했지만 내가
원해서 하는 생각이 아니었다.

유모차가 다시 마당에 나와 있었다. 두말하면 잔소리였고 내 휴대
전화에 찍힌 그 각이 진 그림자를 드리우고 있었다. 티셔츠가 여전히
깔끔하게 시트에 걸쳐져 있었다. 한쪽에는 헤클, 다른 쪽에는 제클이
라고 적힌 티셔츠였다. 머릿속의 태풍을 어떻게 하면 잠재울 수 있는
지 알 것 같았다. 나는 시트 등받이를 건드렸다. 티셔츠를 건드렸다.
아우성치며 반복되던 생각들이 사라졌다. 나는 유모차를 다시 차고
에 넣은 다음 물러서서 기다렸다. 생각들이 되살아나지 않았다. 하지
만 당연히 되살아날 것이었다. 다음번에는 더 요란해지고 더 집요해
질 것이었다. 다음번에는 더 많이 만져 달라고 할 것이었다.

다음번에는 밖으로 나가자고 할 것이었다.

나는 문을 잠그고 (그러면 무슨 소용이라도 있는 듯이) 집 안의 불이란
불은 죄다 켰다. 그런 다음 식탁에 앉아 내 휴대 전화를 쳐다보았다.
네이선 러더퍼드에게 부재중 전화가 와 있었지만 앨리 벨의 변호사
보다 더 시급한 사안이 있었다. 내가 찍은 사진을 확인해 보았다. 손
이 계속 떨려서 초점이 약간 안 맞았지만 아이들과 유모차의 그림자

가 보였다. 그 그림자의 실체는 없었다. 길에는 아무도 없었다. 그런 다음 음성 메모 앱을 열어서 재생 버튼을 눌렀다. 20초 동안 박자에 맞춰 삐걱거리는 유모차 바퀴 소리가 들렸다. 그러다 그 소리가 점점 멀어졌다.

앤디 펠리에게 연락할까 고민했다. 우리의 대화가 끝났을 때 유모차의 위치가 달라진 것을 그도 인지했을 게 분명했다. 그에게 받은 명함이 있으니 사진과 음성 메모 파일을 이메일로 보낼 수 있었다. 하지만 그는 두 개 다 받아들이지 않을 것이다. 그림자는 팔메토 그림자라고 할 것이다. 아닌 걸 알지 몰라도 그렇게 말할 것이다. 그리고 삐걱거리는 바퀴 소리는? 내 자작극이라고 생각할 것이다. 차고에서 유모차를 앞뒤로 밀며 그 소리를 녹음했을 거라고 말이다. 말로는 표현하지 않을지 몰라도 속으로는 그렇게 생각할 것이다. 그는 유령 사냥꾼이 아니라 경찰이었다.

하지만 그래도 상관없을지 몰랐다. 경험으로 입증이 됐다는 것이 중요했다. 지금 벌어지고 있는 이 일이 진짜라는 걸 이미 알고 있었지만 그럼에도 나만의 착각일지 모른다는 생각이 머릿속 한구석에 계속 자리 잡고 있었던 것이다.

나는 손바닥을 이마에 대고 식탁 앞에 앉아서 생각했다. *심장이 늙어서 박자를 몇 번 놓쳐요.* 내가 괜찮으냐고 물었을 때 앨리는 이렇게 말했지만 실은 훨씬 심각한 상태였다면? 그리고 그걸 알았다면? 단순한 부정맥이 아니라 울혈성 심부전이었다면? 심지어 암이었다면? 사형 집행 영장이나 다름없는 교모세포종 같은 거였다면?

그녀가 자신의 죽음은 받아들였지만 아이들의 죽음은 받아들이지 못했다면? 아이들은 이미 한 번 죽었지만 되돌아왔다. 아니, 그녀가 소환했다. 그런 다음……

"그런 다음 만일 나를 만났다면." 나는 말했다.

그래, 만일 그랬다면.

나는 네이선 러더퍼드에게 전화해 신원을 밝히고 본론으로 직행했다. 앨리 벨의 유산에 관심이 없다고 밝혔다.

그의 웃음소리는 놀랐다기보다 냉소적인 쪽에 가까웠던 듯하다. "그래도 트렌턴 씨에게 상속될 것 같은데요."

"말도 안 돼요. 부인의 친척을 찾아보세요."

"부인은 친척이 없다고 했어요. 남편이 죽고 꼬맹이 J들, 그러니까 자기 아이들도 그렇게 돼서 집안에 남은 사람이 자기 하나뿐이라고요. 그 말도 안 되는 유언장의 효력이 인정되는 유일한 이유가 그 때문이죠. 부인의 유산은 액수가 제법 돼요. 일곱 자리 숫자, 어쩌면 여덟 자리 숫자가 될 수도 있어요. 부인이 선생님을 보고 찍은 모양이에요."

그래. 나는 인질로 찍혔어. 하지만 계속 그렇게 있을 생각은 없어.

"덕분에 난처해졌어요, 러더퍼드 씨. 부인의 시신을 내가 발견했는데, 검시가 끝날 때까지 부인을 살해할 만한 동기가 있는 사람으로 보이게 됐으니 말이죠. 무슨 뜻인지 아시죠?"

"선생님이 상속 서열에 있다는 걸 알아차릴 만한 이유가 있으셨나요? 벨 부인의 사망 전에 그 유언장을 봤다든지."

"아뇨. 하지만 펠리 부보안관 말로는 부인이 봉투 입구를 봉하지 않았다고 하더군요. 카운티 검사가 나를 기소하고 싶으면 내가 그걸 읽을 수 있었다는 주장을 펼칠 거예요."

"시간이 해결해 줄 겁니다." 러더퍼드가 말했다. 하나 마나 한 얘기였다. 그는 심란해하는 의뢰인을 상대할 때 썼음 직한, 달래는 말투를 동원했다. 그러니까 돈이 있는 의뢰인을 상대할 때 썼음 직한 말투였는데, 나도 이제는 연금 말고도 재산이 생긴 듯했다. "유언장이 이의 제기 없이 검인을 받으면 상속 재산은 선생님 마음대로 처분하실 수 있습니다. 집을 팔아서 그 돈을 의미 있는 자선 단체에 기부하셔도 돼요. 그렇게 하고 싶으시면요."

그는 자선은 주변 사람을 챙기는 데서 시작된다고 대놓고 이야기하지는 않았지만 그런 뉘앙스였다. 내 인내심이 한계에 다다랐다. 그는 앞으로 이어질 복잡한 법적 절차에 대해 의논하고 싶어 했지만 내게는 걱정해야 하는 문제가 따로 있었다. 밖은 어두컴컴했고 나는 무서웠다. 그에게 고맙다고 인사하고 전화를 끊었다.

부인이 유언장을 작성한 다음 디곡신이나 소타롤을 과다복용하는 방식으로 스스로 목숨을 끊었을까?

아니야. 꼬맹이 J들이 용납하지 않았을 거야. 그러다 내가 교도소에 수감이라도 되면 우리 봐요 우리 밀어요 우리 옷 입혀요, 가 아무 소용이 없어질 테니까. 사인 심문에서 사고사로 결론이 내려지겠지만 그때까지 나는 여기 있을 테고…… 그 아이들도 여기 있겠지.

"왜냐하면 아이들이 내가 여기 있길 원하니까." 나는 속삭였다.

나는 샤워를 하고 운동용 반바지를 입고 방에 딸린 욕실 문을 닫고 그레그 애커먼의 큼지막한 더블베드에 누웠다. 연애만 즐기는 독신 남에 가까운 그가 몇 명의 애인과 이 침대를 함께 썼을지 모를 일이었다. 내 애인은 떠났다. 땅속에 묻혔다. 아들처럼.

가슴 위로 팔짱을 껴서 무의식적으로 방어 자세를 취하고 천장을 올려다보았다. 그녀가 아니라 아이들이었다. *아이들이 내가 여기 있길 원했다. 아이들이 내게 공을 들이길 원했다. 이승을 떠도는 망령이*

가는 곳으로 떠나기 싫어서 아이들이 나를 자기 어머니의 후임으로 점찍었다. 아이들은 여기 이 래틀스네이크 키에 있고 싶어 했다. 나는 여기서(머릿속에서 끊임없이 반복되는 복잡한 생각에 시달리고 싶지 않으면, 뒤에서 삐걱대는 유모차 바퀴 소리를 듣고 싶지 않으면) 앨리의 집에서 살아야 했다. 앨리의 주방에서 식사하고 앨리의 침대에서 잠을 청해야 했다. 아이들을 유모차에 태우고 돌아다녀야 했다.

그러다 결국에는 그들을 보게 될 것이었다.

여기서 떠나도 돼. 기름을 가득 넣은 렌터카가 있잖아. 그걸 타고 도망치면 되지. 아이들에게서 멀리. 카운티 보안관이 체포 영장을 발부하지는 않을 거야. 판사가 검시 전에 돌아오라는 구인 영장을 발부할 수는 있지만…… 러더퍼드에게 물어보면 알겠지, 그가 이제는 내 변호사니까…… 하지만 나는 싸울 거야. 변호사들끼리 옥신각신하는 동안 제이크와 조는 점점 약해지겠지. 부인은 죽었고 그들에게 남은 건 나뿐이니까.

그렇다. 다 맞는 말이었다. 그리고 나는 무서웠다, 진짜로 그랬다. 스코세이지 감독의 「비열한 거리」에 공감할 수밖에 없는 대사가 있었다. "무한한 존재는 함부로 건드리는 거 아니다." 하지만 화도 났다. 나는 빠져나올 수 없는 상자에 갇혀 버렸다. 아이들 엄마가 아니라(앨리 벨은 이 일과 무관하다고 감정적으로 확신할 수 있었다) 두 아이에 의해. 그것도 죽은 아이들에 의해.

나는 그들과 싸울 비밀 무기가 없었다. 뱀파이어(내 짐작이 맞는다면 그 아이들이 일종의 뱀파이어였다)를 쫓을 때 쓰는 십자가나 마늘도 없었고 퇴마 의식도 몰랐다. 하지만 내게는 이성이 있었고 이 나이에 못된 넘과 더 못된 넘에게 휘둘릴 수는 없었다.

내가 갇힌 상자를 앨리가 만든 게 아니라면 두 아이가 무슨 수로 그걸 만들었을까? 그 또래 아이들은 대부분(나도 그만한 아이를 키워봤지 않은가) 화장실도 간신히 다녀올까 말까인데.

나는 임종 직전에 다나가 했던 말을 떠올리며 잠이 들었다. *다 컸네! 저 키 좀 봐!*

끼익. 끼익. 끼익.

불을 켜 놓았기에 적어도 어둠 속에서 눈을 뜨지는 않았다. 이번에는 유모차 바퀴 삐걱대는 소리가 방에 딸린 욕실이 아니라 그보다 더 멀리서 들렸다. 그레그가 거창하게 '손님용 거처'라고 부르는 데서 들렸다. 1층에 조그만 거실이 있고 2층으로 나선형 계단을 올라가면 방과 거기 딸린 욕실이 나오는 곳이었다.

유모차는 손님방에 있었다. 진짜 유모차는 아직 차고에 있겠지만 이 유령 유모차도 진짜기에 쌍둥이가 그걸 미친 듯이 앞뒤로 밀고 있었다.

그 생각들이 스멀스멀 되살아났다. 처음에는 나지막했지만 보이지 않는 손이 볼륨을 키우기라도 한 것처럼 점점 커졌다. *우리 봐요 우리 밀어요 우리 옷 입혀요. 우리 봐요 우리 밀어요 우리 옷 입혀요! 우리 봐요 우리 밀어요 우리 옷 입혀요!*

나는 똑바로 누워서 가슴 위에 얹은 손을 서로 부여잡고 입술을 깨물며 생각들(아이들의 생각과 내 생각)을 멈추려고 했다. 하지만 차라리 태양을 붙잡고 저물지 말라고 하는 편이 나았을 것이다. 그래도 아직 다른 생각을 할 수 있었고(그게 얼마나 갈지는 몰랐지만) 내가 선택할 수 있는 길은 세 개뿐인 듯했다. 이 귀 벌레가 모든 걸 삼킬 때까지 여기 누워 있다가 미쳐 버리든지, 차고로 내려가 유모차를 만져서 아이들을 당분간 조용히 시키든지, 쌍둥이와 정면으로 맞서든지. 나는 3번을 선택했다.

나는 생각했다. 아이들에게 휘둘려서 미쳐 버리지는 않을 거야.

그리고 또 생각했다. 우리 봐요, 우리 밀어요, 유모차 밀어요, 우리는 당신 것, 당신은 우리 것.

침대에서 일어나 손님용 거처를 향해 2층 갤러리를 걸었다. 반쯤 갔을 때 바퀴 삐걱대는 소리가 멎었다. 나는 멈추지 않았고 생각들(우리 봐요, 우리 밀어요, 유모차 밀어요, 우리는 당신 것, 당신은 우리 것)도 마찬가지였다. 나는 열려 있는 문 앞에서 머뭇거리지 않았다. 걸음을 멈추고 아직 독립적인 사고가 가능한 머릿속 한구석에서 고민했다면 아마 꼬리를 내리고 도망쳤을 것이다. 그 안에서 내가 뭘 어쩌려는 작정이었을까? 전혀 알 수 없었다. 그들에게 집에 가지 않으면 볼기를 맞을 줄 알라고 해 봐야 분명 소용없을 텐데.

나는 눈 앞에 펼쳐진 광경을 보고 그 자리에서 얼어붙었다. 유모차가 바닥 정중앙에 놓여 있었다. 제이컵과 조지프는 손님용 침대에 누워 있었다. 이제는 어린아이가 아닌데…… 그래도 어린아이였다. 이불로 덮은 몸은 길쭉한 성인의 몸이었지만 머리는 기괴하게 부풀긴 했어도 어린아이의 머리였다. 뱀독 때문에 머리가 너무 부어서 눈, 코, 입이 달린 할로윈 호박이 되었다. 입술은 시커멨다. 이마와 뺨과 목은 뱀에 물린 자국으로 점점이 뒤덮였다. 두 눈은 움푹 들어갔지만 섬뜩하도록 생생하고 또렷했다. 그런 얼굴로 나를 보며 씩 웃고 있었다.

책 읽어 줘! 책 읽어 줘! 책……

그러더니 사라졌다. 유모차도 사라졌다. 방금까지만 해도 쌍둥이가 책을 읽어 달라고 외쳤는데 이제는 방 안에 아무도 없었다. 하지만 이불 양쪽 모서리가 깔끔하게 삼각형으로 접혀 있었다. 내가 매사추세츠에서 왔을 때만 해도 완벽하게 각이 잡혀 있던 이불이었다. 내 눈으로 똑똑히 보았다.

내 다리가 다시 죽마로 변했다. 나는 그 다리를 움직여서 방 안으로 들어가 쌍둥이가 누워 있었던 침대를 보았다. 그 위에 앉을 생각은 없었는데 무릎이 풀려서 주저앉고 말았다. 심장이 계속 쿵쾅거렸고 내가 숨을 헐떡이는 소리가 멀리서 들렸다.

늙은이들이 이렇게 죽는 거로군. 나는 이런 생각이 들었다. *내 시신이 발견되면(아마도 피트 이토에 의해) 검시관은 심장 마비라고 결론을 내리겠지. 어린애 얼굴을 하고 있는 죽은 두 남자를 보고 너무 놀라서 심장이 멎은 줄은 아무도 모를 거야.*

하지만 쌍둥이는 내가 죽길 원하지 않을 것이었다. 이제 어머니마저 죽었으니 그들이 머물고 싶어 하는 이승과의 유일한 연결 고리가 나였다.

나는 모서리가 접힌 이불을 만지려고 두 손을 내밀었다가 아이들이 이 침대를 마음에 들어 하지 않았다는 걸 알았다. 아이들에게는 자기 집, 자기 침대가 있었다. 좋은 침대가 있었다. 그들의 방은 어머니가 약 40년 전에 그들이 죽었던 날과 똑같은 상태로 관리해 왔을 것이다. 그들은 그 침대를 좋아했고 내가 그 집에서 살게 되면 밤마다 태드에게 그랬듯이 『곰돌이 푸』를 읽어 주어야 할 것이다. '괴물이 쓰는 말'은 절대 읽어 주지 않을 것이다. 그들이 괴물이었으니까.

나는 일어날 수 있게 됐을 때 천천히 갤러리를 지나 내 방으로 돌아갔다. 잠은 오지 않을지 몰라도 그날 밤에 삐걱대는 유모차 바퀴 소리를 다시 들을 것 같지는 않았다. 방문은 끝났으니까.

아들이 최후를 맞이한 그 차를 계속 쓸 일은 없었다. 개가 안으로 들어오려고 공격해 여러 군데가 찌그러지지 않았다 한들 마찬가지였다. 견인차가 그 차를 우리 집까지 끌고 왔다. 다나는 그걸 쳐다보려고도 하지 않았다. 나도 그녀를 나무랄 수 없었다.

캐슬록에는 폐차장이 없었다. 가장 가까운 곳이 게이츠폴스에 있는 안드레티스였다. 나는 거기로 연락했다. 거기 직원이 와서 핀토(죽음의 차)를 끌고 가 파쇄기에 넣었다. 핀토는 유리(차창, 미등, 전조등, 앞 유리창)가 반짝이는 솔기처럼 박힌 정육면체가 되었다. 나는 그걸 사진으로 찍었다. 다나는 그것도 쳐다보지 않았다.

그 무렵 말싸움이 시작됐다. 그녀는 태드가 묻힌 하모니 힐로 매주 순례를 떠날 때 내가 동행해 주길 바랐다. 나는 그녀가 정육면체로 으스러진 죽음의 차를 보기 거부했던 것처럼 동행을 거부했다. 나에게 태드가 있는 곳은 집이고 앞으로도 영원히 그럴 거라고 말했다. 그녀는 그렇게 말하면 거창하고 고결하게 들릴지 몰라도 실은 아니라고 했다. 내가 무서워서 가지 못하는 거라고 했다. 무너질까 봐 무서워서 그러는 거라고. 당연히 그녀의 말이 맞았다. 그녀는 나를 볼 때마다 내 얼굴에서 그 두려움을 보았던 것 같다.

집을 나간 쪽은 그녀였다. 보스턴으로 출장을 갔다가 돌아와 보니 그녀가 없었다. 쪽지가 있었다. 누구나 알 만한 평범한 말이 적혀 있었다. *계속 이런 식으로 살 수는 없어…… 새로운 삶을 시작하고…… 과거를 정리하고…… 어쩌고저쩌고*. 독창적이랄 수 있는 대목은 나중에 생각이 났는지 그녀가 자기 이름 아래에 끼적여 놓은 한 줄뿐이었다. *나는 여전히 당신을 사랑하지만 미워서 미운 마음이 더 커지기 전에 떠나는 거야.*

나도 똑같은 심정이었다는 건 이 자리에서 밝힐 필요가 없을지도 모르겠다.

다음 날 아침에 라이스 첵스를 먹고 있는데(맛있어서가 아니라 그냥 하루치 에너지를 보충하기 위해서였다) 제인 부보안관이 전화했다. 검시가 완료됐다고 했다. 헨리의 아내이자 제이컵과 조지프의 어머니였던 앨리타 벨의 사인은 심장 마비였다.

"검시관 말로는 그 나이까지 산 게 기적이었대요. 심장 혈관이 90퍼센트 막혀 있었다는데, 그게 다가 아니라 심장 반흔이 있었대요. 전에도 몇 번 심장 마비가 왔던 거죠. 작게요. 그리고 또…… 아, 그만 할게요."

"아니에요, 말씀해 주세요. 부탁이에요."

제인은 헛기침을 했다. "그리고 또 느끼지 못할 만큼 작은 강도라도 심장 마비가 일어나면 인지 능력이 손상된대요. 부인이 가끔 아이들이 아직 살아 있다고 생각한 게 그 때문이었을 수도 있겠어요."

나는 그에게 나는 심장 마비를 일으킨 적 없지만 부인의 아이들이 살아 있다는 걸 혹은 반쯤 살아 있다는 걸 안다고 말할까 고민했다. 하마터면 말할 뻔했던 것도 같다.

"트렌턴 씨? 빅?"

"그냥 좀 생각을 하고 있었어요. 그럼 저는 이제 검시 심문에 참석하지 않아도 됩니까?"

"아뇨, 그래도 참석해 주셔야 해요. 시신을 발견하셨으니까요."

"하지만 단순한 심장 마비였다면……"

"아, 그건 맞아요. 하지만 독극물 검사 결과가 나오려면 이삼 일은 있어야 하거든요. 부인의 위장에 뭐가 있는지 알아내야 해요. 최종 마무리 단계 삼아서요."

내가 보기에는 그게 다가 아니었다. 앤디 펠리의 주도 아래, 앨리 벨이 막판에 낙점한 유산 수취인이 그녀에게 뭘 먹인 건 아닌지 확인하고 싶은 거였다. 예를 들어 일찌감치 아침으로 먹은 스크램블드에그에 디곡신을 넣지는 않았는지. 내가 이런 생각을 하는 동안 제인이 계속 떠들고 있어서 다시 말해 달라고 해야 했다.

"문제가 생겼다고 말씀드리고 있었어요. 조금 특이한 문제요. 시신은 있는데 장례 지침은 없어서요. 앤디 펠리 말로는 선생님께서 맡으셔야 할 것 같다는데요."

"잠깐, 뭐라고요? 나더러 장례식 준비를 하라고요?"

"장례식까지는 아니고요." 제인은 조금 당황한 투로 말했다. "어차피 다리 관리자와 로이드 선덜랜드, 그러니까 다리 저편에 사는 주민 말고는 올 사람도 없을 거예요."

부인의 아이들도 올 것 같은데. 아무도 그 아이들을 보지는 못하겠지만. 대리부 말고는 아무도.

"빅? 트렌턴 씨? 제 얘기 듣고 계시죠?"

"네. 부인의 변호사 이름을 알거든요. 이제는 내 변호사이기도 하겠죠? 적어도 상황이 정리될 때까지는? 이따 근무 시간이 되면 그에게 연락해 보는 편이 좋겠네요."

"잘 생각하셨어요. 연락해 보세요. 그럼 좋은 하루 보내세요."

좋은 하루는 개뿔.

시리얼을 더는 먹고 싶지 않았다. 어차피 맛도 못 느끼고 있었다. 나는 개수대에서 그릇을 씻고 (*우리 봐요*) 식기 건조대에 넣은 다음 (*우리 옷 입혀요*) 이제 뭘 해야 할지 고민했다. 마치 모르는 사람처럼 그랬다.

우리 밖에 나가요. 우리 밀어요!

나는 옷을 입을 때까지 떠오르는 생각에 저항하다가(일부는 내 생각이라는 게 최악이었다) 포기했다. 차고로 나가서 유모차 손잡이를 잡았다. 안도의 한숨이 느껴졌는데, 내 한숨인지 아이들 한숨인지 둘 다인지 알 수 없었다. 머릿속에서 끊임없이 이어지던 생각들이 끊겼다. 회전문까지 유모차를 밀고 갈까 하다가 그건 잘못된 선택이라는 사실을 깨달았다. 제이컵과 조지프가 이미 내 의식 속으로 비집고 들어왔다. 내가 그 아이들이 원하는 대로 하면 할수록 그 아이들이 더 쉽게 나를 조종할 수 있었다.

손님방에서 본 광경이 내 기억 속에 남아 있었다. 남자의 몸, 독 때문에 통통 부은 어린애 얼굴. 그들의 고집은 성인 같았고 단순하고 이기적인 욕심은 어린애 같았다. 그들은 강력했고 그래서 심각했다. 하지만 그들은 사이코이기도 했다.

그렇긴 하지만, 그건 인정한다 치지만, 가엾다는 생각이 들기도 했다. 그들은 방울뱀 구덩이에 떨어졌다. 뱀에 물려서 죽었다. 그런 식으로 생을 마감하면 어느 누가 미치지 않을 수 있을까? 어느 누가 돌아와서 거부당한 어린 시절을 누리고 싶지 않을까? 다른 누군가를 포로로 삼아야 그럴 수 있다 하더라도 말이다.

나는 배가 아파서 짜증이 난 갓난쟁이들을 재우려는 것처럼 차고의 콘크리트 바닥 위에서 유모차를 앞뒤로 몇 번 밀었다. 아무라도 대리인이 될 수 있었을까 하는 생각이 들었지만 아닐 것이었다. 나는 완벽했다. 상실의 아픔으로 괴로워하는 독신남이었다.

핸들을 놓고 우리 봐요 우리 밀어요 우리 옷 입혀요가 들리길 기다렸다. 하지만 들리지 않았다. 나는 차고에서 나왔다. 살아 있는 내 얼굴 위로 쏟아지는 따스한 아침 햇살을 느끼고 싶었다. 고개를 들고 눈을 감았다. 눈꺼풀의 핏줄이 달구어지자 눈앞이 빨갛게 물들었다. 나는 예배를 드리거나 명상을 하듯 그렇게 서서 실존주의적인 차원을 넘어선 문제의 해결책이 떠오르길 바랐다. 어느 누구에게도 밝힐 수 없는 문제였다.

내가 부인을 땅에 묻어야 해. 부인에게 아무도 없으니까…… 적어도 이쪽 세상에서는. 하지만 나도 마찬가지 아닌가? 우리 부모님도 돌아가셨고 형도 죽었고 아내도 죽었으니 누가 나를 묻어 줄까? 그리고 내가 죽었는데, 아이들이 원하는 대로 돼서 내가 여기 남아 남자판 「델타 돈」을 부르고 있었다면 지옥에서 건너온 이 쌍둥이는 어떻게 할까? 내 나이와 기대 생존율을 감안하면 그리 먼 미래의 일도 아니야. 그러면 그들은 쪼그라들어서 사라질까? 내가 앨리는 묻어 줄 수 있지만 나는 누가 묻어 줄까?

눈을 떠 보니 유모차가 돌아올 때마다 서 있었던 앞마당 자갈길 위 바로 그 자리에 앨리의 뱀 잡는 막대가 놓여 있었다. 뱀이 득시글거렸던 욕조처럼 환상일지 모른다는 생각이 내 머릿속을 스치고 지나갔지만 나는 환상이 아니라는 걸 알았다. 이건 환영도 유령의 방문도 아니었다. 쌍둥이가 가져다 놓은 것도 아니었다. 그들의 물건은 유모차였다.

나는 막대를 집어 들었다. 과연 진짜였다. 내 손에 닿은 쇠막대가 따뜻했다. 그늘 한 점 없는 자갈길 위에 한참 동안 놓여 있었다면 너무 뜨거워서 만지지도 못했을 것이다. 아무도 여기 없었는데, 누가 이

걸 차고에서 가져다 놓은 걸까?

그걸 들고 서 있는데, 내가 먼저 떠나보낸 사랑했던 사람이 부모님, 형, 아내가 전부가 아니라는 깨달음이 나를 찾아왔다. 한 명 더 있었다. 역시 어린 나이에 끔찍한 죽음을 맞이한 사람이.

"테드?"

좋게 해석해도 애처롭게, 최악의 경우에는 제정신이 아닌 것처럼 들려야 마땅했다. 플로리다 어느 섬의 어처구니없을 정도로 거대한 저택의 아무도 없는 앞마당에서 오래전에 죽은 아들의 이름을 부르는 늙은 남자라니. 그런데 그렇게 들리지가 않았기에 나는 다시 불렀다.

"테드, 너니?"

아무 반응이 없었다. 뱀 잡는 막대만 더할 나위 없이 생생했다.

"나 좀 도와줄 수 있겠니?"

그레그의 판자 길 끝에 다 허물어져 가는 정자가 있었다. 나는 옛날 옛적의 군인이 소총을 들 듯 뱀 잡는 막대를 어깨에 짊어지고 정자로 나갔다. 막대에 총검은 없었지만…… 끝에 끝내주는 갈고리가 달려 있었다. 정자 바닥에는 곰팡이가 슬어서 아무도 살리지 못할 것 같은 구명조끼 몇 개와 너구리 똥을 뒤집어쓴 케케묵은 부기 보드가 있었다. 나는 벤치에 앉았다. 체중이 실리자 벤치가 삐걱거렸다. 에르퀼 푸아로가 아니더라도 그레그가 여기 이 바닷가에서 시간을 보낸 적이 별로 없다는 걸 알 수 있었다. 그에게는 600만 달러 내지는 800만 달러가 나가는 걸프 해변의 대저택이 있었고 이 전초기지는 루이지애나주 보시어 패리시 황야 속에 방치된 변소 같았다. 하지만 내가 여기로 나온 건 건물을 감상하기 위해서가 아니었다. 생각을 하기 위해서였다.

아, 하지만 그것도 뻥이었다. 내가 여기로 나온 건 죽은 아들을 소환해 보기 위해서였다.

망자가 이 세상에 관심을 잃었을 때 가는 곳으로 떠나지 않았다면 그 아이를 소환하는 방법에는 여러 가지가 있었다. 여기로 나오기 전에 인터넷에서 몇 개 찾아보았다. 위자보드를 쓰면 된다는데, 그건 없었다. 거울이나 촛불을 쓰면 된다 하고 그건 있었지만…… 간밤에 휴대 전화 화면으로 본 게 있다 보니 시도할 용기가 나지 않았다. 그레그의 집에는 혼령이 분명 있었지만, 그 혼령들은 호의적이지 않았다. 그래서 결국 나는 이 방치된 정자에 빈손으로 나왔다. 벤치에 앉아서 사람 발자국 하나 없는 해변과 지나가는 돛단배 한 척 없는 만을 내다보았다. 2월이나 3월에는 해변과 바다가 모두 북적거렸을 것이다. 8월인 지금은 나 혼자뿐이었다.

바로 그때 그 아이가 느껴졌다.

아니면 다른 누군가가.

아니면 그냥 막연한 기대였을 수도 있었다.

"태드?"

아무 반응이 없었다.

"아가, 너 거기 있으면 나 좀 도와줄 수 있을까?"

하지만 그는 이제 더 이상 아가가 아니었다. 래틀스네이크로 북단만큼이나 인적이 드문 농가의 안마당에서 거길 지키던 광견병 걸린 세인트버나드 때문에 태드 트렌턴이 그 뜨거운 차 안에서 죽은 지 40년이 지났다. 망자도 나이를 먹을 수 있었다. 그럴 수 있을 거라고 생각해 본 적이 없었는데, 이제는 나도 알았다.

하지만 그들은 원할 때만 나이를 먹었다. 나이를 먹도록 스스로 허용할 때만. 나이를 먹는 동시에 안 먹을 수도 있어서 그 역설이 내가 손님방 더블베드에서 본 섬뜩한 혼종을 낳았다. 성인의 몸에 독침을 맞은 어린아이의 부어오른 머리를 달고 있었던 그것.

"내 부탁 들어주지 않아도 돼. 내가 너무 늦게 왔지? 나도 알아. 인정하게. 하지만⋯⋯." 나는 말을 멈추었다. 사람이 혼자 있으면 아무 말이든 늘어놓을 수 있을 것 같겠지만 나는 혼자인지 확신할 수가 없었다. 내가 무슨 말을 하고 싶은지도 그 말을 내뱉기 전까지는 확신하지 못했다.

"나는 태드, 너를 그리워하며 슬퍼했지만 떠나보냈어. 나중에는 네 엄마도 그랬고. 그러면 안 되는 건 아니잖니? 잊어버리는 건 안 되는 일이지만. 너무 꼭 붙잡고 있으면⋯⋯ 그러면 괴물이 탄생된다고 봐."

내 무릎 위에 뱀 잡는 막대가 있었다. 그리고 다른 것도 있었다. 어떤 무언가가, 무서워서 거의 죽을 뻔했고 해묵은 상처를, 모든 뱀에게 물린 상처를 끄집어내야만 했던 늙은 남자의 바람이.

잠시 후 생각들이 되살아나 나를 찾아왔을지 모를 아련한 것을 내쫓았다.

우리 옷 입혀요, 우리 밀어요, 우리 봐요. 우리 옷 입혀요, 우리 밀어요, 우리 봐요!

아이들이 나를 원했다. *내* 아이가 되길 원하는 아이들이. 그리고 그게 *내* 생각이기도 하다는 것이 가장 소름 끼치는 부분이었다. 내 생각이 나를 배신하는 것이야말로 정신 병원 이름이 박힌 금테 두른 초대장이나 다름없었다.

그들을 (부분적으로나마) 방해한 것은 빵빵 하는 클랙슨 소리였다. 고개를 돌려 보니 누군가가 나를 향해 손을 흔들고 있었다. 마당 가장자리의 실루엣에 불과했지만 헐렁한 반바지로 덮인 막대기 같은 다리만 봐도 누군지 충분히 알 수 있었다. 나는 같이 손을 흔들고 뱀 잡는 막대는 정자 난간에 기대어 놓고 판자 길을 되짚어갔다. 앤디 펠리가 중간에서 나를 만났다.

"안녕하세요, 트렌턴 씨."

"빅이요, 기억 안 나요?"

"빅, 빅, 그렇죠. 이 앞으로 지나가던 길에 잠깐 들렀어요."

뻥 치시네. 나는 생각했다. 그러고는 *우리 밀어요, 우리 옷 입혀요, 우리 봐요, 아저씨를 기다리고 있어요,* 라고 생각했다.

"무슨 일로 오셨나요?"

"검시 결과를 알려 드릴까 해서요."

"제인 경관이 이미 전화해서 알려 줬어요."

숱이 많은 콧수염 때문에 마스크가 불룩 튀어나와서 그가 그 말을 듣고 인상을 썼는지 보이지 않았지만 눈썹(이것 역시 숱이 많았다)이 한데 모아졌으니 인상을 썼을 것 같다.

"아, 다행이네요. 다행이에요."

다행은 무슨. 나는 생각했고 *우리 밀어요 우리 밀어요 그럼 기분이 좋아질 거예요 아저씨도 알잖아요,* 라고 생각했다.

우리는 집으로 다시 갔다. 둘이 나란히 걷기에는 판자 길이 너무 좁아서 내가 앞장섰다. 생각들(떨쳐지지 않는 *내* 생각들)때문에 머리가 아팠다.

"물론 독극물 검사 결과는 아직 나오지 않았어요."

우리는 판자 길 끝에 다다라 그의 트럭 앞을 지나쳐 마당을 가로질렀다. 여전히 내가 앞장서고 있었다. 그는 검시 결과를 전하러 찾아온 것이 아니었다. 나는 그렇다는 걸 알았고 맑은 정신으로 그를 상대해야 한다는 것도 알았다.

"그것도 제인 경관에게 들었어요. 그래도 검시 심문 때 내가 참석해야 한다는 것도요. 뭐 하실 말씀이 있으신가요, 부보안관님? 지금 저기 나가서 생각도 좀 하고 마음의 평화를 찾으려던 참이었거든요. 명상이라고 할까요."

"다시 하실 수 있게 보내 드리겠습니다. 몇 가지만 여쭤보고요."

우리는 그나마 조금 더 시원한 차고로 들어갔다. 나는 유모차 쪽으로 걸음을 옮겼다. 그 앞에 가까이 다가가자 생각들이 목청을 높였다. *우리 옷 입혀요! 우리 밀어요! 우리 봐요!*

순간 내 눈에 괴물이 아니라 어린 나이에 죽었을 때의 모습으로 그들이 보인 것 같았다. 아주 잠깐 동안. 내가 유모차 한쪽 손잡이를 잡자…… 그들이 내 눈앞에 정말 나타났었는지 몰라도 아무튼 사라졌다. 미칠 것 같던 중언부언도 끊겼다. 나는 유모차를 앞뒤로 밀었다.

그냥 손이 심심해서 그래, 앤디. 심각하게 생각할 것 없어.

"제가 선생님에 대해서 조사를 좀 해 보았어요." 앤디가 말했다.

"압니다."

"아드님이 끔찍한 일을 당했더군요. 아주 끔찍한 일을."

"오래된 얘기예요. 앤디, 이 사건 담당이에요? 사건이랄 게 있는지 모르겠지만 정식으로 맡고 있어요? 왜냐하면 아무리 봐도 아닌 것 같거든요."

"아닙니다, 아닙니다." 그는 그런 생각은 하지도 말라는 듯이 두 손을 들며 말했다. "하지만 이런 말이 있는 거 아시잖습니까. 한번 경찰은 영원한 경찰이다. 선생님이 하셨던 일도 마찬가지일 것 같은데요. 광고였죠?"

"광고였다는 건 이미 아실 테고 저는 그렇지 않습니다. 어쩌다 한번 OTT가 아니라 네트워크 텔레비전을 보더라도 광고가 나오면 소리를 없애요. 당신은 이 집에 볼일이 없다고 생각하는데요, 아닌가요?"

"그렇게까지 말씀하시면 서운한데요. 그냥…… 궁금해서요. 이건 재미있는 사건이에요. 웃기다는 게 아니라 희한하다는 뜻에서요. 선생님도 느끼실 테지만."

나는 유모차를 밀었다. 일이 미터 앞으로 갔다가 다시 일이 미터 뒤로. 떠들지 않게 아이들을 달랬다.

"부인이 선생님에게 전 재산을 남기려는 이유가 뭘까요? 그게 계속 신경이 쓰여요. 선생님은 아실 것 같은데요."

그렇다. 나는 알았다.

"모릅니다."

"그리고 왜 부인의 집에서 그 유모차를 자꾸 가지고 오십니까? 그러는 사람이 선생님일 수밖에 없거든요. 요즘 시즌에는 이 동네에 아무도 살지 않으니까요."

"내가 그러는 거 아니에요."

그는 한숨을 쉬었다. "솔직하게 얘기해 주세요, 빅. 네? 부인의 약물 검사 결과가 음성으로 나오면 무슨 짓을 저질렀든 처벌을 모면할 수 있어요."

이거였다. 그는 내가 그녀를 죽였다고 생각했다.

"이 늙다리 좀 도와주세요. 지금 여기 우리 둘뿐이잖아요."

예민한 작업을 시도 중이었는데 방해한 이 월퍼드 브림리 닮은꼴이 싫었다. 어차피 성공하지 못했을 테지만 그렇다고 한들 이 남자에 대한 내 평가가 달라지지는 않았다. 그래서 나는 그가 한 말을 고민하는 척하고는 이렇게 말했다. "전화기 좀 보여 줄래요?"

불룩 튀어나온 콧수염도 그의 입가에 번지는 미소를 숨기지 못했다. 그 웃음의 정확한 의미를 짐작할 수 없었지만 들켰구먼, 친구, 이런 쪽이었을 거라는 데 내기를 걸어도 좋다. 그가 헐렁한 반바지에서 전화기를 꺼냈다. 아니나 다를까, 대화가 녹음되고 있었다.

"버튼이 실수로 눌러진 모양이에요."

"그랬겠죠. 이제 끄세요."

그는 순순히 녹음을 중단했다. "자, 이제 정말로 우리 둘뿐이네요. 제 궁금증을 해소해 주시죠."

"좋아요." 나는 극적인 효과를 위해 말을 멈추었다가(광고주에게 광고 시안을 공개하기 전에 이런 수법을 쓰면 대개 효과가 좋았다) 두 개의 거짓말과 한 개의 확고부동한 진실을 차례대로 말했다.

"나는 누가, 왜 부인의 유모차를 자꾸 여기 가져다 놓는지 몰라요. 그게 1번이에요. 부인이 왜 그런 말도 안 되는 유언장을 남겼는지도 몰라요. 그게 2번이에요. 그리고 3번은 이거예요, 펠리 부보안관님. 나는 부인을 죽이지 않았다는 거. 사인 조사를 하면 할수록 부인이 자연사했다는 쪽으로 결론이 내려지고 있잖아요. 약물 검사가 거기에 마침표를 찍을 거예요."

나는 그러길 바랐다. 쌍둥이 유령이 조금이라도 더 건강한 숙주에게로 갈아타기 위해 그녀를 조종해 심장약을 한 움큼 삼키게 한 건 아니길 바랐다. 약물 검사 결과 그녀가 약을 너무 많이 먹은 것으로 밝혀지면 그들에게 불리하게 작용하는 것 아니냐고 의아하게 여기는 사람이 있을 테고 그 말은 맞지만…… 그들은 *어린아이*였다.

"이제 그만 가 주시죠." 나는 유모차를 밀다 말고 멈췄다. "가는 길에 이것도 들고 가 주시고요."

"싫습니다." 그는 이렇게 말해 놓고 격한 말투에 자기도 놀란 눈치였다. 그 유모차가 이상하다는 걸 그도 아는 것이었다. 그는 차고에서 나가다 말고 뒤를 돌아보았다. "이대로 포기하지 않을 겁니다."

"아 제발 앤디, 그냥 다른 일을 해요. 낚시하러 가요. 퇴직 후 생활을 즐겨요."

그는 자기 트럭에 올라타 시동을 걸고 앞마당 포장도로에 바퀴 자국을 남겨가며 난폭하게 땅을 박찼다. 나는 귀 벌레가 다시 시작되기 전까지 정자에 다시 나가 있을까 고민했다.

정확히 따지면 귀 벌레는 아니었다. 뱀이었다. 뱀 두 마리가 내 머릿속으로 들어왔고 내가 자기들 뜻대로 움직이지 않으면 계속 채워지는 주머니에서 독을 뿜어낼 것이었다.

어떻게 보면 펠리가 의심하는 것도 일리가 있었다. 앨리의 변호사 러더퍼드도 나름대로 의구심을 품고 있을 것이었다. 이 모든 게 잘못됐다. 가장 잘못된 건 현재 내가 처한 비참한 상황이었다. 낮에는 불쾌했던 것이 밤이 되면 끔찍해질 것이었다. 그들은 밤에 더 강해졌다. 다리를 지키는 짐이 뭐라고 했던가? *어스름이 깔릴 때 말이죠. 현실이 흐릿해지거든요.*

진짜 그랬다. 밤이 찾아오면 현실과 전혀 다른 차원의 벽이 완전히 사라졌다. 한 가지 사실만큼은 확실한 듯했다. 죽은 내 아들과 접촉할 가능성은 사라졌다는 것. 늙은 경찰 때문에 주문이 풀려 버렸다. 그냥 잠깐 동안 거기 앉아서 멕시코만이나 내다보아야겠다. 펠리(*이대로 포기하지 않을 겁니다*)를 머릿속에서 지우려고 노력해 보아야겠다. 아직 생각을 할 수 있을 때 어쩌면 좋을지 고민해 보아야겠다.

나는 정자 앞에 다다랐을 때 그 자리에 서서 안을 들여다보았다. 이대로 포기하지 않은 사람이 펠리 말고 또 있는 모양이었다. 태드가(아니면 누군가가) 접촉을 시도했다. 뱀 잡는 막대가 난간에 기대어져 있지 않고 이제는 정자 바닥에 떨어져 있었다. 어질러져 있던 낡은 구명조끼들이 한쪽으로 치워졌다. 한 널빤지에 두 글자가 (뱀 잡는 막대에 달린 갈고리의 뾰족한 끝으로 쓴 게 분명했다) 새겨져 있었다. 세 번째 글자는 중간에 끊겼다.

나는 그 글자를 보았을 때 어째야 하는지 알아차렸다. 해답은 처음부터 내 눈앞에 버젓이 있었다. 제이컵과 조지프(헤클과 제클, 못된 놈과 더 못된 놈)은 보기보다 전능하지 않았다. 어머니가 죽었으니 이제 그들에게 남은 이승과의 연결 고리는 하나뿐이었다.

널빤지 위에 휘갈겨 써진 두 글자는 유모였다. 그리고 세 번째 글자는 ㅊ을 끝으로 방치됐다.

유모차.

그렇게 해치워서 전부 끝낼 수 있으면 얼른 해치우는 편이 좋을 것이다.

이런 문제에 있어서 맥베스는 이렇게 생각했고 그는 꾀돌이었다. 얼른 움직이면 내게 맡겨진 두 혼종 괴물을 (어쩌면) 해치울 수 있을지 몰랐다. 그러지 못하고 이 생각의 뱀이 내 머릿속 깊숙이 똬리를 틀면 내게 남은 길은 단 두 개가 될지 몰랐다. 자살 아니면 그들의 대리부로 살기. 그들의 노예로 살기.

나는 느긋하게 집으로 돌아가 차고로 들어갔다. *나를 봐, 이렇게 천하태평한 나를.*

생각들이 당장 시작됐다. 어떤 생각인지 더는 설명할 필요가 없을 것이다. 나는 유모차 손잡이를 잡고 앞뒤로 밀며 그 소름 끼치는 바퀴 소리를 들었다. 그들을 없애지 못하면 바퀴에 기름이라도 칠해야겠다. 지당하신 말씀. 그뿐 아니라! 시트 등받이에 서로 다른 티셔츠를 걸쳐야지! 시트에 서로 다른 반바지도 놓고! 벨 부인의 집(트렌턴

의 집이 되겠지)에 살기 시작하면 나는 그들에게 말을 걸 것이다. 밤이
되면 잠자리를 준비해 주고 『깊은 밤 부엌에서』, 『당나귀 실베스터와
요술 조약돌』, 『꼬마 곰 코듀로이』를 읽어 줄 것이다. 그림을 보여 줄
것이다!

"얘들아, 안녕."

안녕하세요, 안녕하세요.

"유모차 타고 밖에 나갈래?"

좋아요, 좋아요.

"그래, 그럼 그러자. 그 전에 내가 처리할 일이 두어 개 있거든. 금
방 하고 올게."

나는 집 안으로 들어가 식탁에 놓아둔 휴대 전화를 집었다. 이 카운
티의 물때표를 확인해 보니 딱 좋았다. 현재 썰물이 들었고 11시 직
후에 간조였다. 금방이었다.

나는 운동복 바지와 소매를 자른 티셔츠를 입고 있었다. 셔츠를 바
닥에 떨구고 샌들을 벗어 던지고 2층으로 달려 올라갔다. 청바지와
스웨트셔츠를 입었다. 레드 삭스 모자를 욱여 썼다. 장화는 없었지
만 1층 신발장에 고무 덧신이 있었다. 그레그의 것이라 너무 커서 다
시 2층으로 올라가 양말을 세 개 더 신었다. 그리고 다시 1층으로 내
려갔을 때는 에어컨에도 불구하고 몸에서 땀이 났다. 8월의 뙤약볕이
내리쬐는 밖으로 나가면 땀이 더 쏟아질 것이었다.

앤디 펠리는 이 섬 북단으로 뱀을 몰고 갔고 타 죽지 않은 녀석은
물에 빠져 죽었다고 했지만 전부 몰살당하지는 않았을 거라고 했다.
두 쌍둥이들이 몰살당하지 않은 녀석들을 부를 수 있을지 알 수 없
었다. 부를 수 없을지도 몰랐고 40년이 지났으니 남은 녀석이 없을지
모르지만 만일의 경우를 감안해야 했다. 내가 아는 게 하나 있다면

플로리다는 파충류 친화적인 환경이라는 것이었다.

개수대 아래를 보니 고무장갑이 있었다. 그걸 끼고 함박웃음을 지으며 차고로 나갔다. 누가 아무도 없는 유모차에 대고 말을 거는 나를 보았다면 앨리 벨처럼 미쳤나 보다고 생각했을 것이다. 하지만 나 혼자였다. 물론 그들도 있었지만.

"걸어서 갈래?" 애써 놀리는 투로 물었다. 우리가 썼던 표현을 빌자면 아이디어를 팔아 보려고 했다. "이제 다 컸으니까 걸을 수 있잖아, 그치?"

싫어요! 우리 밀어요, 우리 밀어요!

"바닷가 데려가면 말 잘 들을 거야?"

네! 우리 밀어요, 우리 밀어요!

그러고는 내 뼛속까지 서늘해지는 말을 했다.

바닷가로 데려다주세요, 아빠!

"그래." 나는 대답하고 생각했다. 나를 아빠라고 부를 권리가 있는 아이는 한 명뿐이다, 이 쥐새끼들아. "가자."

우리는 8월의 뙤약볕을 맞으며 앞마당을 가로질렀다. 끼익 그리고 끼익 그리고 끼익. 나는 스웨트셔츠 안에서 벌써 땀을 뻘뻘 흘리고 있었다. 땀방울이 옆구리를 타고 청바지 허리 밴드로 흐르는 것이 느껴졌다. 판자 길을 따라 유모차를 밀자 바퀴 아래에서 널빤지가 덜커덩거렸다. 아직까지는 수월했다. 바닷가로 나가면 힘들어질 것이었다. 옴짝달싹 못 하게 될 수도 있었다. 모래가 단단하고 축축한 바다 근처에서 벗어나지 말아야 할 것이었다. 그러면 성공할지 몰랐다. 아닐 수도 있었지만.

나는 유모차를 밀고 정자를 지났다. 도중에 뱀 잡는 막대를 집어서 유모차의 널찍한 손잡이에 가로로 얹었다.

"재미있니, 얘들아?"

네! 네!

"내려서 걷고 싶지 않은 거 맞아?" 제발 아니라고 해라.

우리 밀어요! 우리 밀어요!

"알았어. 하지만 꽉 잡아. 여기 조금 울퉁불퉁하니까."

정자와 일렬로 늘어선 나우파카와 마람풀 사이에 주저앉은 한 개짜리 계단이 있었다. 나는 그 계단을 유모차로 조심스럽게 타고 넘었다. 그러자 모래사장이 나왔다. 내리막길의 도움을 받아 가며 모래가 좀 더 단단한 물가 쪽으로 유모차를 밀고 갔다. 고무 덧신의 버클이 짤랑거렸다.

"이히이이!" 나는 외쳤다. 얼굴이 땀범벅이었지만 입 안은 바짝 말랐다. "재밌니, 얘들아?"

네! 우리 밀어요!

나는 이제 그 둘을 점점 구분할 수 있게 됐다. 방금 전은 조였다. 제이크는 아무 말도 하지 않았다. 어째 찜찜했다.

"제이크? 너도 재밌지, 우리 덩치?"

네에…….

미심쩍어하는 말투도 찜찜했다. 찜찜한 게 한 가지 더 있었는데, 그들이 나로부터 분리되고 있었다. 점점 강해지고 존재감이 점점 도드라졌다. 유모차 때문이기도 했지만 나 때문이기도 했다. 내가 그들에게 나를 개방했기 때문이었다. 어쩔 수가 없었다. 선택의 여지가 없었다.

나는 북쪽으로 방향을 돌려 유모차를 밀었다. 조그만 새(내가 쩍쩍이라고 부르는 종류의)들이 우리 앞에서 으스대며 걷다가 날아갔다. 고무 덧신이 짤랑거리고 철벅거렸다. 유모차 바퀴가 바다와 육지가 만나는 부분의 얕은 물을 튀겨 조그만 무지개를 만들었다. 모래가 단단했지만 판자 길에서보다 유모차를 밀기가 더 힘들었다. 이내 내 숨소리가 거칠어졌다. 과음도 하지 않고 담배는 아예 피우지 않아서 몸 상태가 괜찮은 편이었지만 내 나이가 70대였다.

제이크: 우리 지금 어디 가는 거예요?

"아, 그냥 바람 좀 쐬러 나온 거야." 나는 걸음을 멈추고 숨을 돌리고 싶었지만 속도를 늦추면 바퀴가 모래에 박힐까 봐 불안했다. "너희가 유모차 태워 달라고 해서 태워 주는 중이잖니."

제이크: 돌아가고 싶어요.

이제는 단순히 미심쩍어하는 것이 아니라 의심하는 말투였다. 조도 감기를 옮듯 자기 형제에게서 전염됐다.

조: 나도요! 피곤해요! 햇볕이 너무 뜨거워요! 모자를 쓰고 나왔어야 하는데!

"조금만 더……" 내가 말문을 열었을 때 나우파카와 팔메토 야자수 사이로 뱀들이 기어나오기 시작했다. 커다란 녀석들 수십 마리가 해변으로 파도처럼 밀려왔다. 나는 머뭇거렸지만 아주 잠깐 동안이었다. 그 이상 머뭇거렸다가는 유모차 바퀴가 모래에 박힐 것이었다. 내가 그 사이로 유모차를 밀고 지나가자 뱀들이 사라졌다. 욕조에 가득했던 그 뱀들처럼 그랬다.

제이크: 그만! 이제 그만 돌아가요! 이제 그만 돌아가요!

조: 나 여기 싫어요오오! 그는 울음을 터뜨렸다. 뱀들 싫어요!

"우리는 보물 사냥하러 나온 거야." 나는 숨을 헐떡이고 있었다. "영화에 나왔던 킹콩도 볼 수 있을지 몰라. 재밌겠지, 꾸러기들아?"

삼각형 모양으로 쌓인 조개껍데기가 앞에서 보였다. 래틀스네이크 키가 끝나는 지점이었다. 그 너머는 영원한 소용돌이가 있는 데이라이트 패스였다. 앤디 말로는 소용돌이 때문에 패스 아래쪽은 바닥이 깊게 파였다고 했다. 정확하게는 기억이 나지 않지만 깊이가 5미터는 된다고 했던 것 같다. 하지만 나와 바다 사이에 쌓인 조개껍데기가 문제였다. 유모차 바퀴가 걸릴 게 분명했고 그 위를 기어다니는 두 마리의 뱀은 환영이나 유령이 아닌 것 같았다. 그렇다고 하기에는 너무 존재감이 확실했다. 뱀 사냥 대작전에서 살아남은 녀석들일까? 새로 입도한 녀석들일까? 어느 쪽이건 상관없었다.

제이크가 애원이 아니라 명령하는 투로 말했다. *돌아가요! 돌아가지 않으면 후회하게 될 거예요!*

이미 후회하고 있어. 나는 생각했다. 그 말을 입 밖으로 내지는 못했다. 너무 숨이 차서 그럴 수가 없었다. 심장이 미친 듯이 쿵쾅거렸다. 당장이라도 너무 빵빵해진 풍선처럼 그냥 펑 터질 것 같았다.

경악스럽게도 쌍둥이의 형체가 스멀스멀 등장하기 시작했다. 성인 남자의 몸이 쌍둥이용 유모차 시트에 맞을 리 없는데도 거기 앉아 있었다. 그들이 부풀어 오른 어린아이의 머리를 돌려 나를 쳐다보았다. 시커먼 눈은 표독스러웠고 뱀에 물린 자국이 뺨과 이마에 점점이 박혀서 마치 종말론적인 수두를 앓고 있는 것 같았다.

이 한 쌍의 뱀은 과연 진짜였다. 놈들이 조개껍데기 사이로 S자를 그리며 구불구불 다가오자 건조하게 쉭쉭거리는 소리가 들렸다. 꼬리가 딸랑거렸다, 바가지에 담긴 마른 뼈 소리였다.

제이크: *물어, 세게 물어 버려!*

조: *물어, 물어서 더 못 가게 해! 우리를 도로 데려가게 해!*

놈들이 물자 BB탄이 고무 덧신을 때린 것 같은 느낌이 들었다. 아니면 우박이. 마침내 유모차 바퀴가 조개껍데기에 깊숙이 박혔다. 유모차에 타고 있던 어른인지 어린애인지 모를 쌍둥이가 몸을 돌려서 나를 쳐다보았지만 거기서 빠져나오지는 못하는 듯했다. 아직은 그랬다. 한 방울뱀이 고무 덧신 위로 내 오른발을 감싸고 대가리를 나 선형으로 치켜들었다. 어차피 유모차가 꼼짝 못 하게 됐으니 (말하자 면 해변에 좌초됐으니) 나는 손잡이를 놓고 대신 뱀 잡는 막대를 집었 다. 내 몸을 푹 찌르지는 않길 바라며 막대를 아래로 내리꽂았다. 머 뭇거릴 겨를이 없었다. 갈고리가 똬리에 박히자 뱀을 들어서 바다 로 내던졌다. 다른 한 놈이 왼쪽 고무 덧신을 물었다. 나를 올려다보 는 까만 눈이 유모차에서 나를 올려다보는 눈과 똑같이 생겼다는 생 각이 들었다. 나는 갈고리를 삼각형 대가리 뒤쪽에 내리꽂았다. 막대 를 들어 올리는데, 녀석의 꼬리가 잡을 데를 찾느라 내 어깨를 치는 것이 느껴졌다. 하지만 잡을 데는 없었다. 나는 녀석을 내동댕이쳤다. 녀석은 하늘에 휘갈겨 쓴 낙서처럼 꿈틀거리다 물속으로 떨어졌다.

안에 타고 있는 그것들(보이기는 하지만 오래 가지는 못할)이 빠져나 오려고 버둥거리자 유모차가 앞뒤로 흔들렸다. 하지만 그것들은 아 직 빠져나오지 못했다. 유모차가 이 세상, 그리고 나와의 연결 고리였 다. 나는 유모차를 더 이상 밀 수 없었기에 나는 뱀 잡는 막대를 내던 지고 유모차를 뒤집어엎었다. 그들은 조개껍데기와 부딪치자 비명을 지르더니 사라졌다. 그러니까 더는

(우리 봐요 우리 봐요)

보이지 않았을 뿐, 존재 자체가 사라지지는 않았다. 제이크가 악을 쓰는 소리와 조가 우는 소리가 들렸다. 온몸이 방울뱀으로 뒤덮여 짧 은 생이 끝나가고 있다는 사실을 깨달았을 때 그렇게 울었는지, 사실 상 흐느끼는 소리였다. 그 소리를 듣고 미안해졌지만(우리 아들도 엄마 와 함께 그 차 안에서 익어 가고 있었을 때 울었을 게 분명했다) 멈출 생각은 없었다. 가능하다면 시작한 일을 끝내야 했다.

나는 숨을 헐떡이며 데이라이트 패스를 향해 유모차를 밀었다. 소

용돌이를 향해 밀었다.

제이크: 안 돼! 안 돼! 우리를 돌봐주어야지! 우리를 밀어! 유모차
를 밀어! 우리 옷을 입혀! 안 돼!

그의 형제는 무서워서 비명만 질러댔다.

바다까지 6미터가 남았을 때 나를 에워싸고 불길이 치솟았다. 진
짜가 아니라 뜨겁지 않았지만 등유 냄새가 났다. 냄새가 너무 독해서
기침이 났다. 기침이 구역질로 바뀌었다. 눈이 부시도록 하얗던 조개
무더기가 사라지고 불타는 뱀 카펫이 등장했다. 이것도 진짜가 아니
었지만 뜨거워진 방울이 팝콘처럼 터지는 소리가 들렸다. 놈들이 있
지도 않은 머리를 쳐들고 내게 달려들었다.

바다에 다다랐다. 유모차를 물속으로 밀어 버릴 수 있었지만 그걸
로는 부족했다. 아이들이 그걸 벨 부인의 집에서 그레그의 집으로 이
동시켰던 것처럼 그 귀신 들린 것을 바다에서 끄집어낼 수 있을지 몰
랐다. 하지만 나는 아이가 깔려 있으면 남자들은 물론이고 여자들(체
구가 작은 여자들)도 차를 들어 올릴 수 있다는 이야기를 들은 적이 있
었다. 그리고 옛날 옛적에 다나 트렌트라는 여자는 야구방망이 하나
가지고 70킬로그램이나 나가는 세인트버나드를 상대해서…… 이긴
적이 있었다. 그녀가 그럴 수 있었다면 나도 해낼 수 있었다.

그 유모차가 70킬로그램은 아니었지만 13킬로그램 정도는 됐다.
그것들이 타고 있었고 실제로 체중이 나갔다면 나는 그걸 허리 높이
까지도 들지 못했을 것이다. 하지만 아니었다. 나는 뒷바퀴 위쪽에 달
린 받침대를 잡고 유모차를 들어 올렸다. 골반을 오른쪽으로 비틀자
허리에서 삐걱대는 소리가 들렸다. 나는 몸을 다시 반대편으로 돌려
세상에서 가장 어설픈 원반던지기 선수처럼 유모차를 던졌다. 유모
차는 조개껍데기 해변에서 겨우 1.5미터 멀리 떨어진 바닷속으로 풍

덩 떨어졌다. 그 정도 거리로는 부족했지만 칼립소만을 통과한 물살이 썰물 때문에 빠르게 흐르고 있었다. 유모차는 이리저리 기우뚱거리며 소용돌이 쪽으로 빨려 갔다. 그들이 다시 거기에 앉아 있었다. 어쩌면 그럴 수밖에 없었을 것이다. 나는 떠내려가기 전에 그 끔찍한 얼굴들을 다시 한번 보았다. 유모차가 제자리로 한 바퀴 돌아왔을 때는 시트가 물속으로 가라앉고 있었다. 그 자리의 주인들은 사라지고 없었다. 티셔츠가 한 장씩 둥실둥실 흘러갔다. 머릿속에서 마지막으로 지르는 분노의 악다구니가 들렸다. 둘 중에서 더 강했던 제이크벨의 소리였다. 유모차가 바다 회전목마를 타고 다음번에 제자리로 돌아왔을 때는 물 위로 손잡이만 보였다. 그다음에는 수면으로부터 1미터 정도 아래에서 아른거리는 잔광만 남았다.

불길도 사라졌다. 불길에 휩싸인 뱀들도 사라졌다. 등유 냄새만 남았다. 파란색 반바지가 내 쪽으로 떠내려왔다. 나는 뱀 잡는 막대를 집어서 그 반바지를 낚아 멕시코만 쪽으로 던졌다.

허리에서 다시 소리가 났다. 나는 허리를 숙여서 통증을 달랬다. 허리를 펴고 데이라이트 패스 저편을 내다보니 물 위를 떠다니는 초록색 풀 덩어리보다 더 많은 것이 보였다. 듀마 키가 거기 있었다. 뱀으로 득시글거리던 욕조에서 튀어나온 손이나 손님방 침대에 누워 있던 그 끔찍한 혼종처럼 진짜 같아 보였다. 야자수와 기둥 위에 지어진 분홍색 집이 보였다. 어떤 남자도 보였다. 키가 컸고 청바지에 하얀색의 무지 면 티셔츠를 입고 있었다. 그가 나를 향해 손을 흔들었다.

어머나. 다나는 죽기 직전에 이렇게 말했다. 다 컸네! 저 키 좀 봐!

나도 마주 손을 흔들었다. 그가 미소를 지었던 것 같지만 그즈음 내 눈에 눈물이 고여서 그 액체 프리즘 때문에 햇빛이 네 배 더 환해졌기 때문에 장담은 못 하겠다. 눈물을 닦고 보니 듀마 키는 사라졌고 그도 마찬가지였다.

유모차를 섬 끝까지 밀고 가는 데 걸린 시간은 고작 10분이었다. 어쩌면 15분이었을 수도 있다, 내가 조금 바빠서 시계를 확인할 겨를이 없었다. 정자와 판자 길로 돌아갔을 때는 허리가 계속 말을 듣지 않아서 45분이 걸렸다. 나는 가는 길에 장갑을 벗고 스웨트셔츠를 벗고 고무 덧신을 벗어 던지고 모래사장 위에 한참 동안 앉아서 청바지를 벗었다. 옷을 벗는 것이 걷는 것만큼 괴롭지는 않았지만 그래도 많이 아팠다. 청바지를 벗고 일어날 때도 마찬가지였지만 그래도 몸이 가벼워졌다. 그리고 머릿속에서 폭주하던 생각들도 사라졌다. 요통(요즘도 여전하다)쯤이야 감수할 만한 대가였다. 나는 사각팬티만 입고 남은 길을 마저 걸었다.

집 안으로 들어가 그레그의 욕실 수납장에서 타이레놀을 찾아서 세 알을 먹었다. 그래도 통증이 완전히 없어지지는 않았지만 그나마 줄었다. 나는 4시간 동안 잤다. 꿈도 꾸지 않고 단잠을 잤다. 그러고 일어나 보니 허리가 너무 뻣뻣해서 계획을 세워(1단계, 2단계, 3단계) 일어나 앉고 침대 밖으로 발을 내리고 똑바로 서야 했다. 뜨거운 물로 샤워를 했더니 조금 괜찮아졌다. 수건으로 닦을 수가 없어서 자연건조시켰다.

1층으로 내려가며 (움찔움찔 한 발, 한 발) 펠리에게 전화할까 고민했지만 그와 통화하고 싶지 않았다. *그야 두말하면 우라질 입만 아프지.* 다나였다면 이렇게 말했을 것이다.

나는 대신 제인에게 전화했다. 그가 무슨 일이냐고 묻기에 유모차 분실 신고를 하려고 전화한 참이라고 밝혔다. "보안관실에서 누가, 아마 펠리가 와서 그걸 수거하기로 한 모양이죠?"

"흠. 그건 아닐 것 같은데요. 제가 알아보고 다시 전화드릴게요."

그는 나중에 다시 전화해 보안관실에서 유모차를 수거한 사람은 없다고 말했다. 사실상 그럴 이유가 없다고 했다.

"이 집으로 두 번 옮겨다 놓은 사람이 부인의 집으로 다시 들고 간 모양이네요." 나는 말했다.

그도 동의했다. 그리고 귀신 들린 유모차 문제는 그렇게 끝이 났다.

2023년 5월

이게 모두 거의 3년 전에 벌어진 일이다. 나는 현재 뉴베리포트로 돌아왔고 선샤인 스테이트라고 불리는 그 주에는 두 번 발을 들이고 싶지 않다. 심지어 조지아주만 돼도 너무 가까이 다가간 느낌이다.

앨리타 벨의 독극물 검사 결과 의심스러운 부분은 없는 것으로 밝혀졌고 그로써 나는 혐의를 벗었다. 네이선 러더퍼드가 앨리의 장례를 주관했다. 그와 내가 장례식에 참석했다. 제인과 캐너밴, 로이드 서덜랜드라는 영감님(반려견을 동반했다), 회전 다리 관리자 대여섯 명도 참석했다.

앤디 펠리도 참석했다. 장례 후 다과회에서 그가 펀치를 받으려고 줄을 서 있는 내게 다가왔다. 그의 콧수염 아래에서 위스키 냄새가 풍겨 나왔다. 그걸 가릴 마스크가 없었다. "나는 아직도 선생이 뭔가 숨기는 게 있다고 생각해요." 그는 이렇게 말하고 내게 대답할 겨를도 주지 않은 채 (휘청휘청) 문 쪽으로 걸어갔다.

나는 그레그의 집에서 줌으로 열린 검시에 참석해 증언했다. 꼬치꼬치 캐묻는 사람은 없었다. 오히려 검시관은 책임자가 도착할 때까지 콘도르들이 망자를 해치지 못하게 최선을 다했다며 칭찬했다.

느닷없이 등장해 앨리타 벨의 허술한 유언장에 이의를 제기한 친척도 없었다. 그 허술한 유언장이 공증을 받기까지 오랜 시간이 걸렸지만 2022년 6월에 그녀의 전 재산이 내 것이 되었다. 믿기지 않겠지만 진짜다.

나는 벨 부인의 부동산을 매물로 내놓았다. 집의 경우 앨리가 손재주가 좋기로 유명했어도 상태가 상당히 안 좋았기에 사겠다는 사람이 없을 줄 예상했다. 하지만 대지는 얘기가 달랐다. 그 땅은 2022년 10월에 700만 달러가 조금 안 되는 금액에 팔렸다. 섬의 이쪽에서부터 저쪽까지를 아울렀으니 진짜 알짜배기였다. 조만간 또 한 채의 대저택이 그 자리에 지어질 것이다. 앨리의 다른 재산은 모두 합해서 600만 달러였다. 세금과 거액의 재산에 들러붙는 따개비들을 제하자 1300만 달러는 450만 달러로 쪼그라들었다. 거기에 딸려 오기로 되어 있었던 아이들을 감안하지 않으면 소박하고 기분 좋은 횡재였다.

나는 50만 달러는 퇴직 연금에 넣었다(제공한 서비스에 대한 보수이자 죽을 때까지 나를 괴롭힐 허리에 대한 보상이라고 치자). 나머지는 새러소타의 올 페이스 푸드 뱅크에 기부하자 그들은 아주 기뻐하며(다 나라면 좋아서 환장했다고 했을 것이다) 그 돈을 받았다. 거기서 제한 금액이 있다면 러더퍼드 변호사에게 간 8천 달러였다.

그건 앨리의 장례식 비용이었다.

나는 검시가 끝나고 앨리타 벨 사건이 공식적으로 종료됐을 때까지 그레그의 집에 있었다. 그 기간 동안 환영이나 삐걱대는 바퀴 소리에 시달리지 않았다. 물론 매일 아침에 눈을 뜨면 커피메이커를 켜기도 전에 안마당과 차고부터 체크했다. 상실의 슬픔만 흉터를 남기는 것이 아니다. 공포도 흉터를 남긴다. 특히 초자연적인 공포는.

하지만 쌍둥이는 사라졌다.

한번은 이토 씨에게 제이컵과 조지프가 관목 숲을 지나 해변으로 걸어가다가 최후를 맞은 구덩이를 보여 달라고 했다. 그는 기꺼이 내 부탁에 응했고 조금 헤맨 끝에 그 구덩이를 찾았다. 사실 이토 씨가 하마터면 그 안으로 떨어질 뻔했다. 나우파카와 돌연변이로 보일 만큼 거대한 프랑스 국화 덤불로 뒤덮여 있어서 잘은 알 수 없었지만 그레그의 안방 욕실에 놓인 으리으리한 욕조와 길이가 얼추 비슷하고 깊이도 그 정도 될 것 같았다.

나는 벨 부인의 집 열쇠를 가지고 있었고 그 집에 딱 한 번 들어갔다 왔다. 바다를 향해 유모차를 밀고 갔을 때 조개껍데기 해변에서 마지막으로 경험한 것(환상일지 환영일지 좋을 대로 생각하시라)의 정체가 궁금했기 때문이었다. 불길, 카펫처럼 바닥을 덮은 방울뱀, 등유 냄새. 쌍둥이는 뱀 사냥 대작전 이전에 죽었는데 어떻게 여기에 대해서 알았을까?

집은 앨리가 마지막으로 유령 쌍둥이를 (유모차에 태워서) 데리고 나갔을 때 상태 그대로 보존돼 있었다. 개수대에 칼과 포크가 가로로 걸쳐진 접시가 하나 놓여 있었다. 조리대에 놓인 휘티스 시리얼 상자는 먹이를 찾아 헤매던 조그만 생물들이 바닥을 씹어 놓았다. 나는 내키지 않지만 아이들의 방을 들여다보았다. 부인이 제이크와 조가 그 안에서 짧은 생을 살았을 때 모습 그대로 유지해 놓았을 것 같았는데, 과연 내 짐작은 맞았다. 트윈 베드가 있었다. 시트와 베개 커버에는 만화 스타일의 공룡이 그려져 있었다. 태드에게도 똑같은 세트가 있었다. 이 사실을 깨닫자 끔찍한 동시에 위안이 됐다.

나는 문을 닫았다. 그 위에 알록달록한 글자가 스티커로 이렇게 붙어 있었다. 쌍둥이 왕국.

나는 뭘 찾으러 왔는지 알지 못했지만 보자마자 알아차렸다. 헨리 벨의 서재도 수십 년째 고스란히 보존돼 있었다. IBM 셀렉트릭 타자기 왼쪽에는 노란색 줄 메모지가, 오른쪽에는 서류 파일이 가지런히 쌓여 있었다. (양쪽에 서진처럼 사진 액자가 놓여 있었다. 조가 수첩 위, 제이크가 파일 위였다) 한쪽 벽에는 믿기 어려울 만큼 젊고 아름다운 앨리의 사진이 걸려 있었다.

다른 쪽 벽에는 뱀 사냥 대작전을 촬영한 세 장의 흑백 사진이 걸려 있었다. 첫 번째 사진에서는 남자들이 트럭에 싣고 온 짐을 부려서 화재 진압용 물통(무지하던 시절에는 인디언 펌프라고 불렀던)을 짊어지고 보호 장비를 착용하고 있었다. 두 번째 사진에서는 남자들이 한 줄로 서서 덤불을 치며 뱀들을 북쪽으로 몰고 있었다. 세 번째 사진에는 수천 마리의 뱀이 새까맣게 타 죽은 삼각형 모양의 조개껍데기 해변이 담겼다. 나는 제이크와 조가 내 집에 출몰하기 훨씬 전에 이 집에 출몰했다는 것을 알았다. 심지어 앨리가 그들을 유모차에 태워서 여기로 데려와 사진을 보여 줬을 수도 있었다.

보이지, 얘들아? 너희를 해친 못된 뱀들이 저렇게 됐어!

나는 그 집에서 나왔다. 나오니 좋았다. 그 집은 두 번 다시 찾지 않았다.

딱 하나만 더.

윌 로저스는 더 이상 만들어 낼 수 없는 것이 땅이라는 말을 남겼고 플로리다에서는 특히 코로나 이후에 땅이 금이다. 그리고 땅을 더 이상 만들어 낼 수 없을지 몰라도 간척까지 불가능한 건 아니었다.

카운티에서 듀마 키 간척 사업을 논의하기 시작했다.

부동산 중개업체로 구성된 컨소시엄(나를 대신해 벨 부인의 집을 팔아 준 업체도 그중 하나였다)에서 복구 전문업체에 의뢰해 가능성을 타진했다.

카운티 의원들이 참석하고 카운티 행정관이 주재한 회의에서 랜드 골드사의 몇몇 전문가들이 파워포인트 강연을 통해 깊은 바다 위로 모습을 드러낸 듀마를 예술적으로 구현한 이미지를 소개했다. 그들은 비교적 쉽고 저렴한 공사라고 했다. 데이라이트 패스를 다시 막아서 수류를 차단하고 1년 정도 준설하면 된다고 했다.

내가 이 글을 쓰고 있는 동안에도 논의는 진행 중이다. 환경보호론자들이 목에 핏대를 세워 가며 반대하고 있고 나는 새롭게 결성된 세이브 데이라이트 패스라는 단체에 두 달에 한 번씩 기부하지만 플로리다에서는(그중에서도 특히 부자들이 몰리는 지역에서는) 돈이 최고라 결국에는 사업이 진행될 것이다. 그들이 수로를 막을 테고 그러는 과정에서 녹슨 유모차를 발견하게 될 것이다. 그때쯤이면 그 유모차에 깃들어 있던 끔찍한 것들이 사라지고 없을 거라고 나는 확신하지만.

거의.

그렇지 않다 하더라도 그것들이 나에게는 관심이 없으면 좋겠다. 한밤중에 삐걱대며 점점 다가오는 유모차 바퀴 소리가 들리면 나는 신의 가호를 빌어야 할 것이다.

정말이지 신의 가호를 빌어야 할 것이다!

존 D. 맥도널드를 추억하며

꿈을 꾸는 사람들

나는 우주의 의미를 모른다. 어렴풋이 짐작은 할지 몰라도. 당신들도 그럴지 모른다. 아닐 수도 있지만. 다만 내가 장담할 수 있는 게 있다면 꿈을 조심하라는 것이다. 꿈은 위험하다. 내가 알게 된 바에 따르면 그렇다.

나는 베트남전에 두 번 파병됐다가 1971년에 6월에 전역했다. 뉴욕에 도착해 비행기에서 내렸을 때 내게 침을 뱉은 사람도, 어린애들을 죽이고 다녔다고 몰아붙인 사람도 없었다. 당연히 나의 복무에 대해 고마워한 사람도 없었으니 서로 퉁치면 되겠다. 이 이야기(회고록일까? 고해서일까?)는 베트남과 아무 상관이 없지만 그런가 하면 또 상관이 있다. 정말이지 상관이 있다. 내가 26개월 동안 밀림에서 개고생을 하지 않았더라면 이빨을 봤을 때 엘긴을 말려 보려고도 했을지 모른다. 그래 봐야 별 소용이 없긴 했겠지만. 그 아마추어 과학자는 실험을 끝까지 밀고 나갈 작정이었고 어떻게 보면 목적을 달성했다. 하지만 내가 적어도 그 자리에서 나와 버릴 수는 있었다. 그런데도 그러지 않았던 이유는 베트남전에 참전한 젊은 남자는 다른 사람이 되어서 돌아오기 때문이었다. 그 젊은 남자는 텅 빈 껍데기였다. 모든 감정이 씻겨 나갔다. 그래서 그런 일이 벌어졌다. 내 탓이라고 생각하지는 않는다. 그는 나와 상관없이 강행했을 테니까. 나는 우리가 정상에서 비정상으로 경계를 넘어가고 있다는 걸 알았음에도 떠나지 않았다. 다시 깨어나고 싶어서 그랬던 것 같다. 그리고 다시 깨어났던 것 같다.

나는 메인주로 돌아가 스코히건에서 잠깐 어머니와 같이 살았다. 그녀는 잘 지내고 있었다. 노점 이름 같지만 사실 슈퍼마켓인 조지스 바나나 스탠드의 부팀장이었다. 그녀는 내게 달라졌다고 말했고 나는 안다고 말했다. 무슨 일을 할 거냐고 묻길래 포틀랜드에서 일자리를 찾아보겠다고 했다. 누나에게 배운 걸 써먹겠다고 하자 그녀는 잘 생각했다고 했다. 내가 떠나는 걸 반가워했다. 나와 같이 있으면 신경이 쓰였던 모양이다. 한번은 내가 그녀에게 내 친아버지와 새아버지, 둘 중 누굴 보고 싶으냐고 물은 적이 있었다. 그녀는 친아버지라고 했다. 레스터의 경우에는 쓰레기 같은 인간이 사라져서 얼마나 속이 시원했는지 모른다고 했다.

나는 중고차를 한 대 사서 그걸 타고 포틀랜드로 건너가 템프 O라는 곳에 지원서를 냈다. 지원서를 접수한 여자가 말했다. "출신 학교를 안 적었네요." 그녀는 이름이 프로비셔 부인이었다.

"없어요."

"없다니 뭐가요?"

"출신 학교요."

"저기요, 이해를 못 했나 본데. 우리는 누가 아프거나 그만뒀을 때 대신 일을 처리할 속기사를 뽑고 있어요. 우리 임시 직원 중에 일부는 지방 법원에서 근무하고요."

"한번 믿어 보세요."

"그레그식 속기법 알아요?"

"네. 누나한테 배웠어요. 숙제 도와주다가 제가 더 잘하게 됐어요."

"누나는 어디서 일해요?"

"죽었어요."

"안타까워라." 프로비셔 부인은 안타까워하는 투가 아니었고 나는 그녀를 나무라지 않았다. 다들 자기 비극을 감당하기에도 버거운 마당에 남의 비극까지 짊어질 필요는 없었다. "1분에 몇 단어 가능해요?"

"180이요."

그녀는 미소를 지었다. "설마."

"진짜예요."

"못 믿겠는데."

나는 아무 말도 하지 않았다. 그녀는 메모지와 에버하드 파버 3번 연필을 건넸다. "180단어를 내 눈으로 직접 보고 싶어요. 기대가 되네요."

나는 메모지를 펼쳤다. 나는 누나와, 그녀의 방에 앉아 있던 내 모습을 떠올렸다. 누나는 스탠드 불빛이 동그랗게 비추는 책상 앞에, 나는 침대 위에. 그녀는 내가 자기보다 실력이 낫다고 했다. 식은 죽 먹기로 배운다고 했는데, 맞는 말이었다. 베트남어뿐 아니라 타이와 무엉 방언을 배울 때도 마찬가지였다. 재능이 아니라 요령이었다. 단어들이 내 눈앞에서 S자 모양의 갈고리와 옷걸이로 바뀌었다. 굵은 획, 얇은 획, 돼지 꼬리로 바뀌었다. 발맞춰 내 머릿속을 행군했다. 그래서 좋았느냐고 물으면 가끔이라고 하겠다. 살다 보면 가끔 숨을 쉬는 것이 좋을 때도 있는 것처럼. 대부분의 경우에는 그냥 숨을 쉬지만.

"준비됐어요?"

"아까부터요."

"그 말이 맞는지 두고 볼게요." 그러더니 속사포처럼. "자비심은 강요되는 것이 아니라 단비처럼 하늘에서 땅 위로 떨어지는 것으로 길을 가다가 그냥 들어와서 180단어를 받아 적을 수 있다고 말하면 안 되지 주는 사람과 받는 사람 양쪽 모두에게 축복이다. 이제 내가 뭐라고 했는지 읽어 봐요."

나는 읽어 주었다. 포셔*의 연설 마지막 부분에서 단어 몇 개를 틀리게 말했다는 건 지적하지 않았다. 그녀는 잠깐 동안 나를 그저 빤히 쳐다보더니 이렇게 말했다. "맙소사."

나는 이후로 10개월 정도 템프 O에서 일했다. 우리는 베트남에서 승기를 잃어 가고 있었다. 천재가 아니라도 알 수 있었다. 가끔 사람들이 멈추어야 하는데 그러지 않을 때가 있다. 이렇게 말하고 나니 엘긴이 생각난다. 그 아마추어 과학자.

내가 일을 시작했을 때는 직원이 네 명이었다가 여섯 명이 됐다가 세 명으로 줄었다가 다시 여섯 명으로 늘었다. 임시직은 이직률이 높

---

* 셰익스피어의 희곡 「베니스의 상인」의 여주인공.

았다. 직원들은 모두 여자였고, 흰칠하고 탈모를 감추려고 애를 쓰며 코 주변과 입가에 습진이 난 피어슨만 예외였다. 입가는 습진으로 침이 말라붙은 것처럼 보였다. 피어슨은 내가 입사했을 때도 퇴사했을 때도 그 회사에 있었다. 그의 실력은 1분에 60단어 정도였다. 그것도 컨디션이 좋은 날에. 상대방이 말을 너무 빨리하면 그는 천천히 하라고, 천천히 하라고 했다. 내가 그걸 아는 이유는 일이 없으면 우리끼리 시합을 벌였기 때문이다. 2분짜리 텔레비전 광고. 주방세제. 치약. 키친타월. 낮에 텔레비전을 보는 여자들이 살 만한 것들. 1등은 항상 나였다. 어느 정도 시간이 지나자 피어슨은 시도조차 하지 않았다. 유치한 게임이라고 했다. 프로비셔 부인이 피어슨을 자르지 않은 이유는 모르겠다. 그와 떡을 치거나 그런 것도 아니었는데. 그가 밸런타인데이까지 현관 앞 테이블에 그대로 쌓여 있는 크리스마스카드처럼 못 보고 넘어가기 딱 좋은 부류였기 때문인 것 같다. 그는 나를 싫어했다. 나는 그를 좋아하지도 싫어하지도 않았다. 내가 1971년과 72년을 그런 식으로 보냈다. 하지만 나를 엘긴에게 소개한 사람이 피어슨이었다. 따지고 보면 그런 셈이었다. 그가 의도한 바는 아니었지만.

우리는 8시 30분이나 9시쯤에 출근해 익스체인지가(街)에 있는 그 회사 뒷방에 앉아 커피를 마시고 도넛을 먹으며 조그만 휴대용 텔레비전을 보거나 글을 읽었다. 가끔은 시합을 벌였다. 그 방에는 「프레스 헤럴드」가 대개 두세 부씩 있었는데, 피어슨이 항상 한 부를 차지하고서는 습진을 긁어 부스럼을 눈가루처럼 뿌리며 중얼중얼 기사를 읽었다. 프로비셔 부인은 평범한 일이면 앤이나 다이앤이나 스텔라를 호출했다. 아파서 결근한 사람이 있으면 내가 대개 법원을 맡았다. 나는 속기 문자를 외우고 속기 마스크를 써야 했지만 상관없었다. 가끔 녹음기 휴대가 금지된 중요한 회의에 파견되기도 했다. 그러면 나와 메모지뿐이었다. 그나마 내가 좋아했던 일이 있다면 그 일이었다. 가끔은 속기를 풀어 쓴 뒤 메모지를 넘겨야 했다. 그래도 상관없었다. 가끔 팁을 받을 때도 있었다.

피어슨은 신문을 읽을 때 다 읽은 부분은 바닥에 버리곤 했다. 다이앤이 어느 날 그걸 두고 추잡한 버릇이라고 하자 피어슨은 그래서 싫으면 조그맣게 뭉쳐서 네 똥구멍에 쑤셔 넣으라고 받아쳤고 다이앤은 그로부터 일이 주 뒤에 회사를 그만뒀다. 나는 가끔 피어슨이 버린 신문을 주워서 훑어보곤 했다. 일이 없으면 우리가 불펜이라고 불렀던 그 뒷방에서 심심해졌다. 게임 쇼와 토크 쇼도 지겨웠다. 나는 항상 책을 들고 다녔지만 엘긴에 대해서 알게 된 (광고에 이름은 실리지 않아서 이름은 나중에 알았지만) 그날은 읽고 있던 책이 재미가 없었다. 전쟁에 대해 아무것도 모르는 남자가 쓴 전쟁서였다.

내가 집은 건 광고 난이었다. 한쪽에는 차주가 직접 올린 중고차 매물, 다른 쪽에는 구인 광고가 실려 있었다. 나는 구인 광고를 눈으로 훑었다. 템프 O가 그럭저럭 마음에 들었으니 다른 일자리를 찾기 위해서라기보다 그냥 시간을 때우기 위해서였다. 볼드체로 적힌 *아마추어 과학자*라는 단어가 내 눈에 들어왔다. 그리고 *점액질*이라는 단어도. 구인/구직 광고에 잘 쓰이지 않는 단어였다.

아마추어 과학자가 일련의 실험을 도와줄 조수를 찾습니다. 속기 능력 필수(분당 60-80단어 혹은 그 이상). 추천서가 훌륭할 경우 고액의 보수 지급. 기밀 유지와 점액질의 기질도 필수.

연락처가 있었다. 어떤 사람이 점액질 기질의 조수를 찾는지 궁금했기에 나는 전화를 걸었다. 시간을 때우기 위해서. 그때가 목요일 정오였다. 토요일에 나는 중고 포드를 몰고 캐슬록까지 110킬로미터 정도를 가서 다크 스코어 호수에서 끝나는 레이크가(街)로 찾아갔다. 진입로 입구에 문이 달린 큼지막한 석조 저택이 호숫가에 자리 잡고 있었고, 나는 아마추어 과학자 엘긴의 조수로 일하는 동안 그 뒤편의 조그만 돌집에서 지냈다. 그 집이 대저택은 아니었지만 거의 비슷했다. 진입로에는 폭스바겐 버그와 벤츠가 주차돼 있었다. 버그에는 메인주 번호판이 달렸고 주유구에는 꽃무늬 판박이가, 범퍼에는 전쟁을 중단하라 스티커가 붙어 있었다. 나도 아는 스티커였다. 벤츠에는 매사추세츠주 번호판이 달렸다. 그게 아마추어 과학자의 차인가 보다 했고, 내 짐작은 맞았다. 엘긴의 돈이 어디서 났는지는 알 수 없었다. 그와 같은 계층은 밝히지 않는 건지도 모르겠다. 내 생각에는 유산을 받은 것 같았다. 내가 알기로 그가 하는 일이라고는 아마추어 과학자 놀이가 전부였고 대저택에 버금가는 그 집을 여름 별장이라고 부른 걸 보면 그런 것 같았다. 그의 겨울 별장은 어딘지 알 수 없었다. 보스턴 아니면 흑인이나 아시아인이라고는 잔디깎이나 식당 웨이터밖에 없는 외딴 교외일 수도 있었다. 마음만 먹었다면 마을을 이리저리 돌아다니며 알아볼 수도 있었다. 시골 사람들은 이런저런 것들을 알기 마련이고 제대로 물어보면 기꺼이 알려 준다. 남 얘기만큼 시간을 때우기에 좋은 것도 없으니 알려 주고 싶어 한다. 그리고 나는 조그만 마을에서 자랐으니 제대로 물어보는 법을 알았고 훌륭한 양키답게 r 발음을 뭉개며 말했지만 그 당시 우리가 썼던 표현을 빌자면 '그럴 입장'이 아니었다. 나는 거기가 웨스턴이든 브룩라인이든 백 베이든 상관없었다. 그 자리를 원하지도 원하지 않지도 않았다. 어디 아픈 데는 없었지만 건강하지도 않았다. 당신들은 그걸 이해할 수도 아니면 이해하지 못할 수도 있겠다. 나는 거의 매일 밤 잠을 별로 자지 못했고 어둠은 긴 시간으로 채워졌다. 나는 거의 매일 밤 전쟁을 치렀고 전쟁에서 이겼다. 해묵은 이야기라는 건 나도 안다. 당신들도 매주 텔레비전에서 접할 수 있을 테니.

나는 버그 옆에 차를 댔다. 젊은 여자가 한 손에는 서류 가방을, 다른 손에는 속기용 노트를 들고 나왔다. 치마 정장을 입고 있었다. 템프 O의 전 직원 다이앤이었다.

"아니, 이게 누구야." 나는 말했다.

"안녕. 네가 다음 차례인가 보네? 너는 운이 따라 주길 바랄게."

"너는 떨어졌어?"

"연락하겠대. 나는 그게 무슨 뜻인지 알지. 피어슨 아직 거기 다녀?"

"응."

"그 망할 인간."

그녀는 버그에 올라타 부르릉거리며 사라졌다. 나는 초인종을 눌렀다. 엘긴이 문을 열어 주었다. 그는 키가 크고 호리호리했고 피아니스트처럼 숱이 많은 백발을 올백으로 넘겼다. 흰색 셔츠와 카키색 바지를 입었는데, 살이 빠졌는지 사타구니 부분이 축 늘어졌다. 나이는 45세 정도로 보였다. 그가 나더러 윌리엄 데이비스냐고 물었다. 나는 맞는다고 했다. 그는 속기용 노트를 들고 왔느냐고 물었다. 나는 차 뒷자리에 대여섯 권 있다고 했다.

"그럼 들고 오세요."

나는 한 권을 챙기며 프로비셔 부인을 처음 만났을 때의 상황이 다시 반복되겠구나 생각했다. 그는 나를 거실로 안내했다. 집에는 아무도 없고 호수는 꽁꽁 언 겨울의 기운이 아직까지 남아 있는 듯이 느껴지는 공간이었다. 그는 이력서를 들고 왔느냐고 물었다. 나는 지갑을 꺼내 명예 전역증을 보여 주며 그것이 이력서라고 말했다. 그는 내가 고등학교를 졸업하고 주유소에서 일을 했든 헤드리스 우먼에서 서빙을 맡았든 상관하지 않았을 것이다.

"전역한 뒤에 포틀랜드의 템프 O라는 업체에서 일하고 있습니다. 바로 직전의 지원자도 거기 직원이었어요. 확인하고 싶으시면 전화해서 프로비셔 부인을 바꿔 달라고 하세요. 부인은 제가 다른 일자리를 찾고 있다는 걸 알아도 저를 자르지 않을 거예요."

"어째서요?"

"제가 그 회사에서 일을 제일 잘하니까요."

"이 일을 정말로 하고 싶은가요? 당신은 뭐랄까, 의욕이 없어 보이는데요."

"좀 변화를 주고 싶어서요." 사실이었다.

"보수는요? 얼마인지 알고 싶은가요? 아니면 근무 기간은?"

나는 어깨를 으쓱했다.

"한 군데 오래 있지 못하는 성격이로군요?"

"모르겠습니다." 그것 역시 사실이었다.

"데이비스 씨, 점액질이라는 단어의 철자를 압니까?"

나는 철자를 써 보였다.

그는 고개를 끄덕였다. "직전의 지원자는 못 썼거든요. 내가 낸 광고에서 봤을 텐데도. 그게 무슨 뜻인지도 몰랐을 것 같아요. 내 눈에는 변덕이 심해 보이던데요. 같이 근무했을 때 그런 성향을 보이던가요?"

"그런 질문에는 답하기 곤란한데요."

그는 미소를 지었다. 얇은 입술. 복화술사의 인형처럼 입가에 잡힌 팔자 주름. 뿔테 안경. 그는 과학자처럼 보이지 않았다. 과학자처럼 보이려고 하는 사람 같았다.

"어디에서 복무했어요? 베트남?"

"대부분이요."

"사람 죽여 봤어요?"

"그 얘기는 하고 싶지 않습니다."

"훈장 받은 거 있어요?"

"그 얘기도 하고 싶지 않습니다."

"좋아요. 템프 O에서 일을 제일 잘한다고 했죠. 다이앤 비소네트뿐 아니라 거기 출신을 두어 명 더 봤거든요. 분당 몇 단어를 쓸 수 있죠?"

나는 알려 주었다.

"그게 정말인지 테스트를 할게요. 불가피하게도. 당신 실력이 최고 라는데, 최고 실력자가 필요하거든요. 유일한 기록이 속기가 될 예정 이라서요. 거의 유일한 기록. 내 실험을 녹음하진 않을 거예요. 비 디오로 촬영하지도 않을 테고. 폴라로이드로 사진은 찍겠지만 책으 로 출간하면 남겨 두고 출간하지 않으면 폐기할 거예요."

그는 내가 궁금해하길 기다렸고 나는 궁금하긴 했지만 물어볼 정 도로는 아니었다. 그가 얘기를 하거나 말거나 상관없었다. 커피 테이 블에 책이 쌓여 있었다. 그가 맨 위에 있던 책을 집어서 그걸로 테스 트를 진행했다. 책 제목이 『인간과 상징』이었다. 그는 제법 빠른 속도 로 낭독했지만 프로비셔 부인만큼은 아니었다. 그 책에는 활성화-종 합과 같은 전문 용어도 있었고 아니엘라 야페나 브레시아 대학교 같 은 어려운 이름도 있었지만 내 눈에는 모두 정확하게 보였다. 그거였 다. 내게는 그것이 일종의 시각 정보였다. 그가 야페라는 성을 재프로 발음했는데도 나는 모두 받아 적었다. 그런 다음 적은 것을 모두 낭 독했다.

"당신은 템프 O에서 재능을 낭비하고 있네요." 그가 말했다.

나는 그 말에 아무 대꾸도 하지 않았다.

"내가 실험을 진행하는 동안 당신은 여기서 살게 될 거예요. 뒤편의 게스트하우스에서. 쉬는 날에도. 자유 시간은 많을 거예요. 군 복무하면서 배운 의료 기술이 있나요?"

"조금요. 뼈를 맞출 줄 알고 인공호흡도 가능합니다. 물에 빠진 사람을 제때 건져 내기만 하면요. 여기선 설파제 습포는 필요 없을 것 같고요."

"나이가 어떻게 되죠?"

"스물네 살입니다."

"그보다 많아 보이는데."

"그렇군요."

"혹시 미라이에 있었나요?"

"그 후에 갔습니다."

그는 쌓여 있던 책 중에서 한 권을 집어 들었다. 『원형과 집단 무의식』이었다. 다시 한 권 집은 책은 『기억, 꿈, 사상』이었다. 그는 책들을 들어 올렸다. 그러고는 양팔 저울 위에 올려놓은 것처럼 양손에 한 권씩 얹고 무게를 가늠했다. "이 두 책의 공통점이 뭔지 알아요?"

"둘 다 카를 융이 쓴 책이죠."

그는 눈썹을 추어올렸다. "그의 이름을 맞게 발음하네요."

당신은 아니엘라 야페를 잘못 발음했는데 말이지. 나는 이렇게 생각했지만 말로 표현하지는 않았다.

"독일어를 할 줄 아는 건 아니겠죠?"

"아인 베니히.*" 나는 말하고 엄지와 검지를 들어서 살짝 벌렸다.

그는 쌓여 있던 책에서 한 권을 더 집었다. 『게겐바르트 운트 추쿤

---

* '조금'이라는 뜻의 독일어다.

프트』였다. "이건 내 보물이에요. 희귀한 초판본. 『현재와 미래』. 읽지는 못하지만 사진을 감상하고 그래프를 연구할 수는 있죠. 수학은 만국 공통어니까요, 당신도 알겠지만."

몰랐다. 왜냐하면 세상에 만국 공통어는 없다. 숫자도 개처럼 가르치면 재주를 부릴 수 있다. 그리고 그의 초판본 제목은 사실 『존재와 미래』다. 현재와 존재는 천지 차이다. 그 사이에는 엄청난 간극이 존재한다. 그건 관심 없었지만 『게겐바르트 운트 추쿤프트』 아래에 놓인 책에는 호기심이 동했다. 융이 저자가 아닌 유일한 책이었다. H. P. 러브크래프트가 쓴 『잠의 장벽 너머』였다. 다낭 공군 기지에서 알고 지냈던 헬리콥터 기관총 사수가 그 책을 가지고 있었다. 그 책은 불에 타서 없어졌고 그도 마찬가지였다.

좀 더 대화가 이어졌다. 그는 진행한다는 실험이 합법적인지 의심스러워질 정도로 높은 액수의 보수를 제시했다. 그가 어떤 실험인지 물어볼 수 있는 기회를 여러 번 주었지만 나는 묻지 않았다. 결국 그는 집적대길 포기하고 자기가 하려는 게 뭐와 연관 있는 실험인지 알아맞혀 보겠느냐고 물었다. 나는 꿈일 것 같다고 말했다.

"맞아요. 하지만 내 관심사의 정확한 성격, 그러니까 그 *취지*는 당분간 나만 알고 있겠어요."

나는 그 취지에 대해서 묻지 않았다. 이번에도 굳이 짚고 넘어가지 않았다. 그는 폴라로이드 카메라로 내 전역증을 찍고 나를 채용하겠다고 했다. "당연히 템프 O에 남아도 되지만 여기서 일하면 그 어떤 심리학자도, 심지어 융도 발을 들이지 않은 영역을 탐험하는 나를 돕게 될 거예요. 미개척지를 탐험하는 나를요."

알겠다고 했다. 그는 7월 중순에 일을 시작하자고 했고 나는 알겠다고 했다. 그는 전화번호를 물었고 나는 알려 주었다. 셋집 복도에

설치된 전화번호라고 말했다. 그는 여자 친구가 있느냐고 물었다. 나
는 없다고 했다. 그는 결혼반지를 끼고 있지 않았다. 나는 그 집에서
도우미를 본 적이 없었다. 조그만 게스트하우스로 거처를 옮긴 뒤에
식사는 내 손으로 직접 만들어 먹거나 읍내의 여러 식당 중 한 군데
에서 해결했다. 그의 식사는 누가 차려 주었는지 모르겠다. 엘긴은 과
거도 없고 미래도 없는 사람처럼 왠지 모르게 시간을 초월한 분위기
를 풍겼다. 현재는 있었지만 딱히 존재감은 없었다. 그는 담배는 피웠
지만 술을 마시는 것은 본 적이 없었다. 그에게 있는 것이라고는 꿈
에 대한 집착뿐이었다.

나가는 길에 내가 물었다. "잠의 장벽을 넘어가고 싶으신 거죠?"

그는 그 말을 듣고 웃음을 터뜨렸다. "아뇨. 그 아래로 파고 들어가
고 싶어요."

7월 1일에 그가 연락해 2주 뒤에 퇴사하겠다고 통보하라고 했다.
나는 그가 시킨 대로 했다. 나는 프로비셔 부인이 2주 기다릴 것도 없
이 그냥 나가라고 (아니면 더 일찍 퇴사하라고) 하지 않을까 생각하지
않았고 그녀는 그러지 않았다. 나로 말할 것 같으면 가장 실력이 좋
은 직원이었으니 최대한 활용하고 싶어 했다. 그는 7월 8일에 전화해
14일에 근무를 마치면 이사하라고 했다. 셋방에서 살고 있으니 짐이
별로 없겠다고 했다. 그의 짐작은 맞았다. 그는 나에게 당장 맡길 조
그만 일이 하나 있다고 했다.

내가 템프 O에서 가장 마지막으로 말을 건 상대는 피어슨이었다.

나는 그에게 밥맛이라고 말했다. 그는 아무 대꾸가 없었다. 내 평가에 동의했기 때문일까? 나에게 한 대 맞을 수도 있다고 생각했기 때문일까? 모르겠다. 차를 몰고 게스트하우스로 가 보니 고리에 달린 열쇠 세 개 중 하나가 구멍에 꽂혀 있었다. 방은 모두 네 개였다. 깔끔했다. 벽 안에 단열재를 넣는 공사가 일반화된 후에 증축돼서 그런지 본채보다 더 따뜻했다. 거실에 벽난로가 있었고 잘 말려서 방수천으로 덮어 놓은 장작이 집 뒤편에 쌓여 있었다. 나는 장작불을 좋아한다, 전부터 그랬다. 본채로 찾아가지는 않았다. 엘긴이 내 차를 보고 내가 왔다는 걸 알아차렸겠거니 했다. 조그만 일자형 주방에 인터컴이 있었고 그 옆에 팩스가 있었다. 가정용 팩스는 한 번도 본 적 없었지만 사무용 팩스는 베트남 본부에서 본 적 있었기에 그게 뭔지는 알았다. 식탁 위에 스크랩북처럼 생긴 것이 있었다. 그 위에 이런 쪽지가 테이프로 붙어 있었다. *이것들을 숙지하도록. 요약 정리해도 좋고.*

스크랩북을 훑어보았다. 요약 정리하지는 않았다. 나는 기억력이 좋다. 모두 열두 쪽이었고 셀로판지 아니면 부레풀 아래에 열두 장의 사진이 들어 있었다. 두 개는 운전면허증 사진이었다. 두 개는 얼굴 사진이었다. 여자 여섯, 남자 여섯. 모두 연령대가 달랐다. 가장 어린 사람은 고등학생 같았다. 사진 아래에 이름과 직업이 적혀 있었다. 두 명은 대학생이었다. 두 명은 아마도 여름 방학을 맞이한 교사였다. 한 명은 퇴직자였다. 나머지는 육체노동을 하지 않는 사람들이 육체노동자라고 부르는 웨이트리스와 가게 점원, 목수 그리고 장거리 트럭 운전사였다.

냉장고에 달걀과 베이컨이 있었다. 베이컨 기름에 달걀프라이 네 개를 만들었다. 집 옆쪽에 호수가 보이는 조그만 덱이 있었다. 거기서 호수를 감상하며 달걀을 먹었다. 워싱턴산과 제퍼슨산 사이로 해가 저물고 호수가 금색으로 물들자 안으로 들어가 침대에 누웠다. 4년을 통틀어 그 어느 때보다 단잠을 잤다. 생각도 상상도 끊긴 어둠 속에서 10시간을 보냈다. 죽으면 분명 그런 느낌일 것이다.

토요일 날이 밝자 호숫가로 걸어 내려갔다. 벤치가 있었다. 엘긴이 거기 앉아서 담배를 피우고 있었다. 전처럼 하얀색 셔츠에 밑위가 긴 카키색 바지를 입고 있었다. 다른 옷일 수도 있었지만, 그는 무슨 유니폼이라도 되는 것처럼 항상 그 옷만 입었다. 그가 나에게 옆에 앉겠느냐고 했다. 나는 옆에 앉았다.

"짐 정리는 잘 끝났나?"

"네."

그는 뒷주머니에서 지갑을 꺼내 내게 수표를 건넸다. 드림 코퍼레이션에서 내 앞으로 발행한 수표였다. 금액은 1000달러였다.

"캐슬록에 있는 키 은행에 들고 가면 될걸세. 내 개인 계좌와 회사 계좌가 그 은행에 개설돼 있어. 자네도 원하면 계좌를 만들도록 하고."

"그냥 현금으로 바꿀 수도 있는 거죠?"

"물론이지. 내가 남긴 스크랩북의 첫 번째 실험 대상이 누구였는지 기억하나?"

"네. 앨시어 깁슨. 미용사. 서른 살쯤 되어 보이던데요."

"기억력이 좋군그래. 완전기억능력을 갖추고 있나? 속기하는 속도와 베트남어를 구사하는 것을 보면 그럴 수도 있겠다 싶긴 한데."

뒷조사를 한 모양이었다. 여기저기 전화를 돌렸다고 해야 하나. "그러게요. 속기는 누나에게 배웠습니다. 누나 공부하는 걸 도와주다 가요."

"그런데 자네가 더 잘하게 됐지."

"그랬던 것 같지만 누나가 자리를 잘 잡았어요. 이스턴 메인 메디컬 인사부에 취직했거든요. 연봉도 저보다 더 많이 받았고요." 누나가 죽었다는 걸 그가 알 필요는 없었고 나도 알리고 싶지 않았다.

"베트남에서 통역을 했다고."

"잠깐 동안요."

"그때 얘기는 하고 싶지 않은 건가? 알았네. 여기 좋지 않은가? 평화롭고. 조금 있으면 소풍 나온 사람들이 등장할 거야. 보트 삐걱대는 짜증 나는 소리는 전몰장병 추모일에서부터 노동절까지 이어지지만 해변으로 소풍 나오는 사람들은 그보다 더 늦게까지 이어지지."

"선생님이 사시는 곳은 사유지죠."

"맞아. 나는 사적인 공간을 좋아하거든. 데이비스 군, 나는 내가 세상을 바꾸어 놓을 거라고 확신하네."

"그러니까 꿈에 대한 세상의 인식을요."

"아니. 세상 자체를. 만일 내가 성공하면 말이지." 그는 벤치에서 일어났다. "팩스를 한 장 보낼 테니 읽어 보게. 깁슨 부인이 화요일 오후 2시에 여기로 찾아올 걸세. 내가 비용을 지불하고 미용실 문을 닫고 오게 했지. 자네가 맞아서 안으로 안내해 주기 바라네. 세팅은 그 전에 내가 미리 보여 주겠네. 12시쯤에. 부인이 일찍 올 경우에 대비해서."

"알겠습니다."

"팩스 읽어 보게. 이견이 있거든 인터컴을 이용하도록. 없으면 화요일까지 쉬어도 좋아." 그는 손을 내밀었다. 나는 악수하기 위해 벤치에서 일어났다. 나이를 알 수 없는 그의 외모에 다시 한번 눈길이 갔다. 일종의 평온이었다. 그는 자신이 세상을 바꾸어 놓을 거라고 믿었다. 진심으로 그렇게 믿었다.

내가 커피를 끓이는 동안 팩스 기계가 비명을 질렀다. 실험 대상들에게 나누어 줄 동의서였다. 이 사업의 합법성 여부가 또다시 의심스러워졌다. 실험 대상이 자기 이름, 주소, 연락처를 적는 공란이 있었다. 그 아래에 서명인은 실험 전에 가벼운 최면제 투여를 고지받았고 이에 동의했다는 문구가 적혀 있었다. 최면제의 지속 시간은 최장 6시간이며 이후 실험 대상은 아무 문제 없이 회복될 거라고 했다. 약을 투여할 사람은 엘긴이라 뭐가 잘못되더라도 나는 책임이 없으니 이견은 없었다. 솔직히 전보다 더 호기심이 생겼다. 엘긴이 제정신이 아닐 수 있다는 생각도 들었다. 베트남에 다녀온 뒤로 나는 그런 냄새를 잘 맡았다. 시내에 가서 장을 봐 왔다. 은행 영업 시간이 12시까지였다. 계좌를 개설해 수표를 입금하고 100달러를 현금으로 인출했다. 수표를 확인하느라 기다릴 필요가 없었다. 은행에서 그가 믿을 만한 사람이라는 걸 안다는 뜻이었다. 나는 캐슬록 다이너에서 점심을 먹고 게스트하우스로 돌아가 낮잠을 잤다. 꿈은 꾸지 않았다.

화요일 12시에 본채로 건너갔다. 엘긴이 현관 앞 계단에서 기다리고 있었다. 안으로 들어갔을 때 왼쪽은 그가 내 전역증을 확인하고 융의 저서를 보여 주었던 거실이었다. 오른쪽에는 쌍여닫이문이 있었다. 그가 그 문을 열었다. 전에는 식당으로 쓰였지만 이제는 실험실이었다. 합판인 것처럼 보이는 벽을 쳐서 방을 두 개로 나누었다. 한쪽은 실험 대상을 위한 공간이었다. 심리상담실 의자처럼 머리 쪽은 높이고 발치는 낮춘 의자가 있었다. 소파 이쪽에는 아래로 고개를 숙인 폴라로이드 카메라가 삼각대에 놓여 있었다. 저쪽에는 백지인 맨 첫 장이 펼쳐진 블루 호스 노트와 펜이 놓인 조그만 테이블이 있었다. 그러니까 그는 실험 대상들이 아직 기억이 생생할 때 무슨 꿈을 꾸었는지 적길 바랐거나 적을지 모른다고 생각하는 모양이었다. 벽에는 보스 스피커가 걸려 있었다. 합판 벽의 중앙에는 소파 등받이 위쪽을 마주 보는 지점에 거울이 걸려 있었고, 형사 드라마를 본 적 있는 사람이라면 누구든 그것이 이중 거울이라는 사실을 알 수 있었다. 엘긴 쪽 벽에는 책상과 삼각대에 놓인 또 다른 폴라로이드 카메라가 자리 잡고 있었다. 이 카메라는 이중 거울을 지나 소파를 겨냥하고 있었다. 책상 위에는 마이크가 있었다. 일렬로 늘어선 버튼도 있었다. 벽에 스피커가 다시 여러 대 걸려 있었다. 필립스 전축은 턴테이블에 레코드가 놓여 있었다. 이중 거울 옆에 의자가 있었다.

"저건 자네 자리." 그가 의자를 가리키며 말했다. "자네가 저기 앉아서 지켜보게 될 거야. 새 노트 들고 왔나?"

"네."

"내가 하는 말을 전부 받아 적어 주게. 깁슨 부인이 하는 말도 이쪽 스피커를 통해 들릴 테니 받아 적어 주고. 원래 잠꼬대는 이해가 안 될 때가 많으니 부인이 무슨 말을 하는지 알아듣지 못하겠거든 두 줄을 그어 주게."

"녹음기를 쓰면……" 나는 말문을 열었지만 그가 손사래를 쳤다.

"녹음도 촬영도 하지 않을 거라고 말하지 않았나. 폴라로이드 사진만 찍을 거라고. 내가 책상에서 사운드 시스템과 양쪽 카메라를 조작할 거야."

"녹음도 생략, 촬영도 생략, 알겠습니다." 그 방에는 어떤 종류의 의료 장비도 없었으니 실험 대상의 뇌파나 REM 수면을 기록할 방법이 없었다. 황당한 노릇이었지만 수표가 부도나지 않았으니 나로서는 상관없었다. 그의 표정에서는 흥분도 불안도 감지되지 않았다. 그저 특유의 평온함뿐이었다. 그는 세상을 바꿀 참이었다. 그럴 거라고 굳게 믿었다.

앨시어 깁슨은 15분 일찍 왔다. 엘긴에게 얼굴 사진을 보낸 두 명 중 한 명이었는데, 전문 사진사가 조명을 써서 어리게 보이도록 찍은 사진인 듯했다. 나이는 마흔 정도였고 뚱뚱한 편이었다. 나는 차 앞으로 마중을 나가서 엘긴 씨의 조수라고 내 소개를 했다.

"조금 무서워요." 같이 집 쪽으로 걸어가는 동안 그녀가 말했다. "별일 없으면 좋겠는데. 별일 없겠죠, 데이비스 씨?"

"그럼요." 나는 말했다. "땅 짚고 헤엄치기일 거예요."

현실이 소설보다 더 황당하다고들 하지 않나. 여기, 사설 해변으로 가로막힌 시골길을 달려온 여자가 생전 처음 보는 남자와 대화를 나누고 있는데, 엘긴을 만난 적은 있을까 아니면 전화 통화만 했을까? 그녀는 '가벼운 최면제'를 투여받게 된다고 설명을 들었는데도 자기에게 나쁜 일이 벌어지지 않을 거라고 생각했다. 나쁜 일은 다른 사람들 아니면 텔레비전 뉴스에서나 벌어지는 일이니 그렇게 생각했다. 상상력이 부족해서 성폭행이나 암매장의 가능성을 절대 생각하지 못하는 걸까 아니면 단순히 인식의 범위가 좁은 걸까? 이것은 상상력과 인식이 무엇인가 하는 질문으로 이어진다. 어쩌면 나는 세상의 저편, 나쁜 일이 사람들에게 노상 벌어지고 가끔은 미용사조차도 예외는 아닌 그곳에서 어떤 것들을 보았기 때문에 그에 걸맞게 사고하고 있었을지 몰랐다.

"800달러를 준다는데 무슨 수로 거부할 수 있었겠어요?" 그녀는 언성을 낮추고 물었다. "나, 약에 취하게 되나요?"

"사실 저도 잘 몰라요. 부인이 저희……" 뭐라고 해야 할까? "저희 첫 고객이거든요."

"나를 성적으로 이용하는 건 아니죠?" 그녀는 농담처럼 이렇게 물었다. 정말 농담이길 바라는 말투였다. "그분도 그렇고 당신도 그렇고요."

"전혀 그런 거 아닙니다." 엘긴이 현관 앞 계단에서 그녀를 맞으려고 복도를 걸어오며 말했다. 정찰 장교가 지도를 넣고 다니는 가방처럼 생긴 조그맣고 납작한 케이스를 한쪽 어깨에 메고 있었다. "저는 이보다 더 안전할 수 없는 사람이고 빌도 마찬가지예요." 그는 양손을 내밀어 그녀의 양손을 잡고 잠깐 꼭 쥐었다. "이 시간을 즐기게 될 겁니다. 제가 약속드립니다."

나는 그녀에게 합법적이라고는 전혀 볼 수 없는 동의서를 내밀었다. 그녀는 건성으로 훑어본 뒤 상단의 빈칸을 채우고 하단에 서명했다. 그녀는 자기 삶을 살고 있었고 그것이 끝나거나 달라질 수 있다고 의심하지 않았다. 가능성을 보지 못하는 눈은 축복이거나 저주다. 본인이 생각하기 나름이다. 그는 식당을 개조한 공간에 놓인 의자로 그녀를 안내하고 상자에서 투명한 액체가 담긴 비커를 꺼냈다. 그러고는 고무마개를 빼서 그녀에게 주었다. 그녀는 뜨거운 액체라도 담긴 듯 조심스럽게 받았다.

"이게 뭐에요?"

"말씀드린 가벼운 최면제입니다. 이걸 마시면 마음이 평온해지고 그러다 깜빡 잠이 들 거예요. 부작용이나 숙취는 없습니다. 전혀 해롭지 않아요."

그녀는 비커를 쳐다보더니 나를 향해 건배하는 시늉을 하고 말했다. "이빨 위로, 잇몸 위로, 배야 준비해. 자, 이제 간다." 그러고는 소설보다 황당한 것이 현실이라는 말에 걸맞게 단숨에 입안에 털어 넣고 엘긴을 쳐다보았다. "톡 쏠 줄 알았더니 아무 맛도 안 나네요? 그냥 맹물 아니에요?"

"대부분 맹물이긴 해요." 그는 미소를 지으며 말했다. "4시면 다시 차를 몰고 집으로 돌아가실 수 있을 텐데…… 집이 어디라고 하셨죠? 다시 말씀해주세요."

"노스윈덤이요."

"4시면 차를 몰고 노스윈덤으로 돌아가실 수 있을 거예요, 800달러짜리 수표를 들고요. 그동안 긴장을 풀고 계시면 제가 어떻게 해 주시면 되는지 알려 드릴게요. 아주 간단합니다." 그는 비커를 집어서 마개를 다시 닫고 고리 손잡이가 달린 조그만 케이스에 다시 넣었다. 그런 다음 케이스에 딱 하나 더 담겨 있던 물건을 꺼냈다. 숲속 작은 집을 찍은 사진이었다. 집은 빨간색이었다. 두 칸짜리 돌계단 위에 초록색 문이 달렸고 벽돌 굴뚝이 있었다. 그는 사진을 그녀에게 건넸다.

"이제 음악을 틀어 드릴게요. 아주 부드럽고 아주 차분한 곡으로. 그걸 들으면서 이 사진을 봐 주세요."

"우와, 이제 느껴져요." 그녀는 미소를 지었다. "대마초를 피웠을 때랑 느낌이 비슷하네요. 말랑말랑해요."

"그 사진을 봐 주세요, 깁슨 부인. 보면서 그 집 안에 뭐가 있는지 보고 싶다고 속으로 중얼거리세요."

나는 깁슨은 G로, 엘긴은 E로 표기하며 이 모든 대화를 받아 적고 있었다. 새하얗던 속기용 노트 위로 S자 모양의 갈고리가 난무했다. 나는 돈을 받고 맡은 일을 수행하고 있었다.

"그 안에 *뭐가* 있는데요?"

"그건 부인이 결정하기 나름이에요. 안으로 들어가는 꿈을 꾸면 직접 확인할 수 있을 텐데. 한번 시도해 보시겠습니까?"

"그 집 안으로 들어가는 꿈을 꾸지 않아도 800달러를 받을 수 있나요?"

"그럼요. 그냥 기분 좋게 낮잠만 자고 일어나도 상관없습니다."

"내가 잠이 들면 4시에 깨워 주시나요?" 그녀는 점점 잠이 들어 가고 있었다. "학교로 딸을 데리러 가는 건 같은 동네 사는 친구에게 부탁해 놓았지만 6시까지는 돌아가야 저녁을…… 저녁을……."

"저녁을 차려 줄 수 있다고요?"

"네, 저녁이요. 저 초록색 문을 좀 보세요! 나라면 빨간 집에 달린 문을 초록색으로 칠하지 않겠어요. 너무 크리스마스 같잖아요."

"사진을 보세요."

"보고 있어요."

"꿈을 꾸세요. 집 안으로 들어가는 꿈을 꾸세요." 최면술사의 주문이었다.

"알겠어요."

내가 보기에 그녀는 이미 주문에 걸려들었다. 엘긴이 개처럼 짖으라고 했어도 그녀는 그렇게 짖어 보려고 했을 것이다.

"안으로 들어가서 이리저리 둘러보세요."

"알겠어요."

"거실로 가세요."

"알겠어요."

"안으로 들어가지는 말고 입구까지만요."

"거실이 어떻게 생겼는지 듣고 싶으세요? 가구며 어떤 벽지를 발랐는지. 뭐 그런 거요?"

"아뇨. 무릎을 꿇고 앉아서 바닥에 갈라진 데가 있는지 찾아봐 주세요. 바로 거기 거실 입구에서요."

"거기 갈라진 데가 있어요?"

"나야 모르죠, 깁슨 부인. 앨시어. 부인의 꿈이니까요. 갈라진 데가 있으면 그 사이로 손가락을 넣어서 거실 바닥을 들어보세요."

그녀는 그를 보며 몽롱하게 미소를 지었다. "바닥을 어떻게 들어요, 말도 안 돼."

"못 들겠지만 들 수 있을지도 몰라요. 현실에서는 불가능한 것들이 꿈속에서는 가능하기도 하니까요."

"하늘을 나는 것처럼 말이죠." 몽롱한 미소가 아까보다 커졌다.

"그렇죠, 하늘을 나는 것처럼." 그는 그 말을 듣고 살짝 짜증이 난 듯했지만 내가 보기에는 하늘을 나는 꿈이 다른 꿈들에 비해 황당할 것도 없었다. 융에 따르면 하늘을 나는 꿈은 타인의 기대에서 벗어나고 싶거나, 이보다 더 어렵고 대개는 불가능하지만 자기 자신의 기대에서 벗어나고 싶은 내면의 욕구를 반영한다고 했다.

"바닥을 들어요. 그 아래에 뭐가 있는지 봐요. 깼을 때 기억이 나면 내가 준 노트에 그걸 적어요. 내가 나중에 몇 가지 물어볼게요. 기억하지 못해도 상관없어요. 우리는 잠깐 나갔다 들어올까, 빌?"

우리는 식당을 개조한 실험실의 피험자 쪽 공간에서 나와 다른 쪽 공간으로 자리를 옮겼다. 나는 노트를 무릎 위에 올려놓고 이중 거울 앞, 내 자리에 앉았다. 엘긴은 책상 앞에 앉아서 한 버튼을 눌렀다. 전축이 켜지고 바늘이 내려오고 음악이 흘러나오기 시작했다. 드뷔시였다. 엘긴이 다른 버튼을 누르자 우리 쪽 공간에서는 음악이 멎었지만 깁슨 부인이 있는 쪽에서는 계속 들렸다. 그녀는 사진을 보고 있었다. 그녀가 키득거리자 나는 기록했다. 속기가 아니라 일반 필체로 G, 2:14 PM에 웃음이라고 적었다.

시간이 흘렀다. 내 손목시계로는 10분이었다. 그녀는 약에 심하게 취한 사람만 동원할 수 있는 집중력을 발휘해 가며 열심히 집 사진을 뜯어보았다. 그녀의 손에 들린 사진이 조금씩 아래로 내려가기 시작했다. 소파 상단이 우리 쪽을 향하고 있다 보니 그녀가 눈을 스르르 감았다가 다시 뜨는 것을 볼 수 있었다. 새빨갛게 칠한 그녀의 입술에서 힘이 풀렸다. 엘긴은 이제 허리를 숙여서 손으로 무릎을 짚고 내 옆에 서 있었다. 과거 다른 세상에서 쌍안경으로 352 비행단 소속의 F-100D 전투기를 지켜보던 대령이 연상되는 모습이었다. 비엔호아 상공을 저공 비행하며 뱃속에 가득 품고 있던 네이팜탄을 주황색 장막처럼 투하하던 전투기들이 밀림 한복판에 오발탄을 떨어뜨리면 숲의 상층부가 잿더미와 뼈대만 남은 야자수로 바뀌어 버리곤 했다. 들어 주지도 않고 듣는다 한들 신경도 쓰지 않을 사람들에게 난 뚜, 난 뚜*를 외치던 남자와 여자들도 그렇게 변했다.

집 사진이 그녀의 배 위로 떨어졌다. 그녀는 잠이 들었다. 엘긴은 다시 책상 앞으로 돌아가 음악을 껐다. 그러면서 우리 쪽 스피커 볼륨을 높였는지 그녀가 아주 가볍게 코를 고는 소리가 들렸다. 그는 다시 돌아와 아까와 같은 자세로 섰다. 타이머를 맞춰 놓은 폴라로이드가 우리 쪽과 깁슨의 쪽, 두 공간에서 30초 정도씩마다 플래시를 터뜨렸다. 플래시가 터질 때마다 위잉 하는 그 고양이 같은 소리와 함께 사진이 바닥으로 떨어졌다. 그녀가 잠이 들고 3분인가 4분이 지났을 때 뭔가가 보이자 나는 앞으로 몸을 내밀었다. 상식에 반하는 것은 무엇이든 믿기지 않듯 그것 역시 믿기지가 않았다. 하지만 분명히 보였다. 손바닥으로 눈을 비벼도 여전히 보였다.

"엘긴. 저 입이요."

"나도 보여."

그녀의 입술이 슬금슬금 벌어지면서 그 사이로 치아가 튀어나왔

---
* 자비롭다는 뜻의 베트남어.

다. 바다를 가르며 화산이 폭발하는 것과 비슷한 광경이었는데, 송곳니인가 싶은 곳 말고는 뾰족한 부분이 보이지 않는다는 것이 유일한 차이점이었다. 맹수의 송곳니나 동물의 이빨로 변한 게 아니라 그녀의 치아가 길어지고 커졌을 뿐이었다. 그녀의 입술이 뒤집히며 분홍색 속살이 드러났다. 양손이 움찔거리며 앞뒤로 뒤집혔고 손가락이 꿈틀거렸다. 폴라로이드가 플래시를 터뜨리고 낑낑댔다. 저쪽에서 두 번 더, 이쪽에서 두 번 더 그랬다. 사진들이 바닥에 떨어졌다. 그러자 필름이 바닥났다. 그녀의 치아가 뒤로 물러나기 시작했다. 양손이 한 번 더 움찔거렸다. 손가락은 보이지 않는 피아노를 치는 것처럼 움직였다. 그러다 그것마저 멈추었다. 그녀의 입술이 다물어졌지만 인중에 윗입술이 남긴 희미한 빨간색의 립스틱 자국이 남았다.

나는 엘긴을 보았다. 그는 평온해 보였지만 그렇지 않았다. 날이 저물 때 하늘을 두툼하게 덮고 있던 구름이 살짝 벌어지며 석양의 시뻘건 광채가 잠깐 보이듯, 나는 그의 평온함 아래에 뭐가 있는지 언뜻 목격했다. 아마추어 과학자가 미친 아마추어 과학자인지 의심한 적이 있었다면 이로써 결론이 내려졌다.

"어떤 일이 벌어질지 아셨나요?" 나는 물었다.

"아니."

20분이 지나서 2시 58분에 깁슨 부인이 움직이기 시작했다. 우리는 같이 안으로 들어갔고 엘긴이 그녀를 열심히 흔들어 깨웠다. 그녀는 비몽사몽의 단계를 거치지 않고 곧바로 깨어나 온 세상을 품을 듯 두 팔을 벌리며 기지개를 켰다.

G: 상쾌해요. 기분 좋게 낮잠 잘 잤어요.

E: 다행입니다. 꿈을 꾸었나요? 기억하세요?

G: 네! 그 안으로 들어갔어요. 우리 할아버지 집이었어요! 현관에 그 세스 토머스 시계가 있더라고요. 언니랑 내가 할아버지 똑딱이라고 불렀던 시계가요.

E: 거실은요?

G: 거기도 할아버지의 거실이었어요. 의자도 같고 소파도 그 미끄러운 말총 소파였고 텔레비전도 위에 꽃병을 얹어 놓은 테이블형 TV였어요. 그게 다 기억이 나다니 믿기지가 않네. 하지만 그건 관심 없다고 하셨죠?

E: 바닥을 들어 봤나요?

G: (한참 동안 아무 말도 하지 않다가) 네…… 살짝 들어 봤어요…….

E: 뭐가 보이던가요?

G: 어둠이요.

E: 그럼 지하실이었나 보네요.

G: (한참 동안 아무 말도 하지 않다가) 그건 아닌 것 같아요. 나는 그걸 내려 놨어요. 바닥이요. 무거웠어요.

E: 또 다른 건 없었나요? 바닥을 들었을 때?

G: 냄새가 났어요. 지독한 악취가. (한참 동안 아무 말도 하지 않다가) 악취가요.

그날 저녁에 해변으로 내려가 보니 엘긴이 벤치에 앉아 있길래 옆으로 가서 앉았다.

"속기를 옮겨 적었나, 윌리엄?" 그는 라이터 뚜껑을 열었다 닫았다.

"오늘 저녁에 하려고요. 그 비커 안에 뭐가 들었나요?"

"특별한 건 없었어. 플루라제팜 수면제. 심지어 표준 용량에도 못 미쳤지. 물을 아주 많이 타서."

"어떤 약물도 우리가 목격한 그런 현상을 유발하지 못하겠죠."

"맞아. 하지만 덕분에 그녀를 쉽게 유도할 수 있었지. 내가 시킨 대로 하도록. 말하자면 꿈 아래 숨겨진 현실에 접근한 거야. 현실이 무엇인지를, 무엇이 아닌지를 감안하면 그런 게 존재할지 모르겠지만."

"부인의 치아가 그렇게 된 건……."

"그러게." 그는 평온을 되찾았다. "놀랍지 않던가? 증거. 우리 둘이 환상을 본 거라고 생각한다면 폴라로이드 사진이 그 증거지."

"전 환상을 봤다고 생각한 적이 없습니다. 이건 무슨 실험입니까?"

"이제 드디어 물어보는군."

"네. 이제 드디어 물어봅니다."

"자네는 존재에 대해 고민해 본 적 있나, 윌리엄? 진지하게? 왜냐하면 그런 고민을 하는 사람은 거의 없거든."

"고민해 봤고 그 끝을 보았죠."

"전쟁터에서 말이지."

"네."

"하지만 전쟁은 인간의 일이야. 과거와 미래, 양쪽 모두를 비롯해 모든 존재를 아우르는 우주의 관점에서 보면 인간의 전쟁은 개미굴에 돋보기를 갖다 댔을 때 보이는 것과 다를 바 없지. 지구가 우리의 개미굴이야. 밤에 보이는 별은 영원의 첫 마디에 불과하고. 언젠가는 달이나 화성이나 그 너머의 우주로 발사된 망원경이 은하계 너머의 은하계, 다른 성운 아래 숨겨져 있던 성운, 생각지도 못했던 경이로움을 우리에게 보여 줄지 모르지. 우주의 끝, 다른 우주가 기다리고 있을지 모를 그곳까지 계속 날아가서. 이제 그 스펙트럼의 다른 쪽 끝을 생각해 보게."

그는 지포 라이터를 옆에 내려놓고 허리를 숙여 모래를 한 줌 집었다가 손가락 사이로 흘려보냈다.

"내 주먹 속에 1만 개의 조그만 흙 알갱이가 들어 있었지, 2만 개 아니면 심지어 5만 개였을 수도 있고. 각 알갱이는 빙글빙글 자기 궤도를 도는 10억 개, 1조 개, 구골플렉스* 개의 원자와 양자로 이루어져 있고. 그걸 하나로 묶는 게 뭘까? 결합의 원동력이 뭘까?"

"가설이 있으십니까?"

"아니. 하지만 이제 어디에서 찾으면 되는지 알겠어. 자네도 오늘 그걸 봤지. 나도 보았고. 꿈이 우리와 이 끝없는 존재의 모체를 가르는 장벽이라면? 그 결합의 원동력이라면? 그게 의식의 발현이라면? 그 장벽을 뚫으려고 할 것이 아니라 서커스 천막을 들추고 안을 들여다보는 어린애처럼 그 아래를 들여다보는 식으로 그걸 무너뜨릴 수 있다면?"

"장벽은 대개 존재하는 이유가 있죠."

그는 내가 재미있는 말이라도 한 것처럼 웃음을 터뜨렸다.

"신을 보고 싶으신 겁니까?"

"거기 뭐가 있는지 보고 싶은 걸세. 실패할 수도 있지만 오늘 그걸 보고 나니 성공할 수 있을지 모르겠다는 생각이 들어. 그녀의 경우에는 꿈의 바닥이 너무 무거워서 들어 올리질 못했지. 실험 신청자가 열한 명 더 남았어. 그중에 그녀보다 힘이 센 사람이 있을지 몰라."

그때 떠났어야 했다.

---

* 1에 0을 10의 100제곱만큼 붙인 수.

우리는 7월에 실험 신청자를 두 명 더 만났다. 한 명은 멜리사 그랜트라는 여자 목수였다. 그녀는 꿈에서 집을 보았지만 안으로 들어가지 못했다. 문이 잠겨 있었다고 했다. 다른 한 명은 뉴글로스터의 책방 주인이었다. 그는 자기 서점이 조만간 문을 닫겠지만 아직은 포기할 생각이 없고 800달러가 생기면 다시 한 달치 월세를 내고 살 사람이 거의 없을 책을 주문할 수 있다고 했다. 그는 드뷔시의 음악을 들으며 2시간 동안 자고 일어나 꿈속에서 집은 보지 못하고 20년 전에 돌아가신 아버지를 만났다고 했다. 둘이서 같이 낚시하러 가는 꿈을 꿨다고 했다. 엘긴은 그에게 수표를 주고 보냈다. 스케줄상 7월에 예약이 한 명 더 잡혀 있었지만 노먼 빌슨이라는 이름의 그 남자는 오지 않았다.

8월 1일에 하이럼 개스킬이라는 남자가 레이크가의 끝에 자리 잡은 그 집을 찾아왔다. 그는 해고당한 건설 현장 인부였다. 그는 부츠를 벗어 던지고 긴 의자에 누웠다. "시작하시죠."라고 하고는 비커에 담긴 액체를 군소리 없이 삼켰다. 그는 사진을 쳐다보았고 체중이 120킬로그램쯤 됨 직한 덩치가 큰 친구라 처음에는 약효가 돌지 않는 것처럼 보이더니 결국에는 곯아떨어져 코를 골기 시작했다. 엘긴은 늘 그랬던 것처럼 내 옆으로 와서 콘도르처럼 허리를 숙이고 섰다. 코가 거울에 닿을락 말락 했고 입김이 서렸다. 거의 1시간 동안 아무 일도 벌어지지 않았다. 그러더니 코 고는 소리가 멎었고 개스킬이 잠결에 블루 호스 메모지 위에 놓인 펜을 더듬더듬 집었다. 눈을 감은 채 그 위에 뭐라고 썼다.

"저거 기록하도록 해." 엘긴이 말했지만 나는 이미 속기가 아니라 일반 필체로 기록해 놓았다. *3:17 PM에 개스킬이 약 15초 동안 필기. 펜을 놓고 다시 잠이 들어서 코를 골기 시작.*

3시 33분에 개스킬은 스스로 일어났고 똑바로 앉아서 다리를 의자 아래로 내렸다. 우리는 같이 안으로 들어갔고 엘긴이 그에게 무슨 꿈을 꾸었느냐고 물었다.

"꿈을 안 꿨어요. 죄송해요, 엘긴 씨. 그래도 돈은 받을 수 있나요?"

"네. 상관없어요. 정말 아무것도 기억이 나지 않나요?"

"네. 하지만 잠은 달게 잤어요."

나는 메모지를 보고 있다가 그에게 군 복무를 했느냐고 물었다.

"아뇨, 안 했어요. 신검을 받으러 갔더니 혈압이 높다고 하더라고요. 요즘 약 먹어요."

엘긴은 메모지에 뭐라고 써 있는지 확인했다. 개스킬이 낡은 픽업트럭을 타고 파란 배기가스를 바람에 날려가며 사라지자 엘긴은 펜을 쥔 남자가 눈을 감고 있었음에도 깔끔한 인쇄체로 적은 한 줄짜리 문장을 손끝으로 두드렸다. 흥분한 표정, *의기양양한* 표정을 짓고 있었다.

"이건 그의 필체가 아니야. 전혀 달라."

그는 개스킬의 동의서를 메모지 옆에 내려놓았다. 동의서에 적힌 이름과 주소는 글씨를 거의 쓴 적이 없고 버거워하는 사람의 필체였다. 우리는 실험을 진행하는 데 필요한 실질적인 장비가 없는 만큼 실험 신청자에 대한 정보도 없었지만 힘들게 쓴 인쇄체를 보면 개스킬은 메인주에서 요구하는 최소한의 의무 교육만, 그것도 실습이 아닌 과목은 간신히 마쳤다는 것을 알 수 있었다. 메모지에 적힌 글씨는 깔끔하고 딱 떨어졌지만 발음 구별 부호가 생략됐고 맞춤법이 틀렸다. 마치 개스킬이 들린 대로 적은 것 같았다. 속기사처럼 받아쓰기를 했으니 누가 그걸 받아쓰게 했는지 의문이 제기됐다.

"베트남어인가? 그렇지? 그래서 자네가 아까 군 복무를 했느냐고 물은 거지?"

"네."

당연히 베트남어였다. *맛 짱 다 더이 꾸어 마 가이.*

"무슨 뜻인가?"

"달은 악마들로 가득하다는 뜻이에요."

그날 저녁에 호숫가로 내려가 보니 엘긴이 벤치에 앉아서 다시 담배를 피우고 있었다. 호수는 슬레이트 같은 회색이었다. 그 위를 지나는 보트는 한 척도 없었다. 하늘은 서쪽에서 이동한 소나기구름으로 뒤덮였다. 나는 벤치에 앉았다. 엘긴은 나를 쳐다보지 않고 말했다. "그 메시지는 자네를 겨냥한 거였어."

두말하면 잔소리였다.

"그는 자네가 베트남에 있었다는 걸 알았어. 그뿐만이 아니야. 자네가 베트남어를 안다는 것도 알았어."

"인간이 아닌 어떤 것이 말이죠."

1.5킬로미터 멀리에서 번개가 호수를 내리쳐 수면 가까이 있던 물고기들을 감전시켰다. 녀석들은 물 위로 떠올라 갈매기들의 먹이가 될 것이다. 조만간 비가 내릴 것이다. 다크 스코어 저쪽의 언덕이 조만간 이쪽으로 이동할 회색 장막 뒤로 사라졌다.

"지금이 멈춰야 하는 때일 수도 있어요. 장벽 저편에서 뭔가가 자기를 건드리지 말라고 하잖아요."

그는 점점 다가오는 먹구름에 시선을 고정한 채 고개를 저었다. "전혀 그렇지 않아. 우리는 지금 돌파구를 눈앞에 두고 있어. 느껴져. 나는 알아." 이제 그는 고개를 돌렸다. "떠나지 말아 주게, 윌리엄. 그 어느 때보다 자네의 기술이 필요해. 책으로 출간하면 사진과 풀어 쓴 대화록뿐 아니라 자네가 기록한 속기 원본도 필요하거든. 게다가 자네가 증인이기도 하고 말이지."

그냥 증인이 아니었다. 개스킬, 아니 개스킬 안으로 들어온 뭔가가 지목한 사람이 나였다. 엘긴이 아니었다. 아마추어 과학자는 뭔지 모를 위험한 존재를 건드리는 중이었고 자기가 그러고 있다는 걸 알았지만 중단할 생각이 없거나 방법이 없었고, 어느 쪽이 됐건 같은 결론이 내려질 것이었다. 나는 바보가 아닌 이상 이 일을 중단해야 했고 마음만 먹으면 그럴 수 있었지만 감안해야 할 다른 요인이 있었다. 뭔지 모를 일이 내게 벌어졌다. 나는 호기심이 생겼다. 그래서 반가운 마음과 두려운 마음이 정확히 반반이었다. 그건 감정이었고 내가 사는 세상에서 감정은 공급 부족이었다. 다리가 잘리고 얼굴이 무너져 내리는 와중에도 괴로워서 비명을 지르는 남자, 야만인의 목걸이처럼 셔츠 위로 이빨이 떨어진 남자를 보고, 그가 불과 몇 초 전에 지금 내가 서 있는 자리에 있었다는 사실을 깨닫고 나면 감정이 마비된다. 마치 나무토막에 얻어맞고 땅바닥에 벌렁 쓰러져 옆구리를 들썩이지만 두 눈은 먼 곳을 바라보는 토끼처럼 마비된다. 그리고 이런 감정들이 다시 돌아오기 시작하면 나의 인간성이 내 짐작과 달리 영영 사라지지 않았을지 모른다는 생각을 하게 된다.

"떠나지 않겠습니다."

"고맙네, 윌리엄." 그는 손을 내밀어 내 어깨를 꼭 쥐었다. "고마워."

벌침처럼 얼얼한 우박이 섞인 비가 내렸다. 그는 본채로, 나는 별채로 돌아갔다. 우박이 창문을 두드렸다. 바람. 나는 그날 밤 꿈속에서 서로를 산 채로 잡아먹고, 우로보로스처럼 자기를 산 채로 잡아먹는 악마들로 가득한 텅 빈 달을 보았다. 텅 빈 달 아래로 빨간 집이 보였다. 초록색 문이 보였다.

우리는 끝장이 나기 전에 두 명을 더 만났다. 여섯 번째였던 아넷 크로스비라는 여자는 비명을 지르며 혼자 깨어났다. 진정이 된 뒤에 그녀는 꿈속에서 빨간 집을 보았고 초록색 문을 열었는데, 이후로는 어둠과 바람과 지독한 악취와 *탄툴라* 아니면 *탐투샤*라고 한 단어를 말하던 실체 없는 목소리 말고는 아무것도 기억이 나지 않는다고 했다. 그 목소리를 듣고 온몸으로 공포를 느꼈다. 그녀는 다시 800달러를 준대도 그 집이 나오는 꿈은 꾸기 싫다고 했다. 8천 달러를 줘도 싫다고 했다. 하지만 엘긴이 준 수표는 받았다. 왜 아니겠는가? 그녀는 그 돈을 받을 자격이 있었다.

그다음이 루이스턴에 있는 세인트 도니믹 아카데미에서 수학을 가르치는 버트 데브로였다. 그는 동의서를 작성한 뒤 남들과 다르게 자신이 마시게 될 '가벼운 최면제'에 대해 엘긴에게 몇 가지 물어보았다. 엘긴은 데브로의 질문에 충분히 만족스럽게 답변했다. 그는 동의서에 서명하고 의자에 자리를 잡고 앉아서 비커에 담긴 투명한 액체를 들이켰다. 나는 노트를 무릎 위에 얹고 이중 거울 앞 내 자리에 앉았다. 엘긴은 책상 뒤에 앉아서 음악을 틀었다. 실험실에서 데브로 씨는 초록색 문이 달린 빨간 집 사진을 열심히 응시했다. 결국 그의 눈이 스르르 감겼고 손에 들고 있던 사진이 아래로 내려가기 시작했다. 여기까지는 기존의 실험과 다를 게 없었다.

나는 내 의자에 앉아 있었다. 엘긴은 내 뒤에 서 있었다. 10분이 지났다. 데브로가 눈을 감은 채 메모지와, 펼쳐진 백지 위에 놓인 펜을 향해 손을 내밀었다가 내렸다. 주먹을 쥐었다 폈다 했다. 다른 쪽 손이 올라와 머뭇거리다가 이내 잽싸게 움직였다. 나는 일반 필체로 기록했다. *3:29 PM, 데브가 오른손을 들어 주먹을 쥐고 자기 빰을 때림.*

"자기를 깨우려고 하고 있네요." 내가 말했다.

데브로는 학질 환자처럼 온몸을 부들부들 떨기 시작했다. 다리가 가만히 있질 못하고 가위처럼 움직였다. 등이 굽었다. 복부가 소파에서 위로 솟구쳤다가 쿵 하고 떨어졌다가 다시 솟구쳤다. 발이 탭댄스를 추었고, 침으로 들러붙은 입술을 떼어서 말을 하려는 것처럼 멈프, 멈프, 멈프 하는 소리를 내기 시작했다.

"저 사람 깨워야겠어요."

"기다려."

"아니, 엘긴 씨."

"기다려."

폴라로이드가 플래시를 터뜨렸다. 정교한 내장 모터가 윙윙 돌아갔다. 이미 현상되기 시작한 사진이 우리 쪽과 그의 쪽 바닥에 나풀나풀 떨어졌다. 그러더니 정수가 주입돼 눈동자가 거의 골프공만 하게 부풀어 오른 것처럼 눈꺼풀이 튀어나오기 시작했다. 눈꺼풀이 자연스럽게 떠진 게 아니라 찢어져서 갈라졌다. 데브로의 눈은 회색이었다. 그 눈이 눈구멍 위로 계속 튀어나오며 시커메졌다. 종양처럼 그의 얼굴에서 자라났다. 엘긴이 내 어깨를 움켜쥐고 있었지만 나는 거의 느끼지도 못했다. 우리 둘 다 이게 무슨 일인지 묻지 않았는데, 믿을 수가 없어서가 아니라 믿을 수 있어서였다. 우리는 벽난로에서 등장하는 기관차를 목격하고 있는 거나 다름없었다. 데브로가 비명을 지르자 눈동자가 찢어지며 민들레 홀씨처럼 얇은 덩굴이 흔들흔들 솟아올랐다. 색이 까맸다. 그것은 바람 한 점 없는데도 우리를 감지라도 한 듯 이중 거울 쪽으로 몸을 구부렸다.

"맙소사." 엘긴이 말했다.

폴라로이드가 플래시를 터뜨렸다. 검은색 덩굴이 자신을 낳은 검은색 눈동자로부터 분리돼 우리 쪽으로 둥실둥실 다가왔다. 처음에는 조그만 구름 같았지만 다가올수록 녹아서 사라지기 시작했다.

"저거 남겨야 해!" 엘긴이 외쳤다. "남겨야 해! 증거로! 증거로!"

그가 문 쪽으로 몸을 움직였다. 내가 붙잡았다. 그는 반항했지만 내힘이 더 셌다. 나는 그가 그 안으로 들어가지 못하게 막을 작정이었다. 목숨을 구해 주고 싶을 만큼 그를 아껴서가 아니라 그가 문을 열어서 저중 어떤 것이라도 넘어오게 하는 사태를 막고 싶어서였다.

찢어진 검은색 눈동자가 필름을 거꾸로 돌리듯 데브로의 얼굴 쪽으로 물러나기 시작했다. 그는 멈프, 멈프, 멈프라고 했다. 그의 방광에서 힘이 풀리자 바짓가랑이가 시커메졌다. 찢어진 검은색 눈동자는 저절로 아물어 처음에는 찢어졌던 자국이 보이다 나중에는 그마저 사라져 매끈해졌고, 가끔 고목에서 볼 수 있는 조그만 옹이만 여러 개 그의 얼굴에 남았다. 얼마 후에는 그 옹이들도 들어갔고 그의 눈이 감겼다. 데브로는 전기에 감전된 사람처럼 허리를 뒤틀며 바닥으로 쓰러졌다. 엘긴이 흰색 셔츠를 찢어 가며 내 손아귀에서 벗어났다. 그는 문밖으로 나가 파티션을 돌아서 저쪽 공간으로 들어갔다. 그러고는 무릎을 꿇고 앉아서 데브로의 어깨를 두 팔로 감쌌다.

"도와주게, 윌리엄! 나 좀 도와줘!"

데브로가 죽었다면 내게도 일말의 책임이 있었고, 나는 쇼크 상태이긴 했어도 그렇다는 걸 알았다. 내가 공범이라기보다 증인이었다고 해도 먹히지 않을 것이었다. 그래서 파티션을 넘어 실험실 안으로 들어가 엘긴에게 아직 숨을 쉬느냐고 물었다.

그는 앞으로 몸을 숙였다가 움찔하며 물러났다. "응. 하지만 입 냄새가 *지독해.*"

입 냄새만 지독한 게 아니었다. 그의 괄약근에서도 힘이 풀렸다. 나는 주변을 둘러보았다. 검은색 덩굴이 모두 사라진 게 아니었다. 데브로가 빨간 집의 거실 바닥을 들어 올렸을 때 어둠 속에 있다가 그에게 달려들어 그가 숨을 들이마신 순간 그를 오염시킨 뭔지 모를 것들이 방 저쪽 구석에 달린 스피커 아래에 아직까지 둥실둥실 떠 있었다. 나는 그것들을 지켜보았다. 우리 쪽으로 움직이면 아마추어 과학자는 그냥 내팽개치고 도망칠 작정이었다. 이러니저러니 해도 이건 그의 실험이었다. 하지만 이 멈추어진 순간, 그 어떤 망원경도 닿지 않는 곳에 있는 머나먼 별과 수백만 개의 모래알 속에서 부글대는 그 속을 떠올리며 이것이 내 실험이기도 하다는 사실을 깨달았다. 나는 떠나지 않았다. 떠날 수 있었지만 떠나지 않았다. 나는 평범한 인간에 가까운 무언가가 간질간질 돌아오는 것을 느꼈다. 그게 뭔지는, 세상에 그런 게 있는지는 모르겠지만. 깔고 자서 마비됐던 팔이나 다리가 깨어나기 시작하는 느낌이었다. 시골에서는 그럴 때 코가 꿰었다고 했다. 아니면 에몰계달이라고 했다. 에이씨 몰라, 계속 달려.

"여기서 데리고 나가야 해요." 나는 검은색 덩굴을 가리켰다. 그것들은 계속 가볍게 흔들거렸다. 우리를 지켜보고 있는 것 같았다.

"샘플을 채취해야 하는데."

"죄수복을 입으면 어떻게 보일지 생각해 보세요. 저 좀 도와주세요."

엘긴이 발목을, 내가 나머지를 잡고 그를 들었다. 문밖으로 나가 복도를 지나서 거실로 옮겼다. 양쪽 입가로 짐을 질질 흘리는 그를 바닥에 내려놓았다. 나는 다시 돌아가 식당을 개조한 실험실로 들어가는 쌍여닫이문을 닫았다. 다른 공간, 그 집 바닥 아래에서 건너온 그 검은 것이 우리 쪽으로 스멀스멀 문지방을 건너오지 못하게 했다. 남은 그것들이 그냥 사라져 버리길 바랐다. 엘긴이 그걸 건드리고 싶어 한다면 그가 알아서 할 문제였다. 나는 끝이었다.

하지만 먼저 데브로 문제를 처리해야 했다. 나는 엘긴에게 남은 그의 몸이 질식하지 않게 일으켜 앉힐 테니 도와 달라고 했다. 엘긴이 한쪽을, 내가 다른 쪽을 맡아 데브로의 등 뒤에서 서로 손깍지를 끼고 그의 상반신을 일으켜 세웠다. 검붉은색 눈물이 그의 눈가에서 흘러내렸다. 피와 다른 무언가였다. 그것의 정체는 알고 싶지 않았다. 나는 그의 뺨을 때리고 허리를 숙여 귀에 대고 일어나라고, 정신 차리라고 외치며, 일어났을 때 그의 눈이 어떻게 보일지 두려워했다.

그가 눈을 떴다. 아까처럼 충혈이 됐고 회색이었지만 의식이 없었다. 엘긴이 그의 얼굴 앞에 대고 손가락을 튕겨도 아무 변화가 없었다. 내가 그의 눈을 손가락으로 찌를 것처럼 해도 아무 변화가 없었다. 그는 숨을 쉬는 사람 크기의 인형이었다.

"맙소사, 정신이 돌아올까?"

"모르겠는데요. 돌아올까요? 과학자는 엘긴 씨잖아요."

엘긴은 데브로의 손을 들었다. 그 손은 그가 다시 내려놓을 때까지 그대로 붙들려 있었다.

"1시간만 기다려 보기로 하지." 그가 말했다.

우리는 2시간을 기다렸다. 그 무렵 검은색 덩굴은 대부분 사라졌지만 몇 개가 아직 남아 있었고, 엘긴은 책상 서랍에서 꺼낸 니트릴 장갑과 마스크를 쓰고 들어가 비닐봉지에 그걸 담았다. 내가 말리려고 했지만 그는 말을 듣지 않았다. 손을 대면 덩굴이 녹아 없어지지 않을까 싶었는데 그렇지 않았다. 덩굴 하나가 집게손가락을 감싸는 바람에 그는 비닐봉지 안쪽 면에 대고 문질러서 떼어 내야 했다.

"그걸 건드리다니 바보예요?" 나는 말했지만 그는 똑같은 말을 반복할 따름이었다. "증거야."

이렇게 그와 엮여 버리다니 달갑지 않은 일이었다. 수학 선생은 정신을 차릴 기미를 보이지 않고 침만 흘리는 마네킹이 되었고 나는 엘긴이 아니라 나 자신을 위해 그 문제를 처리해야 했다. 적어도 백치가 되어 버린 전직 교사에게 처자식은 없었다.

나는 생각했다. 코가 꿰었네.

나는 생각했다. 에이씨 몰라, 계속 달려.

"이 사람한테 수표 줬어요?"

"뭐? 아니. 수표는 실험이 끝나서 집으로 돌아갈 때가 되어서야 주는걸. 자네도 알잖아."

"수표 불에 던져요. 이자는 오지 않은 거예요. 저번에 그 사람처럼. 빌슨 말이에요."

이런 식으로 세상에 눈을 뜨다니.

나는 오줌으로 축축해진 그의 주머니에서 열쇠를 꺼냈다. 엘긴과 함께 아직 안 말라서 무거운 빨래가 담긴 자루처럼 그를 차로 실어 날라 조수석에 앉혔다. 그는 알라에게 기도하는 사람처럼 몸을 앞으로 숙여 셰비 대시보드에 이마를 댔다. 나는 엘긴에게 그의 몸을 다시 뒤로 눕히라고 말하고 안전벨트를 채웠다. 안전벨트가 없는 차도 있었지만 이 차에는 있었다. 가슴을 가로지르는 3점식이었고 그걸 채우자 그는 비교적 똑바로 앉았지만 고개가 수그러져 턱이 가슴에 닿았다. 내가 보기에는 그래도 상관없을 것 같았다. 그를 본 사람이 있더라도 자는가 보다고 생각할 것이었다. 그 검은색 실이 그의 콧구멍에서 나와 내 쪽으로 둥실둥실 다가왔지만 엘긴이 니트릴 장갑을 계

속 끼고 있었다. 그가 허공에서 그걸 낚아채 입으로 불어서 날려 버
렸다. 나는 데브로의 안에 그게 더 남아 있는지 궁금해졌다.

"이자를 어쩌려고?"

"모르겠어요."

나는 셰비에 올라타 레이크가를 달렸다. 룸미러를 보니 엘긴이 진
입로에 서서 쳐다보고 있었다.

나는 창문을 열고 에어컨을 최고로 틀고 달렸다. 차에 올라탄 순간
부터 엘긴의 니트릴 장갑을 끼고 있었다. 그의 코에서 그 검은 것이
두 번 더 나왔고 떡 벌린 입에서도 한 번 나왔지만 부는 바람에 날려
조수석 창밖으로 사라졌다. 나는 루이스턴 오번 방향으로 달렸지만
거기까지 갈 생각은 없었다. 그가 마이넛가(街)의 집 주소를 동의서에
기입했기에 어디에서 사는지는 알았지만 그를 싣고 그 쌍둥이 도시까
지 갈 일은 절대 없었다. 조용한 데서 그를 운전석으로 옮겨야 했다.

워터퍼드의 119번 국도를 달리다 보니 울프 클로 휴게소가 나왔다.
뜨거운 한낮이라 아무도 없었다. 나무 아래에 차를 대고 조수석 쪽으
로 걸어가 문을 열고 안전벨트를 풀자 데브로는 다시 몸을 앞으로 숙
여 이마를 대시보드에 얹었다. 아마추어 과학자에게 마스크를 하나
달라고 하지 않은 걸 후회했지만 입과 코를 가린들 무슨 소용이 있었
을까? 검은색 실이 데브로의 눈에서도 나왔었다. 그것들이 얼마든지
내 안으로도 들어올 수 있었다. 모두 사라졌길 바라는 수밖에 없었다.
지난 20킬로미터 정도 동안 한 가닥도 보지 못했지만 내가 도로를 주
시하는 동안 열린 창문 너머로 날아가 버린 것일 수도 있었다.

나는 그의 몸을 내 쪽으로 기울여서 잡고 차에서 끌어 내려 보닛을

뱅 돌아서 끌고 갔다. 그가 신고 있던 로퍼 한 짝이 벗겨졌다. 검은 눈은 넋을 잃은 듯 태양을 응시했다. 나는 그를 운전석에 앉혔지만 시간이 걸렸고 쉽지 않았다. 예상했던 바였다. 그는 숨을 쉬고 있었지만 안 죽었고 나는 죽은 사람들이 더 무겁다는 것을 베트남에서 쌓은 경험을 통해 알고 있었다. 그럴 리가 없는데도 그렇다. 중력이 그들에게 욕심을 부리며 땅바닥에 붙잡아 두려고 한다. 그냥 내 생각이지만 나만의 생각은 아니다.

그의 몸이 다시 앞으로 기울자 나는 이마가 클랙슨을 누르기 전에 뒷머리를 잡아서 뒤로 당겼다. 안전벨트를 채우자 고개가 수그러져 턱이 가슴에 닿았다. 그건 괜찮을 듯했다. 내가 여기서 제대로 도망칠 때까지 아무도 등장하지 않기만을 바랄 따름이었다. 나는 열쇠를 꽂고 문을 닫고 119번 국도를 걸어갔다. 400미터쯤 걸었을 때 신발이 생각나서 돌아갔다. 지금쯤 누군가가 등장했을 거라는 생각이 들었다. 누군가가 범퍼에 세인트 도미니크 스티커가 붙은 셰비의 열린 창문 안을 들여다보며 이봐요 일어나요 이봐요 괜찮아요 이봐요 그나저나 코에서 나오는 그 검은 건 뭐요 하고 있을 게 분명했다.

하지만 아무도 없었다. 나는 로퍼를 집어서 운전석 문을 다시 열고 그에게 신겼다. 그런 다음 차 앞면을 빙 둘러서 남은 그의 발뒤꿈치 흔적을 지우고 다시 걸음을 옮겼다. 8킬로미터쯤 걸어서 내 그림자가 뒤로 길게 늘어지기 시작했을 때 옆쪽에 전화부스가 있는 잡화점 겸 주유소가 등장했다. 주머니에 잔돈이 충분했기에 누군가가 나를 보고 기억할 수도 있는 가게에 들어갈 필요가 없었다. 그래도 상관없을 테지만 그즈음 나는 절도범이나 살인범처럼 머리를 굴리고 있었다. 데리러 와 달라고 하려고 엘긴에게 전화했다. 엘긴은 전화를 받지 않았고 나는 정신이 돌아올 만큼 돌아왔기에 겁이 났다. 이제 나와 아마추어 과학자를 곤경에서 구할 좋은 수가 생각났지만 계획은 바뀌기 마련이었다. 그가 증거, 증거라고 외치던 것이 계속 생각났다. 그는 미쳤다는 생각을 계속하다가 내가 그걸 어떻게 알게 됐는지를 떠올렸다. 나는 처음부터 그걸 알고 있었지만 에이씨 몰라, 계속 달려, 라고 했다.

나는 반대편으로 방향을 바꾸었다. 이제는 그림자가 내 뒤가 아니라 내 앞으로 점점 더 길게 늘어졌다. 차가 한 대 지나가자 엄지손가락을 내밀었다. 그 차는 그대로 지나쳐 갔다. 다음번도 마찬가지였지만 그 후에 등장한 픽업트럭은 속도를 늦추더니 멈추어 섰다. 운전석에 앉은 남자는 벌건 얼굴에 세월의 풍파를 맞았고 희끗희끗한 머리는 짧게 쳤다.

"어디까지 가나?"

"캐슬록이요. 아버지가 거기 살고 계셔서요."

"그럼 타게. 군 복무를 했나? 어째 표정이 그래 보여. 요즘 벌어진 지랄맞은 일에 동원되기에 딱 맞는 나이기도 하고."

"네, 맞습니다."

"나도 복무했다네. 1만 년쯤 전에. 원하면 항상 충성, 원치 않아도 항상 충성."

그는 움찔하며 클러치에서 발을 떼고 한국에 대해 이야기하고 그 평화주의자들에 대해 어떻게 생각하느냐고 물었다. 나는 그러게요, 라고 했다. 그는 모조리 헤이트 지랄베리*로 보내 버려야 된다고 했고 나는 그러게요, 라고 했다. 그가 좌석 뒤에서 맥주를 꺼내서 주었다. 나는 맥주를 받았고 그가 '하나 더 마시게, 병사.'라고 하자 그렇게 했

---

* 1960·70년대에 반전운동의 중심지였던 샌프란시스코의 헤이트 애시베리를 이렇게 말한 것이다.

다. 30분 뒤에 그는 캐슬록의 메인가 길가에 트럭을 댔다.

"그 개새끼들을 무찔러 버리자고."

"넵."

"몸조심하게, 젊은이."

"알겠습니다."

이 말을 끝으로 그는 떠났다. 이 무렵 때는 저녁이었고 서쪽에서 좀 더 커다란 소나기구름이 밀려오고 있었다. 나는 레이크로까지 10킬로미터를 걸어갔다. 거기 도착했을 때는 비가 다시 호수를 건너고 있었다. 번개가 번쩍거렸다. 천둥이 쳤다. 허공에서 불발탄 냄새 비슷한 오존 냄새가 났다. 내 차가 여전히 엘긴의 벤츠 옆에 주차돼 있었다. 나는 안으로 들어갔다. 그가 불을 켜지 않아서 복도가 그림자의 웅덩이였다.

"엘긴 씨?"

잠잠했다. 거실에는 아무도 없었고 책들이 바닥으로 떨어져 있었다. 『잠의 장벽 너머』는 표지가 보이도록 엎어졌다. 커피 테이블에 유리 재떨이, 윈스턴 담뱃갑, 그의 지포 라이터가 있었다. 나는 라이터를 집어서 주머니에 넣었다. 식당을 개조한 실험실로 가서 의자가 놓인 방으로 들어가 볼까 하다가 다행히 생각을 고쳐먹었다. 대신 책상이 놓인 방으로 들어가 내 의자에 앉아서 이중 거울 너머를 쳐다보았다. 아마추어 과학자 엘긴의 잔해가 의자 위에 누워 있었다. 폴라로이드 사진이 온 사방에 흩뿌려져 있었다. 그의 머리는 검은색 부대 자루 같은 것으로 에워싸였다. 앞면이 보이도록 떨어진 몇몇 사진에 그의 잠든 얼굴 위로 부대 자루가 만들어져 가고 있는 것이 담겼다. 초록색 문이 달린 빨간 집 사진도 바닥에 떨어져 있었고 그가 샘플을 넣은 비닐봉지도 마찬가지였다. 비닐봉지 안에 이제 아무것도 없었다. 그의 머리를 에워싼 검은색 부대 자루가 그 실로 이루어져 있었다. 그가 숨을 쉬자 입의 남은 부분으로 그 실이 빨려 들어갔다가 나왔다가 했다. 나는 그가 저 너머와 바로 우리 발아래에 있는 무한한 우주에 대해 이야기했던 것을 떠올렸다. 어떤 남자의 해골을 타고 아래로 흐르던 얼굴을 떠올렸다. 불이 난 헬리콥터가 자신이 만들어 놓은 네이팜의 바다 속으로 추락하던 것을 떠올렸다. 데브로의 신발을 다시 신겼던 것을 떠올렸다. 꿈의 장벽 아래에 존재할지 모르는, 알지 못하고 알 수 없는 지옥의 피조물을 떠올렸다. 그래, 계획은 변하는 법이지, 라고 생각했다. 엘긴은 이제 여기서 벗어나지 못할지 몰라도 나는 벗어날 수 있었다.

검은색 실 몇 가닥이 나를 보고 검은색 부대 자루에서 떠올라 방을 가로질러 거울에 들러붙었다. 몇 가닥이 더 뒤따라왔다. 수가 점점 늘었다. 내가 지켜보는 가운데 그것들이 꿈틀거리며 내 이름을 만들었다. 윌리엄 데이비스.

주방에 가스레인지가 있었다. 나는 화구를 모두 켠 다음 파란색 가스 불을 하나씩 불어서 껐다. 오븐을 켜고 문을 열었다. 불씨가 켜지자 그것도 불어서 껐다. 이런 식으로 태동기의 가스 폭탄을 만들며 계속 검은색 실이 다가오고 있지는 않은지 어깨 너머로 확인했다. 나는 수 낀 *하이*였다. 공포 상태였다. 중 란이었다. 등골이 오싹했다. 창문을 닫았다. 문도 닫았다. 게스트하우스로 가서 더플백과 캐리어에 소지품을 챙겼다. 내 차 트렁크에 실었다. 그런 다음 현관 앞 계단으로 돌아가 라이터 뚜껑을 열었다 닫았다 하며 기다렸다. 번개가 호수를 튀겼고 천둥이 쳤다. 10분쯤 뒤에 비가 내리기 시작했다. 처음에는 폭풍의 서막 격으로 그냥 후두둑 쏟아졌다. 나는 문을 열었다. 가스 냄새가 코를 찔렀다. 지포 라이터를 켜서 안으로 던지고 내 차를 향해 달렸다. 차 앞에 도착해 아무 일도 벌어지지 않으려나 보다는 생각이 들었을 때 주방이 폭발했다. 내가 차를 몰고 달리는 동안 폭우가 쏟아졌다. 번개가 작렬하는 시커먼 하늘 아래에서 촛불처럼 타고 있는 집이 룸미러로 보였다. 레이크가에 다른 집과 여름용 별장이 있었지만 폭풍이 닥쳤으니 다들 집 안에 틀어박혔고 창밖을 내다본 사람이 있다 한들 전조등을 밝힌 자동차 모양의 뭔지 모를 덩어리밖에 보지 못했을 것이다. 나는 캐슬록을 빠져나와 할로로 진입했다. 빗줄기가 가늘어지다가 멈췄다. 뉴햄프셔의 산등성이 뒤로 해가 저물기 직전에 내 룸미러에 무지개가 보였다. 잠시 후 해가 완전히 저물자 무지개도 네온사인처럼 꺼졌다. 나는 게이츠폴의 모텔에서 하룻밤 묵고 다음 날 아침에 포틀랜드로 건너가 템프 O에서 일하는 동안 지냈던 셋집을 찾아갔다. 앞쪽 창문에 빈방 있음 팻말이 걸려 있었다. 내가 초인종을 누르자 블레이크 부인이 문을 열어주었다.

"또 왔네."

"네. 팻말을 보니까 방이 있다길래요."

"그건 맞지만 자네가 쓰던 방은 아니야. 3층이고 에어컨이 없어."

"그럼 2층 그 방보다 방값이 싼가요?"

"아니."

"그 방 계약할게요."

다음 날 나는 템프 O로 돌아갔고 다시 채용됐다. 프로비셔 부인 밑에서 장시간 근무할 생각은 없었지만 경찰이 찾아왔을 때 일을 하는 상태이고 싶었다. 휴게실에 피어슨이 있었다. 다이앤도 있었다. 텔레비전에서는 토크쇼가 방송됐다. 다이앤이 나를 보고 살짝 삐딱한 미소를 지으며 말했다. "다시 한번 저 사이로 돌진하세, 친구들이여.*" 피어슨은 신문을 읽고 있었다. 다 읽은 면이 신발 주변에 수북이 쌓였다. 그는 나를 흘끗 쳐다보더니 다시 신문을 들었다.

"너도 돌아왔네." 나는 다이앤에게 말했다.

"너도 그렇네. 엘긴의 집에서 하던 일이 잘 안 됐어?"

"처음에는 괜찮았는데 아니었어. 실험이 잘 안 풀리니까 그 인간이 점점 이상해지더라고."

"그래서 여기서 이렇게 만나게 됐군. 모든 길은 템프 O로 통한다."

프로비셔 부인이 들어왔다. "브룬 앤드 캐스카트에 증언 녹취하러 갈 사람?" 그녀는 답을 기다리지 않고 내가 처음 보는 새로운 여직원을 가리켰다. "너, 저널. 가자, 가자."

피어슨이 지역 소식면을 다 보았길래 나는 그걸 집었다. 1B면 하단에 이런 헤드라인이 있었다. 캐슬록의 다크 스코어 호수에서 가스 폭발로 남성 1인 사망. 사고사 아니면 자살의 가능성을 염두에 두고 수사가 진행 중이라고 했다. 장대비가 내려서 불이 번지지는 않았다고 했다.

나는 "와 씨, 내가 모시던 상사가 죽었어."라고 말하고 다이앤에게 기사를 보여 주었다.

"그 사람한테는 안됐지만 너한테는 다행이네." 그녀는 기사를 읽었다. "그 사람이 자살 충동이 있었어?"

나는 곰곰이 생각해 보아야 했다. "모르겠네."

---

* 셰익스피어의 작품 『헨리 5세』의 대사다.

다음 날 나는 법원에 다녀왔다. 일을 마치고 셋방으로 퇴근해 보니 경찰 두 명이 응접실에서 나를 기다리고 있었다. 한 명은 정복 경관이고 다른 한 명은 형사였다. 그들은 자기들 소개를 하고 나에게 엘긴 밑에서 일한 기간이 얼마나 되느냐고 물었다. 나는 한 달 정도 됐다고 말했다. 다이앤에게 이야기했던 것처럼 실험이 잘되지 않자 그가 점점 또라이가 되어 가길래 떠났다고 말했다. 네, 게스트하우스에서 살다가 일을 때려치우면서 나왔어요. 아뇨, 집이 폭발했을 때는 거기 없었어요. 그들은 버턴 데브로라는 남자를 아느냐고 물었다. 나는 이름은 안다고, 엘긴의 실험 신청자 명단에 있었다고, 하지만 만난 적은 없다고 말했다. 형사는 자기 명함을 주며 뭐든 생각나는 게 있으면 전화해 달라고 했다. 나는 알겠다고 했다. 형사에게 엘긴이 자살한 것 같으냐고 물었다.

"그렇다고 하면 뜻밖이라고 생각하십니까, 데이비스 씨?"

"별로 그렇지는 않습니다."

"가스레인지가 틀어져 있었고 녹아서 덩어리가 된 라이터가 주방 바닥에서 발견됐는데, 어떻게 생각하십니까?"

나는 영리한 형사라면 주방에서 발견된 라이터의 잔해를 보고 엘긴은 어떻게 식당의 실험용 의자에 앉아 있을 수 있었는지 의문을 제기할 거라는 생각을 했다. 하지만 그는 그 정도로 영리하지 않은 모양이었다.

나는 9월까지 템프 O에서 일하다 네브래스카로 건너갔다. 딱히 네브래스카를 선택한 이유는 없었고 그냥 갔다. 대형 기업식 농장에서 임시직으로 일하다 추수기가 끝난 뒤에도 나를 계속 써 준 작업반장을 따라서 여기로 왔다. 지금 밖에는 폭설이 내린다. 80번 고속도로가 폐쇄됐다. 나는 이 책상 앞에 앉아서 은하계 너머의 은하계를 생각한다. 잠시 후에 나는 이 공책을 덮고 불을 끄고 침대에 누울 것이다. 바람 소리를 자장가 삼아 잠을 청할 것이다. 나는 가끔 시골 오지와 불길에 휩싸여 비명을 지르는 남자들 꿈을 꾼다. 가끔은 여자들이 불길에 휩싸여 비명을 지른다. 아이들도. 냔 뚜, 그들은 외친다. 냔 뚜, 냔 뚜, 이런 건 좋은 꿈이다. 믿기지 않을지 몰라도 진짜다. 악몽을 꾸면 내가 초록색 문이 달린 빨간 집 앞에 서 있다. 내가 문고리를 잡고 돌리면 그 문은 열릴 것이다. 나는 그렇다는 걸 알고 언젠가는 내가 안으로 들어가 거실 문간에 무릎을 꿇고 앉을 거라는 사실도 안다. 냔 뚜. 나는 울부짖을 것이다. 냔 뚜. 하지만 이 마지막 꿈이 찾아온 순간 자비는 없을 것이다. 나를 위한 자비는.

코맥 매카시와 에반젤린 월턴을 추억하며

앤서 맨

1.

필 파커는 사는 동안 앤서 맨을 세 번 만나는 엄청난 행운을(아니면 엄청난 불운을) 누렸다. 그중 첫 번째인 1937년에 그는 스물다섯 살이 었고 결혼을 약속한 약혼녀가 있었고 아직 잉크도 덜 마른 법학대학 원 졸업장을 소유하고 있었다. 그런가 하면 생각만 해도 눈물이 고일 만큼 괴로운 딜레마의 늪에 빠져 있었다.

눈물이 고이더라도 열심히 고민하고 이쪽으로든 저쪽으로든 마음 을 정해야 했다. 그러기 위해서 그는 보스턴의 아파트를 떠나 부모님 의 여름 별장이 있는 뉴햄프셔의 커리라는 조그만 마을로 갔다. 그는 여기서 주말 동안 결정을 내릴 작정이었다. 그는 금요일 저녁에 여섯 개들이 맥주와 함께 호수가 내려다보이는 덱에 나가서 앉았다. 침대 에 누워서까지 자신의 딜레마에 대해 고민했지만 토요일 아침에 일 어나 보니 숙취만 있을 뿐 딜레마는 해결되지 않았다.

토요일 저녁에는 1리터짜리 올드 타임 진저에일과 함께 호수가 내려다보이는 덱에 나가서 앉았다. 일요일 아침에 일어나 보니 딜레마는 해결되지 않았지만 숙취도 없었다. 다행이지만 그걸로는 부족했다. 그날 저녁에 보스턴으로 돌아가면 샐리 앤이 그의 결정을 들으려고 기다리고 있을 것이었다.

그래서 그는 아침 식사를 마친 뒤 고물 쉐보레에 올라타 10월의 눈부신 햇살을 맞으며 뉴햄프셔의 시골길 드라이브에 나섰다. 나무는 완연한 가을빛으로 새빨갛게 물들었고 필은 여러 번 차를 세우고 다양한 경치를 감상했다. 한 해가 저물어 갈 무렵의 뉴잉글랜드만큼 아름다운 풍경은 없었다.

오전이 지나 정오에 가까워지자 그는 한가하게 노닥거리는 자신을 책망했다. 맥주에 취해도 고민은 해결되지 않았고 진저에일을 마셔도 해결되지 않았고 가을의 단풍잎에 넋을 잃은들 해결되지 않을 것이었다. 하지만 그가 풍경에 몰두하는 이유는 단순히 자연과 교감을 나누기 위해서가 아닐지 몰랐다. 해결책의 일환이거나 결정을 미루려고 꾸물대는 그의 의식의 발로였다. 어느 쪽을 선택하든 그와 약혼녀의 인생 항로가 달라질 것이었다.

이런 식으로 어른이 되어 가는 거지. 그는 속으로 중얼거렸다.

맞는 말이었지만 한쪽을 선택해야 하는 상황이 끔찍했다. 그래야 한다는 건 알았지만 마뜩잖은 마음은 어쩔 수 없었다. 이건 징역을 살 감방을 고르는 것과 비슷했다. 그것도 무기징역을 살 감방을. 황당하고 과장된 비유일지 몰라도…… 꼭 그렇지만은 않았다.

대부분의 현실적인 난제가 그렇듯 그의 딜레마는 간단하고 명확했다. 어디에서 변호사 일을 시작할 것인가. 모든 선택지마다 파급 효과가 만만치 않았다.

필의 아버지는 유서가 깊은 보스턴 명문 로펌(워윅, 로지, 네스터, 파커, 올버턴 앤드 프라이)의 시니어 파트너였다. 샐리 앤의 아버지도 같은 로펌의 시니어 파트너였다. 존 파커와 테드 올버턴은 대학 시절부터 절친이었다. 1년이 안 되는 간격으로 결혼했고 서로의 결혼식에서 신랑 들러리를 섰다. 필 파커는 1912년에, 샐리 앤은 1914년에 태어났다. 그들은 어린 시절을 함께 보냈고, 남자아이와 여자아이들이 속으로는 어떻게 생각하건 겉으로는 서로를 혐오하는 청소년 초기의 그 힘든 시기에도 호감을 유지했다.

필과 샐리 앤이 그 당시 표현을 빌자면 '교제'를 시작했을 때 가장 놀라지 않은 사람이 양가 부모였을지 모르지만 샐리 앤은 배서, 필은 하버드로 진학하며 4년 동안 떨어져 지내는 동안에도 애정 전선에 이상이 없을지는 그들조차 장담할 수 없었다. 이상이 없는 것으로 밝혀지자 양가 부모는 기뻐했고 (두말하면 잔소리지만) 필과 샐리 앤도 마찬가지였다. 사랑은 문제의 핵심이 아니었다. 적어도 직접적으로 영향을 미치지는 않았다. (거의 모든 경우에 그렇듯) 어느 정도 영향을 미치기는 했지만.

문제의 핵심은 파커와 올버턴 집안의 여름용 별장이 호숫가에 나란히 자리를 잡고 있는 *커리*였다. 메인주와 뉴햄프셔주 경계선 근처에 있는 그 조그만 마을이었다.

필은 샐리 앤을 사랑한 세월만큼 커리를 사랑했고 이제 그는 둘 중 하나를 선택해야 하는 상황에 놓인 듯했다. 그는 커리에서 개업을 하고 싶었지만 그곳은 상주인구가 2천 명밖에 되지 않았다. 23번 국도와 111번 국도가 교차하는 읍내에는 식당 하나, 주유소 두 개, 철물점 하나, A&P 슈퍼마켓, 읍사무소가 있었다. 술집이나 영화관은 없었다. 이런 편의 시설은 제법 거리가 있는 노스 콘웨이까지 가야 나왔다.

초등학교(그 당시에는 초급학교라고 불리던)는 있었지만 고등학교는 없었다. 커리의 청소년들은 칙칙한 버스를 타고 16킬로미터 멀리 있는 패튼 고등학교로 통학해야 했다.

읍내에는 변호사 사무실도 없었다. 필이 최초가 될 것이었다. 파커 부부와 올버턴 부부는 커리를 염두에 두는 것 자체가 미친 짓이라고 생각했다. 존 파커는 그의 할아버지가 마차를 타고 다니던 시절부터 시니어 파트너를 역임했던 로펌에 아들이 합류할 생각을 하지 않는다는 데 상처를 받았고 화를 냈다. 그리고 하버드 법학대학원을 우등으로 졸업한 젊은 남자가 뉴햄프셔의 황무지(그의 표현을 빌자면 뉴햄프셔의 버려진 황무지, 가끔 칵테일을 한두 잔 걸치면 싹수가 노란 황무지)에 개업할 생각을 하다니 믿기지가 않는다고 했다.

"소가 울타리를 무너뜨렸다고 고소하는 농부들이 네 의뢰인이 될 거다." 존 파커는 이렇게 말했다. "밀렵이나 23번 국도에서 벌어진 가벼운 교통사고가 네가 맡을 가장 큰 사건이 될 테고. 진심은 아니겠지?" 하지만 경악한 그의 표정을 보면 아들이 진심일 수도 있다는 걸 알고 있었다.

테드 올버턴은 오랜 친구보다 더 화를 냈다. 그에게는 존이 아들에게 이미 설명한 것 말고도 화를 낼 만한 특별한 이유가 하나 있었다. 필의 무분별한 행동은 그의 미래만 망치는 것이 아니었다. 그는 인질극을 벌일 작정이었고 그 인질이 그의 딸이었다.

필이 고집을 꺾지 않자 올버턴은 깊고 분명하게 선을 그었다. "이 결혼은 허락하지 않겠네."

"아버님." 필은 침착하고 (바라건대) 깍듯한 말투를 유지하며 이렇게 대답했다. "저는 샐리 앤을 사랑합니다. 그녀도 저를 사랑한다고 하고요. 그리고 성인이잖습니까."

"그러니까 내 허락 없이 결혼할 수 있다 이거로군." 테드는 체구가 크고 어깨가 넓고 멜빵(그는 멜끈이라고 불렀다)을 사랑하는 남자였다. 파란 눈은 따뜻할 수 있었지만 그날은 마치 부싯돌 같았다. "맞아, 그럴 수 있지. 그리고 나는 필, 자네를 좋아하네. 전부터 항상 그랬지. 하지만 자네가 자네 생각대로 강행한다면 어떤 결혼식이든 내 축복 없이 치르게 될 거야. 그러면 그 아이가 아주 불행해지겠지. 사실 나는 그 아이가 결혼을 강행할지 의심스러운데."

필은 그 부싯돌 같은 눈을 보고 테드 올버턴이 자신의 생각을 완곡하게 표현하고 있음을 알아차렸다. 그는 샐리 앤이 결혼을 강행할 리 없다고 확신했다.

필은 특히 앨버턴 씨가 지참금을 주지 않겠다고 하면 그녀의 마음이 어느 쪽으로 기울지 알 수 없었다. 어른들은 그가 뭘 원하는지 이해할 생각도 없고 능력도 없었지만 그도 알다시피 샐은 이해했고 그녀도 그런 삶을 원하는 마음이 있었다. 어쨌거나 그녀도 커리에서 여름을 보냈고 가끔 눈이 내리는 황홀한 크리스마스를 보낸 적이 있지 않은가.

그녀는 필이 커리와 뉴햄프셔의 남부 전역의 발전 가능성을 믿는다고 말했을 때 귀담아들어 주었다. "처음에는 속도가 더딜 거야." 올버턴 부부는 아닐지 몰라도 그의 부모님만큼은 그의 잠정적인 계획에 동의할지 모른다는 희망을 버리지 않았던 그해 여름에 그는 그녀에게 이렇게 말했다. "불황이 앞으로 7년 정도 계속될 테니까…… 진짜로 전쟁이 벌어지지 않는 한. 우리 아버지는 전쟁이 벌어질 거라고 생각하지만 나는 그렇지 않아. 발전은 노스 콘웨이 일대에서 시작돼 주변으로 확산될 거야. 1950년쯤이면 고속도로가 늘어날 테고. 고속도로가 늘어난다는 건 관광객이 늘어난다는 뜻이고 관광객이 늘어난다는 건 사업체가 늘어난다는 뜻이지. 새로운 사람들이 매사추세츠와 뉴욕으로 유입될 거야, 샐, 그것도 수천, 수만 명씩! 여름에는 깨끗한 호수에서 물놀이를 하고 가을에는 나뭇잎 색이 바뀌는 걸 감상하고 겨울에는 스키. 너희 아버지는 내가 가난하게 살다가 가난하게 죽을 거라고 생각하시지. 내가 보기에는 그분의 생각이 틀렸어."

안타깝게도 그때는 1950년도, 심지어 1945년도 아니었다. 1937년이었고 그는 어느 누구도 설득하지 못했다. 샐리에게 약속을 지켜 달라고도 (아직은) 감히 청하지 못했다. 그러면 그녀가 부모님과의 인연을 끊거나…… 부모님 쪽에서 그녀와의 인연을 끊을 수도 있기 때문이었다. 그건 너무나 부당한 일이었지만 그의 딜레마라는 늪 속에서 이러지도 저러지도 못하게 그녀를 방치하는 것 역시 부당하긴 마찬가지였다. 그래서 그는 그녀에게 여기로 올라와 주말을 보내며 결정을 내리겠다고 했다. 커먼웰스가(街)의 로펌에 들어갈지 커리 읍사무소 뒤편, 서노코 주유소 옆 조그만 목조 건물에 사무실을 낼지. 보스턴일지 커리일지. 이쪽일지 저쪽일지. 그리고 여태껏 그가 결정한 게 있다면…….

"아무것도 없어." 그는 중얼거렸다. "전혀 아무것도!"

필은 이제 111번 국도를 타고 호숫가로 돌아가고 있었다. 뱃속에서 점심을 먹을 때라고 알려 왔지만 필의 우유부단함에 자기도 당혹스러운지 다소 공손한 투로 나지막이 중얼거리는 정도였다.

그의 가장 큰 바람이 있다면 보스턴의 로펌이 그에게 그냥 맞지 않는 정도가 아니라 네모난 못과 동그란 구멍의 관계라고 아버지와 어머니를 이해시키는 것이었다. 그 로펌이 그의 아버지와 할아버지에게 (존경하는 시어도어 올버턴 변호사님과 그의 아버지에게도) 맞았다고 해서 그에게도 맞는 것은 아니었다. 그는 자신이 커먼웰스가(街)의 더블

브라운스톤 건물에서 충분히 능력을 발휘할 수 있을지 몰라도 더없이 불행할 거라고 그들을 설득하려고 갖은 방법을 동원했다. 그 불행이 가정에도 영향을 미칠까? 그럴 수 있었고 아마도 그럴 것이었다.

"말도 안 되는 소리." 그의 아버지는 이렇게 대꾸했다. "길이 들면 좋아하게 될 거다. 내가 그랬으니 너도 그럴 거다. 날마다 새로운 도전이 펼쳐지거든! 고장 난 쟁기나 도둑맞은 수레를 두고 소액 재판을 벌일 일도 없고!"

길이 들면. 이 얼마나 엄청난 단어인가! 올해 봄과 여름 내내 이 단어가 그를 따라다녔다. 그건 말에 쓰는 단어였다. 녀석들을 길들여 일을 시키다 늙으면 폐기할 때. 그가 느끼기에는 신파적인 동시에 현실적인 비유였다.

적어도 그가 진심으로(진짜로) 괴로워한다는 걸 감지한 어머니는 더 다정한 반응을 보였다. "다녀 보기 전에는 거기가 너랑 맞는지 안 맞는지 모르지 않겠니?" 그 로펌을 옹호한 발언 중에 그녀의 이 말이 가장 논리적이고 설득력 있었다. 왜냐하면 그는 자신을 알았다.

그는 법학대학원에서 아주 훌륭한 학생이었다. 탁월한 정도는 아니었을지 몰라도 아주 훌륭하다는 것이 부끄러워해야 하는 이유는 되지 못했다. 하지만 그는 반항아는 못됐고 그건 샐리 앤도 마찬가지였다. 그들이 반항아였다면 부모님의 뜻을 거스른다는 데 이렇게 괴로워하지는 않았을 것이다. 아니, 미성년자도 아니지 않은가!

필은 그 로펌에 입사하면 흥미를 느낄 만한 요소를 발견하지 않을까 싶었고, 그보다 더 확실하게는 어느 정도 시간이 지나면 길이 들지 않을까 싶었다. 앞으로 번화한 마을, 심지어 조그만 도시로 발전할 가능성이 있는 조용하고 조그만 마을 최초의 변호사가 되겠다는 생각은 희미해질 것이다. 처음에는 서서히, 그러다 관자놀이에 흰머리가 보이기 시작하면 좀 더 **빠르게**. 5년이 지나면 소망이라기보다 꿈에 가까워질 것이다. 감당해야 하는 아이들과 집이 생길 테고, 운명을 걸기에는 위험 요소가 더 많아질 테고, 한 해가 지날수록 (한 해는 무슨, 한 달, 한 주, 빌어먹을 *하루*가 지날수록) 돌아가기가 점점 어려워질 것이다.

인생의 항로.

그는 샐리 앤에게 커리로 마음을 정했다고 알리는 순간을 상상해 보았다. 올버턴 부부는 아닐지 몰라도 그의 부모님은 (*아마*) 초기에 도움을 줄 것이다. 그는 모아 놓은 돈이 있었고 샐도 마찬가지였다(많지는 않지만). 힘들겠지만 (어쩌면) 불가능하지는 않았다. 자기 딸은 아버지의 축복이 없는 결혼은 하지 않을 거라고 한 테드 올버턴의 장담은 착각이 아닐까 싶었고 그 점에 있어서는 그가 샐의 아버지보다 그녀를 더 잘 안다고 감히 믿었지만, 부모의 축복 없는 결혼은 어떤 느낌일까? 격려 대신 악담과 함께 시작해도 그와 그녀는 상관없을까?

그래서 111번 국도상에 있는 긴 언덕길을 오르는 동안 그의 마음은 갈피를 잡지 못하고(도시냐 시골이냐, 이쪽이냐 저쪽이냐) 흔들렸다. 이때 손글씨로 적은 밝은 노란색 팻말이 그의 눈에 들어왔다. 앤서 맨까지 3킬로미터라고 적혀 있었다. 필은 씩 웃었다가 요란하게 폭소를 터뜨렸다. *정말 그런 사람이 있으면 좋겠네.* 그는 생각했다. *그럼 몇 가지 물어볼 텐데.*

그는 계속 달렸고 이내 팻말이 다시 등장했다. 이번에는 새파란 색이었다. 앤서 맨 1.5킬로미터.

또 다른 긴 언덕길 꼭대기에 올라가 보니 내리막길 끝의 도로변에 밝은 **빨간색** 반점이 있었다. 가까이 다가가 보니 가장자리에 가리비 모양의 덮개가 달린 커다란 비치파라솔이었다. 그 아래에 테이블이 놓여 있었다. 어떤 남자가 그 뒤편의 그늘 속에 앉아 있었다. 필은 그걸 보고 여름에 종종 마주치는 레모네이드 가판대 비슷하다는 생각을 했다. 하지만 그런 가판대 주인은 돈을 벌러 나서긴 했지만 입술이 오므라들도록 신 레모네이드에 깜빡하고 설탕을 넣지 않을 때가 많은 아이들이었고 지금은 여름이 아니라 가을의 한복판이었다.

궁금해진 필은 고물 자동차를 길가에 대고 내렸다. "안녕하세요!"

"안녕하세요." 앤서 맨은 차분하게 대답했다.

그는 나이가 50살쯤 되어 보였다. 점점 벗어져 가는 머리는 희끗희끗했다. 얼굴에 주름이 졌지만 두 눈은 호기심으로 반짝거렸고 안경을 쓰지 않았다. 하얀색 셔츠에 아무 무늬 없는 회색 바지를 입고 검은색 신발을 신었다. 손가락이 긴 손은 깔끔하게 깍지를 껴서 테이블 위에 얹어 놓았다. 의사의 왕진 가방 비슷하게 생긴 가방이 한쪽 발치에 놓여 있었다. 지적인 사람처럼 보였고 엉뚱한 구석은 전혀 느껴지지 않았다. 오히려 로펌에서 중간급에 해당하는 열댓 명의 중년 변호사를 연상시켰다. 최후의 한 끗이 없어서 파트너로 승진하지 못하는 견실하고 점잖은 남자들. 이렇게 무난하고 평범한 회사원 같은 분위기 때문에 아무도 모르는 촌구석 한복판에 밝은 빨간색 파라솔을 펼쳐 놓고 앉아 있는 이 남자의 정체가 더욱 궁금해졌다.

테이블 반대편에는 나무로 된 접이식 캠핑용 의자가 있었다. 손님의 자리인 모양이었다. 잠재 고객들이 볼 수 있게 조그만 팻말 세 개가 일렬로 놓여 있었다.

앤서 맨

가운데 팻말이었다.

5분당 $25

왼쪽 팻말이었다.

처음 두 개는 무료

오른쪽 팻말이었다.

"이게 정확히 뭔가요?" 필은 물었다.

앤서 맨은 얄궂지만 쌀쌀맞지는 않은 눈빛으로 그를 똑바로 쳐다보았다. "똑똑해 보이는 청년이로군요. 자동차 안테나에 달린 페넌트를 보니 대학 공부를 한 청년이에요. 그것도 무려 하버드에서! 하버드 학생 1만 명이 오늘 승리의 함성을 지른다!*"

"맞습니다." 필은 웃으며 말했다. "아름다운 하버드가 엘리**를 압도한다는 것을 알고 있기에."

앤서 맨도 마주 미소를 지었다. "당신 같은 청년들은, 그리고 여자들도요, 여자들도 질문을 하는 데 하도 이골이 나서 자기가 뭘 묻고 있는지 고민조차 하지 않죠. 오늘 아침에는 손님이 없으니 내가 그 질문에는 답을 하지 않는 호의를 베풀게요. 그러니까 공짜로 할 수 있는 질문이 아직 두 개 남은 셈이에요."

필은 이 남자가 나사는 몇 개 풀렸을지 몰라도 하는 말은 완벽하게 일리가 있다는 생각을 했다. 그가 답이 빤한 질문을 했던 것이다. 25달러를 주면 이 남자는 5분 동안 질문의 답을 할 것이었다. 그거였다. 그게 전부였다.

---

* 하버드 대학교 교가 첫 줄.
** 예일대학교의 별명이다.

"흠, 5분 동안 답을 듣는데 25달러라니 너무 비싼 거 아닌가요? 그러니 손님이 없을 수밖에요."

"글쎄요, 비싸다는 게 뭘까요? 아니, 대답하지 말아요. 앤서 맨은 그쪽이 아니라 나니까. 내 요금은 장소와 잠재 고객에 따라 달라져요. 5분당 100달러도 매겨 봤고 어느 전설적인 경우에는 1천 달러도 매겨 봤어요. 1달러짜리 지폐 1천 장이요! 맞아요! 하지만 10센트를 매긴 적도 있죠. 손님이 낼 수 있을 만큼 받는다고 보면 될 거예요. 답을 하는 것이 항상 성가시기만 한 건 아니지만 정답은 값싸게 주어지면 안 되죠."

필은 진지하게 하는 말이냐고 물으려고 입을 벌렸다가 다시 다물었다. 그러면 앤서 맨이 맞습니다, 그럼 이로써 두 번째 공짜 질문은 *끝입니다*, 라고 할 게 뻔했다.

"당신의 답이 틀림없는 정답이라는 거라는 걸 내가 무슨 수로 알 수 있죠?"

"지금은 모르지만 시간이 지나면 알게 될 겁니다." 앤서 맨이 말했다. "그럼 이로써······"

"두 번째 질문이 끝났죠." 필은 말했다. 그는 이 게임이 재미있어서 함박웃음을 짓고 있었다. "'시간이 지나면'이라고 하셨는데 어느 정도 지나면 알 수 있을까요?" 그는 이렇게 묻자마자 손으로 입을 가렸지만 이미 엎질러진 물이었다.

"오늘은 손님도 없고 하니 공짜로 질문할 기회를 한 번 더 드리기로 하죠." 테이블 뒤에 앉은 남자가 말했다. "답은 이렇습니다. 건별로 다르다. 이 답은 내 직업의 진실성을 밝히는 데 전혀 도움이 되지 않죠. 질문의 의도가 진실성을 밝히는 거라면 말이에요. 내가 이해에 도움이 되지 않는 질문을 하기가 정말 쉽다고 했던 게 무슨 말인지 알겠죠? 그런 질문은 질문이라는 과정 자체의 가치를 떨어뜨리지 않나요? 문제를 파고드는 과정 자체를?"

앤서 맨은 의자에 기대어 앉아 깍지 낀 손을 쇄골 위에 얹고 필을 물끄러미 바라보았다. "이 일을 한 지 워낙 오래됐으니 도움이 안 되는 질문을 하는 똑똑한 사람들을 겪을 대로 겪어 봤는데도 여전히 놀랍네요. 다들 너무 흐리멍덩해요. 너무 게을러요. 똑똑한 사람들이 자신의 인생에서 찾으려는 답이 뭔지 정말 알고 있을까 싶을 때가 많아요. 그냥 자부심이라는 마법의 양탄자를 타고 날아다니며 틀릴 때가 많은 추측을 남발하는 건 아닌지. 나로서는 그들이 그렇게 무능한 질문을 하는 이유를 설명할 방법이 그것밖에 없네요."

"무능하다고요! 이럴 수가!"

앤서 맨은 이 말을 듣지 못한 사람처럼 하던 이야기를 계속했다. "내 말이 정답이라는 걸 무슨 수로 알 수 있느냐고 물었죠. '틀림없는 정답'이라는 표현을 썼는데, 아주 훌륭했어요. 그래서 나는 공짜로 답을 하나 알려 주었어요. 크리스마스를 앞두고 바쁜 때였다면 당신은 2분 전에 이미 다시 차를 타고 출발했을 텐데."

갑자기 몰아친 바람에 빨간색 파라솔의 가장자리 덮개가 펄럭이고 앤서 맨의 희끗희끗한 옆머리가 헝클어졌다. 그는 짙은 애수가 어린 표정으로 텅 빈 도로를 내다보았다.

"가을이 내게는 비수기고 그중에서도 10월이 가장 손님이 없어요. 가을에는 스스로 답을 찾는 사람들이 더 많아지나 봐요."

그는 이글거리는 나무들 사이로 시커먼 리본처럼 구불구불 이어지는 도로를 잠깐 동안 계속 바라보았다. 그러더니 또렷해진 눈빛으로 다시 필을 돌아보았다.

"뭔가 구체적인 걸 물어보지 그랬어요?"

필은 허를 찔렸다. "그게 무슨 말씀이신지."

"당신이 정말로 알고 싶었던 건 내가 사기꾼인지 여부였잖아요." 앤서 맨이 말했다. "그러니까 예를 들어 당신 어머니의 처녀 시절 성이 뭐였냐, 당신의 5학년 때 담임이 누구였냐, 내가 사기꾼이라면 알 수 없는 이런 걸 물었다면 사기꾼인지 아닌지 알아낼 수 있었을 텐데." 그는 고개를 저었다. "당신만큼 지적 능력이 뛰어나지 않은 사람들은 대부분 바로 그런 질문을 해요. 지적 능력이 뛰어난 사람들, 이를테면 하버드에서 공부한 사람들은 거의 그렇지 않고요. 이로써 내가 아까 했던 말로 다시 돌아가네요. 똑똑한 사람들은 이중고를 겪어요. 필요한 답을 알지 못하고 어떤 질문을 해야 하는지 모른다는 점에서요. 학벌이 정신적인 능력을 길러 주지는 않아요. 당신은 그렇다고 생각하겠지만 반대인 경우가 대부분이에요."

"좋습니다." 필은 (발끈하며) 말했다. "우리 어머니의 처녀 시절 성이 뭘까요?"

"미안합니다." 앤서 맨은 말하고 5분당 $25라고 적힌 팻말을 손끝으로 두드렸다. "그 질문의 답을 듣고 싶으면 돈을 내야 해요."

"이런 잔꾀를 부리다니!" 필은 장난조로 외쳤다. 하지만 장난치는 기분이 아니라 부아가 치밀었다. 상대방과 자기 자신, 양쪽 모두에게 그랬다.

"그럴 리가요." 앤서 맨은 차분하게 대답했다. "당신 꾀에 당신이 넘어간 거죠."

필은 반박하려다가 참았다. 남자의 말에도 일리가 있었다. 이건 일종의 머리로 하는 야바위였다.

"흥미진진했습니다만 25달러는 이제 막 대학을 졸업해 자기 사업을 시작하려는 사람에게는 조금 많은 금액이라 저는 이제 그만 다시 길을 나서는 편이 좋겠습니다. 같이 시간을 보내서 즐거웠습니다."

필은 걸음을 옮기며 빨간색 파라솔 아래에 앉아 있는 남자가 이렇게 얘기할 거라고 생각(아니, 확신)했다. *손님도 없고 하니 5분에 20달러로 깎아 줄게요. 망할, 15달러로 깎아 줄게요. 15달러면 이런저런 고민을 마음 편하게 해결할 수 있어요.* 필은 남자가 그러면 당장 돈을 주고 당장 의자에 앉기로 마음먹었다. 그 남자는 누가 봐도 사기꾼이었고 거기다 또라이였지만 알 게 뭐람. 그의 지갑에는 20달러 한장, 10달러 한 장, 5달러 두 장이 있었다. 여기서 돈을 펑펑 써도 고물 자동차에 기름을 가득 넣고 도로변 식당에서 든든하게 점심을 먹을 수 있었다. 질문(머릿속에서 뱅뱅 맴도는 것이 아니라 말로 정리가 된)을 듣기만 해도 고민을 해결하는 데 도움이 될지 몰랐다.

자칭 앤서 맨이 한 말 중에 하나는 맞았다. 대개는 훌륭한 답을 들으려면 질문이 훌륭해야 했다.

하지만 앤서 맨이 한 말이라고는 "그럼 운전 조심해요."가 전부였다.

필은 차를 세워 놓은 곳으로 걸어가서 안으로 살짝 찌그러진 앞 펜더를 지나 뒤를 돌아보았다. 그는 여전히 할인에 미련을 버리지 못했는데, 앤서 맨은 필을 완전히 잊은 듯이 버몬트 쪽을 쳐다보고 콧노래를 부르며 조그만 나뭇가지로 손톱 청소를 하고 있었다.

나를 그냥 보내려나 봐. 필은 이런 생각이 들자 다시 발끈했다. *망해라, 나는 그냥 가 버릴 테니까.*

그는 운전석 문을 열고 망설이다가 다시 닫았다. 지갑을 꺼냈다. 20달러와 5달러짜리 지폐를 꺼냈다.

말로 정리가 된 질문을 듣기만 해도 도움이 될 거야. 그는 다시 생각했다. *그리고 불경기에 돈을 주고 점을 볼 만큼 절박했다는 얘기는 아무한테도 할 필요가 없지.*

그의 어머니의 처녀 시절 성을 물었을 때 그 개자식이 당황하며 변명을 늘어놓는 것을 구경하는 것만으로도 25달러의 가치가 있을지 몰랐다.

"생각이 바뀌었어요?" 앤서 맨은 손톱 정리용 나뭇가지를 셔츠 가슴 주머니에 넣고 가방을 집었다.

필은 미소를 지으며 손을 내밀었다. "앞으로 5분 동안 질문은 *내가* 합니다."

앤서 맨은 폭소를 터뜨리고 한 손가락으로 필을 가리켰다. "그거 좋았어요. 이 친구 마음에 드는구먼. 하지만 돈을 받기 전에 한 가지 원칙을 설명할게요."

아, 시작이로군. 필은 생각했다. *자기가 빠져나갈 구멍을 만들려는 거겠지.*

앤서 맨은 가방에서 구닥다리 빅벤 알람시계처럼 보이는 것을 꺼냈다. 그가 그걸 테이블 위에 올려놓았을 때 보니 5부터 0까지 숫자가 적힌 초대형 스톱워치였다.

"나는 정신과 의사도 심리상담사도 아니에요. 당신은 분명 나를 점쟁이라고 생각하고 있겠지만 그것도 아니고요. 핵심은 이거예요. 앞으로의 행보를 묻는 질문은 하지 말라는 것. 이렇게 할까요, 저렇게 할까요, 이런 거요. 나는 질문에 대답하는 사람이지 당신 고민을 해결해 주는 사람이 아니에요."

필은 남자에게 로펌에 들어갈지 커리에 사무실을 차릴지 물어보려던 참이었기에 돈을 거두려고 했다. 하지만 이런 생각이 들었다. *그가 정한 금지 사항을 교묘하게 피하는 질문도 만들어 내지 못하면 무슨 법정 변호사가 될 수 있겠어?*

"좋습니다." 필은 말하고 돈을 건넸다. 그 돈은 앤서 맨의 가방 속으로 들어갔다.

"계속 젊은이라고 부를 수는 없으니 이름을 알려 주겠어요?"

"필입니다."

"성은요?"

필은 영악하게 미소를 지었다. "그냥 필이요. 어차피 잠깐 있으면 헤어질 사이인데 이름만 알면 되지 않을까요?"

"좋아요, 그냥 필. 잠깐 이 녀석 태엽 좀 감을게요. 보아하니 당신도 시계를 차고 있고 아주 고급스러운 불로바 제품인 것 같으니 내 시계와 대조하고 싶으면 해요."

"아, 그럼요." 필은 말했다. "돈값은 제대로 챙길 작정입니다."

"그건 걱정하지 않아도 돼요." 앤서 맨은 필이 학부생 시절에 침대 옆에 두고 썼던 시계와 아주 비슷하게 딸깍딸깍 소리를 내가며 초대형 스톱워치의 태엽을 감았다. "준비됐나요?"

"네." 필은 손님용 의자에 앉았다. "하지만 제 첫 질문에 대답하지 못하면 돈을 당장 돌려받을게요. 당신이 자진해서 돌려주지 않으면 힘으로 뺏을 겁니다."

"너무 인정사정없는 거 아닌가요?" 앤서 맨은 이렇게 말했지만…… 말하면서 웃음을 터뜨렸다. "다시 물을게요. 준비됐나요?"

"네."

"그럼 시작합니다." 앤서 맨이 시계 뒤에 달린 꼭지를 누르자 바늘이 째깍째깍 움직이기 시작했다.

"당신이 추천한 질문을 할게요. 우리 어머니의 처녀 시절 성이 뭘까요?"

앤서 맨은 망설이지 않았다. "스포런."

필의 입이 떡 벌어졌다. "그걸 어떻게 알았어요?"

"당신이 돈을 주고 산 시간을 허투루 쓰고 싶지 않지만, 또다시 답을 아는 질문을 하고 있다고 지적하지 않을 수가 없네요. 내가 답을 아는 이유는 짜잔, 앤서 맨이기 때문이죠."

필은 오른손 훅을 제대로 맞은 느낌이었다. 그 충격에서 벗어나려고 실제로 머리를 흔들었다. 앤서 맨의 커다란 스톱워치는 째깍거리는 소리가 아주 컸다. 시곗바늘이 4를 향해 가고 있었다.

"내 여자 친구의 이름은 뭐죠?"

"샐리 앤 올버턴." 전혀 망설임이 없었다.

필은 겁이 나기 시작했다. 그는 그럴 필요 없다고 속으로 중얼거렸다. 때는 화창한 10월의 어느 날이었고 그는 테이블 맞은편에 앉은 남자보다 더 젊고 누가 봐도 힘이 더 셌다. 분명 속임수였고 그럴 수밖에 없었지만 그래도 섬뜩한 건 여전했다.

"시간이 흐르고 있어요, 필."

그는 다시 고개를 저었다. "아, 네. 제가 지금 고민 중인 문제가 있는데요, 앞으로……"

앤서 맨이 그를 향해 손가락을 흔들었다. "내가 아까 시작 전에 뭐라고 했죠?"

필은 애써 생각을 정리했다. 모의 법정. 그는 생각했다. 모의 법정이라고 생각하자. 저 사람은 판사야. 네 신문 방식에 이의가 제기됐어. 이걸 어떤 식으로 돌파하면 좋을까?

"미래에 대해서 물어도 답을 들을 수 있나요?"

앤서 맨은 눈을 부라렸다. "그 부분에 대해서는 이미 합의를 보지 않았나요? 시간이 지나면 내 답이 틀림없는 정답이라는 걸 알 수 있을 거라고 했잖아요. 미래를 알 수 있다는 걸 전제하는 답변이죠. 나는 미래도 없고 과거도 없어요. 모든 게 지금 벌어지는 일이에요."

망자를 소환한다는 노파나 늘어놓음 직한 헛소리네. 필은 생각했다. 그러는 동안 큼지막한 스톱워치의 검은색 바늘이 거의 3에 다다랐다.

"내가 청혼하면 샐리 앤이 청혼을 받아 줄까요?"

"네."

"우리는 커리에서 살게 될까요? 저 길을 지나면 나오는 마을에?"

"네."

큼지막한 검은색 바늘이 3을 지나갔다.

"우리는 행복하게 살까요?"

"광범위한 질문이고 당신처럼 젊은 사람이라도 답을 알고 있을 질문이네요. 좋을 때도 있고 힘들 때도 있겠죠. 뜻이 잘 맞을 때도 있고 싸울 때도 있겠고요. 하지만 정량적으로 따지면 네, 두 사람은 행복하게 살 거예요."

그는 어쩌다 보니 우리 어머니의 처녀 시절 성을 알게 됐어. 필은 생각했다. 그리고 샐리의 성도. 나머지는 떠돌이 점쟁이의 어림짐작에 불과해. 하지만 이러는 이유가 뭘까? 겨우 25달러를 받자고?

"시간이 계속 흐르고 있어요." 앤서 맨이 말했다.

특대형 스톱워치의 째깍째깍 소리가 아까보다 더 크게 느껴졌다. 3을 지난 시곗바늘이 2를 향해 다가가고 있었다. 따지고 보면 필은 앤서 맨의 말을 듣고 안심할 이유가 없었다. 그건 그냥 그가 듣고 싶은 말이었다. 그리고 커리에 대해서는 이미 마음의 결정을 내리지 않았던가? '딜레마라는 늪' 어쩌고 했던 건 전부 오버 아니었나? 그리고 샐에 대해서라면…… 뉴햄프셔의 시골로 내려가서 살게 된다 해도 그와 결혼할 거라고 확신하고 있지 않았나? 100퍼센트는 아니지만 90퍼센트 정도는?

그는 갑작스럽게 방향을 바꿨다. "우리 아버지가 어디서 태어났는지 말해 보세요. 알고 있으면."

이번에도 앤서 맨은 망설임이 없었다. "그는 사실 바다에서 태어났어요, 메리벨이라는 배 위에서."

필은 또다시 턱을 한 대 얻어맞은 듯한 기분을 느꼈다. 그건 소중히 간직되며 자주 들려졌던 집안의 전설이었다. 할아버지와 할머니는 양가 부모님의 고향이고 두 사람이 어린 시절을 보낸 런던으로 순례를 떠났다가 미국으로 돌아오던 길이었다. 할머니는 돌아올 즈음이면 임신 9개월이 되는데도 같이 다녀오겠다고 고집했다. 폭풍이 불었다. 할머니가 뱃멀미를 너무 심하게 하는 바람에 진통이 유발됐다. 같은 배에 타고 있던 의사가 아이를 받았다. 아이는(이불솜에 똘똘 말려서 점안기로 젖을 먹었다) 모두의 예상을 깨고 목숨을 부지했다. 이렇게 해서 하버드 법학대학원 졸업생 필립 예거 파커가 탄생될 수 있었다.

그는 테이블 맞은편에 앉은 남자(여전히 단정하게 손깍지를 끼고 있었다)에게 그걸 어떻게 알았느냐고 물으려다가 말았다. 뭐라고 답할지 뻔했다. 나는 앤서 맨이니까요.

불이 난 건물에서 우왕좌왕 탈출하려는 사람들처럼 온갖 질문들이 그의 머릿속에서 들끓었다. 시곗바늘이 2를 지났다. 째깍거리는 소리가 아까보다 더 크게 느껴졌다.

앤서 맨은 손깍지를 끼고 기다렸다.

"커리가 내가 예상하는 것처럼 번창할까요?" 필은 불쑥 내뱉었다.

"네."

또 뭐가 있을까? 또 뭐가 있을까?

"샐리의 아버지…… 그리고 어머니…… 두 분이 우리 뜻을 존중하게 될까요?"

"네. 시간이 지나면요."

"얼마나요?"

앤서 맨이 잠깐 계산하는 동안 시곗바늘이 1에 다다랐다. 그가 말했다. "7년이요."

필은 낙심했다. 7년이라니 너무 길었다. 앤서 맨이 임의로 선택한 숫자라고 자신을 설득할 수도 있었겠지만 이제 더는 그렇게 믿을 수가 없었다.

"남은 시간이 얼마 없어요, 그냥 필."

그도 그렇다는 걸 알 수 있었지만 *내가 몇 살까지 살까요*와 그에 수반되는 *샐리 앤은 몇 살까지 살까요* 말고는 다른 질문이 생각나지 않았다. 그가 이걸 알고 싶었을까? 아니었다.

하지만 남은 40초 내지는 50초를 날리고 싶지 않았기에 생각나는 딱 한 가지를 물었다. "우리 아버지는 전쟁이 벌어질 거라고 해요. 저는 아니라고 하고요. 우리 둘 중 누가 맞나요?"

"아버지요."

"미국도 참전하나요?"

"네."

"앞으로 얼마나 뒤에요?"

"4년 2개월이요."

이제 20초 아니면 그보다 조금 더 남았다.

"*저도* 참전하나요?"

"네."

"부상을 당하나요?"

"아뇨."

하지만 그건 알맞은 질문이 아니었다. 구멍이 있는 질문이었다.

"전사하나요?"

커다란 스톱워치가 0이 됐고 따르르르릉 하고 울렸다. 앤서 맨은 스톱워치를 껐다.

"알람이 울리기 직전에 질문을 했으니 답을 알려 줄게요. 아뇨, 그냥 필, 전사하지 않아요."

필은 의자에 기대어 앉으며 숨을 토했다. "당신이 뭘 어떻게 했는지 모르겠지만 무척 긴장감이 넘쳤어요. 기본적으로 즉석에서 말을 지어낸 것일 수밖에 없을 테고 당신은 내가 온다는 걸 알고 기본 정보를 입수했겠지만 그래도 25달러가 아깝지 않았어요."

앤서 맨은 미소만 지을 따름이었다.

"하지만 내가 어디로 갈지 또 어느 길로 갈지 나조차도 몰랐는데…… 당신은 어떻게 알아낸 거죠?"

묵묵부답이었다. 당연한 반응이었다. 그의 5분이 끝났다.

"그런데 저…… 기분이 이상해요. 어지러워요."

세상이 점점 멀어지는 듯한 느낌이었다. 앤서 맨은 여전히 테이블에 앉아 있는데, 뒤로 물러나는 것처럼 보였다. 열차라도 타고 있는 것처럼 그랬다. 필의 눈앞이 점점 회색으로 덮였다. 그가 눈을 비비려고 손을 들자 회색이 검은색으로 바뀌었다.

필이 정신을 차려 보니 111번 국도 갓길에 세워 놓은 그의 쉐보레 운전석에 앉아 있었다. 손목시계에 따르면 1시 20분이었다. 내가 정신을 잃었어. 평생 처음으로. 하지만 모든 일에는 처음이 있기 마련이라는 말도 있지 않나?

그렇다, 그는 정신을 잃었다. 다행히 먼저 차를 대고 시동을 껐다.

아마 배가 고파서 그랬을 것이다. 금요일 저녁에 맥주 여섯 병을 마셨고 맥주에도 열량과 영양소가 있겠지만 어제와 오늘은 별로 먹은 게 없었으니 그럴 만도 했다. 그런데 (잠이 든 게 아니라) 정신을 잃어도 꿈을 꾸나? 왜냐하면 그는 아주 특별한 꿈을 꾸었다. 자세한 부분까지 전부 기억이 났다. 가리비 모양의 덮개가 달린 빨간색 파라솔, 큼지막한 스톱워치(그 정도면 거의 벽시계급이었다), 앤서 맨의 희끗희끗한 머리. 모든 질문과 모든 답도 기억이 났다.

꿈이 아니었어.

"아냐." 그는 큰 소리로 말했다. "꿈이었어. 그럴 수밖에 없어. 그는 어머니의 처녀 시절 성도 알았고 아버지가 어디에서 태어났는지도 알았어. *내가 알았으니까.*"

그는 차에서 내려 앤서 맨이 있었던 자리로 천천히 걸어갔다. 테이블도 사라졌고 의자도 사라졌지만 무른 흙에 그 둘이 남긴 자국이 보였다. 다시 눈앞이 흐릿해지기 시작하자 그는 처음에는 이쪽 뺨을, 다음에는 저쪽 뺨을 세게 때렸다. 그런 다음 자국이 없어질 때까지 흙을 발로 찼다.

"이건 절대 없었던 일이야." 그는 아무도 없는 도로와 새빨갛게 이글거리는 나무에 대고 말했다. "*이건 절대 없었던 일이야.*"

그는 다시 운전석으로 돌아가 시동을 걸고 고속도로로 진입했다. 정신을 잃었던 건 샐리 앤에게 말하지 않기로 마음먹었다. 그러면 걱정할 테고 병원에 가 보라고 고집을 부릴 것이었다. 그냥 배가 고파서 그런 거였다. 배가 고파서 그보다 더 생생할 수 없는 꿈을 꾼 거였다. 햄버거 두 개, 콜라, 애플파이 한 조각을 먹으면 정신을 차릴 테고 거기서 8킬로미터만 가면 나오는 오시피에 작고 허름한 식당이 있었다.

도로변에서 희한한 기억 상실을 겪고 생긴 좋은 점이 하나 있었다.

아니, 두 개 있었다. 그는 커리라는 작은 마을에 사무실을 차리겠다고 그녀에게 선언할 것이다. 그래도 그와 결혼해 주겠느냐고 물을 것이다.

양가 부모님은 알 바 아니었다.

필 파커와 샐리 앤 올버턴은 1938년 4월 29일에 보스턴의 올드 사우스 교회에서 결혼식을 올렸다. 테드 올버턴이 딸의 손을 잡고 입장했다. 처음에는 거부했던 그를 단상에 세운 것은 아내의 외교적인 설득과 딸의 부드러운 읍소였다. 올버턴 씨는 얼마 남지 않은 딸의 결혼에 대해 차분하게 생각할 수 있게 되자 그 짧은 웨딩 로드를 걸어야 하는 이유가 하나 더 있음을 깨달았다. 그건 바로 비즈니스였다. 존 파커는 같은 로펌의 시니어 파트너였다. 테드는 밝은 미래를 내동댕이치고 변두리 시골을 선택한 필이 진심으로 못마땅했지만 회사를 생각해야 했다. 파트너 간의 갈등은 원천 봉쇄해야 했다. 그래서 그는 의무를 다했지만 웃음기 없는 굳은 얼굴로 수행했다. 결혼식을 지켜보는 동안 두 개의 격언이 테드 올버턴의 머릿속에 떠올랐다.

하나는 청춘은 존중받아야 한다, 였다.

또 하나는 급하게 결혼하면 두고두고 후회한다, 였다.

신혼여행은 생략했다. 필은 부모님이 마지못해 내어 준 3만 달러의 신탁 자금을 낭비하고 싶지 않았다. 결혼식 일주일 뒤에 그는 서노코 주유소 옆에 조그만 사무실을 열었다. 문패에는 (신부의 필체로) 필립 Y. 파커 변호사 사무소라고 적혀 있었다. 책상 위에는 전화기와 아직 백지인 다이어리가 놓였다. 백지에는 얼마 안 있어 글이 적혔다. 개업한 바로 그날 리지스 투미라는 농부가 들어온 것이었다. 그는 멜빵바지에 밀짚모자를 쓰고 있었다. 필의 아버지가 예상한 모든 것을 갖추고 있었다. 투미는 진흙이 묻은 부츠를 벗겠다고 했지만 필은 신경쓰지 말라고 했다.

"열심히 일을 하다가 묻은 진흙 아닙니까. 여기 앉아서 무슨 일로 오셨는지 말씀하세요."

투미는 자리에 앉았다. 밀짚모자를 벗어서 무릎 위에 얹었다. "돈은 얼마나 받습니까?" 양키식 발음이었다. 받습니까아.

"제가 받아 내는 금액의 50퍼센트요. 한 푼도 받아 내지 못하면 25달러고요." 그는 앤서 맨의 팻말을 잊지 않았고 그도 모든 사람들에게 답을 알려 주고 싶었다. 먼저 이 남자부터.

"괜찮네요." 투미가 말했다. "뭣 때문인가 하면. 은행에서 내 농장을 압류해서 경매에 부치겠대요." 부치겠대요오. "하지만 나한테 서류가 있는데⋯⋯." 그는 멜빵바지 앞주머니에서 서류를 꺼내 책상 너머로 건넸다. "⋯⋯유예 기간이 90일이라고 되어 있거든요. 그런데 은행 직원 말로는 내가 지난 상환금을 갚지 않았으니 무효라는 거예요."

"그걸 갚지 않으셨습니까?"

"갚았는데 10달러가 모자랐어요. 아내가 그걸로 장을 보는 바람에 딱 그만큼 부족해서요."

필은 믿을 수가 없었다. "그러니까 10달러를 덜 갚았다고 은행에서 선생님의 농장을 뺏겠다는 겁니까?"

"은행 직원 말로는 그래요. 경매에 부칠 수 있다고. 하지만 보아하니 사겠다는 사람이 이미 있는 모양이에요."

"제가 알아보겠습니다."

"지금 당장은 25달러 못 드려요, 파커 변호사님."

샐리 앤이 다른 방에서 커피 주전자를 들고 나왔다. 짙은 파란색 원피스에 그보다 살짝 색이 옅은 앞치마를 두르고 있었다. 화장을 하나도 하지 않은 얼굴에서 빛이 났다. 금발은 하나로 묶었다. 투미는 넋을 잃고 아무 말도 하지 못했다.

"저희가 사건을 맡을게요, 투미 씨." 그녀는 말했다. "그리고 첫 번째 사건이고 하니 결과가 어찌 나오건 간에 수임료를 받지 않을게요. 그렇지, 필립?"

"물론이지." 필은 원래 25달러를 받을 생각이었지만 이렇게 말했다. "은행 직원 이름이 뭡니까?"

"래스롭 씨요." 투미는 말하고 뭔가 시큼한 걸 씹은 사람처럼 인상을 썼다. "퍼스트 은행 대출팀장이고 주택 담보 대출 담당이에요."

필은 바로 그날 오후에 뉴햄프셔의 퍼스트 은행을 직접 찾아가 래스롭 씨에게 공황의 깊은 골짜기를 지나는 와중에 고작 10달러 때문에 농부의 재산을 앗아 간 잔인한 은행이 있다는 기사가 「유니온 리더」에 실리면 상사가 좋아하겠느냐고 물었다.

상당히 따뜻한 대화도 섞어 가며 논의를 한 끝에 래스롭 씨가 상황 파악을 마쳤다.

"그래도 저는 팀장님을 법원에 출두시키고 싶은 생각이 있습니다." 필은 명랑하게 말했다. "불공정한 사업 관행…… 정신적인 고통…… 금융 사기……."

"말도 안 돼요." 래스롭 씨가 말했다. "절대 이기지 못할걸요?"

"그럴지도 모르죠. 하지만 어떤 판결이 내려지든 패자는 은행이 되겠죠. 투미 씨의 계좌에 500달러를 입금해 주시면 상호 합의로 이 사건을 종결할 수 있을 것 같은데요."

래스롭이 항변했지만 돈은 입금됐다. 투미가 반을 주겠다고 했지만 필은 (샐리 앤의 동의 아래) 거절했다. 투미가 고집하자 25달러는 받았고 그 돈을 받으면서 앤서 맨을 떠올렸다.

커리와 인근 마을에 소문이 퍼졌다. 필은 여러 은행에서 상환 액수 부족을 빌미 삼아 농장을 압류하고 있다는 사실을 알아차렸다. 인근 핸콕에서는 대출 완납 3개월 전에 20달러를 덜 갚았다고 농장을 압류해 건설회사에 1만 2천 달러에 팔아넘긴 사례가 있었다. 필은 소송을 제기해 8천 달러를 농부에게 돌려주었다. 전액은 아니었지만 땡전 한 푼 못 받는 것보다는 나았고 홍보 효과가 최고였다.

1939년에 그의 조그만 사무실은 새 단장을 했다. 간판을 교체하고 페인트칠을 다시 했다. 샐리 앤의 얼굴처럼 환하게 빛났다. 서노코 주유소가 파산하자 필은 그 건물을 매입해 법학대학원을 이제 막 졸업한 보조 변호사를 뽑았다. 샐리 앤이 선별한 비서(똑똑하지만 나이가 많고 수수했다)는 사건 선별을 돕는 접수 담당자로서 1인 2역을 맡았다.

1941년에 이르자 그의 사업은 흑자를 구가했다. 미래가 밝아 보였다. 그리고 필이 빨간색 파라솔을 펼쳐 놓고 길가에 앉아 있던 남자를 만나고 4년 2개월이 지났을 때 일본군이 진주만을 침공했다.

결혼식을 올리기 얼마 전에 샐리 앤 올버턴은 필의 손을 잡고 웰슬리에 있는 올버턴 저택의 뒷마당으로 데려갔다. 그들은 불과 며칠 전에 살얼음이 녹은 금붕어 연못가의 벤치에 앉았다. 그녀는 얼굴이 벌겠고 그의 얼굴을 쳐다보지 못했지만 자기 생각을 단호하게 밝혔다. 필이 보기에 그날 오후의 그녀는 자기 아버지를 그보다 더 닮았을 수가 없었다.

"사랑의 장갑을 준비해 주면 좋겠어." 그녀는 맞잡은 손만 뚫어져라 처다보며 이렇게 말했다. "그게 뭔지 알지?"

"응." 필은 말했다. 그도 그걸 캡 아니면 학부 시절에는 음란 주머니라고 부르는 걸 들은 적이 있었다. 프로비던스에서 유곽을 찾았을 때 딱 한 번 써 본 적이 있었다. 지금도 생각하면 창피해서 몸 둘 바를 모르겠는 경험이었다. "하지만 왜? 당신은 아이를……"

"아이를 낳고 싶지 않냐고? 당연히 낳고 싶지. 하지만 우리 부모님을, 아니면 당신이 당신 부모님을 찾아가서 손을 벌리지 않을 자신이 있을 때까지 낳지 않을 거야. 내가 찾아가면 아버지는 좋아하면서 조건을 걸 거야. 당신이 진심으로 하고 싶은 일을 하지 못하게 할 거야. 그건 싫어. 그건 용납할 수 없어."

그녀는 그를 흘끗 처다보며 표정을 읽은 뒤 다시 맞잡은 손으로 시선을 떨구었다. "여자들이 하는 페서리라는 것도 있는데, 내가 그레이슨 선생님한테 그걸 해 달라고 하면 우리 부모님한테 통보가 갈 거라서."

"의사가 그러는 건 불법인데." 필은 말했다.

"불법이거나 말거나 그럴 거야. 그러니까…… 사랑의 장갑. 알겠지?"

그는 그녀에게 어떻게 그런 것에 대해 아느냐고 물어볼까 하다가 궁금해하지 않기로 했다. 답을 들으면 안 되는 질문도 있는 법이었다. "알겠어."

이제 그녀는 그를 처다보았다. "그리고 포틀랜드나 프라이버그나 노스 콘웨이에서 그걸 사야 해. 커리에서 멀리 떨어진 데서. 그래야 소문이 나지 않을 테니까."

필은 폭소를 터뜨렸다. "이런 여우!"

"나도 그래야 할 때는 그렇게 될 수 있어." 그녀는 말했다.

그의 사업은 번창했고 그와 샐리 앤은 사랑의 장갑을 버릴까 몇 번

의논했지만 그 초창기에 필은 농부들처럼 꼭두새벽에서 해가 질 때까지 대개 법정에서, 대개 길 위에서 일을 했기에 아이가 축복이라기보다 부담으로 느껴졌다.

그러다 12월 7일.

"나 입대할까 해." 그는 그날 저녁에 샐리 앤에게 말했다. 둘이서 하루 종일 라디오를 들은 참이었다.

"당신 징병 유예 받을 수 있어. 거의 서른 살이 다 됐으니까."

"징병 유예 받고 싶지 않아."

"그래." 그녀는 말하고 그의 손을 잡았다. "받고 싶지 않겠지. 징병 유예 받으면 나는 당신을 덜 사랑하게 될 거야. 이 더럽고 야비한 일본놈들! 그뿐 아니라……."

"그뿐 아니라 뭐?"

그녀의 대답을 듣고 그는 (커리와 멀리 떨어진 데서 사랑의 장갑을 사야 한다고 했을 때처럼) 그녀가 얼마나 자기 아버지와 판박이인지 깨달았다. "그뿐 아니라 안 좋게 보일 거야. 일에 지장이 생길 거야. 사람들이 당신을 겁쟁이 취급할 수도 있어. 그저 돌아와 주기만 해, 필. 약속해."

필은 10월의 그날 빨간색 파라솔 아래에서 앤서 맨이 그에게 뭐라고 했는지 기억했다. 전사하지도 부상을 당하지도 않을 거라고 했다. 몇 년이나 지난 지금 그런 걸 믿으면 안 되겠지만…… 그래도 그는 믿었다. "약속할게. 꼭 돌아올게."

그녀는 두 팔로 그의 목을 감싸안았다. "그럼 침대로 가자. 그 망할 고무는 신경 쓰지 마. 내 안에서 당신을 느끼고 싶으니까."

9주 뒤에 필은 땀을 뻘뻘 흘리는 채로 온몸의 근육통을 달래며 패리스 섬의 퀸셋 막사에 앉았다. 샐리 앤이 보낸 편지를 읽었다. 그녀는 아이가 생겼다고 했다.

1944년 2월 18일 오전에 필립 파커 소위는 22 해병대 소속 부대를 이끌고 에니웨톡 환초에 상륙했다. 해군이 일본군을 상대로 사흘 동안 폭격을 퍼부었고 첩보에 따르면 지상군이 거의 없다고 했다. 대부분의 해군 첩보와 다르게 이것은 사실로 밝혀졌다. 반면에 히긴스 보트를 타고 상륙하면 가파른 모래 언덕을 등반해야 한다고 해병대원들에게 알려 준 사람은 아무도 없었다. 일본군이 그들을 기다리고 있었지만 그 끔찍한 남부 경기관총이 아니라 소총을 들고 있었다. 필은 서른여섯 명의 부대원들 중에 여섯 명을 잃었다. 사망이 두 명, 부상이 네 명이었고 중상은 딱 한 명이었다. 모래 언덕 꼭대기에 다다랐을 때 일본군은 빽빽한 덤불 숲속에 숨었다.

22 해병대는 서쪽으로 진격했고 저항은 산발적인 수준이었다. 필의 부대원 중 한 명이 어깨에 총을 맞았다. 다른 한 명은 구덩이에 떨어져 다리가 부러졌다. 상륙 후 사상자는 그들뿐이었다.

"식은 죽 먹기네요." 마이어스 병장이 말했다.

환초 반대편의 해변에 다다랐을 때 최악의 피해가 발생했던 모래 언덕 저편에 임시로 설치된 해병대 본부에서 무전이 왔다. 남쪽에서 산발적인 총성이 들렸지만 그들이 점심을 먹는 동안 그조차 점점 잦아들고 있었다. 바닷가에서 소풍 도시락을 먹다니. 필은 생각했다. 전쟁이 이렇게 유쾌할 수도 있다는 걸 어느 누가 상상이나 했을까?

"뭐라고 합니까, 소위님?" 필이 워키토키를 케이스에 넣자 마이어스가 물었다.

"조니 워커가 섬이 안전하다고 그러는군." 필은 말했다. 러셀 아이어스 대령과 함께 이 어중이떠중이를 진두지휘 중인 존 T. 워커 대령을 두고 한 말이었다.

"안전한 것 같지는 않은데요." 몰로키 일병이 말하며 남쪽을 턱으로 가리켰다.

하지만 15시가 되자 총성이 점점 잦아들다 소멸됐다. 필은 명령을 기다리다가 덤불 숲가에 보초 세 명을 세우고 나머지 부대원들에게는 추후 지시가 있을 때까지 해산해도 좋다고 했다. 20시에 군장을 챙겨서 동쪽으로 다시 돌아가 본 상륙 부대에 합류하라는 명령이 떨어졌다. 그들은 조만간 어두워질 텐데 빽빽한 덤불을 헤치고 걸어가야 한다는 데 불만을 터뜨렸지만 명령은 명령이었으니 군장을 갖추었다. 프랭클랜드 일병이 다른 구멍에 빠져 다리가 부러지고 고든 일병이 나무에 부딪혀 한쪽 눈을 잃을 뻔하자 필은 본부에 무전을 보내 지형이 험난하니 하룻밤 야영을 하겠다고 허락을 구했다.

"우라지게 험난한 거 맞아요." 몰로키 일병이 말했다.

허락이 떨어졌다. 그들은 모기장을 쳤지만 그래도 모기가 숱하게 들어왔다.

"그나마 땅은 축축하지 않아서 다행이네." 마이어스가 말했다. "내가 참호족*을 겪어 봤는데 그거 장난 아니거든."

필은 부하들이 찰싹찰싹 모기 잡는 소리와 프랭클랜드 일병(다리가 부러진)이 끙끙대는 소리를 들으며 잠이 들었다. 그가 새벽 직전에 깨어 보니 그들의 아담한 야영지 북쪽에서 어떤 형체들이 어둠 속에서 움직이고 있었다. 그런 형체가 수백 개였다. 나중에 알고 보니 에니웨톡은 소형 참호가 곳곳에 뚫려 있었다. 프랭클랜드가 그런 구멍에 빠져서 다리가 부러진 모양이었다. 레인절과 마이어스 병장이 그를 끌어올렸을 때 일본군 보병이 아래에서 올려다보고 있었던 듯했다.

마이어스가 필의 어깨에 손을 얹고 조그맣게 속삭였다. "아무 말도

---

* 습한 진창 속에 너무 오래 있어서 생기는 동상 비슷한 발병.

아무 소리도 내지 마세요. 저들이 우리를 못 보고 지나칠 수도 있어요. 아무래도……"

그때 병사 하나가 기침을 했다. 어지러운 불빛이 어두컴컴한 새벽을 헤집었고(나무 장막 아래는 더 어두컴컴했다) 모기장 안에 웅크리고 있는 형체들을 발견했다. 발포가 시작됐다. 여섯 명의 해병대가 잠을 자던 도중에 학살됐다. 여덟 명이 부상을 입었다. 대응 사격한 해병은 딱 한 명뿐이었다. 마이어스는 한쪽 팔로 필을 감쌌다. 필도 한쪽 팔로 마이어스를 감쌌다. 그들은 머리 위로 총알이 날아가는 소리, 몇 발이 그들 주변의 바닥을 강타하는 소리를 들었다. 잠시 후 귀에 거슬리는 일본어 명령이 들렸고(젠포, 젠포, 이렇게 들렸다) 일본군은 요란한 소리와 함께 덤불을 헤치며 달려갔다.

"역습하려는 거야." 필이 말했다. "내가 보기에는 우리를 끝장내지 않고 그냥 가는 이유가 그것밖에 없어."

"본부가 목표일까요?" 마이어스가 물었다.

"그럴 수밖에 없겠지. 가자고. 자네하고 나 그리고 부상을 입지 않은 병사 전부."

"소위님은 제정신이 아니네요." 마이어스는 말했다. 그가 입을 벌리고 씩 웃자 치아가 반짝거렸다. "그래서 좋아요."

필이 세어 보니 일본군 추격조가 여섯 명뿐이었다. 한두 명 더 있을 수도 있었다. 이제 그들 앞에서 처음에는 산발적으로, 이후에는 꾸준히 총성이 들렸다. 수류탄이 터졌고 필은 딱딱거리는 그 끔찍한 남부 기관총 소리를 들었다. 여기에 다른 기관총 소리가 섞였다. 세 대일까? 네 대일까?

필의 부대에서 남은 병력이 덤불 숲을 박차고 나가자 전날 그들의 골머리를 아프게 했던 모래 언덕의 저편이 보였다. 방어가 미비한 본

부를 공격하러 나선 일본군으로 가득했지만 필의 부하들이 그들을 쫓고 있었다.

뚱뚱한 일본군 하나가(필은 나중에 모든 일본군을 통틀어 과체중은 그 한 명뿐이었을 거라는 생각을 했다) 다른 전우들보다 살짝 뒤에 처졌다. 그는 남부 경기관총을 들고 탄띠를 두르고 있었다. 그보다 호리호리한 기관총 사수가 그 조금 앞에 있었다.

필은 칼을 꺼내 들고 뚱뚱한 일본군을 향해 달려가며 기관총을 입수할 수 있다면 상당한 피해를 입힐 수 있겠다는 생각을 했다. 어쩌면 아주 많은 피해를 입힐 수도 있었다. 그는 일본군의 목덜미에 칼을 꽂았다. 그의 첫 번째 사살이었지만 흥분한 와중이라 그런 줄도 몰랐다. 일본군이 비명을 지르며 앞으로 쓰러졌다. 앞서가던 호리호리한 사수가 기관총을 들며 몸을 돌렸다.

"소위님! 엎드려요! 엎드려요!" 마이어스가 악을 썼다.

필은 엎드리지 않았다. 그 순간 앤서 맨이 생각났기 때문이었다. 부상을 당하나요? 그는 물었다. 앤서 맨은 아니라고 했고 잠시 후에 필은 잘못 물었다는 것을 알아차렸다. 그는 주어진 5분이 끝나기 직전에 제대로 물었다. 전사하나요? 그리고 그의 답은. 아뇨, 그냥 필, 전사하지 않아요.

에니웨톡에서 바로 그 순간에 그는 그 말을 믿었다. 앤서 맨이 그의 어머니의 처녀 시절 성과 아버지가 태어난 곳을 알았기 때문이었을 것이다. 호리호리한 일본군이 남부 기관총을 발사했다. 필은 뒤에서 마이어스가 피를 뿜으며 휘청거리는 것을 느꼈다. 데스트리와 몰로키가 그의 양옆에서 쓰러졌다. 총알이 바람을 가르며 그의 머리 양쪽 옆을 지나가는 소리가 들렸다. 장난꾸러기 강아지가 덥석거리기라도 하는 것처럼 바지와 셔츠가 당겨졌다. 그가 나중에 세어 보니 옷에 구멍이 열 개도 넘게 뚫렸다. 하지만 그를 맞히거나 심지어 스쳐 지나간 총알조차 없었다.

그는 탈취한 남부 기관총을 왼쪽에서 오른쪽으로 난사해 일본군을 큐피 인형처럼 쓰러뜨렸다. 뒤를 돌아본 다른 일본군들이 예상치 못했던 후방 공격에 놀라서 잠깐 얼어붙었다가 공격을 개시했다. 총알이 필의 앞쪽 모래를 때려 그의 군화 앞쪽 끝을 모래로 뒤덮었다. 그의 옷이 몇 번 더 찢어졌다. 그는 최소 두 명의 부하가 대응 사격하고 있는 것을 느꼈다. 그는 발치에 쓰러진 일본군이 차고 있던 탄띠를 잡아당겨서 다시 발포했다. 9킬로그램에 달하는 남부 기관총의 무게도, 그것이 뜨거워지고 있다는 것도, 자기가 악을 쓰고 있다는 것도 느끼지 못했다.

이제 모래 언덕의 반대편에서 미국군이 대응 사격을 개시했다. 필은 카빈총 소리를 듣고 그걸 알아차렸다. 그는 계속 총을 쏘며 진격했다. 죽은 일본군을 밟고 지나갔다. 탄피가 안에서 걸렸다. 그가 남부 기관총을 옆으로 던지고 허리를 숙였을 때 날아온 총알이 깡하고 때려 헬멧이 날아갔다. 필은 그런 줄도 거의 몰랐다. 그는 다른 기관총을 집어 다시 발포를 시작했다.

마이어스가 다시 그의 옆으로 복귀한 것을 느낄 수 있었다. 그는 얼굴 반쪽이 피범벅이었고 걸음을 옮길 때마다 벗겨진 두피가 대롱거렸다. *"받아라, 개새끼들아!"* 그는 악을 썼다. *"받아라, 개새끼들아, 미국에 온 걸 환영한다!"*

너무 황당해서 필은 웃음을 터뜨렸다. 모래 언덕 꼭대기에 다다랐을 때에도 그 웃음은 그치지 않았다. 그는 남부 기관총을 옆으로 던지고 두 손을 들었다. *"해병입니다! 해병! 쏘지 마세요! 해병입니다!"*

반격은 (별 볼 일 없으나마) 끝났다. 릭 마이어스는 은성훈장을 받았다(그는 차라리 오른쪽 눈을 돌려받고 싶다고 했다). 필립 파커 소위는 제2차 세계대전 중 명예훈장을 수여받은 473명 중 하나였고 부상은 없었지만 그의 전쟁은 끝났다. 사진사가 숭숭 뚫린 총알 구멍 사이로 햇빛이 비치는 그의 셔츠를 찍었고, 그 사진은 파병된 해병들이 '속세'라고 부르던 본국의 모든 신문에 실렸다. 그는 명실상부한 영웅이었고 남은 복무 기간 동안 미국에서 연설을 하고 전쟁 채권을 팔 것이었다.

테드 올버턴은 그를 끌어안고 전사라고 불렀다. 아들이라고 불렀다. 필은 생각했다. 이 남자 웃기네. 하지만 화해가 이루어졌다는 것을 알았으니 기꺼이 그를 부둥켜안았다.

그는 이제 거의 세 살이 다 된 아들도 만났다.

필은 가끔 밤에 잠이 든 아내의 곁에 뜬눈으로 누워 있다 보면 전우가 죽어 가면서 지른 비명 소리를 들은, 그 호리호리한 일본군이 생각났다. 그 호리호리한 일본군이 고개를 돌리는 것이 보였다. 그 호리호리한 일본군의 야전모 아래에서 휘둥그레진 갈색 눈과 한쪽 눈가의 낚시 바늘 모양 흉터가 보였다. 어렸을 때 생긴 흉터인 것 같았다. 그 호리호리한 일본군이 발포하는 것이 보였다. 그는 귓가에서 속삭이던 총알 소리를 기억했다. 맞으면 죽을 수도 있는, 그보다 더 끔찍하게는 평생 불구로 지낼 수도 있는 총탄이 장난을 치는 것처럼 그의 옷을 잡아당겼던 것이 생각났다. 그가 앤서 맨의 (그야말로) 예언을 믿고 자신이 죽지 않을 거라고 얼마나 확신했는지 생각났다. 그리고 그런 날 밤이면 빨간색 파라솔 아래에 앉아 있던 그 남자가 미래를 보았는지 아니면…… 그걸 만들었는지 궁금해했다. 이 질문에는 답을 알아낼 방법이 없었다.

2

필은 뉴잉글랜드의 여러 주와 가끔은 뉴욕에까지 가서 교전 상황을 소개하며 전쟁 채권을 판매하는 동안 참전 용사들을 숱하게 만났고 귀환에 얽힌 어려움을 숱하게 들었다. 어느 해병대 출신은 간단명료하게 이렇게 표현했다. "4년 동안 떨어져 있었다 보니 처음에는 우리가 한 침대를 쓰는 모르는 사이였어요." 필과 샐리 앤이 이런 어색한 시기를 모면할 수 있었던 것은 아마 (십중팔구) 어렸을 때부터 함께 자란 사이였기 때문이었을 것이다. 두 사람의 육체적인 사랑은 자연스럽게 이루어졌다. 한 번은 서로 절정에 다다랐을 때 샐리 앤이 "아, 나의 영우웅."이라고 외치자 같이 키득거리며 쓰러진 적도 있었다.

제이컵은 처음에는 낯을 가리며 엄마에게 매달려 그들의 삶 속으로 들어온 키 큰 남자를 겁에 질린 눈빛으로 쳐다보기만 했다. 필이 안아 주려고 하면 그 아이는 내려 달라고 버둥거렸고 가끔은 울음을 터뜨렸다. 그러고는 엄마에게로 아장아장 걸어가 다리를 붙잡고 아빠라고 불러야 하는 낯선 사람을 빤히 쳐다보았다.

어느 날 저녁에 제이크가 엄마의 발치에 앉아 블록 놀이를 하고 있었을 때 필이 그 맞은편에 앉아서 테니스공을 굴린 적이 있었다. 그는 아무 기대도 하지 않았는데 기쁘게도 제이크가 그걸 다시 굴려 주었다. 공이 왔다 갔다 했다. 샐리는 읽던 책을 내려놓고 그걸 지켜보았다. 필은 공을 낮게 튀겨서 보냈다. 제이크는 두 손을 내밀어서 받았다. 필이 웃음을 터뜨리자 제이크도 따라서 웃었다. 이후로 둘은 사이가 괜찮아졌다. 괜찮아진 것 이상이었다. 필은 아들의 모든 것을 사랑했다. 파란 눈, 얇은 갈색 머리, 튼실한 몸. 그중에서도 아이의 잠재력을 가장 사랑했다. 제이크가 어떤 인물로 자라날지 알 수가 없었고 알고 싶지도 않았다. *미리 알면 재미없잖아.* 그는 생각했다.

1944년 그해에 제이크가 안아서 침대로 데려다주겠다는 엄마를 거부하는 날이 찾아왔다. "아빠가." 아이는 이렇게 말했다. 그날이 필의 평생을 통틀어 가장 행복한 날은 아니었을지 몰라도 그보다 더 행복했던 날은 떠올릴 수가 없었다.

커리가 내가 예상하는 것처럼 번창할까요? 그는 꿈처럼 느껴지는 (모든 질문과 모든 답을 아직도 기억하지만) 오래전의 그날에 이렇게 물었다. 앤서 맨은 그럴 거라고 했고 이번에도 그의 말이 맞았다. 명예훈장을 받은 해병대 출신이라는 명성도 있었지만 그보다는 수임료를 적당히 받고 일을 잘했기에 (일대 주민들은 '영리한 친구'라고 말했다) 전쟁 이후에 필 파커의 의뢰인은 감당할 수 없는 수준으로 늘어났다.

1939년에 뽑은 보조 변호사가 함부르크 폭격 때 전사했기에 필은 새 직원을 한 명, 또 한 명 추가하고 나중에는 (샐리의 추천으로) 여직원을 뽑았다. 커리의 늙은 양키들은 이걸 언짢게 여겼지만 1950년에 이르자 새로운 발상과 새로운 자금을 갖춘 새로운 사람들이 이 마을로 유입됐다. 인근 패튼에 쇼핑센터가 생겼다. 필의 사무소에서 법률 업무를 맡았고 제법 많은 수익을 남겼다. 커리에서는 교실 다섯 개짜리 초급학교가 교실 여덟 개를 신축한 으리으리한 초등학교로 바뀌었다. 필은 예전 학교 건물을 헐값으로 매입해 새로운 사무실로 꾸몄다. 필 파커 앤드 어소시에이츠의 탄생이었다. 올버턴 부부는 딸과 손자…… 그리고 두말하면 잔소리지만 전쟁 영웅을 만나러 자주 놀러 왔다. 테드는 급속도로 발전 중인 커리를 선택한 사위의 선견지명을 자신이 애초부터 적극 지지했다고 착각하게 된 모양이었다.

필은 장인에게 해묵은 악감정이 있다 한들 제이크를 격하게, 무조건적으로 사랑하는 그를 보면 잊을 수 있었다. 아이의 여섯 번째 생일에 테드는 조그만 야구 글러브를 선물하고는 해가 다 져서 샐리 앤이 둘 다 들어와 저녁 식사를 하라고 부를 때까지 뒷마당에서 아이와 언더핸드 토스를 하며 놀아 주었다.

필은 아무리 일이 많아도 항상 해가 지기 전에 들어와 아들과 캐치볼을 하려고 퇴근을 서둘렀다. 제이크가 여덟 살이 됐을 때는 둘 사이의 거리가 9미터에서 12미터로 늘었고 오버핸드로 공을 던졌다.

"던져요, 아빠!" 제이크는 이렇게 외치곤 했다. "진짜 세게요!"

필은 여덟 살짜리 아이에게 공을 있는 힘껏 던질 일이 없었지만 조금씩 속도를 늘리긴 했다. 봄과 여름 주말에는 둘이 나란히 앉아 라디오로 레드 삭스 중계를 들었다. 가끔은 셋이서 같이 들었다.

11월의 어느 날 5센티미터 깊이로 쌓인 눈밭에서 둘이 캐치볼을 하고 들어오자 샐리 앤이 필을 한쪽 옆으로 데려갔다. "당신 어렸을 때 야구 했어? 나는 본 기억이 없어서."

필은 고개를 저었다. "방과 후에 가끔 애들끼리 했어, 자주는 아니고. 수비라면 모를까, 방망이는 젬병이었지. 애들이 나를 헛스윙 파커라고 불렀다니까?"

"나도 운동이라고는 해 본 적이 없는데 제이크는…… 걔, 잘하는 거 맞아? 아니면 내가 엄마라 콩깍지가 씌어서 착각하는 거야?"

"잘하는 거 맞아. 얼른 삭스 경기 데려가고 싶어서 좀이 쑤실 지경이야."

1950년에 그의 바람이 이루어졌다. 외야석에서 아이를 사이에 두고 필은 이쪽, 테드는 저쪽에 앉았다. 아이는 무릎 위에 얹어 놓은 팝콘은 잊은 채 눈을 휘둥그레 뜨고 입을 떡 벌리고 펜웨이 구장의 파릇파릇한 외야 잔디를 쳐다만 보았다.

테드가 아이 쪽으로 몸을 숙이고 말했다. "언젠가 네가 저기서 뛰고 있을 수도 있어, 제이크."

제이크는 할아버지를 올려다보며 미소를 지었다. "저도 그렇게 될 거 알아요."

1951년, 가을답지 않게 따뜻했던 10월의 어느 날에 필은 노스 콘웨이에 새로 개업한 웨스턴 오토를 찾아가 온 가족을 위한 선물을 트렁크에 싣고 111번 국도를 따라 집으로 돌아왔다. 원형 브라운관을 탑재한 제니스 텔레비전 리젠트 모델이었다. 실내 안테나도 샀지만, 실외 안테나를 설치하면 보스턴 방송을 볼 수 있을지 몰랐다. 라디오가 아니라 텔레비전으로 레인지 라이더의 중계를 볼 수 있다고 하면 제이크가 너무 좋아서 기절할 수도 있었다.

그에게는 어쩌면 텔레비전보다 더 중요할 수 있는 다른 복안이 있었다. 그는 그날 오전에 뉴햄프셔주 상원을 책임지고 있는 블레이록 애서턴이라는 공화당 의원과 대화를 나누었다. 애서턴 의원은 진정한 거물이었고 대화는 정말이지 흥미진진했다. 필이 그 대화를 두고 샐리 앤과 어떤 식으로 의논할지 고민하고 있을 때 도로변에 막대로 꽂힌 밝은 노란색 표지판이 옆으로 지나갔다. 거기에 적힌 앤서 맨까지 3킬로미터라는 문구를 본 순간 선명한 기억이 되살아났다.

그 사람일 리 없어, 그게 몇 년 전 일인데. 필은 생각했다. 하지만 속으로는 그 사람이라는 걸 알았다.

커리 경계선을 지나자마자 다른 표지판이 옆으로 지나갔다. 이번에는 새파란 색이었고 앤서 맨까지 1.5킬로미터 남았다고 했다. 필은 마을 가장자리에 있는 언덕을 올라갔다. 200미터 앞에서 빨간색 파라솔이 보였다. 이번에는 앤서 맨이 새로 생긴 초등학교에서 그리 멀지 않은 널찍한 공터에 노점을 차렸다. 1년 정도 지나면 커리 자원 소방대 본부가 세워질 자리였다.

필은 새 텔레비전과 블레이록 애서턴은 까맣게 잊은 채 쿵쾅거리는 심장을 달래며 길가에 차를 대고 내렸다. 전에 탔던 고물 쉐보레는 오래전에 처분했다. 그는 새로 산 뷰익 문을 쾅 닫고 잠깐 그 자리에 서서 눈앞의 광경에 넋을 잃었다. 벼락을 맞은 느낌에 가까웠다.

필은 나이를 먹었다. 앤서 맨은 그렇지 않았다. 14년 전 10월의 그날에 만났을 때와 똑같았다. 벗어져 가던 머리는 더 이상 숱이 줄지 않았다. 새파란 눈도 여전했다. 흰색 셔츠, 회색 바지, 검은색 구두…… 전과 똑같았다. 그를 앤서 맨이라고 소개하는 팻말의 좌우에 놓인 팻말만 달라졌다. 왼쪽에는 3분당 $50이라고 적혀 있었다. 오른쪽에는 처음 1개는 무료라고 적혀 있었다.

마법에도 인플레이션이 반영되는 모양이네. 필은 생각했다. 이러는 동안에도 앤서 맨은 호기심으로 눈을 반짝이며 그를 쳐다보고 있었다.

"전에 우리가 만난 적이 있던가요?" 그는 이렇게 묻고는 빙그레 웃었다. "대답하지 말아요! 당신이 아니라 내가 앤서 맨이니까. 기억을 더듬어 봅시다." 그는 동화 속 등장인물처럼 손가락을 코 옆면에 얹었다. "알겠다. 그냥 필이죠? 여자 친구가 청혼을 받아 줄지 궁금해했지만 실은 알고 있었고, 이 조그만 마을에서 살게 될지 궁금해했지만 그것 역시 실은 알고 있었던."

"아무짝에도 쓸모없는 질문이었죠." 필은 말했다.

"맞아요. 정말 그랬어요. 앉아요, 그냥 필. 나한테 볼일이 있으면요. 아니면 당연히 그냥 가던 길을 가도 돼요. 미국이 위대한 이유가 자유 때문이라고들 하잖아요."

멀지 않은 데서 종이 요란하게 울렸다. 새로 생긴 초등학교 문들이 벌컥 열렸다. 책가방과 도시락을 든 아이들이 고함을 지르며 마치 폭발하듯 문밖으로 뛰쳐나왔다. 그중에 분명 그의 아들도 있겠지만 어중이떠중이 속에 묻혀서 알아볼 수가 없었다. 레드 삭스 모자를 쓰고 있는 남학생이 워낙 많았다. 1.5킬로미터보다 먼 데 사는 아이들을 태우기 위해 스쿨버스 두 대가 대기 중이었다.

필은 손님용 의자에 앉았다. 그는 노변의 이 희한한 장사꾼이 인간인지 아니면 초자연적인 존재인지 물으려다, 스물다섯 살에서 서른아홉 살로 나이를 먹는 동안 배운 게 몇 개 있는지 공짜 질문을 허투루 소진하기 전에 입을 다물었다. 당연히 앤서 맨은 인간이 아니었다. 14년이 지난 뒤에도 외모가 전혀 변하지 않는 인간은, 그가 근거리에서 기관총이 난사되는 에니웨톡에서 목숨을 부지할 거라고 단언할 수 있는 인간은 없었다.

대신 그가 한 말은 이거였다. "금액이 올랐네요."

"어떤 사람들을 상대할 때는요." 앤서 맨이 말했다.

"그러니까 내가 오는 걸 알았다는 말이로군요."

앤서 맨은 미소를 지었다. "평서문으로 정보를 얻으려고 하는군요. 그런 수법이라면 빤한데."

어련하실까. 필은 생각했다. 손바닥 보듯 훤하겠지.

이제 아이들이 미래의 소방서 부지 앞을 지나갔다. 아이들이라면 기본적으로 호기심이 많을 텐데, 공터 쪽을 쳐다보았던 몇 명도 별

관심 없이 눈을 돌렸다.

"저 아이들 눈에는 우리가 보이지 않는 거죠?"

"또다시 답을 아는 질문을 하는군요. 당연히 보이지 않죠. 현실에는 주름이 있고 우리는 현재 그 주름 안에 들어가 있으니까요. 이로써 공짜 질문이 끝났네요. 다른 질문을 하고 싶으면 돈을 내세요. 미리 일러두는데 수표는 받지 않아요."

필은 꿈을 꾸는 듯한 심정으로 뒷주머니에서 지갑을 꺼냈다. 그 안에 20달러짜리 세 장과 10달러짜리 한 장이 들어 있었다(면허증 뒤편에 유사시에 대비한 100달러짜리 지폐도 꼬불쳐져 있었다). 그가 10달러짜리와 20달러짜리 두 장을 건네자 앤서 맨은 받아서 챙겼다. 그는 조그만 가방(같은 가방이었다)을 집어 그 안에서 예전의 그 초대형 스톱워치를 꺼냈다. 이번에는 숫자가 0에서 3뿐이었지만 그가 태엽을 감자 전처럼 톱니바퀴 소리가 들렸다.

"준비가 됐길 바라요, 그냥 필."

그가 생각하기에는 준비가 됐다. 이번에는 고민은 없었고 그는 현재 삶의 방향에 완벽하게 만족했지만 인간이라면 언제나 미래가 궁금하기 마련이었다.

"준비됐어요. 시작하시죠."

앤서 맨의 대답은 1937년의 그 날과 같았다. "그럼 시작합니다." 그는 큼지막한 시계 뒤편에 달린 꼭지를 눌렀다. 째깍거리는 소리가 나기 시작했고 하나짜리 바늘이 3에서 2를 향해 움직였다.

필은 블레이록 애서턴과 나눈 대화를 떠올렸다. 제안은 아니고 가능성 시사였다. 의사 타진이었다.

"만약 제안을 받으면 제가……"

앤서 맨은 나무라듯 손가락 하나를 들어 보였다. "내가 전에 한 말

잊었어요? 나는 앤서 맨이지 고민 상담가가 아니에요."

필도 잊지는 않았다. 비생산적인 질문을 하는 데 익숙해졌을 따름이었다. 그러니까 아무짝에도 쓸모 없는 질문 말이다.

"좋아요, 그럼 이렇게 물을게요. 내가 상원 의원 선거에 출마하게 될까요?"

"아뇨."

"아니라고요?"

"같은 질문을 반복한다고 답이 바뀌지는 않아요. 그러는 동안 시간은 흘러가고요."

"샐이 출마에 반대하기 때문인가요?"

"아뇨." 시곗바늘이 2를 지났다.

"애서턴이 다른 사람에게 기회를 주기 때문인가요?"

"네."

"나쁜 놈." 필은 말했지만 진심으로 실망했을까? 그렇긴 했지만 심하게는 아니었다. 그에게는 법률 사무소가 있었고 일이 여전히 재미있었다. 뉴햄프셔에서 워싱턴 DC로 건너가고 싶어 안달이 난 것도 아니었다. 그는 시골 쥐였고 언제까지나 그렇게 남을 것이었다.

필은 14년 전에 그랬듯이 화제를 바꾸었다. "샐과 제이크는 텔레비전을 좋아할까요?"

"네." 짧은 미소가 앤서 맨의 얼굴 위로 번졌다.

제이크 생각을 하자 다른 질문이 필의 머릿속에 떠올랐다. 그는 답을 듣고 싶지 않을지도 모른다는 사실을 깨닫기 전에 이미 질문을 내뱉고 말았다.

"우리 아들은 프로야구 선수가 될까요?"

"아뇨."

시곗바늘이 1을 지나 0을 향해 가고 있었다.

"다른 종목은요?"

"아뇨."

그가 상원 의원 출마 권유를 받지 못한다는 답을 들었을 때보다 실망스럽긴 했지만 뜻밖이었는가 하면 그건 아니었다. 스포츠는 피라미드 구조였고 신의 경지에 근접하는 재능을 갖추어야 꼭대기에 다다를 수 있었다.

"대학 야구는요?" 그 정도는 제이컵의 능력으로 가능할 것이었다.

"아뇨."

따지 못할 판에 계속 돈을 박는 도박꾼처럼 필은 이렇게 물었다. "고등학교 야구는요? 그 정도는……"

"아뇨."

필은 앤서 맨을 빤히 쳐다보는데, 혼란스럽고 걱정이 되기 시작했다. 사실 겁이 나기 시작했다. 물어보지 말자. 그는 생각했고 어머니가 좋아했던 격언 중 하나가 떠올랐다. *심란해지고 싶지 않으면 열쇠구멍으로 들여다보지 마라.*

앤서 맨의 시곗바늘이 0에 다다라 따르르릉 하고 쉰 소리를 낸 직후에 필은 마지막 질문을 했다. "우리 아들한테 무슨 일이 생기는 건 아니죠?"

"미안하지만 그건 답을 알려 주지 못하겠네요. 당신이 조금 늦었어요, 그냥 필."

"그랬나요?"

아무 대꾸가 없었다. 당연한 반응이었다. 그에게 주어진 시간이 다 됐다.

"그랬나 보네요. 좋습니다, 그럼 한 번 더 할게요. 그럴 수 있죠?" 아무 대꾸가 없기에 필은 자문자답했다. "할 수 있죠, 당연히 할 수 있죠. 팻말에 *3분당*이라고 적혀 있으니까요." 그는 허리를 숙여 운전면 허증 뒤에서 100달러짜리 지폐를 꺼냈다. "제가…… 됐다, 여기……."

그가 고개를 들어 보니 팻말에 이제는 3분당 $200와 무료 질문 없음 이라고 적혀 있었다.

"잠시만요." 그는 말했다. "아까하고 얘기가 다르잖아요. 이런 잔꾀를 부리다니."

예전처럼 (또는 그때와 거의 비슷하게) 앤서 맨이 말했다. "당신 꾀에 당신이 넘어간 거죠."

그러고는 (예전처럼) 앤서 맨이 열차라도 타고 있는 것처럼 뒤로 물러나는 듯이 보였다. 눈앞이 점점 회색으로 덮이기 시작했다. 필은 싸우려 했지만 소용이 없었다.

그가 정신을 차려보니 뷰익의 운전석에 앉아 있었고 누군가가 조수석 쪽 창문을 두드리는 소리가 들렸다. "아빠? 아빠, 일어나요!"

그는 주위를 두리번거렸다. 처음에는 거기가 어딘지 또는 언제인지 혼란스러웠다. 그러다 잠시 후 밖에서 그를 쳐다보고 있는 아들을 보았다. 친구 해리 워시번과 같이 있는데, 둘이 똑같이 레드 삭스 모자를 쓰고 있었다. 그걸 보고 필은 제자리를 찾았다. 지금은 1937년이 아니라 1951년이었다. 그는 졸업장에 잉크도 덜 마른 청년이 아니라 뉴햄프셔 이 일대에서는 미국 상원 의원 후보로 간주될 만큼 중요한 참전 용사였다. 남편이었다. 아버지였다.

그는 몸을 기울여 문을 열었다. "안녕, 아들. 내가 깜빡 졸았나 보다."

제이크는 그 말에 관심을 보이지 않았다. "학교 뒤에서 타격 연습하다가 스쿨버스를 놓쳤어요. 우리 집까지 태워다 주실 수 있어요?"

"내가 여기 없었으면 어쩔 생각이었는데?"

"당연히 걸어가려고 했죠." 제이크가 말했다. "아니면 킨 부인 차를 얻어타고 가거나. 그분 좋거든요."

"예쁘기도 하고요." 해리가 말했다.

"그래, 타라. 노스 콘웨이에서 너희들이 좋아할 만한 걸 사가지고 왔는데."

"진짜요?" 제이크는 앞에 탔다. 해리는 뒤에 탔다. "뭔데요?"

"이따 보여 줄게." 필은 앤서 맨의 테이블과 파라솔이 있었던 자리를 보았다. 지갑 안을 들여다보니 운전면허증 뒤에 조그맣게 접힌 100달러짜리 지폐가 있었다. 그 모든 게 꿈이 아니었다면(그는 꿈이 아니었다는 걸 알았다) 앤서 맨이 도로 넣어 준 모양이었다. *아니면 내가 직접 넣었든지.*

그는 집으로 차를 몰았다.

텔레비전은 대성공이었다. 실내 안테나로는 맨체스터의 WMUR만 잡혔지만(화면 위로 가끔, 아니, 자주 눈보라가 날렸다) 실외 안테나를 설치하자 보스턴의 WNAC와 WHDH, 이 두 방송사의 프로그램을 볼 수 있었다.

필과 샐은 「레드 스켈튼의 시간」이나 「슐리츠 플레이하우스」 같은 저녁 프로그램을 즐겨 보았지만, 제이크는 즐겨 본 정도가 아니었다. 첫사랑에 빠진 사람처럼 온 마음을 다 바쳤다. 방과 후에는 일주일 내내 똑같은 고전 영화가 방송되는 「오후의 영화감상」을 보았다. 「잭과 팻의 컨트리 잼보리」를 보았다. 「보스턴 블랙키」를 보았다. 카멜 담배와 밥 O 세제 광고를 보았다. 토요일에는 교회라도 되는 것처럼 친구들을 불러 모아 「크루세이더 래빗」과 「꾸러기 클럽」과 수천 개의 고전 만화를 보았다.

샐리 앤은 처음에는 재미있어하다가 나중에는 불안해했다. "애가 저것에 중독됐어." 그녀는 앞으로 수 세대 동안 부모들이 똑같은 한탄을 하게 될 줄은 전혀 모른 채 이렇게 말했다. "이제는 당신이 퇴근해도 캐치볼도 하지 않고 벌써 네 번이나 본 쓰레기 같은 「호펄롱 캐시디」만 보려고 해."

제이크가 가끔 캐치볼을 하거나 차고 뒤에서 필이 느리게 공을 던져 주면 타격 연습을 하고 싶어 할 때도 있었지만 전보다 줄긴 했다. 텔레비전이 없던 시절에는 글러브를 끼고 방망이는 옆에 기대어 놓고 현관 앞에 나와서 아버지를 기다리곤 했는데 말이다.

사실 필은 아들이 야구에 관심을 잃은 것을 샐만큼 아쉬워하지 않았다. 앤서 맨에게 제이크는 선수 생활을 하지 않을 거라는 (심지어 고등학교에서조차) 얘기를 들었을 때 그는 (어느 부모라도 그렇겠지만) 끔찍한 시나리오를 떠올렸다. 그런데 이제 보니 좀 더 평범한 이유 때문이었다. 필이 그 나이 때 피아노에 관심을 잃었던 것처럼 제이크도 야구에 관심이 없어지고 있었다.

제이크는 「론 레인저」나 「와일드 빌 히콕」 같은 드라마에서 받은 영감을 바탕으로 서부극을 쓰기 시작했다. 모든 작품마다 느낌표와 함께 「라라미 총격전!」 아니면 「데드 맨스 협곡의 결투!」 이런 제목이 달렸다. 유혈이 낭자했지만 아주 형편없지는 않았다. 적어도 저자의 아버지가 보기에는 그랬다. 어쩌면 그 아이는 커서 보스턴 레드 삭스의 외야수 대신 작가가 될지 몰랐다. 필은 그래도 좋다고 생각했다.

어느 날 저녁에 블레이록 애서턴이 전화해 이번은 아니더라도 1956년에 상원 의원으로 출마할 생각이 있느냐고 물었다. 필은 고민 중이라고 말했다. 샐리가 적극적으로 찬성하지는 않지만 그가 출마하겠다고 하면 지지해 줄 거라고 말했다.

"뭐, 너무 오래 고민하지는 말게." 애서턴이 말했다. "정치를 하려면 미리 생각해야 하거든. 시간은 흐르는 물과 같다지 않나."

"저도 그렇게 들었습니다." 필은 말했다.

1952년 2월의 어느 토요일 아침에 필이 벽장만 한 서재에서 재판을 앞둔 사건의 진술서를 검토하고 있었을 때 해리 워시번이 들어왔다. 그는 주근깨가 박힌 해리의 뺨과 손에 묻은 핏자국을 보고 깜짝 놀랐다.

"어디 다쳤니, 해리?"

"제 피가 아니에요." 해리가 말했다. "제이크가 코피가 났는데 멈추질 않아요. 로이 로저스 티셔츠가 피범벅이 됐어요. 위에서부터 아래까지."

필이 두 눈으로 직접 확인하고 보니 그 말이 과장이 아니었다. 제니스의 원형 브라운관 안에서 애니 오클리가 악당에게 총을 쏘고 있었지만 네댓 명 되는 아이들의 관심사는 오로지 제이크였다. 그 아이가 가장 좋아하는 티셔츠(토요일 아침에 카우보이 영화를 볼 때 입는 티셔츠였다)가 정말 피투성이였다. 청바지 무릎도 마찬가지였다.

제이크가 자기 아버지를 보고 말했다. "멈추질 않아요." 코맹맹이 소리가 났다.

필은 다른 아이들에게 텔레비전 보고 있으라고, 아무 문제 없다고, 안심하라고 했다. 목소리에서 티를 내지 않으려고 했지만 쏟아지는 피를 보고 있으려니 무서워서 죽을 것 같았다. 그는 제이크를 주방으로 데리고 들어가 의자에 앉히고 고개를 뒤로 젖히게 한 다음 행주에 얼음을 한가득 넣어서 코에 대고 있게 했다. "꽉 대고 있어, 제이크. 그럼 멈출 거야."

IGA에 다녀온 샐리 앤이 피로 물든 제이크의 티셔츠를 보고 비명을 지르려고 숨을 들이마셨다. 필이 고개를 젓자 그녀는 비명을 참았다. 아이의 옆에 무릎을 꿇고 앉아서 어떻게 된 일이냐고 물었다. "카우보이 놀이하다가 친구 주먹에 맞았어?"

"아뇨, 그냥 터졌어요. 바닥에도 피를 흘렸지만 적어도 엄마가 아끼는 파란색 러그에는 안 흘렸어요."

"저한테도 흘렸어요." 새미 딜런이 말했다. 그와 해리가 주방에 들어와 있었다. 다른 아이들은 그 뒤에 서 있었다. "하지만 물로 씻었어요."

"잘했어, 새미." 샐리 앤은 말했다. "너희들은 이제 그만 집에 가는 게 좋겠다."

아이들은 피범벅인 친구를 주방 문 앞에서 마지막으로 한 번 쳐다보고 냉큼 밖으로 나갔다. 아이들이 사라지자 샐리 앤은 아들 위로 몸을 숙여 필에게 속삭였다. "멈출 기미가 안 보여."

"멈출 거야." 필은 말했다.

코피는 멈추지 않았다. 더는 티셔츠를 흠뻑 적실 만큼 콸콸 쏟아지지 않았지만 그래도 계속 스며 나왔다. 가족 주치의가 휴가 중이라 그들 부부는 아들을 노스 콘웨이의 병원으로 데려갔다. 당직의 리치먼드가 조그만 펜라이트로 제이크의 코를 들여다보더니 고개를 끄덕였다. "우리가 후딱 치료해 주마. 저희가 처치하는 동안 어머님과 아버님은 밖에서 기다려 주세요."

샐은 옆에 있고 싶어 했지만, 필은 처치에 어떤 과정이 수반되는지 알 것 같았기에 그녀의 팔을 잡고 대기실로 끌고 나가 문을 닫았다. 문을 닫아 봐야 소용없었다. 코를 지지자 제이크의 울부짖는 소리가 그 작은 병원의 이 끝에서 저 끝까지 울려 퍼졌다. 필과 샐리 앤은 서로 부둥켜안고 눈물을 흘리며 이 순간이 끝나기만을 기다렸다. 결국에는 끝이 났지만…… 그게 끝이 아니었다.

리치먼드 선생이 밖으로 나왔다. 흰색 가운 한쪽 옷깃에 제이크의 핏방울이 튀어 있었다. 그가 웃으며 말했다. "아이가 잘 참네요. 괴로웠을 텐데. 너희 부모님과 잠깐 얘기 좀 나눠도 될까, 제이컵?"

그는 그들을 데리고 검사실로 들어갔다. "아이 몸에 멍 자국 생긴 거 보셨나요?"

"네, 팔에 두어 개 있더라고요." 필은 말했다. "남자아이잖습니까. 나무를 타거나 뭐 그러다가 생겼겠죠."

"가슴에도 있어요. 아이가 싸움을 좋아하나요?"

"아뇨, 그렇지는 않아요." 필은 말했다. "친구들과 가끔 난투극을 벌일 때도 있지만 그냥 장난이에요."

"혈액 검사를 했으면 합니다." 리치먼드 선생이 말했다. "그냥 확실히 짚고 넘어가는 차원에서……"

"오, 주님." 샐리 앤이 말했다. 나중에 그녀는 필에게 자기는 알았고, 바로 그때 알았다고 할 것이다.

"백혈구와 혈소판 수치를 체크하려고 합니다. 심각한 병이 아니라는 걸 확인하기 위해서요."

"선생님, 그냥 코피가 났을 뿐이에요." 필이 말했다.

"제이크 데려 와, 필." 샐리 앤이 말했다. 눈가와 입가가 하얗게 질려 있었다. 필이 앞으로 1년 정도 동안 자주 보게 될 얼굴이었다.

필은 제이크를 검사실로 데려왔다. 제이크는 코를 지진 것에 비하면 채혈은 누워서 떡 먹기라는 말을 들은 뒤 소매를 올리고 주삿바늘을 묵묵히 견뎠다.

일주일 뒤에 주치의가 전화해 나쁜 소식을 전하게 돼서 유감이지만 제이크가 급성 림프구성 백혈병인 것 같다고 했다.

튼실했던 아들은 상태가 급속도로 나빠졌다. 제이크는 당시 '소모성 질환'이라고 불리던 그 병에 걸린 지 8개월째로 접어들었을 때 차도를 보여서 몇 주 동안 부모를 희망 고문했다. 그러다 추락했다. 제이컵 시어도어 파커는 1953년 3월 23일에 열 살의 나이로 포츠머스 리지널 병원에서 눈을 감았다.

샐은 제이크를 떠나보내는 예식이 진행되는 동안 거의 처음부터 끝까지 남편의 어깨에 고개를 묻고 있었다. 그녀는 울었다. 필은 울지 않았다. 흘릴 눈물은 제이크의 마지막 입원 기간 동안 모두 흘렸다. 샐은 마지막 순간까지 다시 차도가 있길 소망했지만(그러길 기도했지만) 필은 제이크가 스러져 가고 있음을 알았다. 앤서 맨에게 그럴 거라고 들은 거나 마찬가지였다.

그날 나중에 그는 장례식장에서 그녀가 술 냄새를 풍긴 게 맞는지 자문했다. 그랬다 한들 신경 쓸 일조차 아니긴 했다. 파커 부부는 음주와 흡연의 세대였다. 샐리 앤은 열여섯 살 때부터 어머니와 아버지와 그들의 친구들과 가벼운 칵테일을 즐겨 마셨고, 필이 퇴근해 보면 항상 칵테일이 기다리고 있었다. 식전에 두 잔이 관행이었다. 가끔 필은 같이 텔레비전을 보며 맥주를 한두 잔 마시곤 했다. 샐은 진토닉을 한 잔 더 마시곤 했다. 필은 나중에 돌아본 다음에서야 저녁에 마시던 진토닉 한 잔이 두 잔으로, 때로는 세 잔으로 발전했다는 것을 알아차렸다. 하지만 그녀는 항상 6시에 일어나 제이크의 도시락을 싸고 온 가족의 아침상을 차렸다. 그때는 여자들이 요리하고 남자들은 먹는 세대이기도 했다.

하관식이 끝나고 조문객을 접대하는 자리에서 *알아차리긴 했다*. 알아차릴 수밖에 없었다. 샐은 주방에서 킨 부인에게 제이크의 이를 맨 처음 뺐을 때 이야기를 하고 있었다. 골치 아프게 흔들리는 이에 실을 걸고 그의 방 문고리에 묶었다고 말이다.

"그러고는 문을 쾅 닫았더니 이가 슝 날아갔지 뭐예요!" 샐은 이렇게 말했지만 쾅이 아니라 캉이었고 필은 킨 부인(필이 두 번째로 앤서맨을 만난 날 해리가 예쁘다고 한 그 부인이었다)이 한 발짝씩 슬금슬금 뒤로 물러나는 것을 보았다. 그녀의 입 냄새를 피하느라 그런 거였다. 샐은 그녀가 물러난 만큼 다가가며 두 번째 이야기를 시작했다. 그녀의 손에 들려 있던 작은 술잔이 천천히 기울어져서 안에 담겨 있던 술이 바닥으로 쏟아졌다.

필은 그녀의 팔을 잡고 그녀의 부모님이 보잔다고 말했다(거짓말이었다). 샐은 냉큼 따라 나섰지만 어깨 너머로 외쳤다. "캉 닫았더니 슝 날아갔어요! 얼마나 웃겼는지 몰라요!"

킨 부인은 필을 보며 위로의 미소를 지었다. 그녀를 필두로 이후에 수많은 사람들이 그랬다.

그가 샐을 데리고 거실 문 앞까지 갔을 때 그녀의 무릎이 꺾였다. 그녀의 손에서 잔이 떨어졌다. 그걸 받는데, 차고 뒤편에서 제이크가 잡아서 던진 공을 받았을 때의 기억이 순간적이지만 너무나 선명하게 떠올랐다. 거실에 모여 있는 사람들 사이를 지났을 무렵에는 그가 그녀를 거의 떠받치다시피 했다. 어머니가 그를 보며 고개를 끄덕였다. *여기서 데리고 나가라.* 필도 마주 고개를 끄덕였다.

그녀를 2층으로 끌고 올라갈 방법이 없었기에 안다시피 해서 손님방으로 데려가 조문객들이 벗어 놓은 외투 사이에 눕혔다. 그녀는 당장 코를 골기 시작했다. 필은 다시 밖으로 나가 조문객들에게 샐이 상심으로 무너져서 당분간 아무도 만나지 못할 것 같다고 말했다. 여기저기서 이해한다는 듯이 고개를 끄덕이고 중얼중얼 위로를 전했지만(필은 위로를 하도 많이 받아서 아무라도 농부의 딸이 등장하는 지저분한 농담을 해 주었으면 하는 심정이었다) 그가 보기에는 그녀가 무너진 이유가 상심 말고도 또 있다는 것을 아는 사람들이 분명 있었다(그중 한 명이 킨 부인이었고 또 한 명이 그의 어머니였다).

그가 그녀의 음주를 두고 거짓말을 한 것은 이번이 처음이었지만 마지막은 아니었다.

필은 아이를 다시 가져 보는 것이 어떻겠느냐고 했다. 샐은 그러거나 말거나 하는 식으로 느른하게 동의했다. 가끔 그는 그녀의 어깨를 잡고 (멍이 들 만큼, 그녀를 정신 차리게 할 수 있을 만큼 세게) 그녀 혼자 아이를 앞세운 게 아니라고 말하고 싶었다. 하지만 그러지 않았다. 그녀가 뭐라고 할지 알았기에 분노를 혼자 삭였다. *당신은 일이 있잖아. 나는 아무것도 없어.*

하지만 그건 아니었다. 그녀에게는 길비스 진과 쿨 담배가 있었다. 하루에 두 갑. 그녀는 잔돈 지갑처럼 생긴 조그만 악어 케이스에 그걸 넣고 다녔다. 1954년에 아이가 생겼다. 그는 담배를 끊는 게 어떻겠느냐고 했다. 그녀는 아무리 좋은 뜻에서 하는 충고라도 그냥 혼자만 생각하는 게 어떻겠느냐고 했다. 아이는 5개월째에 유산됐다.

"이제 그만할래." 그녀가 노스 콘웨이 병원 병실에서 말했다. "나 마흔이야. 아이를 낳기에는 너무 늙었어."

이렇게 해서 다시 사랑의 장갑으로 돌아갔지만 1956년 섣달그믐에 보니 필이 부활절 직후에 노스 콘웨이에서 사놓은 열두 개들이 상자에서 아직도 세 개가 남아 있었다. 샐리 앤은 잠옷을 들추고 그가 들어오는 것을 허락했지만 천장을 쳐다보고 있는 그녀를 보면 그가 욕구를 해소하고 내려가 주길 기다리고 있다는 것을 알 수 있었다. 이건 부부 관계에 도움이 되지 않았다.

필은 1957년에 딱 한 번 음주에 대해 걸고넘어졌다. 술을 끊거나 최소한 줄이기라도 하고 싶으면 보카 래턴에 좋은 금주 재활원을 알아 놓았다고, 뉴햄프셔에서 멀리 떨어져 있으니 아무도 모를 거라고 말했다. 주변 사람들에게는 친구들 만나러 갔다고 하면 된다고 했다. 그녀가 원한다면 별거 중이라고 해도 상관없었다. 끊을 수만 있다면.

그녀가 그를 쳐다보았다. 그의 아내는 이제 안색이 안 좋고 눈빛은 멍하고 머리는 떡이 졌고 과체중이었다. 그중에서도 특히 눈빛이 독보적이었다. 깊이라고는 전혀 없었다.

"왜?" 그녀가 물었다.

1960년 11월 8일 저녁에 필이 퇴근해 보니 집에 아무도 없었다. 주방 조리대에 이런 쪽지가 남겨져 있었다. *오븐 안에 저녁 있어. 선거 개표 방송 보러 GD 다녀올게. S.*

같이 가자는 말은 없었고 그는 원래 노스 콘웨이의 그린 도어를 별로 좋아하지 않았다. 그와 샐의 신혼 시절에는 제법 근사한 바였지만 이제는 그냥 싸구려 술집이었다.

경찰 보고서에 따르면 파커 부인은 11월 9일 새벽 12시 40분경, 케네디의 당선이 선포된 직후에 그린 도어를 나섰다. 바텐더가 11시부터 술은 더 이상 마시지 못하게 막았지만 남아서 개표 방송은 볼 수 있게 했다.

집으로 돌아오느라 16번 도로를 엄청난 속도로 질주하던 그녀의 르노 도핀이 도로에서 벗어나 다리 갓기둥을 들이받았다. 즉사였다. 부검에 따르면 혈중 알코올 농도가 0.39였다. 테드 올버턴은 딸이 죽었다는 소식을 듣고 심장 마비를 일으켰다. 그는 집중치료실에 닷새 동안 입원해 있다가 세상을 떠났다. 장례식이 연거푸 이어지자 필은 에니웨톡으로 돌아가고 싶다는 생각이 들 정도였다.

아내가 죽고 3주가 지났을 때 필은 공터였던 커리 자원 소방대 본부로 차를 몰았다. 늦은 시각이라 소방서는 어두컴컴했다. 빨간색 쌍여닫이문 사이에 예수 탄생이 재현되어 있었다. 예수, 마리아, 요셉, 동방박사, 이런저런 동물들. 구유가 있는 곳이 바로 (필의 기억이 맞는다면) 빨간색 파라솔이 앤서 맨의 조그만 테이블 위로 그늘을 드리우던 자리였다.

"와서 나랑 얘기 좀 나눠 줘요." 필은 바람이 부는 어두컴컴한 허공에 대고 말했다. 외투 주머니에서 지폐 뭉치를 꺼냈다. "여기 800달러, 어쩌면 1000달러가 있고 묻고 싶은 게 몇 개 있어요. 첫 번째 질문은…… 사고였는지 아니면 아내가 자살을 했는지 여부에요."

아무 소리도 들리지 않았다. 아무도 없는 빈터, 아무도 없는 소방서, 차가운 동풍, 보이지 않는 전구가 비추는 바보 같은 석고 조각상들뿐이었다.

"두 번째 질문은 이유예요. 나만 이런 이유. 자기 연민처럼 들릴 테고 자기 연민이 맞는다는 것도 알지만 진심으로 궁금해서 그래요. 그 빌어먹을 제이크의 친구 해리 워시번은 멀쩡히 살아서 소머스워스에서 배관공 조수로 일하고 있어요. 새미 딜런도 살아 있고요. 그런데 왜 내 아들만 죽었을까요? 제이크가 죽지 않았으면 샐리도 죽지 않았을 텐데, 아닌가요? 그러니까 말해 봐요. 생각해 보니 왜 나만 이런지가 아니라 왜 이래야 하는지가 궁금하네요. 얼른요. 이리 나와서 시계 태엽을 감고 내 돈을 가져가요."

아무 반응도 없었다.

"당신은 원래 거기 있지도 않았지? 내 빌어먹을 상상력이 만들어 낸 환영이었어. 그러니까 엿 먹어라, 당신도 나도 이 빌어먹을 세상도."

필은 이후 3년을 기분 부전 장애에서 비롯된 우울증 상태로 멍하니 흘려보냈다. 일은 계속했다. 항상 제때 법원에 출두해 소송에서 이기기도 하고 지기도 했고 어느 쪽이 됐건 별로 상관하지 않았다. 가끔 꿈속에서 앤서 맨을 만나면 테이블 너머로 달려들어 째깍대는 스톱워치를 쳐서 바닥으로 떨어뜨리고 앤서 맨의 목을 조를 때도 있었다. 하지만 앤서 맨은 항상 연기처럼 사라져 버렸다. 왜냐하면 사실 그는 그런 존재일 수밖에 없었다, 연기 같은.

그 시기는 화상을 입은 여자로 인해 끝났다. 그녀의 이름은 크리스틴 라카스였지만 필의 머릿속에는 영영 화상을 입은 여자로 기억됐다.

1964년 이른 봄의 어느 날, 비서가 혼이 쏙 빠진 창백한 얼굴로 그의 방에 들어왔다. 필은 마리의 눈에 눈물이 고인 것 같다고 생각했지만 그녀가 손등으로 눈물을 훔치고 나서야 확신할 수 있었다. 그는 무슨 일 있느냐고 물었다.

"무슨 일이 있는 게 아니라 변호사님을 찾아온 여자분이 계신데, 안으로 모시기 전에 미리 경고를 드리려고요. 화상을 입었는데 심해요. 얼굴이…… 변호사님, 얼굴이 처참해요."

"무슨 일로 나를 찾아왔다는데요?"

"뉴잉글랜드 프리덤사(社)를 상대로 500만 달러짜리 소송을 제기하고 싶대요."

필은 미소를 지었다. "아주 대단한 계획인데요?"

뉴잉글랜드 프리덤은 프레스크 아일에서부터 프로비던스에 이르기까지 여섯 개 주에서 사업을 운영했다. 필이 짐작하기로는 이제 끝나 버린 전후 시기에 북부에서 규모로 몇 손가락 안에 드는 개발사로 성장한 회사였다. 택지, 쇼핑센터, 산업 센터, 심지어 교도소까지 만들었다.

"들여보내요, 마리. 마음의 준비를 할 수 있게 미리 알려 줘서 고마워요."

지팡이 두 개를 짚고 비척비척 들어온 여자에 대비해 마음의 준비를 할 수 있는 방법은 없었다. 얼굴의 왼쪽 면을 보면 여자는 40대 후반 아니면 50대 초반인 듯했다. 얼굴의 오른쪽 면은 녹아서 산사태처럼 흘러내렸다가 딱딱해진 살덩어리에 묻혀 있었다. 지팡이를 움켜쥔 쪽의 손은 갈퀴였다. 그녀는 그의 표정을 보더니 왼쪽 입가를 들어 몇 개 남지 않은 치아를 보이며 미소를 지었다.

"나 예쁘죠?" 그녀가 물었다. 까마귀 울음소리처럼 쉰 목소리였다. 화상을 입었을 때 뜨거운 공기를 마셔 성대가 그슨 모양이었다. 필이 보기에는 이 정도라도 말을 할 수 있는 것이 행운이었다.

그는 그냥 해 본 말이거나 노골적인 빈정거림에 답을 할 생각이 없었다. "앉으시죠, 라카스 양. 제가 어떻게 도와드리면 될까요?"

"'양'이 아니라 '부인'이에요. 미망인이거든요. 변호사님이 어떻게 도와주면 되는가 하면 NEF를 고소해서 혼쭐을 내 주세요." 그녀는 NEF를 네프라고 발음했다. "더도 말고 덜도 말고 딱 500만 달러만 받아내 주세요. 변호사님은 관심이 없을 거라는 데 크래커를 걸 수도 있겠지만요. 지금까지 포틀랜드의 펠드 앤드 필스베리를 비롯해서 대여섯 군데를 찾아다녔는데, 나도 그렇고 내 사건도 그렇고 맡겠다는 사람이 없네요. NEF가 너무 거물이라 이거죠. 쫓겨나기 전에 물 한 잔만 마실 수 있을까요?"

그는 마리를 호출해 라카스 부인에게 물을 한 잔 가져다 달라고 했다. 그동안 화상을 입은 여자는 성한 쪽 손으로 허리에 동여맨 조그만 주머니를 만지작거렸다. 거기서 약병을 꺼내 필의 책상 위로 밀었다.

"그것 좀 열어 줄래요? 나 혼자서도 할 수 있긴 하지만 우라지게 아프거든요. 두 알 주세요. 아니, 세 알."

필은 갈색 병의 뚜껑을 열고 흔들어서 알약 세 개를 꺼내고 그녀에게 건넨 뒤 다시 뚜껑을 닫았다. 마리가 물을 가져다주었고 라카스는 약을 삼켰다. "모르핀이에요, 아시다시피. 진통제. 말을 하면 아프거든요. 뭐, 모든 게 아프지만 말을 하는 게 최악이에요. 먹는 것도 고역이고. 병원에서는 이 진통제 때문에 내가 1년에서 3년이면 죽을 거라고 해요. 나는 법원에서 재판을 치를 때까지 죽지 않을 거라고 했어요. 나는 반드시 그럴 작정이에요, 파커 변호사님. 아, 효과가 나타나기 시작하네요. 다행이다. 한 알 더 먹고 싶지만 그럼 정신이 몽롱해져서 뒤죽박죽 막 섞어 놓을 거예요."

"제가 어떻게 도와드리면 될지 말씀해 주세요."

그녀는 고개를 뒤로 젖히고 마녀처럼 킬킬거렸다. 목의 그 부분이 어깨 쪽으로 흘러내려 간 것이 그의 눈에 들어왔다. "이 개새끼들을 고소할 수 있게 도와주세요, 그러면 돼요." 그녀는 이렇게 말하고 그녀의 사연을 들려주었다.

크리스틴 라카스는 남편과 다섯 명의 아이들과 함께, NEF에서 노스 콘웨이 바로 북쪽의 올버니 마을에 건설한 모로 에스테이트라는 주택 단지에서 살았다. 그들의 집은 전등불이 김빠지는 소리와 함께 들어왔다 나갔다 했고 가끔 콘센트에서 연기가 흘러나왔다. 로널드 라카스는 장거리 트럭 운전사로 돈을 잘 벌었지만 집을 비울 때가 많았다. 크리스틴 라카스는 집에 미용실을 차렸는데, 헤어드라이어가 툭하면 중간에 꺼졌다. 한번은 네 채의 집으로 이루어진 그 블록의 다용도실 배전반에 불이 나서 거의 일주일 동안 단전된 적도 있었다. 그때까지만 해도 화상이 없었던 크리스틴은 단지 관리소장에게 말을 했지만 그는 어깨를 으쓱하며 뉴햄프셔 전력 회사 탓으로 돌렸다.

"나는 그게 아니라는 걸 알았어요." 그녀는 물을 조금씩 마시며 필에게 말했다. "바보가 아니었으니까요. 갑작스러운 과전압으로 네 집의 배전반에 불이 날 리 없잖아요. 퓨즈가 먼저 나가지. 모로 에스테이트의 다른 블록도 전등과 전열 문제가 있었지만 우리 블록처럼 심각하지는 않았어요."

그녀는 관리소장에게 제대로 된 답변을 듣지 못하자 NEF 포츠머스 지사에 전화해 직원과 통화했지만 그쪽에서는 이리저리 핑계를 늘어놓기에 바빴다. 그녀는 노스 콘웨이 도서관에서 그 기업의 고위 간부에 대해 알아보고 보스턴 본사 전화번호를 입수해 그쪽으로 전화해 사장과 통화하고 싶다고 말했다. 사장은 바빠서 뉴햄프셔의 이스트 오버슈에 사는 가정주부와 통화할 시간이 없다고 했다. 대신 다른 직원에게 전화 연결이 되었는데, 포츠머스의 직원보다 연봉도 높고 더 좋은 양복을 입고 다니는 직급이었을 것이다. 그녀는 보스턴 직원에게 가끔 불이 나갔다 들어왔다 하는 경우 홈 살롱 벽이 뜨거워지고 그 안에서 말벌이 날아다니는 것처럼 웅웅거리는 소리가 들린다고 말했다. 뭐가 튀겨지는 냄새가 난다고도 했다. 보스턴 직원은 그 집의 전력 시스템에 비해 전압이 너무 높은 헤어드라이어를 써서 그럴지 모른다고 했다. 라카스 부인은 당신 어머니가 당신을 낳고도 산후조리를 했느냐고 묻고 전화를 끊었다.

그해 크리스마스에 NEF 측에서 모로 에스테이트 전역에 크리스마스 전등을 설치했다. "그 회사에서 그랬다고요?" 필은 물었다. "단지 입주자 협의회가 아니라요?"

"우리 단지에는 입주자 협의회가 없었어요. 그런 정식 조직은. 추수 감사절 이후에 NEF 측에서 모든 세대 우편함에 전단지를 넣었어요. 자기들이 시즌 분위기를 살리기 위해서 전등을 설치했다는 전단지를요."

"그냥 순수한 의도로 그랬다고 말이죠." 필은 수첩에 끼적이며 말했다.

화상을 입은 여인은 마녀처럼 킬킬거리며 반쯤 녹아서 기형이 된 손가락으로 그를 가리켰다. "당신 마음에 드네요. 당신도 남들처럼 나를 내쫓겠지만 그래도 마음에 들어요. 게다가 내가 하는 말을 받아 적은 사람은 아무도 없었는데."

"그 전단지를 가지고 계신가요?"

"내 건 타서 없어졌지만 같은 전단지를 무더기로 가지고 있어요."

"하나 주세요. 아니, 전부 주세요. 이제 어쩌다 불이 났는지 들려주시고요."

그녀는 그해 크리스마스에는 남편이 집에 있었다고 말했다. 트리 아래에 선물이 놓였다. 크리스마스 이틀 전, 아이들이 모두 잠자리에 들었을 때 (어쩌면 달콤한 꿈과 함께) 그들의 집과 바로 옆 더피 가족의 집에 불이 났다. 크리스틴은 밖에서 나는 비명 소리를 듣고 잠에서 깼다. 집 안 가득 연기가 자욱한데, 불길은 보이지 않았다. 옆집에 사는 로나 더피가 잠옷에 옮겨붙은 불을 끄느라 눈밭을 구르고 있는 것이 침실 창밖으로 보였다.

"그들의 집이 생일 케이크 촛불처럼 불타고 있었어요. 나는 로널드를 깨워서 애들을 데리고 나가라고 했는데, 그이가 내 말대로 하지 못했어요. 나는 그때 이미 밖으로 뛰쳐나가서 로나에게 눈을 던지고 있었는데." 라카스 부인은 덤덤하게 덧붙였다. "로나는 죽었어요. 두 아이는 전남편과 함께 러틀랜드에 있어서 다행이었죠. 우리 아이들은 운이 따라 주지 않았어요. 우리 아이들은 어떻게 됐는지 나도 몰라요. 로니가 애들한테 가기 전에 연기를 마시고 쓰러졌나 봐요. 내가 직접 애들을 데리고 나오려고 집 안으로 다시 들어갔을 때 빌어먹을 거실 천장 절반이 내 위로 떨어졌어요. 그 집은 순식간에 타서 무너졌어요, 파커 변호사님. 나는 불이 붙은 몸으로 기어 나왔고요. 그런데 내가 입원해 있는 동안 무슨 일이 벌어졌는지 아세요?"

"책임을 서로 떠넘기다가 결국 흐지부지됐겠죠." 필은 말했다. "제 말이 대충 맞지 않나요?"

그 뒤틀린 손가락이 다시 그를 가리켰다. 그녀는 또 킬킬거렸다. 필은 지옥에 떨어진 사람들의 웃음소리가 그렇지 않을까 하는 생각이 들었다.

"NEF에서는 배선 공사를 한 업체 책임이라고 했어요. 배선 업체는 주 당국에서 크리스마스 전등과 기존의 배선 사양을 점검했으니 그쪽 책임이라고 했고요. 주 당국에서는 불이 나지 않은 다른 집들의 실제 배선이 기존의 사양과 다르다며 설비 업체에서 비용을 아끼려고 꼼수를 쓴 게 분명하다고 했죠. 설비 업체에서는 뉴잉글랜드 프리덤사의 발주대로 했다고 말했고요. 그런데 뉴잉글랜드 프리덤사에서는 뭐라고 했게요?"

"불만이 있으면 자기들을 고소하라고 했겠죠."

"불만이 있으면 자기들을 고소하라고, 정확히 그렇게 말했어요. 그렇게 오래되고 큰 회사가 오븐에 너무 오래 구운 치킨처럼 돼 버린 여자한테. 나는 그랬죠, 좋다고, 그럼 법정에서 보자고. 그 회사에서 4만 달러의 합의금을 제안하긴 했지만 내가 거절했어요. 열네 살에서 세 살까지 다섯 명이었던 아이 한 명당 100만 달러씩 500만 달러를 받고 싶으니까. 남편 몫은 안 받아도 돼요, 아이들을 데리고 나왔어야 하는 인간이 그러지 못했으니. 나 이제 그만 일어나서 나갈까요?"

필은 샐이 죽은 이래 처음으로 (어쩌면 제이크가 죽은 이래 처음으로) 진심으로 관심이 생기는 것을 느꼈다. 그리고 분노도 느꼈다. 큰 회사를 상대한다는 발상이 마음에 들었다. 500만 달러를 받아 내면 그의 몫이 상당하겠지만 돈이 목적은 아니었다. 일은 할 수 있는 만큼…… 아니, 하고 싶은 만큼 의뢰가 들어오고 있으니 홍보 때문도 아니었다. 다른 게 목적이었다. 연기처럼 희미해지지 않을 존재의 목을 조를 수 있는 기회였다.

"아뇨." 필은 말했다. "그냥 계세요."

필은 이후 5년 동안 뉴잉글랜드 프리덤을 집요하게 물고 늘어졌다. 아버지는 못마땅해하며 그에게 돈키호테 콤플렉스가 있다고, 다른 사건은 등한시하고 있다고 나무랐다. 필은 그 말이 맞을지 모르지만 자기는 이제 아들을 하버드에 보내려고 허리띠를 졸라맬 필요가 없지 않으냐고 했고 그러자 존(그 무렵 노인이었다)은 이후로 그 사건에 대해 절대 왈가왈부하지 않았다. 테드 올버턴의 미망인은 이해한다며 그를 100퍼센트 지지했다. "제이키를 데려간 암을 고소할 수 없으니 그러고 있는 거잖은가."

필은 반박하지 않았지만 (그녀의 생각에도 일말의 진실이 있었다) 그가 그러고 있는 이유는 사실 앤서 맨 생각을 떨칠 수가 없기 때문이었다. 가끔 잠이 오지 않을 때면 바보 같이 굴고 있다고 속으로 중얼거렸다. 그의 불운이 또는 화상을 입은 여자의 불운이 앤서 맨의 책임은 아니었다. 그렇긴 하지만 다른 이유도 있었다. 그에게 정말로 답이 필요했을 때 빨간색 파라솔의 사나이는 사라져 버렸다. 그리고 라카스 부인처럼 그도 누군가에게 책임을 물어야 했다.

그가 NEF를 보스턴 지방 법원에 고소한 직후에 라카스 부인이 폐렴으로 쓰러졌다. 그는 승소했다. 필과 크리스틴이 예상했던 것처럼 NEF는 항소했지만 그녀는 조건부로나마 승리를 거두고 1967년 가을에 폐렴으로 눈을 감았다. 그 무렵 필은 그녀의 목숨이 거의 하루 단위로 사그라지는 것을 느꼈고 제이크 때 그랬듯이 끝이 얼마 남지 않았다는 것을 알았다. 그는 로널드 라카스의 형을 원고로 추가했다. 팀 라카스는 화상을 입은 여인처럼 복수에 목말라 하지도 않았고 열정도 없었다. 필에게 전력을 다해 열심히 해 보라고 하고는 노스캐롤라이나의 자기 집에서 진행 상황만 체크했다. 경비는 한 푼도 부담하지 않겠지만 하늘에서 뚝 떨어진 돈이 바람을 타고 보스턴이나 뉴햄프셔에서 남쪽으로 흘러 내려오면 기꺼이 받겠다고 했다. 화상을 입은 여인은 남긴 유산이 없었다. 필은 그래도 자비로 경비를 부담해 가며 계속 강행했다. NEF에서는 두 번 합의를 제안했다. 합의금이 처음에는 30만 달러, 다음에는 80만 달러였다. 회사는 언론의 관심 때문에 아주 불편해했다. 팀 라카스는 필에게 (장거리 전화로) 합의하라고 종용했다. 필은 거부했다. 그는 라카스 부인이 원했던 대로 500만 달러를 모두 받고 싶었다. 한 아이당 100만 달러씩. 재판이 수차례 지연됐다. 수차례 연기됐다. NEF는 제1연방항소법원에서 패소했는데도 상고했다. 하지만 대법원에서 상고를 기각하자 더는 갈 데가 없었다. 크리스마스 전등(마지막 결정타였다)과 필이 NEF의 일반적인 관행이었음을 입증한 (그 회사가 개발한 다른 여러 단지를 집중적으로 파헤쳤다) 엉망진창인 배선의 최후 배상금으로 원고 팀 라카스에게 지급 판결이 내려진 금액은 740만 달러였다. 여기에 상당한 금액의 소송 비용이 추가됐다. NEF는 머나먼 동부의 시골뜨기 변호사를 얕잡아 보고 끝까지 항소하는 바람에 거의 250만 달러를 더 지불하게 됐다.

필이 그 보상금을 정확히 반으로 나누겠다고 하자 팀 라카스는 고소하겠다고 협박했다. "해 보시죠." 필은 말했다. "그 370만 달러가 4월의 눈처럼 다 없어져 버릴 테니."

팀 라카스는 결국 반분에 합의했고 1970년의 어느 날 필은 날마다 제일 먼저 볼 수 있게 사무실 벽에 사진을 걸었다. 로널드와 크리스틴 라카스 부부의 결혼사진이었다. 그는 우람했고 함박웃음을 짓고 있었다. 새하얀 웨딩드레스를 입은 크리스틴은 아찔할 정도로 아름다웠다.

그 사진 아래에 필은 대문자로 또박또박 여섯 개의 단어를 직접 적어 놓았다.

나보다 더 힘든 사람이 있음을 기억하라

뉴잉글랜드 프리덤을 상대로 제기한 소송의 최종 판결이 내려지자 (이로써 그는 법조계의 스타 비슷한 위치에 올랐다) 필은 원하는 사건을 모두 맡을 수 있게 됐다. 하지만 그는 속도를 늦췄고 이제 경제적으로 여유가 생겼으니 무료 변호를 좀 더 늘리기 시작했다. 1978년, 이너슨스 프로젝트가 설립되기 14년 전이었던 그때 그는 재심 사건을 맡아 종신형을 선고받고 뉴햄프셔 주립 교도소에서 12년째 복역 중이던 남자에게 자유를 선물했다.

물론 그의 삶에는 제이크와 샐이 남긴 구멍이 있었다. 변호사 일로는 그걸 메울 수가 없었기에 그는 지역 사회 활동에 좀 더 적극적으로 참여했다. 커리 공립도서관 이사로서 제1회 커리 도서전을 개최했다. 해마다 주 차원에서 실시하는 헌혈 캠페인을 홍보하는 공익 광고(뉴햄프셔의 여러 텔레비전 채널에서 방송됐다)를 촬영했다. 매주 하루 저녁은 노스 콘웨이 푸드 뱅크에서 봉사하고(나보다 더 힘든 사람이 있기에) 또 하루 저녁은 주 경계선을 건너가 프라이버그의 하베스트 힐스라는 동물 보호소에서 봉사했다. 1979년에는 거기서 새끼 비글을 분양받았다. 이후 14년 동안 프랭크를 조수석에 태우고 어디든 데리고 다녔다.

그는 재혼은 하지 않았지만 몰튼버러 저 끝에 사는 여자 친구가 생겨서 그 집에 가끔 놀러 갔다. 그녀의 이름은 세라 쿰스였다. 그는 그녀의 법률 업무를 대신 처리하고 주택 담보 대출금을 갚아 주었다. 그와 프랭크가 항상 거기서 자고 오지는 않았지만 새러는 그럴 경우에 대비해 식료품 저장실에 게인스 버거 한 봉지를 항상 준비해 놓았다. 시간이 지날수록 그 집에 놀러 가는 횟수가 점점 줄었다. 필은 하루 일과가 끝나면 집에 가서 가정부가 만들어 놓은 음식을 전자레인지에 데워 먹을 때가 많아졌다. 가끔 (항상은 아니고 가끔) 집 안의 적막함이 크게 느껴질 때도 있었다. 그럴 때면 프랭크를 옆으로 불러 귀를 긁어 주며 나보다 더 힘든 사람도 있다고 중얼거렸다.

그가 유일하게 거부한 지역 사회 봉사 활동이 커리 리그팀 공동 감독이었다. 그 일은 필의 아픈 데를 찔렀다.

그렇게 세월이 흘렀고 그렇게 이야기가 이어졌다. 대체로 좋은 시간이었다. 흉터는 있었지만 흉측한 건 없었고, 따지고 보면 흉터는 상처가 나은 흔적이었다.

그는 다리를 절었고 지팡이를 짚기 시작했다. 마리는 은퇴했다. 그는 손과 발과 고관절에 관절염이 생겼다. 마리는 세상을 떠났다. 그는 은퇴를 선언했고 마을(커리는 이제 소도시로 발돋움하기 직전이었다)에서 성대한 파티를 열어 주었다. 커리의 1등 시민이라는 명패와 더불어 수많은 선물이 답지했다. 몇 번 연설을 했고 그중에서도 최고는 신설 고등학교 강당을 거의 꽉 채운 사람들 앞에서 강연한 것이었다. 그 강연은 겸손하고 재치가 넘쳤고 무엇보다도 짧았다. 그의 오줌보가 터지기 직전이었다.

비글 프랭크는 1993년 가을에 평화롭게 눈을 감았다. 흙을 한 삽 뜰 때마다 관절들이 악을 쓰며 시위했지만 필은 뒷마당에 직접 무덤을 파서 녀석을 묻어 주었다. 무덤에 흙을 채우고 잘 다져서 다시 뗏장을 덮은 뒤에 추도사를, 이번에도 짧게 했다. "사랑했다, 친구. 지금도 사랑하고." 그해에 필은 여든한 살이 되었다.

1995년에 그는 난생 처음으로 편두통을 앓았다. 그에게 정기 검진과 관절염 치료를 10년째 받고 있는데도 여전히 '새로운 의사 선생'으로 여겨지는 발로 선생을 찾아갔다. 발로는 머리만 아픈 게 아니라 사물이 둘로 보이느냐고 물었다. 필은 그렇다고 말하고, 두통이 가라앉아서 보면 가끔 자기가 집 안의 다른 곳에 있는데 어떻게 거기로 갔는지 기억이 나지 않을 때가 있다고 실토했다. 발로 선생은 그를 포츠머스로 보내 MRI를 찍게 했다.

"좋지 않은 소식이네요." 새로운 의사 선생은 검사 결과를 살핀 후에 말했다. "뇌종양이에요." 그러고는 마치 축하라도 하는 듯이. "선생님의 나이에는 상당히 드문 경우인데 말이죠."

발로는 매스 종합병원의 어느 신경과 전문의를 추천했다. 필은 마을을 돌아다닐 때 말고는 운전을 하지 않았기에 로건 픕스라는 젊은 친구를 기사로 썼다. 로건은 자기 가족, 친구, 여자 친구, 날씨, 아르바이트, 학교 공부를 계속하고 싶은 마음에 대해 끊임없이 조잘거렸다. 이것 말고도 여러 이야기를 조잘거렸다. 모두 무디어진 필의 이쪽 뒤로 들어가 저쪽 귀로 나갔지만 그는 계속 열심히 고개를 끄덕였다. 그렇게 차를 타고 가던 도중에 그가 삶과 분리되기 시작했다는 깨달음이 찾아왔다. 별것 아니었다. 절취선을 따라 천천히, 하지만 꾸준히 슈퍼마켓 쿠폰을 뜯는 것과 같았다.

신경과 전문의는 필을 검진하고 필의 나이 든 뇌를 정밀 촬영한 영상을 살펴보았다. 그가 수술로 그 못된 뇌종양을 없앨 수 있다고 하자 필은 어떤 여자가 머리칼에 들러붙은 그 남자를 씻어 버리겠다고 선언하는 흘러간 옛 노래를 떠올렸다. 샐이 샤워를 하면서 종종, 머리를 감으면서 가끔 그 노래를 불렀지만 필이 기분 나쁘게 받아들인 적은 없었다. 그는 의사에게 수술을 무사히 받고 (멀쩡히) 깨어날 확률이 얼마나 되느냐고 물었고 의사는 50대 50이라고 했다. 필은 미안하지만 그의 나이에 이 정도 확률로는 부족하다고 말했다.

"두통이 아주 심해지다가……." 신경과 의사는 어깨를 으쓱하며 말 끝을 흐렸다. 그러다 죽는다고 말을 하기가 싫은 것이었다.

"나보다 더 힘든 사람도 있는걸요." 필은 말했다.

3.

1995년 가을, 바람이 부는 10월의 어느 날에 필은 마지막으로 운전석에 올라탔다. 쉐보레에서 만든 고물차도 요즘 타고 다니던 뷰익도 아니고 온갖 편의 기능이 갖추어진 캐딜락 세빌이었다. "내가 누굴 죽이는 일은 없기만을 바랄 따름이야, 프랭크." 그는 옆에 없는 반려견에게 말했다. 현재는 두통이 없었지만 손끝과 발끝이 차가워지기 (남의 몸처럼 느껴지기) 시작했다.

그는 시속 30킬로미터로 마을을 관통하고 마을에서 벗어나자 50킬로미터로 속도를 높였다. 차량 몇 대가 클랙슨을 울리며 그를 추월했다. "뒈져라." 필은 매번 이 말을 반복했다. "동의하면 짖어라, 프랭크."

111번 국도로 접어들자 차량의 행렬이 점점 줄어들어 거의 없다시피 했는데, 앤서 맨까지 3킬로미터라고 적힌 밝은 노란색 표지판을 지났을 때 그가 놀랐는가 하면 아니었다. 그가 자기 목숨과 반대편에서 달려오는 운전자의 목숨까지 걸어가며 길을 나선 이유가 뭐였겠는가. 그는 점점 시커멓게 썩어 가는 그의 뇌가 거짓 정보를 전송하는 거라고 생각하지도 않았다. 이내 다음 표지판이 등장했다. 앤서 맨 1.5킬로미터. 커리 마을 외곽의 언덕을 넘자마자 테이블과 밝은 빨간색 파라솔이 등장했다. 필은 길가에 차를 대고 시동을 껐다. 지팡이를 잡고 낑낑대며 운전석에서 내렸다.

"여기 그냥 있어라, 프랭크. 금방 올게."

앤서 맨이 전과 달라진 게 없는 걸 보고 그가 놀랐을까? 반짝이는 눈도 점점 벗어져 가는 머리도 옷도 똑같은 걸 보고? 그는 놀라지 않았다. 사물이 두 개로 때로는 세 개로 보여서 확실하지는 않았지만 필의 눈에 띈 변화는 딱 하나였다. 앤서 맨의 테이블에 팻말이 하나뿐이었다. 거기에는 이렇게 적혀 있었다.

모든 답 무료

그는 인상을 쓰고 끙끙대며 손님용 의자에 앉았다. "당신은 예전이랑 달라진 게 없네요."

"당신도요, 그냥 필."

필은 웃음을 터뜨렸다. "그 말을 내가 믿을 것 같아요?" 바보 같은 질문이었지만 뭐 어떤가. 오늘은 모든 답이 무료였다.

"진짜예요. 당신의 내면은 예전 그대로예요."

"그렇다면 그런 거겠지만 나는 못 믿겠네요. 요즘도 가방에 그 커다란 시계 들고 다녀요?"

"네. 하지만 오늘은 필요 없겠네요."

"금요일 무료 이벤트라 이거죠?"

앤서 맨은 미소를 지었다. "오늘 화요일이에요, 그냥 필."

"알아요. 아무짝에도 쓸모없는 질문이었죠. 그런 질문에 익숙한가요?"

"나는 모든 질문에 익숙합니다. 당신은 묻고 싶은 게 뭔가요?"

필은 이제는 나인 이유가 뭐냐고 묻고 싶은 마음이 사라졌다는 결론을 내렸다. 앤서 맨은 이것 역시 아무짝에도 쓸모없는 질문이라고 할 것이다. 그인 이유는 그가 그였기 때문이었다. 다른 이유는 없었다. 그가 얼마나 오래 살지도 관심 없었다. 눈이 흩날리는 건 볼 수 있을지 몰라도 봄에 그 눈이 녹을 무렵이면 그는 여기 없을 게 분명했다. 그가 궁금한 건 딱 하나뿐이었다.

"우리는 계속 존재하나요? 죽은 뒤에도 계속 존재하나요?"

"네."

회색이 사방에서 아주 천천히 엄습하기 시작했다. 그와 동시에 앤서 맨이 뒤로 멀어지기 시작했다. 역시 아주 천천히. 그래도 필은 상관없었다. 머리가 아프지 않아서 다행이었고 나뭇잎은(회색 사이로 보이는) 아주 아름다웠다. 가을이 되면 나무들이 한 해를 마감하며 눈부시게 불타오를 것이다. 오늘은 모든 질문이 무료라고 했으니…….

"우리가 가는 곳이 천국인가요? 아니면 지옥인가요? 환생인가요? 우리는 여전히 우리로 남을까요? 과거를 기억할까요? 나는 아내와 아들을 만나게 될까요? 좋을까요? 끔찍할까요? 거기서 꿈도 꾸나요? 거기서 슬픔이나 기쁨이나 다른 어떤 감정을 느끼나요?"

앤서 맨은 회색 속에 거의 파묻힌 채로 말했다. "네."

필은 캐딜락 운전석에서 정신을 차리고 자신이 아직 죽지 않았다는 데 놀라워했다. 아직은 컨디션이 괜찮았다. 사실 아주 좋았다. 두통도 없고 손이나 발도 아프지 않았다. 그는 시동을 걸었다.

"우리가 무사히 집으로 돌아갈 수 있을까, 프랭크? 아무도 죽이지 않고? 그렇다고 생각하면 한 번, 아니라고 생각하면 두 번 짖어 줘."

프랭크가 한 번 짖었으니 그렇다는 뜻이었다.

그렇다는 뜻이었다.

조너선 레너드에게 바친다

후기

어느 날 제프 힐리 밴드의 「하이웨이 49」를 듣고 슬라이드 기타 솔로가 끝내준다는 생각을 하며 아침 산책을 하는데, 빨간 모자를 쓰고 있는 초록색 플라스틱 모형 두 개가 보였다. 이 모형들이 도로 양옆에서 **천천히! 아이들이 놀고 있어요**, 라고 경고를 하고 있었다. 「방울뱀」의 스토리가 완성된 상태로 떠올랐다. 구상이 떠오른 그 순간에 몰랐던 딱 한 가지가 있다면 내가 아주 오래전에 출간한 『쿠조』의 옛 친구가 주인공이 될 거라는 사실이었다.

가끔 그럴 때가 있다. 이야기가 알맞은 도화선을 만나 온전한 형태로 떠오르는 것인데, 아주 끝내주는 경험이다. 세세한 부분(「방울뱀」의 퇴직 경찰 앤디 펠리는 난데없이 등장한 인물이다)이나 이야기의 결말까지 아는 경우는 거의 없다. 적어도 내게는 그것을 발견해 나가는 과정이 창작이 주는 즐거움의 일부다. 이런 방식이 어떤 이유에서 또는 어떤 식으로 작동하는지는 나도 전혀 알 수가 없다.

「대니 코플린의 악몽」이 이런 식이었다. 어느 날 시리얼을 먹고 개를 산책시킬 궁리를 하며 옷을 갈아입는데, 이런 생각이 떠올랐다. "어떤 남자가 딱 한 번 강렬한 심령 현상을 경험하면 어떻게 될까? 꿈속에서 시신이 묻힌 곳을 알게 되면? 그를 믿어 주는 사람이 있을까 아니면 다들 그가 범인이라고 생각할까?" 여기까지가 셔츠를 입는 동안 떠오른 생각이었다. 청바지를 입으면서는 주인공을 괴롭히는, 『레미제라블』의 자베르 경감 비슷한 강박증이 있는 경찰이 떠올랐다. 이야기의 나머지 부분이 제자리를 찾아갔다. 내 경찰(자베르 대신 젤버트)이 계산 강박증을 가지게 될 줄은 나도 몰랐다. 그가 혼자서 그러기 시작한 거나 다름없었다. 나는 그 실을 그냥 따라 가기만 했다. 이래도 내가 이야기꾼일까 아니면 「꿈을 꾸는 사람들」의 윌리엄 데이비스 같은 속기사일까? 아마 양쪽 모두일 것이다.

나는 이런 방식에 대해 궁금한 마음이 있을까? 내 삶의 상당히 많은 부분을 차지하고 있으니 당연히 그렇다. 나는 소설에서 소설가에 대해 소개해 왔고 비소설에서 창작 *行爲*에 대해 소개해 왔지만 여전히 잘 모르겠다. 심지어 사람들에게 이야기가 필요한 이유, 내가(수많은 사람들 중에 내가) 이야기를 쓸 필요성을 느끼는 이유도 잘 모르겠다. 내가 아는 거라고는 평범한 일상을 뒤로하고 존재하지 않는 사람들과 유대감을 형성하는 희열이 거의 모든 삶의 일부분인 것처럼 느껴진다는 것뿐이다. 상상력은 굶주려 있어서 먹을 것을 주어야 한다. 내 경우 가끔(또다시 「꿈을 꾸는 사람들」의 윌리엄 데이비스처럼) 지면으로 옮기기 전에 단어가 눈앞에서 보일 때가 있다. 「빨간 화면」과 「핀」의 첫 문단은 글로 적기 몇 주, 몇 달 전부터 존재했다. 모든 마침표와 쉼표가 보였다. 이러면 내가 이른바 *자폐 스펙트럼*에 해당되는 걸까?

그럴지도 모르지만 전혀 아무 상관없다. 이야기는 수십 년 동안 나와 다른 사람들에게 즐거움을 주었고 나를 행복하게 하니 말이다.

내 이야기 중에 어두운 소재가 많은 이유에 대해서라면…… 그건 또 다른 문제다. 여기에 대해 내가 사과를 해야 할까? 아니라고 본다. 프란시스코 고야는 상상 속의 존재들에게 둘러싸여 잠이 든 자신의 모습을 담은 동판화에 「이성이 잠들면 괴물이 깨어난다」라는 제목을 붙였다. 나는 그런 잠, 그런 괴물이 온전한 정신을 유지하는 데 필수 요소라고 생각한다. (셜리 잭슨이 『힐 하우스의 유령』 첫 줄에서 잘 표현해 놓았다.) 공포물은 연민과 공감 능력을 갖춘 사람들이 진가를 가장 잘 안다. 역설적이지만 진짜다. 이 세상이 짊어진 고통의 대부분은 상상력이 없는 사람들, 환상의 어두운 측면을 제대로 이해하지 못하는 사람들 때문에 발생한다. 나는 초자연적이고 불가사의한 이야기를 쓸 때 현실 세계를 있는 그대로 보여 주고, 내가 알고 사랑하는 미국의 진실을 밝히려고 특히 노력을 기울인다. 추악한 진실도 있지만, 어느 시에서도 이야기하다시피 사랑이 있으면 흉터도 매력 포인트가 된다.

여기 실린 작품은 대부분 신작이고 가장 긴 작품은 출간된 적이 없다. 대부분의 경우 아이디어를 어디에서 얻었는지 구구절절 설명할 필요는 없을 것이다. 그 아이디어가 저절로 떠올랐을 때 내가 어디에서 뭘 하고 있었는지 지루하게 설명하는 것에 불과할 테고, 그마저도 기억을 하면 다행일 테니 말이다.

짚고 넘어갈 만한 또 다른 작품이 딱 하나 있다면 「앤서 맨」이다. 내 조카 존 레너드가 미완의 상태로 오래 방치돼 있던 내 묵은 원고들을 들쑤신 적이 있었다. 그 아이가 쪽지가 붙은 여섯 쪽짜리 단상을 복사해서 보여 주며 이대로 썩히기에는 너무 아깝다고 했다. 읽어 보니 그 아이 말이 맞았다. 서른 살 때 쓴 도입부를 일흔다섯 살에 완성했다. 그 작품을 쓰는 동안 시간의 계곡에 대고 소리를 지르고 메아리가 들리기를 기다리는 듯한 묘한 기분을 느꼈다. 이게 말이 되는 소리인지도 잘 모르겠다. 그저 내 기분이 그랬다는 걸 알 따름이다.

나는 다작하는 작가로 꼽히는데 열혈 독자들은 그래서 좋아하고 평론가들은 그래서 더러 싫어한다. 나는 다작하려고 마음먹은 적도 없고 그러지 않으려고 마음먹은 적도 없다. 나에게 주어진 일을 했을 뿐이고 대개는 그 과정이 즐거웠다. 유일한 문제점이 있다면, 옥에 티라고 (또는 으스대고 싶으면 치명적인 단점이라고) 해도 좋은데, 구현된 원고가 원래 콘셉트만큼 훌륭했던 적이 (단 한 번도) 없었다는 것이다. 딱 두 번 거의 비슷했던 원고가 감옥 소설이었다. 『그린 마일』과 『리타 헤이워드와 쇼생크 탈출』. 나머지는 모두 욕심에 못 미쳤다. 심지어 『그것』이나 『더 스탠드』나 『언더 더 돔』 같은 장편 소설의 경우에도 탈고했을 때 다른 작가가 썼다면 더욱 훌륭한 작품이 됐을 거라는 생각이 들었다. 그래도 대체로 내 결과물이 자랑스럽다. 그리고 내 단편 소설이 자랑스러운 이유는 항상 어렵게 느껴지기 때문일지 모른다.

내 작품을 좀 더 훌륭하게 만져 준 모든 편집자의 이름을 일일이 나열할 수는 없겠지만, 묵혀 놓은 수십 편의 단편을 그야말로 파헤쳐 대부분 형편없었던 그 수십 편 중에서 출간해 달라고 사정하던 두 편을 발굴한 줄리 유글리에게는 고맙다고 인사할 수 있겠다. 오랫동안 잊고 있었던 「앤서 맨」을 환기한 존 레너드에게도. 나와의 공동 작업에 자기들만의 고유한 재능을 발휘한 두 아들에게도 고맙다고 인사할 수 있겠다. 조는 「스로틀」과 「키가 높은 풀밭 속에서」, 이렇게 두 단편을, 오언은 『잠자는 미녀들』을 공동 작업했다. 『잠자는 미녀들』은 내가 가장 아끼는 작품 중 하나이기도 하다. 다른 공저자들에게도 고맙다고 인사할 수 있겠다. 스튜어트 오넌, 리처드 치즈마 그리고 이제 고인이 된 피터 스트라우브. 다른 작가들과의 공동 작업에는 늘 위험 부담이 따르지만 나는 이들과의 작업에서 엄청난 수확을 거두었다.

오랜 편집자 냇 그레이엄과 에이전트 리즈 다한소프에게도 고마움을 전해야겠다. 리즈가 이제는 고인이 된 척 베릴의 자리를 대신한 덕분에 내 짐이 덜어졌다. 지칠 줄 모르는 자료 조사자이자 친구인 로빈 퍼스에게도 감사를. 나를 흔들리지 않게 잡아 주는 아내 태비사에게 어느 누구보다 감사를. 그녀는 다정하면서 신랄할 수 있지만, 때로는 동시에 그럴 수도 있지만, 늘 어마어마하게 똑똑하다. 대니 코플린의 남동생에 대해 좀 더 소개하는 편이 어떻겠느냐고 제안하고 「방울뱀」에서 코로나에 대한 연구가 필요하다고 지적한 사람이 그녀였다.

내게 자신의 상상과 말초 신경을 맡긴 열혈 독자들에게도 무한한 감사를 전한다. 그대들은 더 어두운 걸 좋아하는가? 좋다. 나도 마찬가지다. 이래서 우리가 영혼의 단짝이다.

추신: 『힐 하우스의 유령』의 첫 문장은 이렇게 시작된다. "그 어떤 생명체도 절대적 현실에 갇힌 채로 살아간다면 광기에 빠져들 수밖에 없다. 심지어 종달새나 베짱이도 꿈을 꾼다고 주장하는 사람이 있지 않은가."

추추신: 내가 이 책의 제목을 정할 때 참고한 레너드 코언의 노래 제목은 「유 원트 잇 다커」다. 일부 단어를 바꾼 것에 대해 심심한 사과를 전하는 바이다.

2023년 4월 23일

옮긴이 | 이은선

연세대학교에서 중어중문학을, 국제학대학원에서 동아시아학을 전공했다. 편집자, 저작권 담당자를 거쳐 전문 번역가로 활동 중이다. 옮긴 책으로는 스티븐 킹의 『11/22/63』, 『닥터 슬립』, 『리바이벌』, 빌 호지스 3부작 (『미스터 메르세데스』, 『파인더스 키퍼스』, 『엔드 오브 왓치』), 『악몽을 파는 가게』, 『자정 4분 뒤』, 『악몽과 몽상』, 『아웃사이더』, 『인스티튜트』, 『피가 흐르는 곳에』를 비롯하여 『실크하우스의 비밀』, 『모리어티의 죽음』, 『맥파이 살인 사건』, 『그레이스』, 『도둑 신부』, 『아킬레우스의 노래』, 『키르케』 등이 있다.

더 어두운 걸 좋아하십니까 하

1판 1쇄 찍음 2025년 7월 18일
1판 1쇄 펴냄 2025년 7월 25일

지은이 | 스티븐 킹
옮긴이 | 이은선
발행인 | 박근섭
편집인 | 김준혁
책임편집 | 정미리
펴낸곳 | 황금가지

출판등록 | 2009. 10. 8 (제2009-000273호)
주소 | 06027 서울 강남구 도산대로 1길 62 강남출판문화센터 5층
전화 | 영업부 515-2000 **편집부** 3446-8774 **팩시밀리** 515-2007
홈페이지 | www.goldenbough.co.kr

도서 파본 등의 이유로 반송이 필요할 경우에는 구매처에서 교환하시고
출판사 교환이 필요할 경우에는 아래 주소로 반송 사유를 적어 도서와 함께 보내주세요.
06027 서울 강남구 도산대로 1길 62 강남출판문화센터 6층 민음인 마케팅부

ⓒ황금가지, 2025. Printed in Seoul, Korea
ISBN 979-11-7052-638-4 04840
ISBN 979-11-7052-644-5 04840(세트)

㈜민음인은 민음사 출판 그룹의 자회사입니다.
황금가지는 ㈜민음인의 픽션 전문 출간 브랜드입니다.